चीवर

(उपन्यास)

चीवर

रांगेय राघव

राधाकृष्ण प्रकाशन

ISBN : 978-81-7178-911-2

चीवर

पहला संस्करण : 2004
तीसरा संस्करण : 2025

मूल्य : ₹695

प्रकाशक
राधाकृष्ण प्रकाशन प्राइवेट लिमिटेड
जी-17, जगतपुरी, दिल्ली-110 051
शाखाएँ : अशोक राजपथ, साइंस कॉलेज के सामने, पटना-800 006
पहली मंजिल, दरबारी बिल्डिंग, महात्मा गांधी मार्ग, प्रयागराज-211 001
1, अनमोल सोराबजी संतुक लेन, धोबी तलाव, मरीन लाइंस, मुम्बई-400 002
वेबसाइट : www.radhakrishnaprakashan.com
ई-मेल : info@radhakrishnaprakashan.com

मुद्रक
बी.के. ऑफसेट
नवीन शाहदरा, दिल्ली-110 032

CHIWAR
Novel by Rangey Raghav

1

श्वेत पाषाणों की दीर्घ और विस्तृत शोभा से सोपानों पर एक मन्दिम आलोक प्रतिध्वनित होता हुआ वापी के जल में उतर जाता और राज्यश्री के सुडौल सुन्दर शरीर पर उसके गौरवर्ण में केन्द्रित होकर नयनों को तुला पर टाँग देता है। जल को नीले और सुनहले कमल अपनी भीर से आक्रान्त किए हुए थे। नीले मृणाल खाकर कभी-कभी श्वेत भव्य राजहंस मरकत की शिलाओं पर चलकर क्रेंकार करते, कभी अपनी लम्बी, श्वेत और कोमल ग्रीवा झुकाकर उत्फुल्ल पुंडरीक में से मकरन्द खाने लगते। मन्दिम समीरण दूर स्थित वातायनों से भीतर प्रवेश करता और बहुत ही हल्के स्पर्शों से उन मांसल कमलों की सुरभि को मुग्ध-सा सूँघ लेता और फिर हटकर गोलाकार वललभियों के नीचे एक मनोहर गुंजार भरकर धीरे-धीरे बुझे हुए दीपाधारों पर पड़ते प्रकाश के अधमुँदे होंठों को धीरे से चूमकर प्रासाद की भीतों पर बने सुन्दर चित्रों को सुन्दरी युवती के पारदर्शी वस्त्रों की भाँति रगड़कर बाहर लय हो जाता।

विशाल स्तम्भों पर टिकी हुई छत पर सुदूर पारसीक देश की चित्रकला सुशोभित थी। अगरु-धूम की काँपती लहरियाँ उस प्रकोष्ठ के विस्तृत अन्तराल में भीनी जर्जरता भर रही थीं। एक युवती वीणा के तारों पर कुछ धीमे-धीमे बजा रही थी। सोपानों पर बैठी दासियाँ कभी हँसतीं और कभी अपने अस्त-व्यस्त वस्त्रों को ठीक करने लगतीं।

राज्यश्री ने मन्द स्मित के साथ कहा : 'मल्लिका ! क्या कहती थी ? कह न, रुक क्यों गई ?'

मल्लिका उस समय स्वर्णकमल से राज्यश्री की स्निग्ध पीठ को रगड़ रही थी। उसने धीमे से कहा : 'महादेवी ! यह मराल कितना चमत्कृत हो गया है। आपने इस पर ध्यान नहीं दिया ?'

राज्यश्री नहीं समझी। उसने मस्तक पर से जल की बूँदों को पोंछकर कहा : 'क्यों, सखी ?'

मल्लिका के कुछ कहने के पहले ही एक युवती दासी जो जल में खड़ी थी, बोल उठी : 'मैं बताऊँ, महादेवी ? वह चिन्ता कर रहा है कि जब वापी में चन्द्रमा उतर आया है तो अभी तक सरसिज क्यों नहीं मुरझाए ?'

दासियाँ खिलखिलाकर हँस दीं। जल तीर पर जैसे असंख्य मोती बिखर गए। राज्यश्री ने विशाल नयनों को बंकिम करके कहा : 'चल हट ! तू सदा ठिठोली ही किया

करती है !'

मदनिका अब तक सुस्थिर हो गई थी। उसने सम्मान से शीश अवनत करके कहा : 'देवी, अपराध क्षमा हो...।'

अभी वह अपनी बात समाप्त भी न कर पाई थी कि मल्लिका ने कहा : 'मदनिका ! देवी के लिए पुष्प-चयन कर ला। आराधना की वेला निकट आती जा रही है।'

मदनिका जाना नहीं चाहती थी, किन्तु उसे जाना पड़ा। उसने मल्लिका को एक बार शंकित दृष्टि से देखा। मल्लिका उस समय राज्यश्री के साथ जल में थी और उसके समस्त वस्त्र भीग गए थे। गीले वस्त्र पहनकर वह बाह्य उद्यान में जा भी नहीं सकती थी।

मदनिका के चले जाने पर राज्यश्री ने कहा : 'मल्लिका ! तू ऐसी चुप क्यों हो गई ?'

मल्लिका के होंठों में एक रहस्यमयी कुटिल स्मित दिखाई पड़ी। उसने नयन नचाकर कहा : 'देवी ! मैं सोचती हूँ, यदि देवी की यह शोभा महाराज देख पाते...'

राज्यश्री के कपोलों पर आकर्ण एक रक्ताभा काँप उठी और उसकी स्वर्ण की-सी देह-यष्टि नीलम-से जल पर ऐसी प्रतीत हुई जैसे रात्रि के नीरव और गन्धित अन्धकार में दीपशिखा ऊपर की ओर लाल होकर चंचलता से काँप उठी हो। राज्यश्री ने विभोर मन से कहा : 'मल्लिका ! अभी तो मदनिका यही कहती थी, तू उससे भी आगे बढ़ गई।'

उसने दोनों हाथों से जल को सामने ढकेल दिया और तीर की ओर चलने लगी। एकदम ही चारों ओर बैठी हुई दासियाँ उठ खड़ी हुईं। उनके आभूषणों की झंकृति उस स्निग्ध पाषाण भूमि पर फिसलते अन्धकार पर झूमने लगी। महासुन्दरी राज्यश्री नील घन के बीच में स्थिर हो गई सौदामिनी-सी, जिस समय शरीर पोंछती दासियों के बीच खड़ी हुई तब चीनांशुक के स्पर्श से सुस्थिर अंग लिये वह ऐसी प्रतीत हुई जैसे सूर्य के मन्दिम स्पर्श से हिमावृत पुंडरीक कमल के बीच एक अवर्णनीय कम्प से व्याप्त होकर अपनी शोभा से स्वयं विभोर हो जाता है।

उसने धीरे से अपने चिकुर जाल को पीछे हटाकर पूछा : 'महाराज अहेर से आ गए, फेनिला ?'

फेनिला चपल तरुणी थी। वह गान्धार की दासी थी। उसके नील नेत्र बहुत बड़े न होकर भी लम्बे-लम्बे थे। उसने झुककर निवेदन किया : 'दंडधर से पूछा था, अभी तक महाराज नहीं लौटे।'

वीणा अब और भी मधुर स्वरों में अकुला रही थी। वापी का जल ऐसा हतप्रभ दिखाई दे रहा था जैसे मणिविहीन सर्प अपने विष के बुद्‌बुद् उगलकर फिर निश्चेष्ट हो गया हो।

इन्द्रधनुषी छाया सम्मुख लगे दर्पण पर अब थिरकने लगी थी। राज्यश्री उनके सम्मुख खड़ी हो गई। दासियों ने उसके जानु तक लहराते काले केशों को खोल दिया

और दो दासियाँ प्रचुर कालागरु का धूप जलाकर उन केशों को सुखाने लगीं। उस मादक गन्ध से राज्यश्री का अंग-अंग तरुणाई के अलस से अतृप्त हो उठा।

ताम्बूल करंकवाहिनी आतुर होकर ताम्बूलों पर ताम्बूल अपने सामने सजाने लगी। स्वर्ण का ढक्कन धीरे-धीरे हरे पत्तों के नीचे छिप गया।

रक्त कौशेय पहनाकर अंगसन्धियों के नीचे से लेकर दासी ने जब अन्तिम वस्त्र महादेवी को पहना दिया, तब मल्लिका ने चम्पक के वर्ण से भी कमनीय दुकूल पर स्वर्ण की रत्नजड़ित मेखला पहना दी जिसकी दीप्ति से एकबारगी दासियों के नित्य देखनेवाले नेत्र भी चकाचौंध में आ गए। महादेवी के कान पर अब कर्णिकार झूलने लगा। कुसुम और मुक्ता के हारों से उनका वक्षस्थल ढक गया। जिस समय राज्यश्री ने अपनी कंचन से भी उज्ज्वल बाहु वलयअंगद पहनने के लिए उठाई, मालती ने झुककर स्वर्ण के नूपुर बाँध दिए और अपने आप रश्ना का मंजुक्वणन हुआ।

दासियाँ पत्रलेखन के लिए रक्त कुंकुम, श्वेत चन्दन, कालीयक, प्रियंगु और कस्तूरिका का लेप तत्पर हाथों से बनाने लगीं। वीणावादिनी का हाथ भी अपने आप शीघ्रता से चल रहा था।

अन्तराल में एक क्षीण अस्फुट शब्द से लगता था, कहीं कोई मृदंग बजा रहा है। झंकारते वलयों की ध्वनि सुनकर कभी-कभी स्वर्ण के चक्र पर बैठा श्वेत काकातूआ चकित हो उठता, कभी संगमर्मर की फलका से उड़कर सारिका निकट की स्फटिक चौकी पर जा बैठती और अपने बँधे पाँव की ओर देखकर पर फरफराने लगती।

राज्यश्री हँस उठी। वासन्ती चीनांशुक उसके स्कन्धमूल से पीछे लहराता हुआ पृथ्वी पर गिर रहा था। मल्लिका ने दोनों हाथों को अपने कानों पर रखकर कहा : 'देवी ! हेरुक कल्याण करें। आज तो मेरा मन काँप रहा है।'

राज्यश्री ने गर्व से कहा : 'हेरुक तेरा कल्याण करेंगे, मल्लिका ! तथागत का ध्यान कर। तेरा भय दूर हो जाएगा।'

मल्लिका इतनी सरल नहीं थी। जानती थी, यह स्वामिनी का स्वभाव है। वे ऐसा ही उत्तर देती हैं, जब चाहती हैं कि कोई उनका विरोध करे। उस विरोध में उनकी अहम्मन्यता और रूप के गर्व की तृष्णा को तृप्ति मिलती है।

चामरवाहिनी पीछे हट गई थी। मल्लिका ने कहा : 'देवी ! शरद ज्योत्स्ना में जब कभी इन्द्रधनुष का मादक विलास उतर आए तो उसे क्या कहना चाहिए ?'

राज्यश्री ने झंकारते स्वर में हँसकर कहा : 'मूर्ख की कल्पना !'

दासियाँ हँस पड़ीं। मल्लिका लज्जित हो गई। इस समय वह दुर्भाग्य से जो वस्त्र बदलकर आई थी, उसने पीले अधोवस्त्र पर रंग-बिरंगी कंचुकी धारण कर रखी थी। हाथों में दो स्वर्ण-वलय और कानों में दो स्वर्ण-कुंडल पहनकर वह सचमुच शरद-रात्रि-सी विरलतारा श्यामा दिखाई दे रही थी। राज्यश्री का व्यंग्य उस पर सफल हो गया।

फेनिला राज्यश्री के चरणों में आलक्तक लगा रही थी। इस समय हँसते समय जो उसने शीश उठाया और फिर पुलकाकुल हो मुख नीचे किया, उसके गाल पर उसका वह

लाल हाथ लगा और फिर एक बार गन्ध से भारालस प्रकोष्ठ उनके हास्य से झंकार उठा जैसे भीतों पर लटकते मुक्ताहार अब प्रतिध्वनित होकर झूलते हुए स्वयं बोल उठे हों।

प्रसाधन समाप्त करके दासियाँ सादर पीछे हट गईं। केवल मल्लिका ने राज्यश्री के सीमन्त पर कुरुबक ग्रथित पुष्प लगा दिए और वह भी हट गई। उस समय राज्यश्री ने एक बार अपने रूप और यौवन को दर्पण में देखा। ईर्ष्या और विभ्रम ने उसके चंचल चित्त को एक गर्व की शक्ति दी और एक बार उसने उस अहंकार से देखा जो स्त्री की सबसे बड़ी निर्बलता है, किन्तु जिसे वह अपनी सबसे बड़ी शक्ति समझती है।

2

बुद्ध-प्रतिमा पर दीपाधारों की शिखाओं का चंचल आलोक स्थिर होकर उनकी मुद्रा की गम्भीरता को और भी गम्भीर दिखाने लगा। दोनों शीर्णकाय भिक्षु अपने पीले वस्त्र पहने अत्यन्त गम्भीर थे। धूप-गन्ध से समस्त प्रकोष्ठ सुरभित हो रहा था।

राज्यश्री ने विनत होकर कहा : 'तथागत, मैं जानती हूँ मनुष्य का सुख सदैव ही नहीं रहता, किन्तु भगवन् ! क्या जो आनन्द आपने मुझे दिया है उसे मैं अस्वीकार कर दूँ ?'

उसके स्वर में एक विह्वल अनुराग था। त्याग और तपस्या की सुनी हुई गरिमा जैसे मन से यह समझौता करना चाहती कि जो गृहस्थ-जीवन आज चल रहा है, वह एक पाप ही नहीं है, वह स्वयं स्वाभाविक है।

वृद्ध भिक्षु ने शान्त स्वर में कहा : 'देवी ! मन को साधो। आनन्द बुरा नहीं है, क्योंकि तुम अभी गृहस्थ हो। तुम्हारे लिए यही अच्छा है। सुन्दरी नन्दा भगवान के प्रभाव में राजवंश में जन्म लेने पर भी प्रव्रजित हुई थी, किन्तु वह अपने हृदय को बहुत समय तक वश में नहीं रख सकी। राज्यश्री, शास्ता सब पर दृष्टि रखते समय आने पर वे उचित को ही प्रचलित करते हैं। तू उपासिका है, तेरे लिए यही धर्म श्रेष्ठ है।'

राज्यश्री ने दंडवत करके कहा : 'तथागत ! मुझे वही शक्ति दो कि मैं कभी भी अपने सत्य से विमुख नहीं होऊँ। पाप मुझे कभी भी डिगाए नहीं। मेरे मन में अशुभ विचार कभी न आएँ और तुम्हारी जीवमात्र पर दया करने की क्षमता मेरे मन में सदैव बनी रहे। मेरे सौभाग्य की सदैव ही रक्षा करो, उन पर पड़नेवाले दुःख मेरे भाग्य में लिख दो, भगवान !'

और फिर वहाँ बौद्ध भिक्षु उपासना में लग गए। राज्यश्री चली आई। विशाल स्तम्भों पर टिके अलिन्दों में से चलकर जब मौखरि कुल की महारानी अपने विलास-कक्ष में आ गई, मल्लिका ने श्वेतमर्मर और सुवर्ण की बनी फलका पर पारसीक कालीन बिछा दी, जिस पर बैठकर राज्यश्री वीणा बजाने लगी। नृत्य और संगीत में उसकी अत्यन्त रुचि थी। वीणा के तार झनझनाने लगे, स्वरों की उठती झंकार, अपनी गतिलय पर झूमती अन्तराल में विलीन होने लगी। और फिर वे समस्त स्वर जैसे नृत्य करने लगे और

विभोर उल्लास में काँपने लगे।

मदनिका ने जिस समय प्रवेश किया उसे लगा जैसे महाश्वेता वीणापाणि सरस्वती स्वयं ही सम्मुख उपस्थित थीं। वह क्षण-भर कुछ भी नहीं सोच सकी। दासी दुविधा में पड़ गई। व्याघात डालने का अर्थ यह भी हो सकता है कि स्वामिनी क्रुद्ध हो जाएँ और उसे अपनी सेवा से च्युत कर दें, जिसका अर्थ होगा अन्य प्रभुओं की सेवा और वह तो कोई सरल काम नहीं था !

निदान मदनिका कुछ भी नहीं कह सकी। स्तम्भों के पीछे से दंडधारिणी का स्वर सुनाई दिया : 'मौखरि कुल-भूषण...।'

फिर शंखनाद प्रतिध्वनित हुआ। राज्यश्री की उँगलियाँ हठात् रुक गईं। वह उठकर खड़ी हो गई। उसने कहा : 'अरे ! महाराज आ गए।'

मदनिका लज्जित हो गई। उसने कहा : 'देवी ! मैं यही शुभ समाचार देने आई थी।'

'तो फिर कहा क्यों नहीं ?'

'देवी, मुझे साहस नहीं हुआ।'

'क्यों ?'

राज्यश्री का यह सुहासित प्रश्न सुनकर मदनिका फिर चक्कर में पड़ गई। उसकी समझ में नहीं आया कि वह उत्तर क्या दे। राज्यश्री ने देखा, मदनिका के मुख पर विषाद की एक रेखा खिंची और फिर उसके नेत्र झुक गए। उसने सिर झुकाकर कहा : 'देवी ! स्वामिनी हैं न ? मैं दासी ठहरी।'

नितान्त सत्य होने पर भी राज्यश्री को जाने यह क्यों अच्छा नहीं लगा। जैसे यह वैभव, यह सत्ता एक क्षण के लिए व्यंग्य बन गई। जीवमात्र पर दया !

किन्तु विचार अधिक टिका नहीं। निकट ही कामकन्दला की झंकारती हुई हँसी सुनाई दी। फिर एक पुरुष का स्वर सुनाई दिया : 'क्यों कामकन्दला ! महारानी को संगीत बहुत प्रिय है न ?'

कामकन्दला का स्वर आया : 'देवी तो नृत्य-संगीत में स्वयं ही प्रवीण हैं, देव !'

'जानता हूँ, कामकन्दला,' पुरुष के निकट आते शब्द सुनाई दिए : 'इस बार वसन्तोत्सव का प्रबन्ध मैंने पहले से भी बहुत अच्छा कराया है। देख तो देवी के लिए मैं कैसा सुन्दर छौना लाया हूँ ?'

'देव,' कामकन्दला का स्वर सुनाई दिया : 'इसके नयन तो बिल्कुल देवी के-से हैं।'

पुरुष का हास्य और निकट आ गया। राज्यश्री ने झुककर प्रणाम किया। पति को देखकर वह सबकुछ भूल गई। दासियाँ एक-एक करके चली गईं। केवल मदनिका एक स्तम्भ की आड़ में हो गई। दासी का उपस्थित रहना प्रत्येक समय ही प्रायः आवश्यक था।

गृहवर्मा ने छौना उसकी गोदी में धर दिया। अबोध बालक की भाँति छौने ने अपनी निर्दोष बड़ी-बड़ी आँखों से राज्यश्री की ओर देखा।

'इसे पाना बहुत कठिन हो गया था,' गृहवर्मा ने कटिबन्ध को खोलते हुए कहा :

'मृग की चंचलता प्रसिद्ध है, महारानी। अन्त में मुझे हरिणी को मार ही देना पड़ा।'

राज्यश्री के हृदय पर आघात-सा हुआ। हरिणी की मृत्यु के समय वेदना से आर्त्त नेत्र उसकी आँखों के सामने घूम गए। गृहवर्मा आतुर-सा शैया पर बैठ गया। उसे मृगी के नेत्रों की भयविस्फारित प्रतिछाया एक क्षण को राज्यश्री के नेत्रों में दिखाई दी। वह निस्तब्ध बैठा रहा।

राज्यश्री ने ही कहा : 'छिः-छिः, कितने कठोर हैं आप, स्वामी ! इसके नयन कितने निर्मल और पवित्र हैं !'

गृहवर्मा ने शैया पर लेटते हुए कहा : 'देवी ! यह पवित्र और निर्मल नयन इतने सीधे नहीं होते जितना तुम कहती हो। यह भोले-भाले प्राणी भी दूसरों के खेत को चर जाते हैं।'

और वह हँस पड़ा। क्षण-भर पहले जो निर्बलता उसमें आ गई थी, मानो उसने उसको इस हास्य द्वारा बहा दिया। राज्यश्री ने धीरे से कहा : 'किन्तु देव ! यह तो उसका स्वभाव है। क्या हम एक-दूसरे की वस्तु का अपहरण नहीं करते ? क्या राजा एक-दूसरे से राज्य के लिए युद्ध नहीं करते ?'

गृहवर्मा ने सुना और जैसे नहीं सुना। वह कहता गया : 'मुझे एक बात का आश्चर्य होता है, राज्यश्री ! आज तुम्हारे भगवान बुद्ध को हुए अनेक शताब्दियाँ बीत गईं। उदयन से आज तक अनेक संवत्सर व्यतीत हो गए। आज से लगभग सहस्र वर्ष पूर्व सम्राट अशोक देवानाम् प्रियदर्शी ने विश्व में शान्ति फैलाने के लिए अपनी पुत्री संघमित्रा को भिक्षुणी बना दिया था और सहस्रों स्त्री-पुरुष, सहस्रों नहीं लाखों, तब से अपने जीवन के समस्त सुखों का बलिदान करके संसार में शान्ति फैलाने में लग चुके हैं। किन्तु संसार में शान्ति नहीं आई। लोग जैसे तब एक-दूसरे से लड़ते थे, अब भी वैसे ही परस्पर युद्ध करते हैं।'

राज्यश्री क्षण-भर चुप रही। फिर उसने अटक-अटककर कहा : 'देव ! यदि मनुष्य राज्य, धन और यश का लोभ न करे, यह वासना का मूल मिट जाए तो संसार में कभी युद्ध नहीं होगा।'

गृहवर्मा हँसा। उसने कदम्ब के पत्तों को एक ओर फेंककर कहा : 'देवी ! महाभारत में सत्ययुग के वर्णन में कहा है कि हिमालय के पार उत्तर कुरु में मनुष्यों को कोई दुःख नहीं, वहाँ कोई राजा नहीं, कोई अत्याचार नहीं, युद्ध नहीं। किन्तु यह तो कल्पना है। बिना राज्य के मनुष्य समुदाय में नहीं रह सकता। बिना दंड के भय नहीं रह सकता और जब राज्य रहता है तो समर्थ अपने को बाँधकर नहीं रह सकता। जाने दो, देवी ! मुझे तनिक अपने मुख की रूपसुधा का पान करने दो।'

बात को एकदम दूसरी दिशा में मुड़ जाते देख राज्यश्री लज्जा से लाल हो उठी। उसने मुस्कुराकर कहा : 'चलिए भी !'

मदनिका उस समय और पीछे हट गई थी। गृहवर्मा ठठाकर हँस पड़ा। मदनिका ने अपने नयन मूँद लिये।

मालवराव देवगुप्त अपने को गुप्त साम्राज्य का वंशज कहा करता था। उसके हृदय में अदम्य तृष्णा थी। यदि गौड़ का शशांक नरेन्द्र गुप्त अपने को गुप्तों का उत्तराधिकारी कहता था, तो देवगुप्त को उस पर हँसना अच्छा लगता था। उस समय कान्यकुब्ज महानगर हो चला था। आज से दो सौ वर्ष पूर्व जो गौरव पाटलिपुत्र को प्राप्त था, वह अब धीरे-धीरे यहीं एकत्रित होता जा रहा था। चीन तक से व्यापारी यहाँ आते थे। ब्राह्मण धर्म तथा बौद्ध धर्म दोनों के ही अनुयायी यहाँ प्रचुर मात्रा में पाए जाते थे। ढाई कोस लम्बे और आधे कोस से भी अधिक चौड़े नगर में सौ बौद्धमठ थे जिनमें दस सहस्र से भी अधिक महायान तथा हीनयान सम्प्रदायों के भिक्षु थे, और दो सौ देव मन्दिरों में कितने सहस्र साधु वास करते थे, यह कहना कठिन था। कान्यकुब्ज के स्वच्छ जलकुंडों, सुन्दर उपवनों, सुरम्य गृहों तथा आनन्दप्रद उत्सवों ने कश्मीर से कन्याकुमारी तथा गौड़, सुवर्णभूमि से पश्चिम में अरब तक के व्यापारियों को आकर्षित कर लिया था। उस समय अरब में इस्लाम का प्रादुर्भाव ही हुआ था। धर्म फैल नहीं पाया था। अरबवासी भी भारतीयों, यूनानियों की भाँति देवी-देवताओं के उपासक थे। और कान्यकुब्ज में जैन तीर्थंकर ऋषभदेव, राम, कृष्ण तथा बुद्ध के अतिरिक्त महावराह, सूर्य, शिव की उपासना करनेवाले भी थे। मौखरियों की राजधानी देवगुप्त पर अपना इन्द्रजाल बिछा चुकी थी।

इस समय प्रयाग और वाराणसी ब्राह्मण धर्म के केन्द्र बन चुके थे। कपिल, कणाद तथा जैमिनि के अनुयायियों के विवादों की धूम थी। लोकमतों की महत्ता नष्ट नहीं हुई थी। केशलुंचक, पाशुपत तथा भागवतों की विभिन्न धाराएँ आकर फल-फूल रही थीं। नगरवासी भी कापालिक, अघोर, चीनाचार, जूतिक आदि के विषय पर विवाद किया करते थे।

अपार धन के केन्द्र बौद्धमठों का प्रभुत्व यहाँ समृद्धि पर था। इस समय कौशाम्बी, श्रावस्ती तथा वैशाली में बौद्ध-पताका झुक चली थी। बौद्ध धर्म की अठारह शाखाएँ हो चुकी थीं और वज्रयानी अपनी साधना को पहले की भाँति गुह्य नहीं रखते थे। जैन धर्म पुन्द्रवर्धन और समरत की भाँति कान्यकुब्ज में शक्तिशाली नहीं होते हुए भी, दिगम्बर साधुओं की कमी नहीं थी।

पाठशालाओं में गुरु यवन, पारसीक, बर्बर, खस, दरद इत्यादि के आक्रमणों की कथा सुनाते; स्कन्दगुप्त, नहपान तथा कनिष्क और खारवेल से लेकर उदयन तथा अजातशत्रु की कहानियाँ दुहराते। रात्रि के समय जब कापालिक दिगम्बरा शक्ति की उपासना करते, नगर के चतुष्पथों पर या चैत्यों के निकट ब्राह्मण पुराणों की कथाएँ सुनाया करते। वल्लभी तथा नालन्द विश्वविद्यालयों को जानेवाले स्नातक जब लौटकर आते तब नगर के कवि और दार्शनिक उन्हें सम्मान प्रदान करते थे।

देवगुप्त को मौखरियों का यह वैभव अखरता था। ईश्वरवर्मन् तक जो गुप्तों की अधीनता स्वीकार करते थे, ईशानवर्मन् के काल में वे मौखरि स्वतन्त्र हो गए थे। उसने

गौण, आन्ध्र तथा सुलीकवंशों और हूणों को पराजित किया था। ईशान के बाद, शर्व, अवन्ति ने उसी शक्ति को अक्षुण्ण रखा। इस समय के शासक गृहवर्मन् ने स्थाण्वीश्वर के वर्धनों की राजकन्या राज्यश्री से विवाह करके अपनी शक्ति बढ़ा ली थी। स्थाण्वीश्वर के यह वर्धन पुष्यभूति वंश के थे। नरवर्धन शैव था, जिसने हूणों के आक्रमण के समय गुप्त साम्राज्य के खँडहरों में से सिर उठा दिया था। नरवर्धन के पौत्र आदित्यवर्धन ने गुप्तवंश की राजकन्या महासेनगुप्त से विवाह किया था। उसी का वंशज प्रभाकरवर्धन एक सशक्त राजा था। उसने स्वयं अपने को महाराजाधिराज तथा परम भट्टारक की उपाधि दे दी थी और गुर्जरों को पराजित करके वह मालव तथा गुर्जरभूमि का बहुत-सा भाग दबा बैठा था जो शीघ्र ही उसके हाथ से निकल गया। उसके बन्दियों ने उसे लगभग चक्रवर्ती सम्राट् ही कह दिया था, किन्तु सत्य इतना ही था कि उत्तर में उसका राज्य हिमालय तक था। पश्चिम में पंचनद प्रदेश में हूण शक्ति थी, पूर्व में कान्यकुब्ज के मौखरी थे, दक्षिण-पश्चिम में राजपूताने की मरुभूमि थी। मौखरी वंश से पुष्यभूति वंश की मित्रता ही गुप्तों के लिए विक्षोभ का कारण बन गई थी।

एक ओर राज्यवंशों में यह प्रतिस्पर्धा थी, दूसरी ओर अनेक आक्रमणकारी जातियों के भारत में घुस आने से उनके मतान्तरों का यहाँ के निवासियों पर जो प्रभाव पड़ा था, उससे अनेक नए मतों का प्रादुर्भाव हो गया था। प्रजा पर धीरे-धीरे अन्ध-विश्वासों की छाया का प्रगाढ़ अन्धकार व्याप्त हो चला था। वज्रयानी सिद्धों की वाममार्गी उपासना का तन्त्रवाद अब ब्राह्मणों, शैवों पर भी पड़ने लगा था। यहाँ तक कि भागवत सम्प्रदाय के अनुयायी भी उससे अछूते नहीं थे। कहीं-कहीं तो जैन सम्प्रदायों तक उसकी आग ने झुलस पहुँचा दी थी।

सामन्तों और प्रजा के पारस्परिक सम्बन्धों में मिठास नहीं थी। अभी तक सामन्त जो विदेशियों से रक्षा करते थे, अब विदेशियों की शक्ति क्षीण होने पर परस्पर स्त्री, धन और भूमि के लिए लड़ने लगे थे, जिसके फलस्वरूप प्रजा को अत्यन्त कष्ट होता था। किन्तु सामन्तों की दुर्दमनीयता घटने के स्थान पर बढ़ती जा रही थी। हूणों की अन्तिम शक्ति कभी-कभी प्रजा के असन्तोष को ढक देती थी। मिहिरकुल के उपरान्त शक्ति क्षीण हो चुकी थी, वह इस समय उत्तर-पश्चिम से कुछ नए हूणों के आ जाने से फिर सिर उठाने लगी थी। प्रभाकरवर्धन ने अपने पुत्र राज्यवर्धन को उनसे युद्ध करने को भेज दिया था।

दक्षिण के राष्ट्रकूट सन्नद्ध थे। वातापि में पुलकेशिन द्वितीय अब दाक्षिणात्य में अपना हाथ फैलाने लगा था। उसके भाई विष्णुवर्धन ने जो पूर्वी चालुक्य वंश स्थापित किया उसने सुदूर दक्षिण के चोल राजाओं तक को दबा दिया, जो पुलकेशिन स्वयं नहीं कर सका था। पूर्व और पश्चिम समुद्र के बीच वह पुलकेशिन अपनी विन्ध्य जैसी सेना लिये अड़ा हुआ था। ईरान के शाह खुसरू द्वितीय के पास उसने अपने दूत भेजे और समुद्री राह से उसके यहाँ पारसीक दूत आकर रहते थे। उसके स्वागत का चित्र तत्कालीन चित्रकारों ने अजन्ता की गुफाओं में अंकित किया था।

वर्धनों की मित्रता चीन से बढ़ रही थी। वर्धनों के विरोधी देवगुप्त के मुख से कभी वर्धनों के लिए क्षत्रिय शब्द नहीं निकला। वह उन्हें वैश्य ही कहता था। पार्यात्र वैरात का राजा उन दिनों वैश्य तथा सिन्धु देश का शासक शूद्र था।

सेनाओं पर व्यय बहुत होता था। नगर के प्राकार सुदृढ़ थे, और श्रेणियों में शिल्प व्यवसाय विभक्त था; यदि शिल्पी प्रतिज्ञा करके कार्य पूर्ण नहीं कर पाता था तो उसे दास बना लेना सम्भव था, और वह अपने दासत्व से धन चुकाकर ही छूटता था।

देवगुप्त की वासना दिन पर दिन बढ़ती ही जा रही थी।

4

रात्रि के अन्धकार में किसी ने धीरे से द्वार थपथपाया। नगर के निम्न श्रेणी के लोग इस भाग में रहते थे। थोड़ी देर तक कोई उत्तर नहीं आया। तब वह थपथपानेवाला कुछ देर खड़ा रहा और फिर ऊबकर बुदबुदाने लगा : 'अच्छा काम है। सो गई होगी।'

इसी समय वातायन में से किसी ने झाँककर कहा : 'कौन है ?'

फिर स्त्री का हास्य सुनाई दिया : 'भंड !'

द्वार खुल गया। एक बौना हाथ में मशाल लिये चलने लगा। आगन्तुक पीछे-पीछे चल पड़ा। द्वार फिर बन्द हो गया।

घर छोटा था। सामने एक अलिन्द था। उसके दोनों ओर दो कोठरियाँ थीं, जिनमें केवल द्वार थे और फिर दूसरी मंजिल थी। आगन्तुक ऊपर चला गया। उसने देखा, एक स्त्री शैया पर पड़ी थी। बौना जाकर उसके सिर को दबाने लगा। दूसरी स्त्री भीतर चली गई। भंड बैठ गया। भीतर जानेवाली स्त्री हँसती हुई लौट आई और उसने उसके सामने एक रोटी, कुछ मांस रख दिया। वह पीले नेत्रों की स्त्री हूण थी। भंड एक स्त्री के रहते दूसरी स्त्री को ले आया था।

'क्या संवाद है ?' वामन ने अपने कूबड़ को और उचकाकर पूछा।

भंड ने कुछ नहीं कहा। चुपचाप खाता रहा। दीपशिखा काँपने लगी। जब वह खा चुका, उसने उठकर कहा : 'साका !'

हूण स्त्री उसके निकट आ गई। भंड क्षण-भर मुग्ध-सा देखता रहा। शैया पर पड़ी स्त्री ने देखा और मुँह फेर लिया।

भंड ने कहा : 'मुझे इसी समय जाना पड़ेगा।'

बौना चुप था। उसने कहा : 'क्यों ? इस समय तुम कहाँ से आए हो ? जानते हो, पद्मा घर से गायब है।'

भंड ने हँसकर कहा : 'कार्य गुप्त है,' फिर जैसे चौंक उठा : 'पद्मा ! कौन ले गया ?'

साका ने आँखें बचाकर कहा : 'ऐसा गुप्त तो क्या होगा ?' उसे पद्मा से कोई

मतलब न था। पद्मा पड़ोसिन थी।

'हाँ,' भंड ने कहा : 'स्थाण्वीश्वर से आ रहा हूँ।' फिर वह हँसा। वामन चौंक उठा। भंड कहता रहा, 'अब पुरस्कार मिलेगा, मधु ! समझी ! साका और तू स्वर्ण से लद जाओगी। प्रभाकरवर्धन मृत्युशैया पर पड़ा है। मदनिका का कोई समाचार आया ?' वह पद्मा के संवाद को भुला देना चाहता था।

मदनिका भंड की बहन थी। भंड एक वेश्या का पुत्र था। मदनिका एक गृहस्थ की पुत्री थी। किन्तु वह उससे पड़ोस में बचपन में खेला था। उसे बहन ही मानता था। अभी उसमें मनुष्यता बाकी थी। पद्मा को उसने उसकी बाल्यावस्था से देखा था। दारिद्र्य में अटूट सौन्दर्य देखकर वह उससे बहुत स्नेह करता था।

वामन ने कहा : 'मदनिका राज्यश्री के पास आराम से है। कहती थी, उसके दुःख बीत गए। पद्मा की माँ उसे ढूँढ़-ढूँढ़कर हार गई, कोई पता नहीं चला।'

'सच कहती थी,' भंड ने कहा : 'अब राज्यश्री का अन्त निकट आ गया है।' वह हँसा, फिर कहा : 'पद्मा !' फिर उसने लम्बी साँस ली और कहा : 'मदनिका !' जैसे वह अब अपने मन में मदनिका और पद्मा की तुलना कर रहा था।

'क्यों ?' वामन ने पूछा। वह मदनिका के विषय में जानना चाहता था।

'क्यों !' भंड हँसा : 'मालवराज बड़ा लोलुप है। वह मदनिका को भूला नहीं है। अब इस समय मदनिका चाहे तो अपना भविष्य बना सकती है।'

साका जौ की मदिरा निकाल लाई थी। उसने चमड़े के चषक में भरकर भंड को दी। भंड के पीने पर वह जूठे पात्र में पीने लगी।

'मैं जाता हूँ,' भंड ने कहा। और वह उठ खड़ा हुआ।

उसके चले जाने के बाद दीपक बुझाकर तीनों सो गए।

महानगर की अगणित वीथियों को पार करके जब भंड प्रासाद के द्वार पर पहुँचा, द्वारपालों ने उसे रोक दिया। भंड ने मुस्कुराकर राजमुद्रा निकालकर दिखाई।

द्वारपालों ने सम्मानपूर्वक पथ छोड़ दिया। भंड भीतर चला गया।

इस समय मालवराज देवगुप्त अपनी विलासिनी नर्तकियों के साथ मदिरापान में रत था। सामने ही एक युवती बँधी पड़ी थी, जिसे नर्तकियाँ बलपूर्वक मदिरा पिला चुकी थीं और वह युवती नशे में झूम रही थी, जिसे देखकर वे लोग खिलखिलाकर हँस रहे थे। युवती निस्सन्देह सुन्दरी थी। उसका नाम पद्मा था। आज ही अरुणोदय से पूर्व देवगुप्त के सैनिक चुपचाप उसे पकड़ लाए थे।

नर्तकियों ने उसे झूमते देखकर देवगुप्त की ओर हँसकर देखा और हाथ फैला दिए। देवगुप्त ने उनके खुले हाथों पर एक-एक स्वर्ण-दीनार धर दिया। नर्तकियाँ आनन्द से पुलक उठीं। उन्होंने पद्मा के बन्धन खोल दिए और वे चली गईं।

देवगुप्त मदविह्वल-सा उठकर उसके समीप चला गया। स्त्री भय से काँपने लगी, किन्तु उसकी चेतना धीरे-धीरे क्षीण होती जा रही थी। देवगुप्त ने उसे अपने हाथों में भरकर कहा : 'देवगुप्त की तृष्णा एक लपट है। वह सतीत्व की आग की ऊष्मा से

भयभीत नहीं होती। मेरा कहना जो स्वयं स्वीकार करने में हिचकिचाता है, उसे बलपूर्वक मैं स्वेच्छा से सबकुछ स्वीकार करा सकता हूँ।'

स्त्री एकबारगी उठी और फिर लड़खड़ाकर गिर गई। और बेहोशी ने उसकी चेतना को छीन लिया, देवगुप्त ने क्षण-भर देखा और अत्यन्त आतुरता से उसे उठाकर शैया पर डाल दिया।

ठीक इसी समय द्वार पर किसी की थपथपाहट सुनाई दी।

देवगुप्त क्रुद्ध हो उठा। स्वभाव से ही वह क्रूर था। अपने अक्षुण्ण विलास में बाधा स्वीकार करना उसके स्वभाव के विरुद्ध था। उसके परम हितैषी भी उसके क्रोध का निवारण करने में उस समय असमर्थ होते थे, जब उसके सामने स्त्री और मदिरा का इन्द्रजाल होता था। अपने राज्य की किसी भी स्त्री को बलात् या गुप्त रूप से उठा लाना सामन्तों के बाएँ हाथ का खेल हो चला था, किसी-किसी कामुक सामन्त का तो यह नियम-सा बन गया था कि कोई नववधू अपने पति के पहले सामन्त की दासी बनती थी, और दासी के अपने ऊपर कोई भी अधिकार नहीं थे। ऐसी अत्युक्ति सब पर तो लागू नहीं थी, किन्तु तत्कालीन कवियों की शृंगारिक रचनाएँ जो सामन्तों के कौतुक के लिए लिखी जाती थीं, उनके हृदयों की वह्नि पर घी बनकर गिरती थीं। देवगुप्त किसी भी अपराध को क्षमा करने की शक्ति रखता था, किन्तु ऐसे समय किसी का तनिक भी व्याघात उसे असह्य था।

उसने कठोर स्वर से कहा : 'कौन है ?'

उत्तर आया : 'देव का निजी गुप्तचर भंड।'

'भंड !' देवगुप्त हठात् चौंक गया। उसके मस्तिष्क में अनेक बातें दौड़ गईं। भंड यदि पद्मा को यहाँ देखेगा तो क्या कहेगा ? और भंड क्या समाचार लाया है जो उसे रात्रि में इसी समय आना पड़ा ? बाहर द्वारपालों ने उसे रोका होगा, फिर अनेक व्यक्तियों ने रोककर उसे महामुद्रा प्रदर्शित करने को विवश किया होगा, किन्तु वह अबाध निर्भय होकर जो चला आया है, उसका कारण ? और फिर देवगुप्त की दृष्टि पद्मा की ओर गई, जो इस समय नशे में सो गई थी। और उसका रक्त आवेश से खौलने लगा। क्या आज की शक्ति व्यर्थ जाएगी ? क्या वह अपनी दुर्दमनीय वासना को राज्य-कार्य की भेंट चढ़ा देगा ? यह तुलना इतनी कठोर थी कि देवगुप्त क्षण-भर ऐसे गम्भीर चिन्तन में लग गया कि वह भंड की उपस्थिति को भूल ही गया।

'देव !' भंड का स्वर सुनाई दिया, 'प्राचीरों में भी शत्रु होते हैं, अन्यथा मैं संवाद सुना चुका होता।'

देवगुप्त अधीर हो उठा। उसने द्वार खोल दिया। वह इस समय साधारण वेश में था। अधोवासक, उष्णीष और कंचुक पहने था। उसके पैरों में शकों के-से ऊँचे जूते थे। बाएँ हाथ में चाँदी का वलय था। कटिबन्ध में खड्ग लटक रहा था। उसके बाल पहलवी ढंग के कटे हुए थे। द्वार खुलते ही भीतर से सुगन्धित वायु का एक झोंका आया। बहुमूल्य वस्तुओं से सज्जित प्रकोष्ठ बीच में स्तम्भों पर टिका हुआ था। चीन के रेशमी

दुकूलों से दीपों का आलोक प्रतिध्वनित होता हुआ देवगुप्त की वासनामय आकृति को एक रक्तिम उन्माद देता हुआ जब भंड के नयनों में सुस्थिर हो गया, उसने देखा, एक सुन्दरी युवती बहुमूल्य आच्छादनों के बीच सो रही थी और फलक पर मदिरा-पात्र रखे थे।

'क्या संवाद लाए हो ?' देवगुप्त ने अधीर होकर पूछा।

'बहुत अच्छा समय है, देव।'

'क्या हुआ है, शीघ्र कहो।'

'देव ! कुमार हर्षवर्धन इस समय वनों में आखेट कर रहे हैं, युवराज राज्यवर्धन इस समय हूण-युद्ध में रत हैं। स्थाण्वीश्वर के राजा प्रभाकरवर्धन मृत्यु-शैया पर पड़े हैं।'

'अन्तिम घड़ियाँ गिन रहा है वह बूढ़ा ?' देवगुप्त ने उपहास से कहा।

'देव ! रसायन और सुषेण जैसे वैद्य हार चुके हैं। हर्ष और राज्यवर्धन को राजधानी बुलाया गया है !'

'साधु भंड, साधु ! मैं तुम्हें स्थानपाल बनाऊँगा,' देवगुप्त ने सोचते हुए कहा। इसी समय स्त्री ने करवट ली। भंड को उसका मुख दिख गया। उसके मुख से निकला : 'पद्मा !'

और भंड भूल गया कि वह कहाँ था। उसने पद्मा का सिर अपनी गोद में लेकर कहा : 'पद्मा ! पद्मा !'

स्त्री में जैसे चेतना की हिलोर आई। उसने दोनों हाथ फैलाकर कहा : 'मुझे बचाओ...!'

और वह फिर मूर्च्छित हो गई।

देवगुप्त अब निकट आ गया था। उसने क्रोध से भंड की गर्दन पकड़कर कहा : 'मूर्ख, मैं तुझे मृत्युदंड दूँगा।'

उसने दोनों हाथों से ताली बजाई। तीनों द्वारों पर बर्बर सैनिक दिखाई दिए। उन्होंने भंड को पकड़ लिया।

रात के अन्धकार में ही नगर की उस गली में वह छोटा-सा घर सैनिकों ने घेर लिया। वामन, साका और मधु पकड़कर बाँध लिये गए।

प्रातःकाल भंड ने देखा—वामन, साका, मधु और पद्मा उसी के पास थे और सामने ही बधिक उपस्थित थे। उसने पद्मा की ओर देखा तो उसने सिर झुका लिया। वह अपवित्र थी।

महासामन्त देवगुप्त की तृष्णा का दीप जल उठा था। भंड को पुरस्कार मिल गया था।

5

उपगुप्त उपरिक था। स्वभाव से भीरु किन्तु अत्यन्त महत्त्वाकांक्षी। प्रभात के आलोक में वह शीघ्रता से बाहर जाने की तैयारियाँ कर रहा था। बाहर दासियाँ और दास काम में लगे हुए थे। यह घरेलू दासों की प्रथा अभी अवशिष्ट थी। कहा जाता था कि प्राचीन लिच्छविगण के समय में क्रय-विक्रय के योग्य दास थे, जिन पर स्वामी का पूर्ण अधिकार था। वे ही खेती करते थे। परन्तु मौर्य साम्राज्य के समय में चाणक्य ने जो नियम बनाए थे उस समय दास-प्रथा का अन्त हो गया था। भूमि के जोता दास नहीं रहे थे। अर्द्धदासों की-सी अवस्था में वे अभी तक चल रहे थे।

उपरिक उपगुप्त को जल्दी थी। उसे देवगुप्त ने बुलवाया था। दंडधर अभी आकर सूचना दे गया था। अभी एक गया नहीं था, तब तक दूसरा आ पहुँचा था। उपरिक को स्वयं जल्दी थी। कल रात दूत ने आकर जो गोपनीय समाचार दिया था, वह रात होने के कारण पहुँचा नहीं सका था। मागन्धी नामक दासी ने लाकर जब उसे स्वर्ण किरीट दे दिया, उसने उसे पहन लिया और सीधे, हिनहिनाते घोड़े के पास पहुँचकर उसने वल्गा पकड़ ली और प्रासाद की ओर चल पड़ा।

देवगुप्त अधीर था। उपरिक उपगुप्त ने उसे झुककर अभिवादन किया। देवगुप्त को अवकाश नहीं था। उसने कहा : 'यह सब छोड़ दो, उपरिक उपगुप्त। अपनी बात कहो।'

किन्तु उपरिक के कहने के पहले ही देवगुप्त अपनी वही बात कह गया जो रात उसे भंड ने सुनाई थी। उपरिक सुनता रहा और फिर वह मुस्कुराया। उसने कहा : 'देव ! कल कर्णसुवर्ण नरेश का दूत आया है।'

'हाँ !' देवगुप्त के नयन विस्फारित हो गए : 'क्यों ?'

'दूत पत्र लाया है। कर्णसुवर्ण के राजा हमारी मित्रता के प्रार्थी हैं।'

'यह सत्य है ?'

उपरिक उपगुप्त ने कहा : 'प्रमाणहीन मैं कोई बात नहीं कहता। उसने एक लपेटा हुआ कपड़ा अपने वस्त्रों के भीतर से निकाला और देवगुप्त ने उसे व्याकुलता से पढ़ा। और फिर कहा : 'अबकी बार विजय निश्चित है, उपगुप्त।'

'देव !'

'यही समय है जब वर्धनों और मौखरियों का नाश किया जा सकता है,' देवगुप्त के कठोर मुख पर एक भयानकता काँपने लगी। नीरव प्रकोष्ठ में फुसफुसाते शब्द धीरे-धीरे साँप के बच्चों की भाँति कुलबुलाने लगे। उपरिक उपगुप्त को लगा, जैसे साँपिन अभी-अभी जो अनेक अंडे धर गई थी, उनमें से अब छोटे-छोटे बच्चे निकल रहे थे। देवगुप्त की भौं सिकुड़ गईं। एक दृढ़ता उसके नीचे के होंठ पर जम गई। उसके कर्कश हाथ जो खंग चलाते-चलाते कठोर हो गए थे, कुछ फैल गए। वह कहता रहा : 'गृहवर्मा राज्यश्री के सपने में पागल हो रहा है। मालवा के गुप्तवंश को इसी समय उठना ही होगा। उपरिक उपगुप्त ! क्या सोच रहे हो ?'

'देव ! मैं आपकी आज्ञा सुन रहा था।'

देवगुप्त प्रसन्न हुआ। उसने कहा : 'सेना को चुपचाप नागरिक वेश में कान्यकुब्ज में घुसा दो। मैं स्वयं वेश बदलकर जाऊँगा। उपरिक, समय बड़ा अमूल्य है ! चूक न जाए।'

'देव ! देखिए तो,' उपरिक ने खड्ग पर हाथ रखकर कहा : 'इस पुल पर चलते समय किसी का पाँव लहूलुहान न हुआ हो, ऐसा तो कभी नहीं सुना ?'

'सुनना होगा, उपरिक,' देवगुप्त ने कादम्बिनी ढालते हुए कहा : 'दक्षिणापथ के नट खड्ग पर भी चल लेते हैं।'

'कौन पुलकेशिन ?' उपरिक ने उपेक्षा दिखाई।

देवगुप्त ने कन्धा हिलाकर कहा : 'पहले मौखरी। पीछे वर्धन !'

उपरिक ने उसके नयनों में अदम्य तृष्णा नहीं देखी। वह मन ही मन काँप उठा।

6

आकाश में दो-चार बादल उड़ रहे थे। राज्यश्री के विशाल उद्यान के पश्चिमी भाग में सघन वृक्ष थे। जामुन, खिरनी, पीपल, वट तथा मौलश्री की सुखद छाया वहाँ परिव्याप्त थी। सन्ध्या अभी दूर थी। वटवृक्ष के नीचे एक वेदी-सी बनी थी और पीपल के नीचे चैत्य था। नागपूजा भी वहीं होती थी। एक विश्वास यह भी था कि श्रीमा यक्षिणी का उसमें निवास था। पास ही बताया जाता था कि गन्धर्व रहते थे। मदनिका घूमती हुई उधर ही आ गई। वह एकान्त में बैठकर कुछ सोचना चाहती थी। अब वह कुछ थक गई थी। दासियों की प्रतिस्पर्धा से उसका हृदय बहुत खिन्न हो गया था। राज्यश्री उससे बहुत स्नेह रखती थी, यह अन्य दासियों को प्रिय नहीं था।

हिमालय का अशोक वृक्ष अपने चलदल लहराता हुआ शोभित था। वह उसके नीचे जाकर लेट गई। प्राकार की निकटता से वहाँ कुछ अधिक छाया हो गई थी। उस शीतलता में पड़ते ही उसे नींद आ गई। कब तक वह सोती रही, इसका उसे ज्ञान नहीं रहा। उसे एक व्यक्ति ने धीरे से जगा दिया। एक नए पुरुष को देखकर उसके मुख से एक भय की हल्की चीख निकल गई।

नवागन्तुक ने उसको भीत देखकर कहा : 'डरो नहीं। मुझे भंड ने भेजा है।'

'भंड !' मदनिका ने आँखें फाड़कर देखा। अभी वह कुछ समझ नहीं पाई थी।

नवागन्तुक ने उसका हाथ पकड़कर कहा : 'उधर चलो, एकान्त में।'

मदनिका उसके साथ यूथिकामंडप में चली गई। नवागन्तुक बैठ गया। मदनिका के बैठ जाने पर उसने कहा : 'भंड मर गया। साका, मधु, वामन और पद्मा भी मारे गए।'

मदनिका ने सुना। उसकी इच्छा हुई, रो पड़े किन्तु उसकी आँखों में एक भी आँसू नहीं आया। उसने सूनी दृष्टि से देखकर कहा : 'उनकी हत्या किसने की ?'

'मौखरियों ने,' आगन्तुक ने धीमे से कहा : 'भंड देवगुप्त का चर था, यह तो तुम जानती हो ?'

मदनिका ने सिर हिलाया।

'मुझे उसी ने कहा था कि तुम राज्यश्री की दासी हो। चर को मृत्युदंड दिया जाता है।'

'किन्तु उसके साथ मधु, साका और पद्मा तथा वामन भी यहीं आए थे ?'

'आए थे। मूर्ख थे न ? मेरा कहना नहीं माना। मौखरि सैनिकों ने स्त्रियों को पकड़ लिया।'

'सैनिकों ने ?' वह काँप उठी : 'फिर ?'

'फिर मृत्यु।' आगन्तुक की घुटी हुई आवाज़ डंक मारने लगी।

मदनिका अब सुस्थिर हो गई थी। उसने भूमि पर उँगली से रेखाएँ बनाते हुए कहा : 'और तुम कौन हो ?'

'तुम्हारा प्रेमी !' आगन्तुक ने मदनिका का हाथ पकड़ लिया।

मदनिका हँस दी। उसने कहा : 'सच कहो। उपहास के लिए काफी समय है।'

'सच ही कहता हूँ,' नवागन्तुक ने कहा : 'मेरा विश्वास करो। मैं तुम्हें गृहवर्मा से बचाने आया हूँ।'

'गृहवर्मा से ? उन्हें राज्यश्री से अवकाश ही कहाँ है ? क्या मैं राज्यश्री से भी सुन्दरी हूँ। ?'

'मौखरियों की लिप्सा को कौन नहीं जानता ? इस समय हर्म्य में कितनी स्त्रियाँ हैं ?'

'वह न पूछो। पर यह बताओ, अन्तःपुर में स्त्रियाँ किसके पास नहीं हैं ?'

आगन्तुक इस बार चुप रहा। उसने कहा : 'इस बात को जाने दो। मैं तो तुम्हारा भविष्य सोचता हूँ।'

'मेरा भविष्य ?' मदनिका हँस दी : 'मेरे जीवन में बाकी क्या रह गया है ? मेरी नहीं, अपनी चिन्ता करो। मैं यहाँ बहुत सुखी हूँ।'

'सुखी हो ?' आगन्तुक ने उसका हाथ दबाकर कहा : 'यह सौन्दर्य लेकर तुम दासी होने के योग्य हो ? बिन्दुवर्मा की पुत्री की यह परिस्थिति मालव का अपमान है।'

इस बार मदनिका सचमुच रो दी। वह घाव छू दिया गया था जिसमें अत्यधिक पीड़ा थी।

'मैं जानता हूँ,' आगन्तुक ने कहा : 'तुम्हारे सर्वनाश का कारण उपरिक उपगुप्त था। किन्तु वह भी अधिक दिन जीवित नहीं रहेगा।'

'क्यों ?' मदनिका की प्रतिहिंसा जागने लगी।

'क्योंकि देवगुप्त उससे मन ही मन असन्तुष्ट है।'

'परन्तु देवगुप्त क्या साधारण व्यक्ति है जिसके पास हमारी-तुम्हारी पहुँच हो सके ? वह क्या राजवंशीय नहीं है ?'

'है,' नवागन्तुक ने मद-भरे नयनों से कहा : 'जब से उसने तुम्हें देखा है वह अपने अतीत से घृणा करने लगा है।'

'तुम कैसे जानते हो ?'

आगन्तुक ने मदनिका के मुँह को अपने एक हाथ से दबाकर दूसरे से उसके एक हाथ को और भी दबाकर कहा : 'क्योंकि मैं स्वयं देवगुप्त हूँ।'

वह मुस्कुराया। मदनिका को लगा, उसके पाँवों के नीचे धरती नहीं थी। उसके नयन फट गए। यदि देवगुप्त ने उसका मुँह बन्द नहीं किया होता तो वह निस्सन्देह चिल्ला उठी होती। इस समय उसने उसे छोड़ दिया और धीरे से कहा : 'मदनिका ! तू विस्मय करती होगी कि राज-उद्यान में देवगुप्त कैसे आ गया ! मेरा अश्व बाहर खड़ा है। चाहूँ तो तुझे अभी ले जाऊँ और मालव की अधीश्वरी बना दूँ। परन्तु पुरुष का जीवन इतना ही तो नहीं है ? मैं चाहता हूँ, मौखरियों और पुण्यभूतियों को हराकर फिर पाटलिपुत्र में गुप्तों की राजधानी बसाऊँ, जिसमें परम भट्टारिका मदनिका ध्रुव-स्वामिनी की भाँति शासन करे।'

'छिः-छिः,' मदनिका ने लजाकर कहा : 'क्या कहते हैं आप ? मेरा जीवन क्या अब ऐसा पवित्र रहा है ? मदनिका नाम भी क्या कुलवधुओं का होता है ? और अभी तो आपका मोह है। इसके उतर जाने पर क्या होगा ? ब्राह्मण और क्षत्रिय कुल विरोध करेंगे ?'

'करेंगे तो मरेंगे,' देवगुप्त ने लेटकर कहा : 'राजा का पूर्ण अधिकार है। वह किसी से भी विवाह कर सकता है। जिस दिन मौखरियों को पराजित करके राज्यश्री को तुम्हारी दासी बना दूँगा, उस दिन तुम्हें अपनी वाग्दत्ता बना दूँगा, जिस दिन वर्धनों को हराकर हर्ष और राज्यवर्धन का शीश भालों पर दुर्गद्वार पर टाँग दूँगा, उस दिन तुम मेरी महिषी हो जाओगी।'

मदनिका को लगा, वह पागल हो जाएगी। वह कितने भयानक पुरुष के पास थी। किन्तु कितना मादक था यह स्वप्न ! क्या यह हो सकता था !

'लेकिन तुम्हें एक काम करना होगा,' देवगुप्त ने कहा। मदनिका सुनने लगी। 'राज्यश्री को दासी बनाना कठिन नहीं है। तुम मेरा कहा कर सकोगी ?'

'क्यों नहीं ?' मदनिका ने कहा।

'मैं इसी उद्यान में इसी स्थल पर तुमसे आकर मिला करूँगा। तुम मुझे प्रासाद का समस्त संवाद सूचित किया करोगी।'

मदनिका ने आनन्द से विह्वल होकर आगन्तुक के दोनों चरणों पर अपना सिर रख दिया। देवगुप्त ने कहा : 'हँ-हँ, क्या करती हो, महादेवी !'

देवगुप्त चला गया, परन्तु मदनिका के कानों में अन्तिम शब्द गूँजने लगा।

7

राज्यश्री वातायन में से बाहर देख रही थी। गृहवर्मा उसके समीप खड़ा था। राज्यश्री कह रही थी : 'मुझ जैसा सुखी इस संसार में कोई नहीं। जहाँ देखती हूँ मुझे आनन्द दिखाई देता है। जानते हो, क्यों ?'

गृहवर्मा ने कहा : 'जानने के पहले यदि मैं कहूँ कि मुझ जैसा भाग्य किसी का नहीं, तो ?'

राज्यश्री हँस दी।

'तुम राज्यश्री नहीं,' गृहवर्मा कहने लगा : 'मेरी मनश्री हो। एक-एक पल में मुझे प्रतीत होता है जैसे युग बीत रहे हैं। मैं नहीं समझता, प्रेम का स्वर्ग त्यागकर लोग राज्य की लिप्सा में क्यों इतना हत्याकांड किया करते हैं ! तुम्हारे इन नयनों को देखता हूँ तो मेरे हृदय की अतृप्ति मिट जाती है। देखता हूँ, फिर देखता हूँ, किन्तु मन नहीं भरता।'

'कल ही तो वसन्तोत्सव है, मेरा अशोक कल झूमेगा। कम काम-पूजा होगी। मेरे आम्र पर प्रवाल झूल रहे हैं।'

वह हँस दी। उसकी झंकार राज-उद्यान के पश्चिमी कोण में बिखर गई। मदनिका ने देवगुप्त का हाथ दबाकर कहा : 'यह देखिए।'

देवगुप्त ने देखा। देखकर वह ऐसा अवरुद्ध-सा रह गया जैसे विक्षुब्ध महासागर को किसी ने एकदम स्थिर कर दिया हो। मदनिका ने देखा, देवगुप्त के नेत्रों में एक बीभत्सता-सी छा गई। राज्यश्री के मुख पर गृहवर्मा की झूमती पलकें झूलने लगीं। आनन्द की यह तृप्ति देवगुप्त के हृदय में कटार की तरह घुस गई।

मदनिका ने धीमे से कहा : 'क्या सोच रहे हैं ?'

'कुछ नहीं,' देवगुप्त ने चैतन्य होकर कहा।

मदनिका हँस दी। उसने कहा : 'झूठ।'

'क्यों ?' देवगुप्त चकित हो गया।

'अप्रतिम हो गए न वह अपरूप सौन्दर्य देखकर। अब राज्यश्री महिषी बनेगी कि मदनिका ?'

देवगुप्त लज्जित हो गया। उसने कहा : 'मदनिका, राज्यश्री इतनी सुखी क्यों है ?'

'क्योंकि वह दार्शनिकों की छाया में है। असंग, वसुबन्धु, अश्वघोष, दिङ्नाग आदि की कृतियाँ सुनती रहती है।'

'तुम दासी होकर इन सबके नाम कैसे जानती हो ?'

क्योंकि यह दासी बिन्दुवर्मा की पुत्री है। बिन्दुवर्मा स्थापत्य के आचार्य थे। उसकी श्रेणी उपरिक उपगुप्त के यहाँ विलास-सामग्री बनाने जाती थी। वहीं दुर्भाग्य से मदनिका भी गई थी। अन्यथा आज मदनिका भी प्रसिद्ध चित्रकर्तृ होती।'

'ओह, हाँ, हाँ,' देवगुप्त ने कहा : 'ठीक है।'

उस समय गृहवर्मा का स्वर सुनाई दिया : 'कल जब वसन्त से लताएँ झूमेंगी, जब

पुष्पों पर भ्रमरावलियाँ गुनगुन करती हुई झूमेंगी, जब समीरण पर गन्ध अँगड़ाइयाँ लेंगी, तब मेरे जीवन का सबसे सुन्दर दिन होगा।'

राज्यश्री ने कहा : 'देव ! तब मेरे पितृगृह में कुमार हर्ष के पास एक कवि आता था। उसका नाम बाणभट्ट था। ऐसा ही वर्णन तो वह भी किया करता था !'

मदनिका ने उस समय देवगुप्त की पसली में उँगली दबाकर कहा : 'क्या देख रहे हो ?'

देवगुप्त ने चौंककर कहा : 'कुछ नहीं।'

वातायन सूना हो गया था। राज्यश्री और गृहवर्मा हट गए थे।

देवगुप्त ने धीरे से कहा : 'मदनिका ! सत्य कहूँ ?'

'कहो।'

'राज्यश्री सुन्दर है।'

'और मैं ?' मदनिका ने हठात् पूछा।

'तुम ?' देवगुप्त अब सँभल गया था। उसने उसके दोनों हाथ पकड़कर कहा : 'तुम सचमुच का कमल हो, वह पत्थर का कमल है। तुम्हारी उससे कोई तुलना नहीं।'

'तो फिर एक परस्त्री को देखकर तुममें इतनी आतुरता क्यों ?'

देवगुप्त ने बंकिम नेत्रों से देखा। कुछ कहा नहीं।

'राजनीति है न ?' मदनिका ने व्यंग्य किया।

देवगुप्त हँस दिया। उसने धीरे-धीरे मदनिका से कहना प्रारम्भ किया। मदनिका ने सुना और उसके नेत्र फैल गए।

8

गहन कान्तार की एक पाषाणशिला पर बैठते हुए रात्रि के झीने अन्धकार में देवगुप्त ने कहा : 'उपरिक उपगुप्त ! तुम्हारा भविष्य अन्धकारमय होता जा रहा है।'

'देव !' उपगुप्त ने कठोर स्वर में कहा : 'कारण पूछने की अवज्ञा के लिए क्षमा करेंगे।'

'कारण ?' देवगुप्त ने हँसकर कहा : 'मदनिका पट्टमहादेवी होनेवाली है।'

'मदनिका !' उपगुप्त ने आश्चर्य से पूछा : 'वह तो मर गई थी न !'

'तुम्हारे लिए अवश्य मर गई है। किन्तु वह अभी भी जीवित है। राज्यश्री की अन्तःपुर-सेविका है ? उसी को मैंने प्रलोभन दिया है। वह मालव की अधिराज्ञी होना चाहती है और चाहती है उपगुप्त का रक्त।'

दोनों ठठाकर हँसे। निविड़ कान्तार में वह स्वर दूर तक गूँज गया।

'दंड स्वीकार है ?' देवगुप्त ने पूछा।

'शिरोधार्य है, देव ! उसका प्रबन्ध मैं कर लूँगा। प्रभाकरवर्धन मरने ही वाला है।

हमारी सेना कान्यकुब्ज में घुस आई है। कर्णसुवर्ण की सेना गहन विपिन में छिपी खड़ी प्रतीक्षा कर रही है। कल वसन्तोत्सव को हमारा कार्य हो सकता है।'

'ठीक है। कल ही आक्रमण हो जाना चाहिए। मेरे विचार में प्रभाकरवर्धन अबकी निश्चय ही मृत्यु को प्राप्त होगा। तो उपरिक उपगुप्त ! गृहवर्मा का वध कल मैं ही करूँगा। हाँ, परन्तु एक समस्या तो हल ही नहीं हुई ?'

'देव ! यह तो कोई नवीनतम है, आपने मुझे जो आज्ञा दी थी, वह सब कार्य तो मैं पूर्ण कर चुका हूँ।'

'कान्यकुब्ज नगर जीतकर मुझे क्या मिलेगा, उपरिक ?'

देवगुप्त उठ खड़ा हुआ। उसने चिन्तामग्न स्वर से कहा : 'वह तो ठीक है, परन्तु राज्यश्री तो प्राप्त नहीं होगी !'

'राज्यश्री !!' उपगुप्त के मुख से ऐसे निकल गया जैसे उसने कोई अत्यन्त अद्भुत बात सुनी हो। वह निःसन्देह इसके लिए तत्पर नहीं था। उसके जी में आया, वह एक बार अट्टहास कर उठे और देवगुप्त पर अपने अवरुद्ध आक्रोश को एक बार पूरी तरह से बहा दे। किन्तु वह सँभल गया। वह कुमारामात्य से भी अधिक प्रतिष्ठित था। वह एक प्रान्त का शासक था। फिर भी वह मालवराज देवगुप्त की अधीनता में था।

'क्यों ?' देवगुप्त ने कुंठित होकर पूछा : 'इतने भयभीत क्यों हो गए ? क्या मैं उसे नहीं पा सकता ?'

उपगुप्त के मन में आया कहे कि नहीं, नहीं, यह असम्भव है। उसने नीति के ग्रन्थ पढ़े थे। देवगुप्त के स्वर में वह अभाव की कचोट थी जिसे सुनकर उपगुप्त के हृदय में एक शान्ति उत्पन्न हुई। उसने कहा : 'देव ! मधुमाखी का छत्ता देखा है ?'

'तो उपरिक ! मैं मधु निकालनेवाला हूँ ! उसके सौन्दर्य ने मुझे पागल कर दिया है। मैं उसे पाकर रहूँगा।'

'देव ! वह विवाहित स्त्री है। उसे दासी बनाकर रखा जा सकता है। यह कार्य अत्यन्त दुष्कर है। केवल चन्द्रगुप्त ने रामगुप्त की पत्नी को अपनी महिषी बनाया था, किन्तु उसके भी अन्य कारण थे।'

'उपरिक !' देवगुप्त ने गम्भीर स्वर में कहा : 'मैं उसे महिषी नहीं बनाना चाहता। केवल मौखरियों और पुष्यभूतियों का अपमान करना चाहता हूँ। इसलिए उससे विवाह करना ही होगा।'

'विवाह !' आश्चर्य से उपगुप्त ने कहा : 'किन्तु यह असम्भव है।'

'कुछ असम्भव नहीं है,' देवगुप्त ने धृष्टता से कहा : 'राज्यश्री का हृदय मेरे सामने याचना करता होगा। कल वसन्तोत्सव में स्वयं उपस्थित रहूँगा। तुम दुर्ग के बाहर अश्व लेकर मेरी प्रतीक्षा करना !'

'जो आज्ञा, देव !' उपगुप्त ने सिर झुकाकर कहा किन्तु उसके हृदय ने कहा : 'यह असम्भव है, यह असम्भव है। उसे लगा कि उसके सामने एक भयानक मनुष्य खड़ा था। क्या यह उसकी अपनी ही निर्बलता नहीं थी ? क्यों सोच रहा है वह ऐसा ? क्या पुरुष

विजय पाने पर यही सब नहीं करता जो वह चाह रहा है। उपगुप्त की लिप्सा जागी। उसने सिर उठाकर कहा : 'देव ! मैं तत्पर हूँ।'

9

बाह्य उद्यान में वसन्त का मादक समीरण हरहराने लगा था। उसकी शोभा में गन्ध का उड़ता परिमल कुंकुम के उड़ते कणों में मिलकर अब क्यारियों में बिछलने लगा था। कभी-कभी पुंस्कोकिल बोल उठता और युवतियाँ केसर और आम्र की छाया में नृत्य करतीं, श्रमश्लथ हाथों से कालीयक और कस्तूरिका के पत्र-लेखनों पर आए स्वेद-बिन्दुओं को पोंछ देतीं और फिर कभी-कभी गौड़ीय मदिरा के चषक ढाल-ढालकर पीने लगतीं। उनके रेशमी वस्त्रों पर चौड़ी स्वर्ण रशना में जड़े मरकत और हीरक चमकते, फिर स्वर्ण वलयों की रगड़ से मनोहर स्वर निकलता और फिर अगराग पलाश के कुसुमों से पुँछ जाता। अशोक में बौर नहीं आई थी। जब वह फूलता है तो उसमें गुच्छे के गुच्छे फूल आते हैं और समस्त वृक्ष नम्र होकर झुक जाता है, मनोहर लगता है। वल्लरियों ने जैसे मधु का आगम सुनकर मन की बात धीरे से कही, फूलों जैसे दाँत एक मुस्कान में धीरे से चमक उठे।

आज वसन्तोत्सव मनाया जा रहा था। कान्यकुब्ज में आनन्द की हिलोर काँप रही थी। दरिद्रों में भी उल्लास था। अपनी कम सामर्थ्य के अनुसार उन्होंने भी अपने वस्त्रों को रँग लिया था। लोकायतों की विह्वलता देखने योग्य थी। ये किसी ईश्वर और सत्ता को नहीं मानते। आज वे स्वतन्त्र होकर पथों पर मदिरा पी रहे थे। वसन्तोत्सव को नए जौ की बालें जलाकर लोग खाते और रात्रि में अग्नि जलाकर उसके चारों ओर मत्त होकर नृत्य करते। दूसरे दिन समस्त महानगर और नगरहार के ग्रामों में उत्सव होते। स्त्री और पुरुषों की टोलियाँ समवेत गीत-नृत्य करती पथों पर निकलतीं। विलासी नागरिकों के आपानक एक-दो दिन नहीं, पूरे एक मास चलते, वारवनिताएँ अपने प्रसाधन में नवऋतु के पत्र-पुष्पों का जितना प्रयोग करतीं उतना स्वर्ण का नहीं।

'कामकन्दला ! तनिक इस अशोक के शरीर पर अपने चरण का आघात कर न, सखी ?' मल्लिका पुकार उठी।

'अब वह रूप और यौवन मुझमें कहाँ बावरी, जो यह अभागा मेरे पाँव छूकर फूल उठे ?' कामकन्दला ने बंकिम नेत्रों से देखकर कहा : 'मुझे तो मेरा आम ही प्रिय है। बेचारा गीत से ही तृप्त हो जाता है।'

फेनिला कहीं से आ रही थी। उसके कंठ में एक कुरुबक की माला थी।

'यह लो,' मल्लिका ने कहा : 'कुरुबक ! कामकन्दला ! फेनिला तो कुरुबक ले

आई।'

सब सखियाँ हँस पड़ीं। फेनिला लज्जित हो गई। कवि परम्परा में कुरुबक के लिए प्रसिद्ध था कि वह स्त्री के आलिंगन से फूलता था।

उन्होंने देखा, एक ओर से मदनिका आ रही थी। उसने आज बड़ा श्रृंगार किया था।

मल्लिका ने फेनिला की ओर देखकर इंगित किया और कहा : 'देवी ! अभिसार करने जा रही हैं ?'

मदनिका निकट आ गई थी। उसने कहा : 'यहाँ क्रीड़ा ही करती रहोगी ? मदनोत्सव प्रारम्भ करना है। दीपावली का प्रबन्ध करना है।'

'अरे हाँ !' मल्लिका ने कहा : 'मैं तो भूल ही गई थी।'

मदनिका पलाश के फूलों पर लेट गई। उसने कहा : 'हाय ! कितना थक गई हूँ !'

'हेरुक कल्याण करे !' मल्लिका ने हँसकर कहा : 'आज यहीं विश्राम कर लो न ?'

मदनिका हँस दी। दासियाँ चली गईं। मदनिका उठकर राज-उद्यान के पश्चिमी भाग में जाकर यूथिका मंडप में लेट गई। उद्यान में आज अन्तरंगों की भीड़ थी। अन्तर्वशिका बात-बात पर अभित्वरमाणकों को भेजते थे। अयपुत्र, गूढ़पुरुष, गमागमिक जब-जब इस ओर से उस ओर जाते दौवारिक और दंडधर उन्हें टोकते।

नगर में नागरक और नागरिक आज महादानिक के साथ व्यस्त थे। आज मालव के अन्य सामन्त तथा मंडलेश भी नगर में महाराज के दरबार में उपस्थित होकर भेंट देने आए थे। आज सौवर्णिक उदात्त का घर आमोद से गूँज रहा था। चतुष्पथों पर सांवत्सरिकों के चारों ओर भीड़ थी। और स्थपति अपनी श्रेणियों को इस समय अवकाश प्रदान करके विषयपति के यहाँ सम्मान प्रदर्शित करने चले गए थे।

विविध वाद्यध्वनि से कान्यकुब्ज गूँज रहा था। देवमन्दिरों, मठों और विहारों से नाना प्रकार की ध्वनियाँ उठतीं और विलीन हो जातीं। पथों पर विलासी फूलों के गजरे फेंक देते। किन्तु मदनिका मंडप में लेटी प्रतीक्षा कर रही थी। देवगुप्त ने प्रवेश किया।

'आ गए ?' मदनिका ने लेटे-लेटे आलस से पूछा।

देवगुप्त ठिठक गया। उसने कहा : 'कोई कह सकता है, तुम दासी हो ? विधाता यदि मिल जाए तो उसकी हत्या कर दूँ। कैसा कुन्द-सा वर्ण है ! उपवन क्या है ! आज तो यहाँ स्वर्ग की अप्सराएँ घूम रही हैं।'

'किस राह से आए हो ?' मदनिका ने तनिक मुस्कुराकर कहा।

'सिंहद्वार से आया हूँ, देवी !' देवगुप्त ने हँसकर कहा।

'तुम्हें भय नहीं लगा ? कोई पहचान लेता तो ?'

'कोई नहीं पहचानता मुझे। सारा नगर दुर्ग और प्रासाद में उमड़ रहा है। दुर्ग का द्वार खुला था।'

'खुला नहीं था, खोल दिया गया है। अबकी बार गृहवर्मा ने राज्यश्री के आनन्द के लिए द्वार खुलवा दिया है, जिससे सब नगरवासी आनन्द उठा सकें। दक्षिण के नर्तक

आए हैं न ? कामरूप की नर्तकियाँ आई हैं।'

'और,' देवगुप्त ने कहा, 'शक्ति की आराधना करने देवगुप्त भी श्रीपर्वत से आ गया है। वह तान्त्रिक है। आज अपनी सिद्धि करेगा। और तुम मेरी शक्ति बनोगी !'

वह मदनिका के समीप आ गया। मदनिका उठ खड़ी हुई। उसने कहा : 'ठहरो, तुम प्यासे होगे। कुछ ले आऊँ।'

वह चली गई।

दूर कहीं कोई बाँसुरी बजाने लगा। फिर सम पर ताल देते हुए कहीं नृत्य होने लगा, चक्रबद्ध नृत्य और बीच-बीच में पुरुषों के भारी स्वर को भेदकर जब स्त्रियों का कलकंठ प्रतिध्वनित होता, तब ऐसा लगता जैसे पहले स्वर हिमगिरि की भाँति उठता चला जा रहा हो और फिर एक कलकलनिनादिनी निर्झरिणी उस पर लोटकर गिरने लगती हो।

फिर वीणा के तारों ने कुछ कहा। कहा कि दूर-दूर तक पवन ने अंग नर्त्तित किए, क्रकर जंग, क्रकर जंग करके वाद्यों पर थाप पड़ी और रजनीगन्धा की-सी मादक अलसाहट ताँबे के फूलों से ढके आमों से टकराई, घ्राण तृप्त हो गया और पवन फिर ऐसे चलने लगा जैसे रूप के महासागर पर अगणित बहुमूल्य रत्नों से लदे पोत कांची से होते हुए सुदूर यवद्वीप तक गीत की-सी धारा पर झूमते चले जाते थे। वह कलियों और फूलों को ऐसे झकझोर देता था जैसे सिंहल के निवासियों को दास बनाकर पकड़ते समय चोल उन पर जहाज़ों में कशाघात किया करते थे।

देवगुप्त ने देखा, उद्यान में एकाएक आलोक-सा छा गया। राज्यश्री और गृहवर्मा थे। गृहवर्मा कह रहा था : 'देवी ! मैंने दुर्गद्वार खोल दिया है। समस्त प्रजा आज उत्सव के लिए लालायित हो रही थी।'

देवगुप्त देखता रहा। फिर उसने बढ़कर प्रणाम करके कहा : 'महाराजाधिराज की जय !'

राज्यश्री ने पूछा : 'तुम कौन हो ?'

देवगुप्त के नयन राज्यश्री के मुख पर जम गए। उसने कहा : 'महादेवी ! एक भाग्यहीन हूँ। जीवनपर्यन्त महादेवी के चरणों की सेवा करने का इच्छुक हूँ...।'

'अभी तुम्हें मर्यादा नहीं आती, युवक,' राज्यश्री ने रोककर कहा : 'स्त्रियों से बात करते समय अपने नेत्र इस भाँति नहीं उठाने चाहिए। नम्र दृष्टि ही पुरुष-मर्यादा है।'

देवगुप्त घबरा गया। उसने हाथ जोड़कर कहा : 'देवी...भूल हो गई...क्षमा करें।'

गृहवर्मा हँसा। उसने कहा : 'नहीं, देवी ! क्रोध न करो। तुम्हारी प्रजा के पुरुष तुम्हारे पुत्र हैं।'

देवगुप्त ने सिर झुका लिया। राज्यश्री का विक्षोभ हट गया। उसने कहा : 'युवक ! मृदंगवादक प्रतीत होते हो ?'

'हाँ, महादेवी,' देवगुप्त ने उसी भाँति सिर झुकाते हुए कहा।

गृहवर्मा ने कहा : 'देवी नहीं, वादक, माता कहो, माता !'

देवगुप्त का कंठ जैसे सूख गया। उसने सिर झुकाकर अत्यन्त कष्ट से कहा :

'माता !'

'उत्सव में जाओ,' राज्यश्री ने कहा : 'पुरस्कार प्राप्त करोगे !'

देवगुप्त ने झुककर कहा : 'जो आज्ञा, महादेवी !'

मदनिका जब मदिरा-पात्र लेकर लौटी, उसने देखा, देवगुप्त अकेला खड़ा है और क्रोध से दाँत पीस रहा है। उसने अपने हाथों से वहाँ पड़े अनेक फूल भी मसल दिए हैं।

'क्या हुआ ?' मदनिका ने कहा : 'बाप रे ! मुझे तो राह में गृहवर्मा और राज्यश्री दिखाई दिए, तुरन्त पारिजात की आड़ में हो गई।'

वह बात कहती जा रही थी और मदिरा उँडेलने लगी थी। देवगुप्त चौंक उठा। उसे ध्यान आया। उसने मुस्कुराकर कहा : 'अच्छा। फिर ?'

'फिर क्या,' मदनिका ने कटाक्ष किया : 'क्यों, क्या हुआ ?'

'राज्यश्री तो यहाँ भी आई थी।'

'आई थी ! उसने तुम्हें देख लिया !'

'क्यों, देखेगी क्यों नहीं ? मैं क्या सिद्ध नागार्जुन था जो तुरन्त अदृश्य हो जाता ?'

'तुम किसके उपासक हो ?'

'विष्णु का।'

'देवी के नहीं हो ?'

'नहीं।'

'फिर मदिरा कैसे पीते हो ?' मदनिका ने चषक को अपने मुख से लगाकर कहा।

'राजा हूँ, मदनिका, क्षत्रिय हूँ। मदिरा के मन्त्रों से देवगुप्त स्त्री में अपना मोक्ष प्राप्त करता है।'

मदनिका मदविह्वल थी। उसने हँसकर कहा : 'धत् ! बड़े धूर्त हो !'

10

धीरे-धीरे रात्रि हो गई।

दीपमालिका जगमगाने लगी। शुभ्र पाषाणों पर दीपशिखाएँ ऐसी चमक उठीं जैसे बहुमूल्य रेशमी वस्त्र पर स्वर्णाभरण अवशोभित हो उठे। उजाला-सा छा गया।

दो बार दासी आकर बुला चुकी थी किन्तु राज्यश्री का प्रसाधन ही अभी समाप्त नहीं हुआ था। आज जैसे उसे तपस्या का फल मिल गया था। आज उसकी प्रजा आनन्द से पागल हो उठी थी। पुराणकार लोमश्रवा के शब्दों में, कान्यकुब्ज आज देवताओं को ऐसा लग रहा होगा जैसे स्फटिक खंडों में इन्द्रधनुषी छाया काँप रही हो। जिसे देखो उसी के कान पर कर्णकार झूल रहा है। जिसे देखो उसी के नयनों में गुलाबी झाँक रही है।

गृहवर्मा ने उसके चूड़ापाश में नए पुष्प लगाकर कहा : 'देवी, मुझे भय हो रहा है।'

'क्यों स्वामी ?' राज्यश्री ने उत्कंठा से पूछा।

गृहवर्मा ने गम्भीरता से कहा : 'एक बार भगवान् शिव ने काम को जलाकर भस्म कर दिया था, तब उसी अनंग की मूर्ति बनाकर पूजा होने लगी। अब कहीं फिर रति को देखकर वह जीवित न हो उठे।'

राज्यश्री का उल्लास रोम-रोम में लहराने लगा। अन्तराल में कहीं शंख बजा। मदनिका बुलाने आ गई थी। देखकर ठिठकी रह गई। नारी के रूप पर नारी मोहित हो गई। उसने राज्यश्री को देखा और उसका अपना रूपगर्व तिल के फूल की भाँति झड़ गया। वह क्षण-भर ऐसी दिखाई दी जैसे दीपक के पास पतंग दिखता है।

'कौन ?' राज्यश्री ने सटकर पूछा।

'देवी, मैं हूँ दासी मदनिका। नृत्य प्रारम्भ होने की प्रतीक्षा है।'

'आते हैं मदनिका, आते हैं।'

मदनिका बुझे हुए दीप की भाँति लुप्त हो गई। राज्यश्री ने कहा : 'भगवान् ! मेरी आज की रात का आनन्द सदा मेरे नयनों में बसा करे।'

'और मैं चाहता हूँ,' गृहवर्मा ने कहा : 'मेरे नेत्र तुम्हें आज ही के रूप में देखते रहें।'

मृदंग की थाप सुनाई दी।

गृहवर्मा ने कहा : 'चलो, देवी !'

कामपूजा का आयोजन पूर्ण हो चुका था। कामदेव की अत्यन्त सुन्दर मूर्ति के सम्मुख युवतियाँ नृत्य करने लगी थीं। उस भरी सभा में गृहवर्मा और राज्यश्री स्वर्ण-सिंहासन पर जाकर बैठ गए।

देवगुप्त मृदंग बजा रहा था। राज्यश्री उसे नहीं देख सकी, किन्तु उसके नेत्र उस पर गड़ गए। आनन्द का उच्छरित प्रवाह प्रासाद के विराट् प्रांगण पर झूमता, कामपूजा के गन्धित समीरण पर थिरकता, वाद्यों में प्रतिध्वनित होता हुआ असंख्य प्रजा के नेत्रों में विस्मय में फैलता, यौवन की मादकता से हृदयों को एक टीस देता हुआ आकाश की ओर उठने लगा। उद्यान के वृक्षों की स्तब्धता ने सबका ध्यान लाकर केन्द्रित कर दिया।

दक्षिण के नर्तक ने अनुपम नृत्य किया। स्वस्तिवाचन के उपरान्त जब उसके ताल पर होते नृत्य की अंगभंगियों ने सबको मोहित कर लिया, कामरूप की सुन्दरियाँ नृत्य करने लगीं। आज जैसे नृत्य के रूप में वसन्त साकार हो उठा था।

भट्ट ने बीच में उठकर गाया कि समस्त दृश्य स्वर्ग का-सा है जिसमें गृहवर्मा और राज्यश्री इन्द्र और शची पौलोमी जैसे हैं। तरुण कवि मराल ने कुछ श्लोक सुनाए जिनमें विलास की गन्ध थी। सभासदों ने उन्हें अत्यन्त रुचिपूर्वक सुना। शृंगार की ये स्फुट उक्तियाँ इन दिनों अत्यन्त प्रिय थीं और फिर नृत्य होने लगा।

मदनिका राज्यश्री पर चँवर डुला रही थी। हठात् उसके हाथ से रत्नजटित चँवर छूटकर गिर पड़ा। राज्यश्री चौंक उठी। उसने कहा : 'क्या हुआ, मदनिका ?'

मदनिका के उत्तर देने के पूर्व ही लगा, कुछ लोग उद्यान के वृक्षों के अन्धकार में

भाग रहे हैं और फिर कुछ करुण चीत्कार सुनाई दिए।

'हाय ! हत्या ! मार डाला ! चोर ! चोर ! पकड़ो !'

स्त्रियों के नेत्र आतंक में फैल गए। गृहवर्मा उठ खड़ा हुआ। राज्यश्री भी उठ गई। समस्त सभा उठ खड़ी हुई। नृत्य रुक गया, किन्तु वादक का मृदंग अभी नहीं रुका। उस नीरवता में वह मृदंगनिनाद अत्यन्त बीभत्स-सा लगा।

'वादक !' अन्तःपुर महामात्र ने चिल्लाकर कहा और वह अन्धकार की ओर चल पड़ा।

वादक का हाथ रुक गया। उसने मुड़कर पूछा : 'प्रभु !'

इसी समय एक व्यक्ति भागता हुआ आया और गृहवर्मा के चरणों पर आकर गिरा। उसने कहा : 'देव...देव...।'

'क्या हुआ ?' गृहवर्मा ने गम्भीरता से पूछा।

'देव...सर्वनाश हो गया, स्थाण्वीश्वर में...।'

राज्यश्री अधीर हो गई। उसने आतुरता से कहा : 'क्या हुआ चर, शीघ्र कहो।'

चर कुछ स्वस्थ हुआ। उसने कहा : 'देव ! स्थाण्वीश्वर के महाराज प्रभाकरवर्धन का स्वर्गवास हो गया...।'

राज्यश्री ने सुना। उसे लगा, वह कुछ नहीं सुन रही है। प्रिय पिता का मुख उसके नयनों में काँपा...और राज्यश्री को लगा, सारा संसार घूम रहा है, घूम रही है यह निखिल सत्ता...!

गृहवर्मा ने उसकी मूर्च्छित देह को सँभालकर स्वर्ण के सिंहासन पर लिटा दिया। मदनिका ने राज्यश्री का सिर अपनी जंघा पर रख लिया और व्यजन करने लगी। दासियों ने पट्ट को घेर लिया।

और अकस्मात् ही उद्यान के गहनान्धकार में प्रचंड स्वर से शंख बजने लगा। लगा, कुछ शस्त्र खड़खड़ा रहे हैं। और फिर 'मारो, मारो' का भयानक नाद सुनाई दिया।

गृहवर्मा ने आकाश की ओर देखा। आज तो मंगल बेला थी।

'कामकन्दला,' उसने पुकारकर कहा, 'कंचुक कहाँ है ?'

'कंचुक !' कामकन्दला का गला भय से रुँध गया।

वृद्ध कंचुक ने वेग से प्रवेश किया। उसके शरीर पर अनेक घाव थे जिनसे रक्त बह रहा था। उसने कठिनाई से कहा : 'महाराजाधिराज ! किसी शत्रु ने हमें घेर लिया है। अन्तःपुर महामात्र की हत्या...।'

उसने रक्त उगला और कटे वृक्ष की भाँति गिर गया।

गृहवर्मा आतुर होकर बढ़ा।

'देव !' कामकन्दला चिल्लाई : 'अन्धकार में निरस्त्र न जाइए...।'

किन्तु चीत्कार बढ़ रहे थे। दासियाँ भागने लगीं। मदनिका राज्यश्री के पास अकेली रह गई। इसी समय गृहवर्मा का शब्द सुनाई दिया :

'आह ! नीच तू...!'

वाक्य पूरा नहीं हुआ। किसी के धड़ाम से गिरने का शब्द हुआ और मृदंगवादक ने रक्त से चुचाते खड्ग को लेकर प्रवेश किया। उसने मुस्कुराकर मदनिका से कहा : 'एक शत्रु तो मारा गया। अब इसका अभिमान और देखना है।...ला तेरे पति का रक्त...।' उसने राज्यश्री के मूर्च्छित शरीर से कहा : 'तेरे भी लगा दूँ।'

देवगुप्त ने राज्यश्री के वस्त्र से अपने खड्ग को पोंछ दिया।

मदनिका हँस दी। उसने कहा : 'आइए, स्वामी ! मैंने प्रबन्ध कर रखा है।'

भयानक कोलाहल हो रहा था। सैनिक दासियों को पकड़ने लगे थे जिनके चीत्कार से दिगन्त थर्राने लगा था। हत्याओं से उद्यान लाल हो चला।

देवगुप्त ने राज्यश्री को उठा लिया और मदनिका के पीछे-पीछे चलने लगा। दुर्ग की प्राचीर में एक स्थान पर एक रस्सी बँधी थी। देवगुप्त ने राज्यश्री को बाएँ हाथ से पकड़ लिया और मुख में खड्ग दबाकर वह दाएँ हाथ से रस्सी पकड़कर झूल गया। फिर धीरे-धीरे उतरने लगा।

उसके उतर जाने पर मदनिका भी उतरने लगी।

बाहर उपरिक उपगुप्त दो घोड़े लिये खड़ा था। देवगुप्त एक अश्व पर राज्यश्री को लेकर सवार हो गया। उसने खड्ग मुँह से निकालकर दाएँ हाथ में लेकर कहा : 'उपरिक ! मैं मालव जा रहा हूँ। कान्यकुब्ज से मौखरियों का प्रातःकाल तक नाम भी मिटा देना।' फिर हँसकर कहा : 'महादेवी मदनिका उतर रही हैं। उन्हें सिंहासन पर बिठा देना।'

एड़ लगाते ही तुरंग उछला और फिर वेग से भाग चला। मदनिका जब उमंग से भरी हुई अश्व के समीप आई, उसने देखा, देवगुप्त के स्थान पर उपरिक उपगुप्त खड़ा था और उसके हाथ में खड्ग चमक रहा था। मदनिका भय से पीछे हट गई। उपरिक ने मदनिका को बलपूर्वक पकड़ लिया और कहा : 'उपरिक उपगुप्त की हत्या चाहती थीं, महादेवी !'

मदनिका की जीभ सूख गई। उसने कुछ कहने का यत्न किया किन्तु वह कह कुछ भी नहीं सकी। उसने भयातुर नेत्रों से देखा, वह काँप रही थी। उपरिक ने उसे स्नेह से अपने आलिंगन में बाँध लिया। वह कुछ स्वस्थ हुई।

उसने कहा : 'नहीं तो, किसने कहा ?'

'देवगुप्त को जानती हो ?'

मदनिका की आँखों के सामने फिर तितलियाँ नाचने लगीं। धोखा ! भयानक धोखा !

उपगुप्त कठोरता से हँसा। उसने कहा : 'सुनती हो। दुर्ग-विजय हो गई। अब तुम्हें पट्टमहादेवी बनाना रह गया है।'

मदनिका थर्रा उठी। उपगुप्त ने आलिंगन को दृढ़ करते हुए कहा : 'उपरिक नहीं चाहिए, सीधे महाराजाधिराज चाहिए न ? अनगिनत पुरुषों की अंकशायिनी दासी ! ले...'

और उसका वह खड्ग मदनिका के पेट में भुक् से घुस गया। मदनिका चिल्लाकर गिर गई और मूर्च्छित हो गई। उपगुप्त ने उसी के वस्त्रों से अपना खड्ग पोंछा और अश्व पर चढ़ गया। उस समय मालव के रणोन्मत्त विजयी सैनिक पटहनिनाद से दुर्ग के पाषाणों को कँपा रहे थे।

उपरिक उपगुप्त के चले जाने पर शृगालों ने मदनिका को घेर लिया और उसकी साँस छूटने की प्रतीक्षा करने लगे।

11

स्थाण्वीश्वर में हलचल मच रही थी युवराज राज्यवर्धन रणक्षेत्र से लौट आए थे। आखेट में समय व्यतीत करनेवाले कुमार हर्षवर्धन चिन्ता में मग्न थे। मौखरि वंश का यह प्रतारण-भरा अन्त महाराज प्रभाकरवर्धन की मृत्यु की अग्नि में आहुति की भाँति भड़क उठा। राज्य पर घोर विपत्ति आई थीं। राज्यश्री के विषय में कोई सूचना नहीं मिल रही थी। कुछ लोगों में उड़ती हुई बात थी कि मालव देवगुप्त ही राज्यश्री को उठा ले गया है। इस संवाद से हर्षवर्धन उन्मत्त दिखाई दे रहा था। उस तरुण के नयन क्रोध और शोक से लाल हो रहे थे। अन्तःपाल की सूचना थी कि रात्रि के समय उसके चरों ने कुछ लोगों को मालव की ओर कान्यकुब्ज से भागते देखता था। आटविकों के पास भी संवाद भेजा जा चुका था। द्रांगेशों के पास दूत जा चुके थे।

कम्पनोद्ग्रहक सेना में संगठन कर रहे थे।

'आर्यपुत्र !'

कुमार हर्षवर्धन ने सिर मोड़कर देखा, भ्रातृजाया चयनिका !

कुमार सादर खड़ा हो गया। उसने धीरे से कहा : 'देवी !'

चयनिका राज्यवर्धन की पत्नी थी। उसके पीछे इस समय छत्रछायिक खड़ा था। दौवारिक ने आकर अभिवादन करके कहा : 'कुमार ! कुमारपादीय भट्टारक सेनापति भांडी दर्शनाभिलाषी हैं।'

एक दंडधर को इंगित करके चयनिका ने कहा : 'सेनापति ! महाबलाधिकृत आ गए, कुमार ! अभ्यर्थना को चलो। सभा का समय हो गया।'

कुमार चुपचाप उसके पीछे-पीछे चल पड़ा।

राजप्रासाद में अभी रोना-धोना कम नहीं हुआ था। महाराज प्रभाकरवर्धन की मृत्यु से पुष्यभूति वंश एकबारगी हिल गया था। पताकाएँ झुक गई थीं। ब्राह्मण श्राद्ध में लगे थे, भिखारी भीख और दान प्राप्त करने में। बौद्ध मठों में भिक्षु शान्ति के लिए प्रार्थना कर रहे थे।

सबसे बड़ी समस्या थी राज्यवर्धन की। वह पिता के सिंहासन पर बैठने को तत्पर नहीं था। कुछ लोगों का कहना था कि वह संन्यास लेना चाहता था परन्तु चयनिका

इस बात पर विश्वास नहीं करती थी। वह इसीलिए पति से मिलकर आई थी। राज्यवर्धन संन्यास नहीं लेना चाहता था। वह राज्य के प्रति विरक्त अवश्य था। निरन्तर हूण-युद्ध करते-करते वह थक गया था। हूण बर्बर थे जो यहाँ बस चुके थे। उनमें दो सौ वर्षों के पारस्परिक आदान-प्रदान तथा विवाहादि से काफी नम्रता आ गई थी। किन्तु नए हूण अपने पूर्वजों से कम नहीं थे। अधिकांश गुर्जर, जाट, हूण, आभीर तथा ऐसी ही जातियाँ यमुना के पश्चिम में वज्रभूमि के उत्तर प्रदेश में फैली हुई मरुभूमि तथा पहाड़ियों में जाकर बस गई थीं। उन्होंने धीरे-धीरे ब्राह्मणों को अपना पूज्य बना लिया था। लगभग 400 वर्ष पूर्व कनकसेन ने अपने को राजपुत्र घोषित कर दिया था। वह सूर्यवंशी बनता था। किन्तु वह इतना छोटा शासक था कि उस पर किसी ने भी ध्यान नहीं दिया। देवी चयनिका यही संवाद कुमार हर्षवर्धन को सुनाने आई थी कि राज्यवर्धन संन्यासी बनना नहीं चाहता।

कुमार हर्षवर्धन की माता का पहले ही देहान्त हो चुका था।

चयनिका ने कहा : 'कुमार ! तुम अब बालक नहीं हो।'

हर्ष ने कहा : 'बालक ! सिंह का आखेट करनेवाला बालक तो नहीं होता ?'

'फिर राज्य की गतिविधि पर दृष्टि क्यों नहीं रखते ?'

'भैया के रहते मुझे क्या आवश्यकता ?'

देवी चयनिका प्रसन्न हो गई। उसने स्नेह से कहा : 'देवर ! तुम्हारे भैया विचलित हो गए हैं।'

'क्यों ?'

'एक दिन गुप्तों का अन्तिम वीर स्कन्दगुप्त जैसे हूणों से युद्ध करते समय विरक्त हो गया था, वैसे ही।'

'यह कैसे, भाभी ? स्कन्दगुप्त के समय में उसके यहाँ गृहकलह था। यहाँ तो वह नहीं।'

'तो तुम जाकर समझाते क्यों नहीं ?'

'मैं जाऊँगा,' कुमार हर्ष ने कहा।

सेनापति भांडी अभी तक चुप था। अब उसने कहा : 'इस समय हूण-युद्ध से भी अधिक आवश्यक है मालव की शक्ति को कुचलना। देवगुप्त का दुस्साहस निरन्तर बढ़ता जा रहा है। अब वह अपने को गुप्त समझता है। और फिर से गुप्त साम्राज्य स्थापित करना चाहता है।

कुमार हर्षवर्धन ने अचानक ही खड्ग पर हाथ रखकर कहा : 'पुष्यभूति वंश की पताका उठा दो। प्रजा में घोषणा करवा दो, कल प्रातःकाल महाराज राज्यवर्धन का पट्टाभिषेक होगा। कर्मसचिव को सूचना दो, आवश्यक प्रबन्ध करे। करणिक को आज्ञा दो कि महामुद्रा कल तक परिवर्तित हो जाए।'

एक दासी सुन रही थी। उसने दंडधर से कहा। दंडधर ने क्षत्तृ से क्षत्तृ ने प्रतिनर्त्तक से। और फिर संवाद कोट्टपाल के पास पहुँचा। उसने नगर में घोषणा करा दी।

दल-के-दल सुनते और विषाद करते।

प्रदेष्टृ ने नगर के प्रबन्ध में हाथ लगा दिया। पट्टकिलों से संवाद नायकों तक पहुँचा, फिर दूरस्थ निहेलपतियों ने सुना और सायंकाल तक प्रासाद में महादानपति, महाधर्माधिकरणिक, महापांचकुलिक, महाप्रतिहार, महाप्रमत्तवार, महामुद्राधिकृत, महाश्वसाधनिक, महाराणक तथा अनेक सामन्त आ-आकर एकत्र होने लगे।

सूपकारपति की तो कठिनाई बढ़ गई। इतने लोगों का भोजन उसे ही बनवाना था। दास-दासियों की चहल-पहल से एक बार वह उदासीनता मिट गई। रात्रि होते-होते सैनिकों ने जय-जयकार करना प्रारम्भ कर दिया। उसके बाद रणवाद्य बजने लगे।

दूसरे दिन जब राज्यवर्धन सिंहासन पर बैठा, उसके चरणों पर लाट, सुराष्ट्र, सौवीर, कुन्तल, पुलिन्द, शवर, मूतिब, आभीर तथा कुलिन्द जातियों ने अपने उपहार रख दिए। दिगन्त कँपानेवाले पटह, भेरी तथा तूर्य्यनाद को हिलाते हुए ब्राह्मणों का गम्भीर पाठ उठा और स्थाण्वीश्वर की वीथियों में मदिरा के पात्र उलटने लगे। वेश्याओं और नर्त्तकियों के मौन मंजीर फिर बजने लगे।

लोगों में विशेष चर्चा इसकी थी कि राज्यवर्धन जब सिंहासन पर आरूढ़ हुआ, उसने पिता की रत्नजटित करवाल लेकर शपथ ग्रहण की कि वह मालव देवगुप्त को जीवित जला देगा।

12

महाराजाधिराज राज्यवर्धन स्थाण्वीश्वर के वीरों को लेकर मालव पर आक्रमण करने चल दिया। सेनापति भांडी एक लक्ष की सेना लेकर उसके साथ गया। सेनापति स्कन्दगुप्त और सेनापति सिंहनाद कुमार हर्षवर्धन के साथ स्थाण्वीश्वर की रक्षा करने को रह गए। परम माहेश्वर परम वैष्णव भट्टारक नरेन्द्रगुप्त शशांक गौड़नरेश ने इसी समय राज्यवर्धन के पास मैत्री प्रकट करने को अपना दूत भेजा। राज्यवर्धन ने स्वीकार कर लिया। नरेन्द्रगुप्त ने मालव पर आक्रमण करने के लिए प्रस्थान कर लिया। गौड़नरेश ने देवगुप्त को छल से पराजित करने का प्रस्ताव रखा। दुर्गपाल और शिविरपति ने संवाद राज्यवर्धन के जाने के बाद अत्यन्त गुप्त रखा।

यह संवाद कि मालव पर राज्यवर्धन एक लक्ष सैनिकों को लेकर चढ़ा आ रहा है, देवगुप्त से छिपा न रहा। उसने अपना कार्य निर्धारित करने का विचार किया।

राज्यश्री जिस प्रासाद में रखी गई थी वह गान्धार शैली का बना हुआ था। आज उसे यहाँ पहुँचे कई दिन हो गए थे। प्रासाद चारों ओर से सैनिकों से सुरक्षित रहता था। वैभव और विलास के वहाँ प्रचुर साधन उपलब्ध थे, राज्यश्री उदास ही बैठी रहती। वह अभी तक ठीक से सोच-समझ नहीं पाई थी कि यह सब हो क्या गया ? वह एकान्त में बैठी-बैठी सोचती कि क्या जो हुआ है, वह सब उसी के साथ हुआ है ? पहले दिन

उसे यह भी ज्ञात नहीं हुआ कि वह कहाँ थी ? उसकी सुश्रूषा-सेवा में कौन लगा है, क्योंकि वहाँ सब गूँगे, बहरे सेवक थे ! परन्तु तीसरे दिन वहाँ एक दासी आई, जिसने बताया कि गृहवर्मा मारा गया और वह अब मालव देवगुप्त की बन्दिनी थी—उसकी, जो वसन्तोत्सव के दिन मृदंगवादक बनकर उसे उसके प्रासाद से उठा लाया था। राज्यश्री ने आश्चर्य से सुना, फिर वह रोई। फूट-फूटकर रोई।

दासी का नाम मित्तकाली था। साँवली थी, किन्तु थी युवती और उसके लम्बे नयनों में एक चमक थी। उसके बाल घुँघराले थे और सुडौल शरीर था।

दिन का आलोक तिरोहित हो जाता, फिर रात्रि का अन्धकार आता, और असंख्य दीपाधार जल उठते, फिर शलभों की मृतदेह पड़ी रह जाती। राज्यश्री को लगता, यह जीवन बस ऐसा ही था। इसके दिन में जब रात होती है तो कोई पथ नहीं सूझता। फिर मनुष्य अपनी वासना को जलाकर अपने प्राणों को उस पर जला देता है। प्रातःकाल आकर समेटकर बाहर फेंक देता है।

मित्तकाली ने अनेक स्त्रियों के साथ सामन्तों को इसी प्रकार बलात्कार करते देखा था, किन्तु राज्यश्री के अपरूप सौन्दर्य और गाम्भीर्य ने उसके हृदय में एक टीस-सी जगा दी थी। कुछ दिन तक वह उसे चुपचाप देखती रही, किन्तु फिर उसे कौतूहल हुआ।

उसने राज्यश्री के चरणों के पास बैठकर कहा : 'देवी ! आपका दुःख देखकर मुझे भी दुःख होता है।'

'जिसका भाग्य ही दुःखमय हो,' राज्यश्री ने उदासी से कहा, 'उसके लिए तू क्यों दुखी होती है ?'

'मुझे आपका मुख देखकर दया आती है।'

दया ! राज्यश्री का हृदय कचोट उठा। क्या वह इतनी दयनीय थी कि एक दासी को उस पर दया आ सकती थी ?

'देवी !' मित्तकाली ने कहा : 'स्त्री का भाग्य ही इतना है। इसमें दुःख करने से लाभ ही क्या है ? स्त्री तो पुरुष की वासना तृप्त करने के लिए ही पैदा हुई है।'

राज्यश्री ने देखा, मित्तकाली के नयनों में एक गहरी वेदना अपनी काली छाया डालने लगी थी। उसने कुछ नहीं कहा। वह निर्निमेष दृष्टि से दासी के मुख को देखती रही।

'आप सुन्दरी हैं, आर्ये,' मित्तकाली ने कहा : 'महाराज से विवाह कर लीजिए, आपके दुःखों का अन्त हो जाएगा।'

'दासी !' राज्यश्री ने फूत्कार किया।

मित्तकाली ने उसके पाँव पर हाथ रखकर कहा : 'इसलिए नहीं कहती कि उस लम्पट से मुझे स्नेह है। परन्तु घृणा करने से ही क्या समस्या का अन्त हो जाता है ?'

राज्यश्री का क्रोध मिट गया।

मित्तकाली कहती गई : 'यह त्रेता नहीं है देवी, कलि है। अब रावणों का ही प्रकोप और बाहुल्य है। इस युग में अयोध्या के रामचन्द्र जैसे राजा नहीं हैं।'

राज्यश्री रोने लगी। उसका राम मर चुका था। मित्तकाली ने कहा : 'धैर्य धरो, देवी।

रोने से तो काम नहीं चलेगा !'

राज्यश्री का रोना ही कठिनता से रुक सका। मित्तकाली ने एक गहरी साँस ली और धीरे-धीरे कहने लगी : 'जब से आँख खुली है, यही देखती आ रही हूँ। वृद्ध कंचुक के अतिरिक्त अन्तःपुरों में स्त्रियों की यही दुर्गति है। और फिर दासी ? दासी तो मनुष्य ही नहीं होती। अनेक स्त्रियों को देखा है, सब ही अन्त में पराजित हो जाती हैं, जीवन का मोह बड़ा भयानक होता है, देवी।'

मित्तकाली की चमकदार आँखों में पानी भर आया और वह स्वयं पोंछकर कहने लगी : 'मुझे सामन्त देवक ने विवाह के बाद पकड़वाकर मेरी सुहागरात को बुलवा लिया था। मेरा पति छाते बनाता था। जब वह यह न देख सका तो विरक्त होकर भिक्षु हो गया। जब अन्तःपुर से मैं निकाल दी गई तो एक वृद्धा मुझे मिल गई। उसके साथ मैं उसके घर चली गई। वृद्धा का पुत्र चीनाचार क्रम का उपासक था। वे लोग हाथ-मुँह धोकर समझते हैं कि स्नान कर लिया और वामा उनकी शक्ति है, देवी। उसकी याद आते ही लज्जा और जुगुप्सा से मेरा हृदय काँप उठता है।'

मित्तकाली सिहर उठी। वह कहती गई : 'वहाँ से भागकर मैं कुछ दिनों एक हूण के पास रही। था बर्बर, किन्तु वहाँ मैं अधिक स्वतन्त्र थी। उसके बाद पति का मुझे पता चला था। उससे मिली तो मिलकर प्रसन्न हुआ। कुछ भी हो, वह पति था। उसने मुझे भिक्षुणी बनवा दिया। बाद में जब रात हुई तो वह मुझे श्मशान ले गया। उफ ! देवी ! कितनी जघन्य क्रिया थी वह...शव वहीं पड़ा था...हम ऊपर बैठे मदिरा पी रहे थे, वह वज्रयानी था...।'

मित्तकाली जैसे थर्रा उठी। 'मैंने उससे विहार छुड़वा दिया,' वह कहती रही : 'फिर हम गृहस्थों की भाँति रहने लगे। यव द्वीप से ताम्रलिप्ति होता हुआ जो जहाजों से व्यापार चलता था, उसके लिए मेरा पति एक श्रेष्ठि का सेवक हो गया और माल पहुँचाने लगा। कुछ दिन सुख से व्यतीत हुए। परन्तु मेरे पति की आदत बिगड़ चुकी थी। वह फिर वेश्याओं में फँस गया और एक दिन अपनी साधना के नाम पर एक उत्कल स्त्री को घर ले आया। वह स्त्री वशीकरण आदि सिद्ध किया करती थी। एक दिन मैंने देखा, वह गधे पर बैठकर आधी रात को अमावस्या के अन्धकार में आभूषण पहने नग्न होकर श्मशान चल दी। देवी !' मित्तकाली का स्वर भर्रा गया, 'मैं डरकर वह घर छोड़ आई और फिर इस प्रासाद में दासी हो गई। यहाँ मैं सुखी हूँ। यहाँ मेरे एक पुत्र हुआ, मर गया। मर जाने दो, उसके पिता का नाम मैं नहीं बता सकती।' मित्तकाली गम्भीर हो गई, ऐसी गम्भीर जैसे पावस के बादल घुमड़कर मौन हो जाते हैं। फिर उसने धीरे से कहा : 'सुना है, मेरे पति आजकल एक डोम्बी से साधना कर रहे हैं। कहते हैं शून्य समाधि प्राप्त करने का यह श्रेष्ठतम पथ है, और गंगा-स्नान से भी पवित्र है...' मित्तकाली हँस दी। उसका हास्य साकार घृणा बनकर घुट-घुटकर छटपटाने लगा। उसके नेत्रों में आँसू ऐसे चमकने लगे जैसे मथुरा के देव मन्दिरों के घाट पर देखते समय आधी रात को दूर दूसरे तीर पर यमुना के जल में नौकाओं के द्वीप ऊपर जलते हैं, नीचे जल में

प्रतिबिम्बित होते हैं और फिर सिकता, दूर-दूर तक सिकता फैल जाती है, शान्त नीरव अर्द्धरात्रि की सनसनाहट में, व्याप्ति में...।

राज्यश्री सुन रही थी। इतना विचित्र है यह संसार !

मित्तकाली उठकर चली गई। राज्यश्री अकेली सोचती रही। एकाएक एक कर्कश हास्य से उसका ध्यान टूट गया। उसने देखा, एक वामन कह रहा था : 'देवी की जय ! मैं विष्णु का अवतार हूँ, परन्तु यह विदूषक मुझे देखकर हँसता है।'

एक नपुंसक स्त्री-वेश में आगे बढ़ आया। उसने हाथ नचाकर कहा : 'महादेवी का प्रताप दिगन्तों में फैले। मैं अर्जुन का अवतार हूँ। तब अर्जुन उर्वशी के शाप से नपुंसक हो गए थे, मैं अपनी प्रिया के शाप से ऐसा हो गया हूँ। देवी, मैं नृत्य बहुत सुन्दर करता हूँ।'

उछलकर एक व्यक्ति आगे आया और उसने अत्यन्त उपहासास्पद ढंग से हाथ-पाँव चलाकर कहा : 'देवी ! दोनों ने झूठ कहा। वास्तव में यह गणेश का मूषक है और यह सुन्दरी मेरी पत्नी है...।'

कहकर उसने नपुंसक का हाथ पकड़ लिया और एक टाँग पर नाचने लगा। वह विदूषक था।

राज्यश्री का मन घृणा से मिचलाने लगा। क्या यही है राज-प्रासादों का वैभव ! वह क्रोध से उठीं और उसने चिल्लाकर कहा : 'निकल जाओ। यहाँ से निकल जाओ। नीच ! जघन्य प्राणी !'

तीनों ने अवाक् दृष्टि से देखा। विदूषक बैठकर रोने लगा।

नपुंसक ने आँखें नचाकर कहा : 'क्यों रोते हो, मेरे प्राण ?'

'देवी,' विदूषक ने हिचकियाँ लेकर कहा : 'हँसती नहीं ! प्रभुवर्ग यदि हँसेगा नहीं तो मैं खाऊँगा क्या ?' उसका रोना बढ़ गया। राज्यश्री का क्रोध बढ़ गया। उसने पट्टिका पर रखी वीणा को उठाकर उन पर वेग से फेंका। वीणा वामन के सिर पर लगी। वह लुढ़ककर चिल्लाया और फिर तीनों वहाँ से भाग चले।

राज्यश्री उनके जाने के बाद फूट-फूटकर रोने लगी। मित्तकाली लौट आई। उसने देखा और उसके अस्त-व्यस्त केशों पर हाथ फेर कहा : 'देवी !'

राज्यश्री ने सिर उठाकर देखा। मित्तकाली प्रसन्न थी। वह उसकी प्रसन्नता का कारण नहीं समझ सकी।

मित्तकाली ने कहा : 'देवी ! प्रासाद के विलास और कौतुक को देखकर रोना तो अच्छा नहीं होता !'

'यह कौतुक है ?' राज्यश्री ने फूत्कार किया।

'और क्या ?' मित्तकाली हँसी : 'पुरुष का आनन्द इसी में तो है।'

राज्यश्री ने समझा। मित्तकाली का हास्य उपेक्षा की चरम अभिव्यक्ति थी। मित्तकाली ने धीरे से कहा : 'देवी ! सब झूठ है, सब ढोंग है। मैं तो मारिष चारवाक से बढ़कर किसी को नहीं समझती। लोकायतों की साधना सबसे सहज है।'

'लोकायत !' राज्यश्री ने कहा : 'वे क्या भोगी नहीं हैं ?'

'भोग तो आनन्द है, देवी,' मित्तकाली ने कहा : 'किन्तु भोग भोग के रूप में ही तो आनन्द है, अन्यथा उसे ठेलने का प्रयत्न कितना जघन्य है !'

मित्तकाली हँस दी। राज्यश्री ने सिर उठाकर कहा : 'यह भी झूठ है, भोग ही मनुष्य के दुःख का प्रारम्भ है।'

किन्तु मित्तकाली हँसती रही। उसने कहा : 'दासी का धर्म यह नहीं कहता।'

राज्यश्री ने देखा, मित्तकाली के मुख पर चमक नहीं थी। उसका साँवला मुख इस समय अत्यन्त करुण था, जैसे वैद्य का कोई कड़वा कषाय पीकर रोगी स्वास्थ्य-लाभ की आशा से अपने मन को कड़ा करके भविष्य के सुख की आशा में अपने को भुला रहा हो।

बहुमूल्य कालीन पूरे प्रकोष्ठ में बिछा हुआ था। अस्तव्यस्त रेशमी वस्त्र पहन राज्यश्री उसमें घूमने लगी। वह पिंजरे में फँसे पक्षी की भाँति छटपटा रही थी। अभी उसके शरीर पर आभूषण शेष थे। बड़ी कठिनता से उसने कई दिन बाद थोड़ा-सा कुछ अन्न ग्रहण किया था। इस समय उसे घर की याद आई। वह अपने अतीत को ज्यों-ज्यों याद करती उसके भीतर वेदना की भाप खलबलाने लगती। सबकुछ सुखदायी था, जैसे कमल सो गए थे, अब पंक का समुद्र उमड़ने लगा था। फिर उस पंक पर कोई प्राणी उड़ा। वह चमक रहा था। उसके शरीर पर अस्थियों का सत् लग रहा था। क्या वह केवल पटबीजना था ?

राज्यश्री सोचने लगी। किसी प्रकार इस बन्दी जीवन का अन्त करना होगा। इस यातना से मुक्ति प्राप्त करनी होगी। कहाँ जाना होगा ? क्या करना होगा ? यही सब उसके भीतर चक्कर लगाने लगा।

मित्तकाली ने पाँव फैला दिए और राज्यश्री के पलंग के नीचे कालीन पर सो गई। राज्यश्री का घूमना बन्द नहीं हुआ।

13

देवगुप्त ने शैया पर अधलेटे ही कहा : 'हाँ तो फिर क्या हुआ ?'

वामन अधीर स्वर में रोने लगा। नपुंसक देवगुप्त के चरण दबाने लगा और विदूषक मूर्ख की मुद्रा में खड़ा हो गया।

'रोता क्यों है ?' देवगुप्त ने कहा। सारिका और हलाहला नामक दासियाँ आश्चर्य से देखने लगीं।

विदूषक ने कहा : 'देव, वह तो डाकिनी है। उसने वामन के सिर पर वीणा फेंक कर मारी।'

देवगुप्त बैठ गया।

'अच्छा !' उसके मुख से निकला।

नपुंसक ने हाथ से साँपिन बनाकर कहा : 'ऐसे फुफकारती है, ऐसे...।'

उपरिक उपगुप्त राज्यवर्धन का सामना करने चला गया था। नगर में जीवन भय से आक्रान्त था। श्रेष्ठि अब पुष्यभूतियों की विजय की कामना करने लगे थे। कुछ दिन जब एक राजकुल शासन कर लेता था तो लोगों को उसमें बुराइयाँ दिखना प्रारम्भ हो जाता था। कारण होता था शासक की निरंकुशता। शासक के साथ अनेक कथाएँ जुड़ जाती थीं। फिर लोग उस राजकुल से भाग प्राप्त करने को दूसरे किसी राजकुल की चाहना करते थे। और फिर वही चक्र चलता था। जब कोई अच्छा राजा होता था, तो उसके गुण प्रजा पीढ़ियों तक याद रखती थी। देवगुप्त से बहुत से लोग असन्तुष्ट थे। देवगुप्त इस समय क्षण-भर अपनी चिन्ता को स्त्रियों के स्पर्श से भुलाने अन्तःपुर आया था। उसे वामन की अवस्था देखकर हँसी आ गई। वह हँसा और जी खोलकर हँसा। फिर उसे राज्यश्री की याद आई। उसकी अभिमान-भरी छवि उसके नेत्रों में घूमी। फिर उसे क्रोध आया और उसकी इच्छा हुई उसका दर्प चूर्ण करने की। और यह विचार आते ही उसके मस्तिष्क में उसके रूप की बिजली कौंधने लगी। देवगुप्त आहत-सा उठ खड़ा हुआ। सामन्तों और राजाओं में स्त्री और भूमि के लिए ही तो युद्ध होते थे। स्त्रियाँ अधिकांश उन्हीं पुरुषों को पसन्द करती थीं, जो उन्हें दिन-दहाड़े तलवार के बल पर लूट ले जाने की शक्ति रखते थे। फिर यह कौन मूर्ख है जो पातिव्रत का ढोंग रच रही है !

देवगुप्त ने वातायान से देखा—दुर परिखा, नगर, उद्यान और ग्रामपथ के पार स्कन्धावार की पताकाएँ पवनोद्धत थीं। वह अलिन्द, फिर प्रकोष्ठ, फिर प्रांगण और सिंहद्वार पार करके घोड़े पर भाग चला और बाईं ओर से प्रासाद में जिस समय राज्यश्री के द्वार पर उतरकर दंडधरों और दौवारिकों का अभिवादन स्वीकार करता हुआ भीतर के प्रकोष्ठ में पहुँचा, उसने देखा, राज्यश्री रो रही थी।

उसके घुसते ही राज्यश्री आहत सर्पिणी की भाँति उठ खड़ी हुई। उसकी आँखों में भय नहीं था, वैभव की-सी दमक थी। देवगुप्त का कामुक हृदय एक बार भीतर-ही-भीतर थर्रा गया। वह अप्रतिभ-सा देखता रहा।

द्वार पर श्वेतकेशा वड्ढेसी दिखाई दी। उसके पीछे तीन पहलव दासियाँ। उसके पीछे चार यवन दासियाँ थीं। पहलव दासियों के हाथ में खड्ग थे। यवन दासियाँ केवल छोटी अँगिया और ऊँचे लहँगे पहने थीं। उनके सुडौल गौर मांसल कन्धों पर उनके कत्थई केश फहरा रहे थे। पश्चिम द्वार पर इस समय तीन काली दमिल स्त्रियाँ खड़ी दिखाई दीं।

देवगुप्त मुस्कुराया।

श्वेतकेशा वड्ढेसी ने मृदुल स्वर में कहा : 'देवी ! महाराज को प्रणाम करो।'

राज्यश्री खड़ी रही।

पहलव दासी ने आकर राज्यश्री के बाईं ओर स्थान ग्रहण किया।

राज्यश्री ने चकित हिरणी की भाँति देखा और झटककर पहलव स्त्री के हाथ से खड्ग छीन लिया। देवगुप्त ठठाकर हँसा।

इसी समय बाहर कहीं गम्भीर निनाद करता हुआ घंटा बजने लगा। मित्तकाली ने घबराकर प्रवेश किया। वह एकदम बोल पड़ी : 'आर्य वाभ्रव्य कह रहे थे...।' फिर देवगुप्त को देखकर वह घुटनों पर बैठ गई जैसे वह सम्मान कर रही थी और फिर उसने कहा : 'समय अत्यन्त विकट है, प्रभु ! एक चर आया है।'

'चर !' देवगुप्त संकटसूचक घंटे की आवाज़ सुनकर दहल गया था। चर का आगमन सुनते ही फिर डर गया। वह बाहर चल पड़ा। चलते समय उसने एक युवती यवनी के सिर में से लगे दो फूल निकाले और सूँघकर वड्ढेसी को कुछ इंगित किया। यवनी प्रसन्न हो गई। देवगुप्त के जाते ही दासियों ने मित्तकाली और राज्यश्री को चारों ओर से घेर लिया।

14

वृद्ध दिवाकर मित्र हर्षवर्धन और राज्यश्री के गुरु थे। उनके भव्य मुख पर अटूट महिमा गौरवान्वित थी। वे शान्त प्रकृति के मनस्वी व्यक्ति थे। उनके सिर पर सिंघाड़े जैसे श्वेत केश थे और आँखों के चारों ओर काली कुंडल छाया पड़ जाने पर भी उनकी दृष्टि में एक शक्ति थी। वे स्थाण्वीश्वर नगर के बाहर अपना एक सुरम्य आश्रम वनप्रान्तर में बना अपने शिष्यों के साथ रहते थे। आश्रम के समीप ही एक छोटा-सा मठ था, जहाँ यात्रा करते हुए साधु ठहरते थे और अपना पथ लेते थे। दिवाकर मित्र हीनयानी बौद्ध भिक्षु थे। पवित्र जीवन व्यतीत करते थे। उनके भीतर अन्धविश्वास नहीं था, तर्क के आधार पर वह प्रत्येक तथ्य को निर्णीत करते थे। दिवाकर मित्र का व्यावहारिक ज्ञान बहुत था। सहिष्णुता उनमें अत्यधिक थी। हाल में जब स्थाण्वीश्वर में हीनयानियों ने महायानियों की वज्रश्रीतारा की मूर्ति को झगड़े में तोड़-फोड़ दिया, तब दिवाकर मित्र ने ही दोनों पक्षों में शान्ति कराई थी। कई ब्राह्मण भी उनके मित्र थे। वैष्णवों से भी जान-पहचान थी, यहाँ तक कि एक अघोर पाशुपत भी उनका अतिथि बनकर रहा था, जो बाद में अपने उत्तर के मन्दिरों की यात्रा करने ईरान चला गया।

भिक्षु ने शास्ता की बताई सौम्यता और क्षमा जो होनी चाहिए थी, वह दिवाकर मित्र में पर्याप्त थी। नगर के बाहर बसी एक बूढ़ी कोढ़िन को अन्न दिए बिना वे अपनी भिक्षा भी ग्रहण नहीं करते थे। चालीस वर्ष से दिन के बारह बजे के बाद उन्होंने कभी नहीं खाया था। चीवर के सौम्यवर्ण ने उन्हें एक अनुपम मूर्तिमयी सौम्यता प्रदान की थी।

उस छोटे से आश्रम की स्थिति सघन वृक्षों की शीतल छाया में थी और ऊपर फूस का छप्पर पड़ा हुआ था। जब दिवाकर मित्र बाहर जाकर शाल्मली वृक्ष के नीचे बैठते

तो गिलहरियाँ उनके कन्धों पर दौड़ने लगतीं। वन के बहेलिए जनपदों से आकर उनके दर्शन करते और उनके आश्रम में भिक्षा के तौर पर कभी-कभी मांस डाल जाते। बकहारवासिनी चापा भी बहेलिया-सरदार की पुत्री थी, जिसने आजीवक उपक से विवाह किया था, और बाद में शास्ता ने दोनों को विमुक्ति की दुन्दुभि बजाकर मुक्ति दी थी, अन्धी प्रजा को जगाया था। व्याधों, नागों और शबरों से जब कि ब्राह्मण और नगरवासी घृणा करते थे, दिवाकर मित्र समान भाव से उनसे मिलते-जुलते थे। कभी-कभी उनके यहाँ गोंड और भिल्ल भी आते थे। दिवाकर मित्र इस बात पर हँसते थे कि गोंड जाति, जो सतपुरा की श्रेणियों तक फैल गई थी, ब्राह्मण के हाथ का छुआ भोजन उसमें घृणित समझा जाता था।

और इस मित्रता के फलस्वरूप दिवाकर मित्र बहुत दूर-दूर की बात जानते थे, क्योंकि ये जंगली घूमते ही रहते थे। और इन लोगों से दिवाकर मित्र निःशुल्क ही काफी सेवा ले सकते थे। भिल्ल बड़े सरल स्वभाव के थे और शबरों की-सी क्रूर प्रकृति भी उनमें नहीं थी।

आधे कोस दूर पर बसी चंडाल बस्ती में लोहे का घंटा बजने लगा था, कुत्ते भौंकने लगे थे तभी वन-प्रान्तर में किसी अश्व के दौड़ने का शब्द सुनाई दिया और कुछ ही देर में एक युवक स्वेदश्लथ अश्व से उतरकर दिवाकर मित्र के चरणों पर कुटीर में लोट गया।

'कौन ?' वृद्ध ने पलकें उठाकर कहा, 'हर्ष !'

'गुरुदेव !' हर्ष ने भूमि पर पड़े-पड़े ही कहा, 'मेरा हृदय काँप रहा है।'

'ऐसा क्यों, वत्स ?' वृद्ध ने उसे उठाकर पूछा।

कुमार हर्ष बैठे नहीं। खड़े रहे।

'गुरुदेव,' हर्ष ने काँपते हुए स्वर से कहा, 'पिता के स्वर्गवासोपरान्त चारों ओर अन्धकार ही अन्धकार दिखाई देता है। महाराज राज्यवर्धन हूण-युद्ध से लौटे भी नहीं थे कि राज्यश्री पर विपत्ति आ गई। मालव देवगुप्त ने मौखरिकुल-भूषण गृहवर्मा की, कान्यकुब्ज पर आक्रमण करके छल से हत्या कर दी।'

'जानता हूँ, वत्स !' वृद्ध ने अविचलित स्वर से कहा।

'भन्ते ! राज्यश्री विधवा हो गई।' हर्ष का गला रुँध गया। वृद्ध ने धरती पर पड़े तिनके को उठाकर तोड़ दिया और फिर चुप हो गया।

हर्ष ने फिर कहा : 'गुरुदेव ! मालवराज राज्यश्री को हर ले गया है।'

वृद्ध एकदम चौंक उठे।

'क्या कहा, वत्स ? राज्यश्री अपहृत की गई है ?'

'हाँ भन्ते !' हर्ष ने झुककर कहा।

'बड़ा कठोर और दारुण संवाद है, वत्स,' वृद्ध ने कहा। अबकी बार तिनका धरती से उठाया, तोड़ा नहीं, उसे कच्ची मिट्टी में गाड़कर खड़ा कर दिया। फिर सोचकर कहा : 'कोई बात नहीं, कुमार। कोई बात नहीं। इस अन्धकार को फाड़कर, सूर्य निकलेगा।'

वृद्ध उठ खड़ा हुआ। उसने एक बार कुटीर की ओर देखा और फिर उस मठ की ओर पुकारा : 'जीवक !'

एक तरुण आया। वह साधारण कृषक के-से वस्त्र पहने था।

'भन्ते !' जीवन ने अत्यन्त कोमल स्वर से कहा।

'वत्स, कुटीर में रहना। मैं राज्यश्री को लेने जाता हूँ।'

जीवक ने सिर झुकाकर स्वीकार कर लिया। हर्ष ने आश्चर्य से देखा और कहा : 'किन्तु भन्ते ! मालव दूर है। उज्जयिनी जाना होगा। फिर आप पैदल ?'

'वत्स,' वृद्ध ने हँसकर कहा, 'शास्ता का अनुयायी हूँ, मेरे लिए यान पर चढ़ना निषिद्ध है। प्रयत्न करने में क्या दोष है ?'

जीवक ने कहा : 'अतिथि ! गुरुदेव की शक्ति अपार है। आश्चर्य मत करो।'

हर्ष को अच्छा नहीं लगा। कहा : 'मैं गुरुदेव से परिचित हूँ।'

'होते तो यह नहीं कहते, अतिथि।'

वृद्ध ने हँसकर कहा, 'अतिथि कुमार हर्ष हैं, जीवक !'

जीवक ने हर्ष के पाँव पकड़ लिये। वह भय से कुछ भी न कह सका।

15

उदयन की उज्जयिनी गुप्तकाल तक अपनी उपमा में तीन या चार ही नगर बता सकती थी। किन्तु बहुत समय तक पाटलिपुत्र ने अपने गौरव को स्थापित कर रखा था और इस प्रकार उज्जयिनी अब मन्दश्री हो गई थी।

महाराजाधिराज राज्यवर्धन ने महानगर को जाकर घेर लिया। शशांक नरेन्द्रगुप्त अत्यन्त विश्वसनीय मित्र बन गया था। राज्यवर्धन गोंड की सहायता प्राप्त करके अत्यन्त प्रसन्न था। देवगुप्त का उपरिक उपगुप्त युद्ध में मारा जा चुका था।

सन्ध्या हो गई थी। बन्दीगृह में राज्यश्री और मित्तकाली बैठी थी। बाहर प्रांगण में प्रहरी सो रहे थे। एक प्रहरी घूम-घूमकर पहरा दे रहा था। मित्तकाली ने संकट का संवाद जो राज्यश्री के सम्मुख सुनाया था उसे देवगुप्त ने पुरस्कार दे दिया। दूसरे, इस समय मालवराज को बन्दीगृह से अधिक सुरक्षित स्थान कोई भी दिखाई नहीं दिया। इसलिए उसने राज्यश्री को यहीं भिजवा दिया। आज तीसरा दिन था। धरती कच्ची थी और उसमें सीलन थी। दीवारें पत्थर की बनी थीं। छोटे-छोटे द्वार थे, छत बहुत नीची थी, एक प्रकार की घुटन उस बन्दीगृह में सर्वत्र ही थी। राज्यश्री लेटी थी। उसके पैरों में बेड़ी डाल दी गई थी।

राज्यश्री ने कई दिन से कुछ खाया नहीं था। मित्तकाली ने दोपहर के प्रहरी को अपना स्वर्ण कंकण उतारकर दिया और उससे कुछ फल मँगवा लिए थे। उसके बार-बार अनुनय करने पर राज्यश्री ने वे फल खा लिए।

मित्तकाली द्वार के लोहे के सीखचों के पास खड़ी हो गई और राज्यश्री ने देखा, वह प्रहरी से कुछ इंगित करने लगी।

प्रहरी निकट आ गया। लम्बा-चौड़ा अत्यन्त काला प्रहरी एक स्त्री को अपनी ओर इस प्रकार कटाक्ष करते देखकर प्रायः मर गया।

उसने अत्यन्त नम्र बनकर बोलने की चेष्टा की किन्तु फिर भी ऐसा लगा जैसे किसी ने गले तक डुबाकर पानी में कलसा भरना प्रारम्भ किया हो।

'क्या देख रही है ?'

'कुछ नहीं,' मित्तकाली ने सफेद-सफेद दाँत चमकाकर कहा, 'देखती थी, तुम भी अद्भुत व्यक्ति हो।'

'क्यों ?' प्रहरी का भयानक दंड और दोनों स्वर एक साथ बजे।

मित्तकाली में यह परिवर्तन देखकर राज्यश्री को आश्चर्य हुआ। वह अत्यन्त चपल, अंगभंगिमा-निपुण और चतुर थी।

मित्तकाली ने हँसकर कहा : 'अए दारिया ! दिन-भर व्याघ्र की भाँति घूमते रहते हो ?'

प्रहरी विक्षुब्ध हुआ। किन्तु तब ही मित्तकाली ने दूसरा कटाक्ष करके कहा : 'तुम्हारी स्त्री तो तुम्हारे पाँव दबाते-दबाते ही जीवन बिता देगी।'

प्रहरी निकट आ गया।

'मेरी कोई स्त्री नहीं है।'

'तब तो बिल्कुल मुझ जैसे हो, मेरा भी विवाह नहीं हुआ।'

प्रहरी ने टेढ़ी आँख से देखा। उसका रूप देखकर कोने में छिपी बैठी राज्यश्री को भी एक बार मुस्कुराहट आ गई। कैसा मोहित प्रतीत होता था !

'तुमने विवाह क्यों नहीं किया ?' मित्तकाली ने कहा : 'भगवान् ने पुरुष को अधिकार दिया है, शक्ति और रूप दिया है, वह क्यों एक स्त्री को अपने साथ नहीं तार देता ?'

'तुम्हारी जाति क्या है ?' प्रहरी ने पूछा।

'क्यों ?' मित्तकाली ने कहा : 'धीरे बोलो। मेरी भाभी भी यहीं बन्द है।'

'क्या अपराध किया था तुमने ?'

'कुछ नहीं,' मित्तकाली ने कहा, 'कोट्टपाल मुझ पर कुदृष्टि डाल रहा था।'

प्रहरी उद्भ्रान्त-सा दिखाई दिया।

मित्तकाली ने कहा : 'वैश्य हो।'

'नहीं। क्षत्रिय हूँ।' जैसे मित्तकाली ने पहले उसे गाली दी।

'मैं भी क्षत्रिया हूँ।'

प्रहरी के मुख से एक आनन्द की ध्वनि निकली। लगा, जैसे भेड़िया गुर्रा रहा था।

इसके बाद राज्यश्री सुन न सकी। मित्तकाली और प्रहरी बहुत धीरे-धीरे कार्य करने लगे।

और साँझ ढलने लगी। अन्धकार उतरने लगा।

पत्थर का बना वह बन्दीगृह भयानक लगने लगा। कहीं कोई बन्दी पिट रहा था, उसका आर्त्तनाद गूँज उठता था। सम्भवतः किसी को दारुण यातना दी जा रही थी। या तो बिच्छुओं से कटाया जा रहा था या चक्र पर बाँधकर हाथ-पाँव खींचे जा रहे थे, या पत्थर का बड़ा पहिया घुमवाकर गेहूँ पिसवाया जा रहा था।

बाहर की ओर से वातायन से नीला आकाश दिखाई दे रहा था। उसके नीचे खाई थी, जिसकी सीलन बूँद-बूँद करके बन्दीगृह की प्राचीर भेद करके धीरे-धीरे चुआ करती थी। फिर वृक्षों का गहरा अन्धकार था। दूर तारे टिमटिमा रहे थे।

मित्तकाली ने राज्यश्री को जगा दिया। दोनों सतर्कता से उठ खड़ी हुईं। प्रहरी ने द्वार खोलकर भीतर रस्सी फेंक दी। मित्तकाली ने राज्यश्री के कन्धों पर चढ़कर वातायन में से उस रस्सी को भीतर बाँधकर लटका दिया। फिर मित्तकाली लोहे की बेड़ी खोलने लगी। चाबी लगाते ही वह खुल गई।

आधी रात के समय खाई की ओर से कोई क्रौंच पक्षी के स्वर में बोला किन्तु वह क्रौंच-स्वर इतना विकृत था कि वह क्रौंच माता और उलूक पिता का पुत्र प्रतीत होता था। मित्तकाली ने रस्सी बाहर फेंक दी।

उसने कहा : 'शीघ्र बाहर उतर जाओ।'

जिस समय दोनों नौका में बैठ गईं, प्रहरी डाँड़ चलाने लगा। राज्यश्री ने अपने समस्त आभूषण उतारकर उसे दे दिए। प्रहरी विस्मय से पागल की भाँति देखने लगा। मित्तकाली ने उसे चाभी का गुच्छा लौटा दिया।

तीर पर उतरकर मित्तकाली ने कहा : 'स्वामी ! क्यों भाभी ! स्वामी ही तो हुए ?' फिर प्रहरी ने मुड़कर कहा : 'यह दो-एक आभूषण बेचकर अश्व नहीं ला सकते ?'

'इस आधी रात के समय ?'

'क्यों ? धर्मशाला के पास जहाँ सार्थ ठहरते हैं, वहाँ मिल जाएँगे।'

प्रहरी चुप रहा।

'तुम डरते हो ?' मित्तकाली ने कहा।

'डरता हूँ ?' प्रहरी ने तमककर कहा, 'मैं डरता हूँ ! अच्छा लो, अभी लाता हूँ। पर तुम कहाँ रहोगी ?'

'यहीं और कहाँ ?'

'हाँ, यहीं ठीक है,' प्रहरी ने कहा।

जब वह चला गया, मित्तकाली ने हर्ष से राज्यश्री को अपने अंक में भर लिया और हँस दी। किन्तु इसी समय भीषण कोलाहल होने लगा, जैसे निकट ही भयानक युद्ध हो रहा था। दुर्ग जलने लगा। बन्दीगृह के चारों ओर घोड़े दौड़ने लगे। और भीषण संग्राम के अत्यन्त विकट निनाद से दिगन्त थर्राने लगे।

मित्तकाली ने राज्यश्री का हाथ भय से पकड़कर कहा : 'भाग चलो देवी ! भागो !'

'यह कोलाहल क्यों हो रहा है ?'

'कौन जाने ? इतना तो मैंने सुना था कि गौड़ राजा ने मालव पर आक्रमण करने का विचार किया है।'

'तो क्या ये सब गौड़ ही हैं ?'

'यह तो अन्धकार में क्या मालूम होगा ? मैं तो पूछ आती, किन्तु फिर देवी, आपका क्या होगा ? हमारी बात और है, आपकी और बात है।'

'क्यों,' राज्यश्री ने कहा : 'तुम्हें भय नहीं होता ?'

'पुरुष से क्या भय, देवी !' मित्तकाली हँस दी। बोली : 'ये लोग मूर्ख होते हैं। पर तुम अपनी शत्रु स्वयं हो।'

'मैं ? कैसे ?' राज्यश्री ने पूछा।

'सुन्दरी हो न ?'

मित्तकाली फिर हँस दी। राज्यश्री समझी नहीं। कुछ सैनिक घोड़ों पर उल्का लिये निकट से दौड़ते हुए निकल गए। रणनाद उग्रतम होता जा रहा था। कई जगह आग की लपटें उठ रही थीं।

मित्तकाली ने राज्यश्री का हाथ पकड़कर कहा : 'सब आभूषण उस पशु को दे दिए ! भूल हो गई।'

'परन्तु वह विश्वास फिर कैसे करता ?'

'ठीक है ! चलो !'

दोनों घने कान्तार में चल पड़ीं।

जिस समय प्रहरी लौटकर आया उसने देखा, दोनों स्त्रियाँ चली गई थीं और अन्धकार चारों ओर सायँ-सायँ कर रहा था। एक घोड़ा वहीं छोड़कर, दूसरे पर वह स्वयं ही एक ओर भाग चला।

16

कुमार हर्षवर्धन सन्ध्या के समय अश्वारूढ़ होकर जब प्रासाद से निकले उनके पीछे अंगरक्षकों का दल चलने लगा। सुसज्जित शस्त्रों की झंकार सुनकर नागरिक ससम्मान पथ छोड़ने लगे। स्थाण्वीश्वर के पण्य-पथ विस्तृत थे। शिव-मन्दिरों में शंखनाद होने लगा था। उतरते अन्धकार में विभिन्न मतान्तरों के उपासनागृहों से विभिन्नता को त्यागकर वाद्यध्वनि उन सबकी महती साधना के ऐक्य गुँजा रही थी कि वस्तुतः ये सब मार्ग धर्म का पथ पहचानने के लिए हैं, जिसे कोई भी नहीं पहचानता। दास-दासियों की हाट में इस समय शान्ति थी। अब वैसे दास नहीं बिकते थे जैसे यूनान में प्रथा थी। यहाँ वे घरेलू दास थे जो अधिकांश शिल्पश्रेणियों के शिल्पी या अर्द्धदास कृषकगण थे। अनेक-अनेक शिल्पी किसी एक श्रेणी में सम्मिलित हो जाते और सामन्तों के अनेक प्रसाधन तत्पर हाथों से बनाते। उनकी चतुरता आज डेढ़ सहस्र वर्ष से दजला-फरात की

भूमि से लेकर सुदूर रोम तक विख्यात थी। भारत का जल-व्यापार उस समय तक अरबों के हाथ में नहीं गया था।

सायंकाल के समय वेश्याओं के गृहों से आमोद और विलास की प्रतिध्वनियाँ गूँजने लगी थीं। स्थाण्वीश्वर की सर्वश्रेष्ठ वेश्या सुमंगला, जिसका शुल्क एक रात्रि के लिए पाँच सहस्र दीनार था, अपने स्वर्ण के रथ पर जा रही थी। जब राजमार्ग पर कुमार हर्षवर्धन का अश्व निकला उसके सारथि ने रथ रोककर एक ओर कर दिया।

'किसलिए रोका ?' सुमंगला ने आतुर होकर पूछा।

'कुमार हर्षवर्धन भट्टाचारक पादीय...।'

इसके बाद भीड़ के कोलाहल में उसकी ध्वनि डूब गई। सुमंगला ने वह शान्त और सुन्दर मुख देखा। उस मुख में कोई आतुरता नहीं थी, जैसे सुमंगला के मुखचन्द्र ने उस समुद्र में कोई तरंग नहीं उठाई थी। नवीन उत्साह ऊर्जस्वित यौवन से थपेड़े लेकर भुजदंडों में हुमक रहा था। सुमंगला ने अपने सिर से पुष्पमाला निकालकर कुमार हर्षवर्धन के घोड़े पर फेंक दी।

नागरिकों ने जय-जयकार किया। मदिरा की दुकान में से नर्तकियाँ निकल आईं और उन्होंने फूलवालों की दुकानों से फूल उठा लिये और कुमार तथा उनके अंगरक्षकों पर बिखेर दिए। आनन्द के कारण अगरु बेचनेवाले वृद्ध कंकण ने दोनों हाथ उठाकर जय-जयकार प्रारम्भ कर दिया।

कुमार हर्षवर्धन इस उद्वेग को देखता रहा। फिर इंगित किया। अंगरक्षकों ने मदिरा, पुष्प, अगरु तथा मिष्टान्नों की दुकानों से उनके मालिकों को उतर जाने की आज्ञा दी और कहा कि वे मूल्य प्राप्त करने प्रासाद में उपस्थित हों। दुकानदार उतर गए। एक सैनिक ने चमड़े की एक थैली हर्षवर्धन के सम्मुख कर दी। कुमार ने मुट्ठी भरकर स्वर्ण दीनार निकाले और दुकानों की ओर फेंक दिए। इसके बाद सैनिकों ने सोने की थैली को खनखनाकर पथ खाली कर दिया।

कुमार ने मुस्कुराकर कहा : 'अभय !'

प्रजा ने उन दुकानों और स्वर्ण दीनारों को लूटना प्रारम्भ किया। मदिरा के बड़े-बड़े काँच के पात्र खाली होने लगे। सुमंगला ने देखा और कुमार पर कटाक्ष किया। कुमार हँस दिए।

देर तक जय-जयकार होता रहा। कुमार के दान की प्रशंसा होती रही। सान्ध्य-भ्रमण का समय समाप्त हो रहा था। जिस समय कुमार हर्षवर्धन बौद्धसंघाराम के पास से निकल रहे थे, हठात् किसी ने पुकारा : 'कुमार ! कुमार !'

घोड़े से उतरकर कुन्तल ने कुमार के चरण थाम लिये। अंगरक्षकों के हाथों में नग्न खड्ग चमकने लगे।

'कौन ?' कुमार ने पहचानकर कहा, 'पर कुन्तल ! तू इतना घबराया हुआ क्यों है ?'

'देव ! एकान्त !' जैसे उसका स्वर घुट गया।

कुमार ने पीछे देखा। अंगरक्षक पीछे हट गए। कुन्तल ने हकलाकर कहा : 'देव...मैं...मैं।'

'अभय कुन्तल, अभय !' कुमार ने आश्वासन दिया।

'देव !' कुन्तल ने कहा, 'जिस समय महाराजाधिराज राज्यवर्धन ने मालवराज देवगुप्त का वध किया, नितान्त क्रूरता से गौड़राज शशांक नरेन्द्रगुप्त ने छल से महाराजाधिराज की हत्या कर दी।'

कुमार गम्भीर, घोड़े पर बैठे रहे। एकदम स्तब्ध !

फिर कहा : 'भगिनी राज्यश्री ?'

'देव,' कुन्तल ने फिर कहा, 'देवी के विषय में कोई सूचना प्राप्त नहीं हुई। कहा जाता है, देवगुप्त ने उन्हें उनके अडिग पातिव्रत से चिढ़कर कारा में डाल दिया था, जहाँ से वे निकल गईं, ज्ञात नहीं कहाँ ?'

कुमार हर्षवर्धन ने एक दीर्घ श्वास छोड़ा। उसकी बहन पवित्र थी। गर्व से ललाट उठ गया। पुष्यभूति वंश की कन्या का गौरव !

और कुमार ने अत्यन्त धैर्य से पूछा : 'कुन्तल, जो तूने कहा, वह सत्य है ?'

'देव !' कुन्तल ने रोते हुए कहा : 'मैं तीन पीढ़ियों से पुष्यभूतिवंश के अन्न पर पलनेवाली परम्परा में जन्मा हूँ। मेरे लिए महाराजाधिराज नहीं मरे, मेरे अग्रज की मृत्यु हुई है, बाल्यावस्था में मैं उनके साथ खेला था।'

'और सेनापति भांडी ?'

'देव ! सेनापति ने मालव पर अधिकार कर लिया है। गौड़ सेना भाग गई। अब सेनापति कान्यकुब्ज की ओर बढ़ रहे हैं।'

'शशांक कहाँ है ?' अबकी बार हर्षवर्धन के स्वर में कुछ तीखापन था।

'सम्भवतः भाग गया।'

'कायर !' हर्षवर्धन ने दाँत भींचकर कहा।

कुन्तल ने पाँव छोड़ दिए। घोड़े पर चढ़ गया। उसने कहा : 'देव ! पहली बार राज्याभिषेक ठीक नहीं हुआ। इस बार वैसा ही नहीं होना चाहिए।'

'कुन्तल !' कुमार ने पुकारकर कहा : 'हृदयहीन ! यह समय राज्य का है !'

'भले ही नहीं हो,' कुन्तल ने कहा : 'किन्तु जिस अन्त को देवगुप्त प्राप्त हुआ है, उसी अन्त को नरेन्द्रगुप्त को भी प्राप्त होना है और इसके लिए स्थाण्वीश्वर की सेना को एक सेनापति चाहिए। पुष्यभूति वंश के कुमार हर्षवर्धन से उपयुक्त इस समय मुझे कोई और नहीं जँचता। यदि इस समय आप रोने बैठेंगे तो वसुन्धरा रसातल में डूब जाएगी।' और कुन्तल ने एकाएक खड्ग उठाकर पुकारा : 'महाराजाधिराज हर्षवर्धन की जय !'

कोई नहीं समझा। अंगरक्षक चौंक गए। नागरिकों ने सुना और वे अनसमझे-से रुक गए। कुन्तल ने फिर कहा : 'महाराजाधिराज हर्षवर्धन की जय !' फिर सब चुप रहे। उस समय अवलोकितेश्वर के मन्दिर की ओर से किसी ने पुकारा : 'सद्धर्म्म के रक्षक

की जय !'

एकत्रित जनसमूह ने देखा, कुमार हर्षवर्धन की आँखें भर आई थीं। तब उनकी समझ में आया। और फिर स्थाण्वीश्वर की गलियों में, राजमार्गों पर बिजली की तरह समाचार दौड़ गया।

जिस पथ से कुमार हर्षवर्धन लौटे, प्रजा ने उनका महाराजाधिराज कहकर जय-जयकार किया। और हर्ष के मुख पर वज्र-सी दृढ़ता थी। उल्काओं के प्रकाश में वह गौरवमय उन्नत ललाट अपना उज्ज्वल भविष्य लिये चमक रहा था। श्वेत भव्य तुरंग अपनी गर्वीली चाल से चल रहा था। और धीरे-धीरे शोक से हाट बन्द हो गए। केवल पथों पर लोग निकल-निकलकर बातचीत करने लगे। स्थाण्वीश्वर जीतकर भी हार गया था।

17

पट्टमहादेवी चयनिका ने अपना शृंगार उतारकर फेंक दिया। विशाल प्रकोष्ठ में रुदनध्वनि सुबकने लगी। चयनिका युवती थी। राज्यवर्धन उस समय चौबीस वर्ष का युवक था। उसकी यौवन में मृत्यु हुई। चयनिका इस आघात से विचलित हो गई। छोटा होने पर भी बुद्धि में अत्यन्त तीक्ष्ण हर्षवर्धन परिस्थिति को समझ गया। उसने घोड़े पर से उतरकर शीघ्रता से दीर्घ सोपांनों को पार किया और चयनिका के सम्मुख उपस्थित हुआ।

'मैं लौट आया हूँ,' महाराजाधिराज हर्षवर्धन ने कहा : 'राज्यश्री नहीं रही, भैया भी नहीं रहे। किन्तु मैं लौट आया हूँ।'

'आए हो, देवर,' चयनिका ने उठते हुए कहा, 'किन्तु नंगे हाथों आए हो।'

चयनिका के बाल बिखरे हुए थे, खुले लहरा रहे थे। वह इस समय द्रौपदी की भाँति प्रतिशोध की प्यासी थी।

सेनापति सिंहनाद ने प्रवेश किया। वह अन्तिम वाक्य सुन चुका था। उसने दूर से ही कहा : 'ठीक कहा महादेवी, ठीक कहा।'

'नहीं, सेनापति,' चयनिका ने आँसू पोंछकर कहा : 'ठीक नहीं कहा। अब से मैं महादेवी नहीं हूँ।'

सिंहनाद चौंककर झुक गया, जैसे अपराध हो गया हो। उसने कहा : 'महाराजाधिराज !'

'नहीं, सेनापति यह आनन्द का समय नहीं है,' हर्ष ने मुख मोड़कर उत्तर दिया।

'आनन्द,' सेनापति ने गम्भीर स्वर से कहा : 'वीर के लिए खड्ग उठाने का समय सबसे बड़े आनन्द का समय है।'

चयनिका हँसी। फिर रोई। दोनों अवाक् देखते रहे।

'भाभी !' हर्ष का स्वर काँप उठा।

'मुझे शत्रु का रक्त लाकर दो, देवर,' चयनिका ने आँखें उठाकर कहा। ठीक उसी समय बाहर सैनिकों के शस्त्र खड़खड़ाए और उन्होंने जयध्वनि की : 'महाराजाधिराज हर्षवर्धन की जय !'

उस समय ऐसा लगा, जैसे हर्ष का मुख पत्थर हो गया।

चयनिका ने आगे बढ़कर कहा : 'जय ! हर्ष! जय ! सेना पुकार रही है। राष्ट्र पुकार रहा है। शत्रुओं ने तुम्हारी कुल-नारियों की माँग को धो दिया है। प्रतिज्ञा करो, महाराज !'

वह बिजली की भाँति कौंधकर ठहर गई।

हर्ष के हाथों ने स्वयमेव सिंहनाद का खड्ग निकाल लिया और गरजकर कहा : 'मैं प्रतिज्ञा करता हूँ कि इस खड्ग से मैं वसुन्धरा पर रक्त की ऐसी नदी बहाऊँगा कि हिमालय से कन्याकुमारी और सिन्धु से कर्णसुवर्ण तक पृथ्वी लाल हो जाएगी और शत्रु की विधवाओं के चीत्कारों के हाहाकार में सारा समुद्र-गर्जन में डूब जाएगा।'

हर्ष व्याघ्र की भाँति घूमने लगा। उसने फिर कहा : 'सिंहासन पर महाराजाधिराज राज्यवर्धन बैठे हैं, सेनापति सिंहनाद ! मैं रक्त भीगे सिंहासन पर नहीं बैठ सकता। जाकर सेना से कहो कि हर्ष का क्रोध शत्रु का रक्त चाहता है।'

बाहर सैनिकों ने प्रचंड गर्जन प्रारम्भ कर दिया था। उनके स्वर की रौद्रता को बढ़ाने पटहध्वनि धक-धक करने लगी थी। सैनिक अब पंक्ति बनाकर खड़े हो रहे थे। उनके शिरस्त्राण दिन की धूप में उनके भालों के फलकों से भी अधिक चमकने लगे थे। महाराजाधिराज हर्षवर्धन को सेनापति सिंहनाद और सेनापति स्कन्दगुप्त के साथ आते देखकर सैनिकों में अपूर्व उत्साह छा गया।

महाराजाधिराज सेना का निरीक्षण करने लगे।

'महाराजाधिराज,' स्कन्दगुप्त ने कहा : 'वाहिनी सन्नद्ध है।'

हर्षवर्धन ने देखा, लहरों की भाँति शिरस्त्राण अब दीप्त हो रहे थे। उसने उन्नत ललाट होकर कहा : 'सैनिको ! स्थाण्वीश्वर के वीरो ! संकट छाया हुआ है। स्वर्गीय महाराजाधिराज हूण-युद्ध में विजयी होकर लौटे थे किन्तु वह विजय हूणों की पूर्ण पराजय नहीं हुई है। राष्ट्र का रक्षक आज कोई नहीं है। मौखरियों और पुष्यभूतियों के रक्त का प्रतिशोध लेने की आज मैं प्रतिज्ञा करता हूँ कि जिस दिन तक मैं मर्यादा को पुनः स्थापित नहीं कर लूँगा, महाराजाधिराज होकर भी सिंहासन पर नहीं बैठूँगा।'

सैनिकों में स्फूर्ति छा गई। उन्होंने जयध्वनि की। फिर सहस्रों खड्ग धूप में चमचमा उठे।

पीछे की पंक्तियों में कुछ कोलाहल-सा उठा। सेनापति स्कन्दगुप्त वेग से महाराज के सम्मुख आ गया।

'महाराज सावधान रहें,' स्कन्दगुप्त ने आतुर होकर कहा।

'क्यों, बलाधिकृत ?'

'देव ! शत्रु कहाँ है, कहा नहीं जा सकता ?' फिर उसने एक ओर देखकर पुकारा : 'गुल्माधिपति !'

गुल्माधिपति अश्वारूढ़ था। उसने उतरकर अभिवादन किया। 'महाराज ! घोड़े पर चढ़िए।'

'नहीं, स्कन्द ! इसकी आवश्यकता नहीं। मैं अपने लिए भयभीत नहीं हूँ।'

'ठीक है, देव ! किन्तु इस समय स्थाण्वीश्वर के व्याकुल मन्त्रियों ने जो निश्चय किया है, आपको उसका सम्मान करना चाहिए। वे सब आपके पिता के पुराने सेवक हैं।

महाराज निरुत्तर हो गए। गुल्माधिपति के घोड़े पर उनके चढ़ते ही सेनापति स्कन्दगुप्त के इंगित पर उन्हें चारों ओर से गौल्मिकों ने घेर लिया।

कोलाहल अब शान्त हो चुका था। चार सैनिक एक सैनिक को पकड़कर ला रहे थे।

'गौल्मिक !' सेनापति स्कन्दगुप्त ने कहा, 'इसका अपराध ?'

'देव ! यह महाराजाधिराज पर आक्रमण करना चाहता था। जिस समय इसने भल्ल झुकाया था, इसे पकड़ लिया गया।'

सैनिकों ने उसे बाँध दिया। सेना क्रोध से गरजने लगी। वे लोग उसे वहीं मार डालना चाहते थे।

सैनिक निर्भीक खड़ा था। महाराज ने पूछा : 'तुम कौन हो ?'

'देव, मैं कुछ नहीं कह सकता।'

सेनापति स्कन्दगुप्त क्षण-भर चुप रहा। उसने दूसरी बार इंगित किया। लोहे के भालों पर उस सैनिक का शरीर छेदकर गौल्मिकों ने उठाकर अपराधी को सेना के सम्मुख प्रदर्शित किया। रक्त उसके शरीर से टपक रहा था। उसका अन्तिम आर्त्तनाद सुनकर सैनिक ठठाकर हँसे। गुप्त घातक को दंड मिला था।

जब शान्ति छा गई तब महाराजाधिराज ने कठोर स्वर में कहा : 'सैनिको ! भगिनी और भ्रातृजाया के वैधव्य का प्रतिशोध लेने के लिए, चाहे जाह्नवी का विराट् प्रवाह रुक जाए, चाहे मुझे उत्तर से दक्षिण और पूर्व समुद्र से पश्चिम समुद्र तक भटकना पड़े किन्तु मैं अनवरत युद्ध करता रहूँगा। सैनिको ! आर्यावर्त्त के वीरो, प्रचंड हुंकार से शत्रु के हृदय को थर्रा दो !'

दस सहस्र अश्वारोहियों का गम्भीर गीत गूँजने लगा—आज कहीं रुकना नहीं है, शूरवीरो ! आकाश तक तुम्हारे कठोर हाथों द्वारा लगाई अग्नि की प्रचंड लपटें तुम्हारे शौर्य की जलती हुई कथाएँ लिख दें, तुम्हारे उठे हुए भुजदंडों को देखकर विराट् पर्वतों का हृदय थर्राने लगे जैसे इन्द्र के हाथ में उठे हुए वज्र को देखकर उड़ते हुए महागिरि स्थिर हो गए थे। जब तक रणचंडी का प्यासा कंठ शत्रु के रक्त से नहीं भीगेगा तब तक धरित्री में से पुकार आती रहेगी—अभी और, अभी और...।

सहस्रों पदातिकों ने मुक्त कंठ से वज्रघोष किया।

'देवी !' दासी ने आँखों में आँसू भरकर अन्तःपुर में चयनिका से कहा : 'महाराजाधिराज ने भीषण प्रतिज्ञा की है।' उसके स्वर में एक प्रश्नवाचक भय था : 'क्या वह तरुण इतनी बड़ी प्रतिज्ञा पूर्ण कर सकेगा ?' चयनिका ने दृढ़ता से कहा : 'वह बहुत दृढ़ है तरला, बहुत दृढ़ है। उस पर आश्चर्य मत कर। उसे दृष्टि-दोष न दे।'

'देवी ! अपनी आँखें फोड़ लूँगी।'

दासी ने कहा और चयनिका के शीश पर तैल लगाने बढ़ी। चयनिका ने कहा : 'रहने दे, तरला। इन केशों को अब सुवासित तैल की आवश्यकता नहीं है।'

दासी गम्भीर वेदना से देखती रही। फिर वह चली गई। सेना में नवीन स्फूर्ति फैलने लगी। नागरिकगणों में अबकी बार विक्षोभ-सा था। अधिकांश में कोई दिलचस्पी नहीं थी। वे विश्वास ही नहीं करते थे कि यह छोटे से महाराजाधिराज इतना कठिन कार्य कर सकेंगे। कुछ ने तो यह भी विचार प्रकट किया कि अब शशांक नरेन्द्रगुप्त विजय प्राप्त कर लेगा और गुप्त वंश सम्भवतः अब फिर से अपना साम्राज्य स्थापित करेगा।

कुमारामात्यों को महाराजाधिराज ने आज्ञा भिजवा दी थी कि कान्यकुब्ज पर महाबलाधिकृत भांडी को पहले अधिकार प्राप्त कर लेना चाहिए, फिर वहाँ भांडी की सहायता के लिए तीन कुमारामात्यों का एक कुल तब तक के लिए पहुँचना चाहिए जब तक राज्यश्री का पता नहीं चलता।

रात्रि की अन्धकारभरी निविड़ता में महाराजाधिराज हर्षवर्धन जब अन्तःप्रांगण के क्रेंकार करते सारसों को देखकर भीतरी अलिन्दों को पार करके प्रकोष्ठ में पहुँचे, पर्वतीय प्रदेश के एक दास ने उनके चरणों पर अपना सिर रख दिया।

'क्या हुआ, देवदारु ?' हर्ष ने अपना खड्ग टाँगते हुए कहा।

'स्वामी ! कुछ भी पता नहीं चला।'

'मालव गया था ?'

'देव, वहीं से आ रहा हूँ।'

'किसी से भी पता नहीं चला ?'

'देव, देवी बन्दीगृह में थीं अवश्य, किन्तु वे भाग निकलीं। कहाँ गईं, यह पता नहीं चला।'

महाराजाधिराज कुछ देर सोचते रहे। फिर कहा : 'देवदारु ! क्या राज्यश्री सचमुच नहीं मिलेगी ?'

'देव, रात को ही फिर चला जाऊँगा।'

'अब कहाँ जाएगा ?'

'देव, एक बार कान्यकुब्ज जाकर देखूँ ?'

'नहीं,' महाराजाधिराज बैठ गए। उन्होंने देर तक कुछ भी नहीं कहा। फिर देवदारु ने देखा। उनके नेत्रों में भयानक प्रतिहिंसा दिखने लगी। उसे लगा कि धरती पर व्याघ्रमुख के नेत्रों से वे नेत्र मिलने लगे। देवदारु ही डर गया।

'तू जा,' महाराजाधिराज ने कहा।

देवदारु चला गया। हर्ष ने बाहर उठकर देखा। आकाश स्तब्ध था। कहीं कोई कोलाहल नहीं था। केवल रात्रिप्रहरी कभी-कभी चिल्ला उठते थे। फिर उड़ते हुए चमगादड़ों की फट-फट सुनाई दे जाती थी। हर्ष के हृदय में कुछ घुमड़ने लगा।

दासी तरला ने दूर से सुना। उसे आश्चर्य हुआ। आधी रात के बाद महाराजाधिराज के प्रकोष्ठ से वीणा बजने का शब्द आ रहा था। कभी-कभी गीत की अत्यन्त करुण तान सुनाई देती थी। उसने चयनिका को जगाने का दुस्साहस किया। चयनिका ने सुना और वह रोने लगी।

हर्ष ने वेदना से आर्त्तहृदय होकर जो गीत रात्रि को गाया, वह प्रातःकाल लेखकों ने अनेक प्रतियाँ लिखकर राजकुलों में पहुँचाया। हर्ष कवि भी था।

18

सघन वृक्षों की छाया में दो स्त्रियाँ बैठ गईं। एक बहुत थक गई थी। दूसरी इस समय भी विषण्ण होने पर भी पराजित नहीं थी। उसने मुस्कुराकर कहा : 'देवी ! चलते-चलते कितने ही दिन और कितनी ही रातें बीत गईं। यह तो बताएँ कि आपका कहाँ जाने का ध्येय है ?'

'मैं क्या बताऊँ, मित्तकाली—भाग्य जहाँ ले चलेगा वहीं चलती जाऊँगी।'

'तो क्या भाग्य का पथ यों ही कट जाएगा ? देवी, वह तो उतना ही लम्बा है जितना जीवन, और उतना ही जटिल भी है,' कहकर वह स्त्री धरती पर उँगली से मिट्टी कुरेदने लगी। राज्यश्री लेट गई। उसने आँखें बन्द कर लीं। दोनों के वस्त्र वन-प्रान्तरों में घूमते हुए काँटों में उलझकर जगह-जगह फट गए थे। राज्यश्री के सुन्दर शरीर को धूल ने मैला कर दिया था, किन्तु फिर भी कुहरे में छिपे अरुण की भाँति उसका सौन्दर्य फूट पड़ता था। मित्तकाली ने कहा : 'देवी ! यों तो काम नहीं चलेगा। मुझे तो अब खाने की इच्छा होती है। कन्दमूल खाते-खाते प्राण कंठ में आकर अटक गए हैं।'

राज्यश्री ने आँखें खोल दीं। उसके मुख पर घबराहट दिखाई देने लगी। उसने कहा : 'तो अब कहाँ मिलेगा ?'

'दूर कुत्ते भूक रहे हैं। ग्राम कहीं निकट ही है। अवश्य वहाँ कुछ खाने को मिल जाएगा,' मित्तकाली के नयनों में उत्साह फिर झलकने लगा।

'ग्राम ! यदि वहाँ किसी ने पहचान लिया तो !'

'यहाँ पहचाननेवाला कौन बैठा है ?' परन्तु फिर वह सोचकर बोली : 'ठीक कहती हैं, देवी ! आपका तो यों जाना उचित नहीं है।'

'क्यों ?'

'आपको देखकर यदि किसी ने सन्देह किया तो ?'

'सन्देह ? इस वेश में मुझे देखकर कोई क्या सन्देह करेगा ?' राज्यश्री ने करुण

स्मित से कहा।

'किन्तु, देवी ! यह और भी अनर्थ है। इतनी सुन्दर का दरिद्र होना तो और भी भयानक है। पुरुष बड़ा लोलुप और स्वार्थी होता है।'

'तो मैं क्या करूँ ?' राज्यश्री ने कहा। वह आहत-सी रोने लगी।

मित्तकाली थोड़ी देर सोचती रही। फिर कहा : 'देवी, यह रूप यदि और गन्दा हो सके, ऐसा कि इस पर किसी की दृष्टि पड़ते में ठहरे नहीं।'

कहते-कहते वह रुक गई। राज्यश्री ने रोना बन्द करके कहा : 'हो सकता है।'

जिस समय दोनों स्त्रियाँ चलीं, राज्यश्री अब काफी गन्दी दीख रही थी। इतनी कि उसका गौर वर्ण अब मटीला हो गया था और मित्तकाली उसकी तुलना में सुन्दरी दीख रही थी। दोनों धीरे-धीरे चलती रहीं। और जब वृक्षों की पत्तियाँ विरल होने लगीं, वे खेतों के पास पहुँच गईं। आश्चर्य से राज्यश्री ने देखा, खेत जले हुए थे। धरती काली ही काली दिखाई देती थी। देखकर भयानक-सा लगता था। कुत्तों का भूँकना अब पास आ गया था। उन्होंने देखा, दूर ग्राम दिख रहा था। उनके हृदय सशंक हो गए।

बाहर की ओर एक देवमन्दिर था। राज्यश्री और मित्तकाली ने देखा, उसके भीतर तीन शव पड़े थे। दो स्त्रियाँ और एक बालक। स्त्रियों के गले कट गए थे। मन्दिर की धरती पर रक्त से लेप लग गया था।

'यह क्या है ?' राज्यश्री ने भय से पूछा।

'या तो यहाँ डाकू आए होंगे,' मित्तकाली ने सोचते हुए कहा : 'या फिर यहाँ से कोई शत्रु सेना निकली होगी।'

'तो क्या आर्यावर्त्त के पथ असुरक्षित हैं ?'

'कई स्थानों पर।'

'यात्रियों का जीवन इस प्रकार संकट में पड़ा रहता है ?'

'हाँ, देवी !'

दोनों आगे बढ़ीं। ऊजड़ ग्राम के उस कोने में एक छोटी-सी नदी थी। उसके तट पर बैठा एक व्यक्ति अपने सिर के बालों को नोच रहा था।

'यह कौन है ?' राज्यश्री ने पूछा।

'यह कोई केशलुंचक है।'

कोई इस प्रकार निर्दयता से केशों को उखाड़ सकता है, राज्यश्री इस बात को सोचकर सिहर उठी। केशलुंचक का ध्यान इनकी पगध्वनि से टूट गया। उसने आग्नेय नेत्रों से देखा और फिर चिल्लाया : 'सर्वनाश हो गया। माया ! माया ! सर्वत्र माया। जघन्य वासनामयी आकृतियो ! मैं साधना के लिए एकान्त ढूँढ़ता-ढूँढ़ता इस ग्राम में आकर अपनी तपस्या में लगा कि यहाँ कम से कम कोई नहीं आएगा, क्योंकि वलभी के सैनिकों ने यहाँ अपना आतंक फैला रखा है।'

दोनों की आँखें भय से फट गईं। तापस क्रोध से फूत्कार करता रहा : 'सैनिकों ने खेत, ग्राम, घर—सब जला दिए। ग्रामवासी जंगलों में भाग गए। जो नहीं भागे उनके

शवों को कुत्ते और गीदड़ खा रहे हैं। इसलिए मैं यहाँ एकान्त में आया था कि यहाँ कम से कम सर्वविकार-ग्राहिणी स्त्री तो नहीं आएगी। किन्तु तुम लोग यहाँ कहाँ से आ गईं ?'

तापस सिर पर हाथ मारने लगा। फिर क्रोध से उसने पत्थर मारना प्रारम्भ किया। दोनों स्त्रियाँ भाग चलीं।

जब वे दूर पहुँच गईं, राज्यश्री ने हाँफना बन्द करके पूछा : 'क्या सेनाएँ सब ही ऐसी होती हैं जो प्रजा को इस प्रकार कष्ट देती हैं ?'

'जब राजाओं का युद्ध होता है, तो सेना प्रजा के साथ यही व्यवहार करती है,' मित्तकाली ने साधारण स्वर से कहा।

'तो, मित्तकाली !' राज्यश्री ने कहा, 'यही है गौरव का पथ ? इसी प्रकार मनुष्य की हत्या और नाश करके विजय प्राप्त की जाती है ?'

'देवी !' मित्तकाली ने झुककर उत्तर दिया। राज्यश्री रो दी। उसकी आँखों में पानी भर आया। मित्तकाली ने देखा और पूछा, 'आपको यह नहीं मालूम था ?'

'नहीं तो,' राज्यश्री ने बालक की भाँति स्वच्छ नयनों से देखते हुए कहा : 'मैंने कभी दारिद्र्य और दयनीयता नहीं देखी मित्तकाली, केवल वैभव और आनन्द देखा था। आज जब कि सब छिन गया है, वे अधिकार नष्ट हो गए हैं और मैं भी प्रजा में आ मिली हूँ, मुझे दुःखों का आभास हो रहा है।'

मित्तकाली ने स्नेह से राज्यश्री के आँसू पोंछ दिए और उसे अपने हृदय से लगाकर कहा : 'यह बड़ा अत्याचारी है, देवी ! लोग उसे विधाता कहकर सिर नवाते हैं। उसने आप जैसे स्वच्छ और पवित्र फूल को उठाकर कैसी कीचड़ में फेंक दिया है !'

मित्तकाली स्वयं रोने लगी। राज्यश्री ने रोका : 'रोती क्यों है, मित्ता ?'

मित्तकाली ने आँसू पोंछ लिए। कहा : 'देवी ! अपने लिए नहीं रोती। हम लोग तो दुख सह लेते हैं। किन्तु आपने तो कोई अत्याचार, कोई पाप नहीं किया, फिर उस क्रूर विधाता ने इतना दारुण दुःख क्यों दिया ? पिता नहीं रहे, पति नहीं रहे, राज्य और घर नहीं रहा। देवी ! स्थाण्वीश्वर क्यों नहीं चलतीं ?'

'क्या करूँगी वहाँ जाकर ?'

'आपके भाई तो वहाँ हैं ?'

'नहीं मित्ता, अब नहीं जाऊँगी।'

'क्यों ?'

'दोनों ही भइया मुझे बहुत स्नेह करते थे। किन्तु यदि वे चाहते तो क्या मुझे खोजने को मनुष्य नहीं भेजते ?'

'और भेजे ही हों तो क्या आपको वे यहाँ वन में मिलेंगे ?'

राज्यश्री चिन्ता में पड़ गई। कुछ देर सोचती रही। फिर उसने सिर उठाकर कहा, 'मित्ता !'

'देवी !'

'देवी न कह। तू मुझे कुछ और पुकारा कर। अब मैं देवी नहीं हूँ, तेरी सखी हूँ,

तू मेरी रक्षिका है।'

'देवी, मेरी जीभ काट लो, और कुछ मैं आपको कैसे कह सकूँगी ?'

'तुझे मेरी शपथ है,' राज्यश्री ने कहा।

'तो क्या कहूँ ?'

'कुछ भी कहा कर। सिता ही सही।'

मित्तकाली ने एक बार उसकी ओर देखा। लगा, राज्यश्री फिर वेदना से रो देगी। किन्तु नहीं, राज्यश्री हँस दी। मित्तकाली के होंठों पर मुसकान और आँखों में डबडबाते आँसू दिखाई दिए।

'सिता !' मित्तकाली ने कहा। उसका स्वर काँप गया।

'मित्ता !' राज्यश्री ने उसके कर्वाल पर लटकते रूखे बालों को पीछे करते हुए कहा, 'चलो !'

'कहाँ ?'

'कहीं भी।'

'स्थाण्वीश्वर नहीं चलोगी ?'

'नहीं। किसी को बुरा नहीं कहती मित्ता, किन्तु अपने भाग्य से ही डरती हूँ। जिसका पतिगृह नष्ट हो जाता है मित्ता, उस स्त्री के लिए संसार में कोई स्थान अपना नहीं रहता। कान्यकुब्ज अब मेरे योग्य स्थान नहीं है। स्थाण्वीश्वर जाने में डर लगता है। कौन जानता है ?'

मित्तकाली ने कुछ नहीं कहा। उसकी अपनी राय यह थी कि पुरुष तो असभ्य होता है, उच्चकुलीन पुरुष हिंस्रपशु होता है। वह फलों में छिपाकर मांस-भक्षण करता है और मदिरा के नाम पर रक्त पिया करता है। और स्त्री, चाहे वह दरिद्र हो, चाहे वह उच्च कुल की हो, वह दासी होती है, केवल मात्रा भेद होता है। उच्चकुल की स्त्री का पातिव्रत देखकर वह अवश्य डरती थी। हृदय में उसकी आग की गर्मी का अनुभव करती थी, वैसे वह उनके प्रसाधन को देखकर उसकी तुलना सोने के पिंजरे में बैठी सारिका से किया करती थी।

उसने राज्यश्री का हाथ पकड़कर कहा, 'चलो, सिता।'

इसी समय निकट ही कुछ अश्वारोही सैनिक दिखाई दिए।

राज्यश्री ने भयाक्रान्त हरिणी की भाँति देखा।

'भाग चलो,' राज्यश्री ने कहा।

एक सैनिक दूर से चिल्लाया : 'अरे वहाँ एक स्त्री है।'

तीनों साथी हर्ष से पुकार उठे : 'पकड़ो, पकड़ो।'

राज्यश्री मित्तकाली का हाथ पकड़कर खींचने लगी। मित्तकाली ने हाथ छुड़ा लिया।

'क्यों, मित्ता ?'

'भाग नहीं सकते अब। वे अश्वारोही हैं। उन्होंने देख लिया है। तुम भाग जाओ, देवी। वे तुम्हारी दुर्दशा करेंगे।'

'और तुझे छोड़ देंगे ?'

'मेरी चिन्ता मत करो। मैं अपनी रक्षा कर लूँगी,' मित्तकाली का मुख और भी दृढ़ हो गया। उसने फिर कहा : 'घने वृक्षों में छिप जाओ। यदि मैं आ सकी, तो सन्ध्या तक आ जाऊँगी अन्यथा चली जाना।'

'कहाँ ?'

'जहाँ भाग्य ले जाए ?'

'और तू ?'

'मेरी चिन्ता छोड़ दो।'

राज्यश्री रो दी। मित्तकाली ने उसे पेड़ों की छाया में झाड़ियों के पीछे ढकेल दिया और एक ओर भाग चली। अश्वारोहियों ने देखा और एक ने हँसकर कहा : 'ठहर जा सुन्दरी, ठहर जा। पैदल क्यों थक रही है, आ मेरे अश्व पर बैठ जा।'

और उन्होंने मित्तकाली को घेर लिया। एक सैनिक ने उसे बलपूर्वक उठाकर अपने घोड़े पर रख लिया। मित्तकाली ने उसे काट खाया। सैनिक ने अपने बलिष्ठ हाथों से उसे दो चाँटे लगाए। मित्तकाली को चक्कर-सा आ गया। वह घोड़े की ग्रीवा पर झुक गई।

'कुंडल !' एक सैनिक ने कहा : 'मार मत। युवती है। बड़ी कठिनता से तो मिली है।'

'इस गाँव के लोग तो बड़े धूर्त हैं। जाने कहाँ छिप गए हैं !' दूसरे ने कहा।

'ले चलो,' तीसरे सैनिक ने कहा, 'गौल्मिक कुंडल ! गुल्माधिपति तो ऐसी रसीली स्त्री देखकर पागल हो जाएगा।'

'कहाँ जाएगी ?' कुंडल ने कहा, 'उसके पास से अपने ही पास तो आएगी ?'

वे मित्तकाली को पकड़कर बलपूर्वक ले गए। राज्यश्री ने देखा और उसे लगा वह विक्षोभ से पागल हो जाएगी। उसकी इच्छा हुई, वह मित्तकाली के लिए प्राण दे दे। कितनी महान् थी वह ! उसने मेरे लिए अपना बलिदान दे दिया। राज्यश्री झाड़ी में से निकलकर बाहर आई। उसने देखा, अश्वारोही सामने ही टीलों पर चढ़कर इस समय उतर रहे थे। काफी दूर थे। देखते ही देखते वे टीले के पार उतर गए और फिर दूर घोड़ों के भागने की आवाज सुनाई दी। राज्यश्री सोचने लगी : 'क्या उसे जाना चाहिए ?'

जितना ही वह जाना चाहती थी उसे भय लगने लगा। वे सैनिक भयानक और बर्बर हैं। उसके बीच क्या वह अपनी रक्षा कर सकेगी ? जिस समय वलभी सैनिक धरित्री और स्त्री के सौन्दर्य और पवित्रता को लूटते हुए दो राज्यों की डावाँडोल परिस्थिति का लाभ उठा रहे थे, राज्यश्री फिर सघन वन में छिप गई।

अब उसका कोई सहायक नहीं था। वह अकेली रह गई थी। उसने देखा, उसके पाँव लहूलुहान हो गए। चलना असम्भव था। वह थककर वहीं बैठ गई और रोने लगी।

19

'कौन ?' दंडधर ने पुकारा।

स्कन्धावार में इस समय सैनिक विश्राम कर रहे हैं। कहीं-कहीं उल्काएँ फरफरा रही थीं। अभी तक पूरा अन्धकार नहीं हुआ था। अपने सुसज्जित शिविर में महाराजाधिराज अपने महाबलाधिकृत सिंहनाद तथा सेनापति स्कन्दगुप्त के साथ मन्त्रणा में तल्लीन थे। आज कई दिन हो गए थे। सेना को बहुत समय बाद विश्राम करने का अवसर प्राप्त हुआ था। शशांक कान्यकुब्ज से भागा नहीं था। सेना-सहित महाबलाधिकृत भांडी ने उसे घेर लिया था। उसकी रसद समाप्त हो गई थी। हर्ष उसे दंड देने जा रहा था।

दंडधर बढ़ा। एक व्यक्ति सम्मुख आया और उसने दंडधर को कुछ दिखाया। दंडधर ने मार्ग छोड़ दिया। वह कुन्तल था। उसने जाकर शिविर में प्रवेश किया और अभिवादन करके खड़ा रहा।

'कुन्तल ?' महाराजाधिराज ने कहा।

'देव ! शशांक अभी तक नहीं भागा किन्तु महाबलाधिकृत भांडी की शक्ति के सामने उसका ठहरना कठिन है। अब वह सम्भवतः भाग जाएगा।'

'तब तो हमें शीघ्र ही कान्यकुब्ज जाना चाहिए।'

'महाराजाधिराज,' कुन्तल ने कहा, 'अपराध क्षमा हो।'

'अभय,' महाराजाधिराज ने कहा।

'देव ! स्वर्गीय महाराज जब मृत्युशैया पर थे तब स्वयं महाराजाधिराज ने पिता का समाचार सुनकर तीन दिन, तीन रात तक बिना अन्न ग्रहण किए यात्रा की थी। और उस समय तक अपने व्याघ्र और हिंस्र पशुओं से पूर्ण वन को रिक्त कर दिया था। किन्तु इस समय उसकी आवश्यकता नहीं। सूचना मिली है कि महाराज शशांक भागने ही वाला है।'

'किन्तु उसका भाग जाना ही तो हमारा लक्ष्य नहीं है, कुन्तल उसे पकड़कर दंड देना हमारा उद्देश्य है ?'

विवाद छिड़ गया।

'कामरूप से समाचार आया ?'

'देव ! अभी नहीं।'

दंडधर ने प्रवेश करके सूचना दी : 'देव ! कामरूप से दूत का आगमन हुआ है।'

महाराजाधिराज ने हर्ष से हाथ उठा दिया। दंडधर चला गया। उत्सुकता से सब लोग प्रतीक्षा करने लगे। दूत ने प्रवेश किया। उसने हर्ष को पहचानकर सादर अभिवादन किया।

'देव !' दूत ने कहा : 'दास का नाम हंसवेग है।'

'उचित ही तो दूत का शुभनाम है,' सेनापति सिंहनाद ने हँसकर कहा।

हंसवेग ने प्रणाम करके एक पत्र प्रस्तुत किया।

कुन्तल उल्का को समीप ले आया। सिंहनाद ने पढ़ा और उसके मुख पर आनन्द दिखाई दिया। उसने उसे धीरे-धीरे पढ़कर सुना दिया।

महाराजाधिराज हर्षवर्धन सुनकर उठ खड़े हुए। उन्होंने अपना खड्ग निकालकर हंसवेग की ओर बढ़ाते हुए कहा, 'महाराज भास्करवर्मन ने हमारी मित्रता को स्वीकार किया है दूत, पुष्यभूति वंश अपनी शक्ति उन्हें सहायता देने में तत्पर है।'

दूत ने अभिवादन करके खड्ग को ले लिया और फिर खड्ग लेकर अभिवादन किया। फिर सब बैठ गए।

दूत के चले जाने के बाद महाबलाधिकृत स्कन्दगुप्त उठ खड़े हुए। उन्होंने कहा, 'महाराजाधिराज ! इस समय अपनी शक्ति बहुत बढ़ गई है।'

'सेना से कहो,' महाराजाधिराज ने कहा : 'कूच की तैयारी करे।'

'देव !' द्वार पर फिर दंडधर का स्वर सुनाई दिया।

'कौन ?' कुन्तल ने पूछा।

'देव ! एक चर प्रस्तुत है।'

'उपस्थित करो,' सेनापति सिंहनाद ने उत्तर दिया।

लम्बी आकृति का एक व्यक्ति भीतर घुसा। कुन्तल ने एकदम कहा : 'कौन, पिंगल ?'

पिंगल की आँखें पीली थीं, जैसे बिल्ली की होती हैं। उसने अभिवादन किया।

पिंगल की ओर हर्षवर्धन की आँखें उठीं। उसने झुककर कहा : 'देव ! संवाद अत्यन्त शुभ है।'

'शीघ्र कहो,' महाबलाधिकृत ने अधीरता से कहा।

'देव ! महाराज शशांक भाग गए। कहीं उनका पता नहीं चला। अनुमानतः वे गौड़ चले गए हैं।'

'तब मैं उसे गौड़ तक नहीं छोड़ूँगा,' महाराजाधिराज ने उद्वेग से कहा।

'और ?' सेनापति सिंहनाद ने आगे की बात पूछी।

'और देव, महाराज भास्करवर्मन ने शशांक के विरोध में, कहा जाता है, कोई अवरोध उपस्थित किया है। कर्णसुवर्ण के शासक के विरुद्ध राजा भास्करवर्मन सन्नद्ध हैं।'

महाराजाधिराज की मुखाकृति पर कोई प्रभाव प्रकट नहीं हुआ।

चर ने फिर कहा, 'देव ! मुझे यह संवाद भी ज्ञात हुआ है कि शशांक ने पहले देवगुप्त से सन्धि कर ली थी। उसने फिर छलने को हमसे सन्धि की। देवगुप्त का जब स्वर्गीय महाराज राज्यवर्धन ने वध किया तो शशांक को यह असह्य हो गया। उसने उस समय कुछ भी नहीं कहा। अपनी कन्या का विवाह महाराज से करने की प्रार्थना की। महाराज ने स्वीकार कर लिया और निरस्त्र उसके यहाँ चले गए, वहीं उसने अत्यन्त निर्दयता से उसकी हत्या कर दी।'

उस समय क्रोध की हुंकार सुनाई दी और खड्ग खड़खड़ाए। चर कहता गया :

'देव ! महाबलाधिकृत भांडी ने कान्यकुब्ज पर अधिकार करके नगर वहाँ के राजमन्त्रियों के हाथ सौंप दिया है जो इस समय वहाँ प्रबन्ध कर रहे हैं। कान्यकुब्ज को एक शासक की आवश्यकता है।'

चर की बात रुक गई। फिर उसने धीरे से कहा : 'देव ! प्रजा अब मौखरियों के स्थान पर पुष्यभूति वंश का शासन चाहती है।'

'चर !' हर्षवर्धन ने मुड़कर कहा : 'तुम जानते हो, यह तुमने क्या कहा ?'

'देव !' चर ने झुककर कहा, 'प्रजा और मन्त्री यही चाहते हैं।'

'तो यह नहीं होगा, चर,' महाराज ने कहा : 'वह स्थान तो राज्यश्री का है।'

'किन्तु महाराजाधिराज ! देवी का कोई समाचार नहीं है।'

'कैसे भी हो, उन्हें ढूँढ़ना होगा।'

'देव ! समस्त प्रयत्न अभी तक असफल रहे हैं।'

महाराजाधिराज चुप हो गए।

दंडधर ने फिर आकर कहा : 'देव ! एक गुप्तचर उपस्थित है।'

'तुमने उसका प्रमाणपत्र देखा था ?' कुन्तल ने पूछा।

'देव ! देखा था। ठीक है।'

'भेज दो।'

चर ने आकर जब मर्यादा समाप्त की, उसने झुककर कहा : 'देव, समाचार गोपनीय है।'

'मार्त्तंड !' सेनापति सिंहनाद ने कहा : 'यहाँ सब गोपनीय ही है। शीघ्र कहो।'

'देव !' मार्त्तंड ने अटक-अटककर कहा, 'विन्ध्य श्रेणियों के पास कल हमारे सैनिकों ने एक स्त्री को वलभी के उत्पाती सैनिकों से छुड़ाया। वलभी के सैनिकों ने बलात्कार करके उस स्त्री को मृतप्राय कर दिया था।'

'मार्त्तंड !' महाराजाधिराज ने क्रोध से गर्जन किया, 'स्त्री का यह अपमान ! मैं वलभी के गर्व को खंडित कर दूँगा। ध्रुवभट्ट का इतना बर्बर अत्याचार !'

'महाराज !' सेनापति सिंहनाद ने संयत स्वर से कहा : 'सम्भवतः यह सैनिकों की बर्बरता हो।'

'कहो !' हर्ष ने मार्त्तंड से कहा।

'देव ! हमने उसे जब पाया था तब वलभी के सैनिक भाग गए थे। उन्होंने गाँवों को जलाकर उजाड़ दिया था।'

हर्ष फिर क्रोध से काँप गया।

'वह स्त्री कहाँ है !' हर्षवर्धन ने पूछा।

'देव ! वह मर गई !'

'मर गई ?' हर्षवर्धन का स्वर अचानक उठ गया। वह विचलित दिखाई दिया। फिर उसने सिर झुकाकर कहा : 'मर गई !'

'देव !' मार्त्तंड ने कहा : 'मरने के पहले उसने कहा—मेरा नाम मित्तकाली है। मैं

मालव देवगुप्त के अन्तःपुर की दासी थी। मेरे साथ देवी राज्यश्री...।'

'राज्यश्री !' महाराजाधिराज ने चौंककर पूछा।

'देवी राज्यश्री !' सेनापति ने भी चौंककर कहा।

'मार्त्तंड,' भारी स्वर से महाबलाधिकृत ने पुकारा और उठ खड़े हुए।

'देव ! इसके उपरान्त,' मार्त्तंड ने कहा : 'वह स्त्री मर गई। उसका गला भर्रा गया। हमने उसके कंठ में पानी डाला, किन्तु वह और कुछ भी नहीं कह सकी। तब हमने देखा, वलभी के एक सैनिक ने जब जान लिया कि वह स्त्री उनसे छिन जाएगी, तब क्रोध से उसकी पसली में खंग का वार कर गया था।

महाराजाधिराज हर्षवर्धन ने सामने टँगी तलवार उठा ली और उसे अपने शिरस्त्राण से छुलाया। उनकी देखादेखी सबने मित्तकाली को अन्तिम अभिवादन किया।

केवल महाराजाधिराज के मुख से निकला : 'वलभी ! राज्यश्री !'

'देव !' चर ने कहा : 'हमने विन्ध्य के चारों ओर सैनिक फैला दिए हैं। देवी वहीं होंगी।'

हर्ष आतुर हो उठा। उसने कहा : 'सेनापति ! वाहिनी को चैतन्य करो।'

'तो क्या देव ! इसी समय चल पड़ेंगे ?'

'नहीं तो क्या सौराष्ट्र पहुँच सकेंगे ?'

'देव ! पहले विन्ध्यवन ढूँढ़ लिया जाए।'

'विन्ध्यवन मार्ग में है, महाबलाधिकृत ! उसके लिए इतनी चिन्ता की आवश्यकता नहीं।'

20

पावस आ गई थी। आकाश में दल के दल मेघ एकत्र होने लगे थे। काले घुमड़ते मेघ अनेक पशुओं का आकार धरकर ऐसे भागते जैसे कीचड़ में सने अनेक वराह यूथ फुफकारते निकलकर चल पड़े हों और उनके सींग जैसे दाँत बनकर जब बिजली चमकती तो प्रतीत होता कि एकाएक वाराह यूथ में भगदड़ मच गई है। एकाएक गगन हिलने लगता और निनाद करता हुआ वज्र ठनकता, तब उसकी रोर दिगन्त में फैलती, निस्तब्धता का आँचल जैसे-जैसे फैलने लगता तब लगता, सबकुछ गिरिकन्दराओं में सिमट गया है और अब धीरे-धीरे उमगता उनमें से गिर रहा है।

वन हरिया गया था। मरकत से श्यामल पत्ते धुल गए थे। सघन वृक्ष-पत्तियों का वह स्निग्ध सौन्दर्य अपने अनेक-अनेक स्तरों में शबलित-सा अब कान्तार में जीवन का संचार कर रहा था। वृक्षों पर कुहुकती कोयल का वह टीस-भरा स्वर जब दूर-दूर तक व्याप्त हो जाता तब लगता, एक अतीन्द्रिय वासना से समस्त वन अकुला उठा है।

मृग दौड़ने लगे थे। उनके शावक चपलता से इधर-उधर फुदकते और बड़े-बड़े

नयनों से हिरनियाँ उन्हें देखतीं। तनिक भी आहट पर चकित दृष्टि डालतीं और फिर वीरवधूटियों से भरी नर्म दूब में अपना मुख डाल देतीं। उनके निकट ही बरसात का हरहराता पीला-सा पानी वृक्षों की जड़ों को रगड़ता, बहता और मंडूकदल उसमें डूबता-उतराता बहने लगता।

उस विन्ध्य की सघन वृक्षावलियों में एक तरुण गा रहा था। वह गौर वर्ण था, उसके शुभ मस्तक पर चन्दन से त्रिपुंड बना हुआ था। उसके मुख पर एक लावण्य था, वह एक अधोवासक, कंचुक और उत्तरीय के अतिरिक्त कोई वस्त्र धारण नहीं किए था। चरणों में हल्के जूते थे। उसके नेत्रों में एक गुलाबी थी, जैसे वह अपने-आपमें मुग्ध था। ऊपर से मुस्कुराते और शान्त दिखनेवाले व्यक्ति प्रायः भीतर उतने ही अधिक अशान्त और व्याकुल रहते हैं। यही उसका भी हाल था। गीत की प्रिया बहुत दूर थी, सम्भवतः अलकापुरी में और वह तरुण अत्यन्त वेदनामय स्वर से विह्वल होकर प्राचीन कवि की कल्पना को अपनी वेदना में साकार कर रहा था। कालिदास की वह अमर याचना मेघों से टकराने लगी और मेघ उसके ताप से अब व्याकुल होने लगे। वेदना के ताप पर घुमड़ हुई, फिर आँसू-से छलक आए।

गाते-गाते वह विभोर हो उठा। दूर अब प्रिया रोते-रोते बेहाल हो गई, उसे देखकर विद्युत दृष्टि को मन्दिम करके क्षण-भर मेघ ने आर्द्रहृदय होकर देखा था।

बूँदें गिरने लगीं। चैतन्य हुआ। चारों ओर मेघों का अन्धकार छाने लगा था। कवि ने देखा। वह हँसा। उसने अपना उत्तरीय कन्धे पर डाल लिया।

जब मूसलाधार वृष्टि होने लगी, कवि हँसते हुए ही कह उठा : 'चलो बाणभट्ट ! तुम महाकवि कालिदास नहीं हो। उसका आवेदन सुनकर मेघ विचलित हुआ था, तुम्हारा गीत सुनकर उसे रोना आ रहा है।' तरुण अपना घोड़ा ढूँढ़ने लगा।

अधिक प्रयत्न नहीं करना पड़ा। निकट ही तुरंग चर रहा था, हरी घास में मस्त होकर घूम रहा था। बाणभट्ट ने उसे पुचकारा तो वह श्वेत अश्व एक बार हिनहिनाकर निकट आ गया। बाणभट्ट ने उसके कन्धे को थपथपाया।

जब वह चला गया, झाड़ी के पीछे से एक स्त्री निकली और चलने लगी। वह न जाने कहाँ से चली आ रही थी। इस समय उसे यह भी ध्यान नहीं था कि उसके कपड़े फट गए थे और उसका शरीर उनमें से दीख रहा था। वर्षा ने उसे भिगो दिया था। पानी की बूँदें उसके मस्तक से ढुलककर नीचे गिर रही थीं। उसका सिर उठा हुआ था, किन्तु पाँवों से रक्त की बूँदें चुवा रही थीं। वस्त्र भीगकर शरीर से चिपक गए थे और भारी हो गए थे। किन्तु युवती चलती रही, चलती रही, निरुद्देश्य-सी शान्त, पराजित सी...

चलते-चलते उसे दूर दीपक का प्रकाश दिखाई दिया।

वह प्रकाश को देखकर ठिठक गई। तो इसका अर्थ हुआ कि इस विजन विपिन का भी संसार के किसी कोने में जाकर अन्त में अन्त आ ही गया। रमणी कुछ देर खड़ी सोचती रही। क्या उसे वहाँ जाना चाहिए ? वह काँप उठी। फिर उसे याद आया, वह

भूखी थी। इस विचार ने उसके शेष चिन्तन को ढक लिया।

उसके पाँव जल्दी-जल्दी उठने लगे। हृदय में एक आवेश छा गया। मनुष्य की भूख उनके स्त्री-पुरुष के भेद को भी ढक देती है, जब दोनों की सत्ता का केन्द्र और एकता–भूख–भूख सब पर छा जाती है। प्रकाश निकट आने लगा।

उसने धीरे से द्वार थपथपाया।

'कौन है ?'

स्त्री का हृदय थर्रा गया। यह किसी पुरुष का स्वर था, पानी बरसना बन्द हो गया था। ठंडी हवा चलने लगी थी, जो गीले वस्त्रों में लगकर स्त्री को कँपाने लगी थी, कुटीर के वातायन से किसी ने कौतूहल से झाँककर देखा। उसने देखा, उसे विश्वास नहीं हुआ। अत्यन्त सुन्दरी युवती थी।

'एक गृहहीन भिखारिन,' स्त्री ने याचना से गिड़गिड़ाकर कहा।

'क्या चाहती हो ?'

'भोजन।'

द्वार खुल गया। स्त्री क्षण-भर ठिठकी। फिर साहस करके भीतर घुसकर लिपी-पुती भूमि पर बैठ गई। उस समय एक पुरुष की दृष्टि अपने ऊपर गड़ी देखकर उसने अपने वस्त्रों से अपने को ढकने का आतुर प्रयत्न किया। वह एक आखेटक भिल्ल था।

भिल्ल ने देखा। स्त्री अत्यन्त थकी हुई थी।

'थक गई हो ?'

'बहुत।'

'बैठ जाओ। मैं भोजन लाता हूँ,' भिल्ल ने सान्त्वना दी, किन्तु स्त्री चौकन्नी-सी देखती रही।

वह चला गया। उसके जाने के बाद स्त्री ने अपने वस्त्रों को बाहर आकर निचोड़कर फिर पहना। अब वे फिर मर्यादा को ढक सकते थे।

थोड़ी ही देर में अनेक भिल्लनियाँ आ गईं। उन्होंने उसके सम्मुख चार रोटियाँ और कुछ दूध रख दिया। वह स्त्री बकरी के दूध में रोटी भिगो-भिगोकर खाने लगी। उसकी आतुरता को देखकर एक बूढ़ी ने पूछा : 'बहुत दिन की भूखी हो ?'

'हाँ,' स्त्री ने कहा और जल्दी-जल्दी खाने लगी। जब वह खा चुकी, उसने एक अँगड़ाई ली और खाकर सो गई।

'बहुत थक गई है,' एक भिल्लनी ने कहा।

'है किसी राजकुल की स्त्री।'

'विपत्ति में पड़ गई है।'

भिल्ल परस्पर सलाह करते रहे। उनकी समझ में नहीं आया कि अब क्या किया जाए ? स्त्री के प्रति भिल्लों में उसकी मर्यादा का अत्यन्त गौरव था। वे किसी से बलात्कार या अन्याय नहीं करते थे। कुछ देर सलाह करने के बाद भिल्ल-नायक उन्हें कुछ समझाने लगा।

एक भिल्ल दौड़कर अन्धकार में छिप गया। उसके हाथ की उल्का का प्रकाश थोड़ी देर तक दिखा, फिर वह पेड़ों की घनी हरियाली में छिप गई। उसकी भारी पगध्वनि भी दूरी में जाकर लय हो गई।

उसके चले जाने पर भिल्ल-नायक ने कहा : 'मुझे लगता है, हो न हो, यह वही है।'

दूसरे भिल्ल ने कहा : 'तो फिर इतनी चिन्ता क्या ? संवाद तो भेज ही दिया है।'

भिल्लों को सन्तोष हो आया। वे अपने-अपने घर चले गए और सोने का उपक्रम करने लगे।

प्रभात की उज्ज्वल बेला प्रकट नहीं हुई। मेघों ने आकाश को फिर घुमड़कर ढक लिया। ठंडी हवा के झोंके ने उस स्त्री को जगा दिया। वह रात-भर वहीं पड़ी रही थी। अब उसके शरीर में कुछ पीड़ा हो रही थी। थकान भी आराम के बाद ही सताती है। उसके पास कोई नहीं था।

स्त्री उठ खड़ी हुई। उसने कुटीर के बाहर आकर देखा, कुक्कुट जागकर बाँग दे रहा था। एक बूढ़ी भिल्लनी जागकर बाहर आ गई थी। उसने इस स्त्री को निकलते देखा और वह उसके समीप आ गई। उसने अत्यन्त स्नेह से उसे अब मुस्कुराकर देखा। उसके नेत्रों में एक करुण छाया दिखाई दी। उसने स्त्री का हाथ पकड़कर कहा, 'देवी ! कहाँ जाओगी ?'

'जहाँ भाग्य ले जाएगा।'

'तुम आई कहाँ से थीं ?'

'मैं क्या जानूँ ?'

भिल्लनी ने आश्चर्य से देखा और उसके नेत्रों का कौतूहल जब अधिक फैल गया, स्त्री मुस्कुराई।

'क्यों ?' स्त्री ने कहा : 'मैं तो ऐसे ही चलती रहती हूँ।'

'क्यों ? तुम्हारे घर नहीं है ?'

'नहीं।'

'आज यहीं विश्राम करो ?' वृद्धा ने कहा। यह उसे और भी एक अजीब-सी बात लगी कि स्त्री भी गृहहीन हो सकती है। वृद्धा ने फिर कहा : 'बादल छा रहे हैं, देखती हो न ? कौन जाने, कब आकाश में आग लगे और कब भगवान उसे बुझाए। एकान्त में अब कहाँ जाओगी ? वन का मार्ग भयानक है।'

स्त्री कुछ सोचने लगी।

'नहीं जाओगी न ?' वृद्धा ने कहा।

'मैं कैसे कहूँ ?' स्त्री ने पूछा।

वृद्धा हँसी। उसने कहा : 'कल चली जाना।'

भिल्ल दल बाँधकर आ गए थे। उनके सिर पर पंख बँधे थे। कटि पर भी पंखों की सज्जा थी। कुछ स्त्रियाँ पत्तों से अपने शरीर को ढके हुए थीं। उन सबका रंग काला

था। किन्तु छरहरे और सुगठित शरीर थे। माथे पर स्त्रियाँ पर खोसे हुए थीं। कुछ के वक्षस्थल ढके थे, कुछ के खुले ही थे।

नृत्य प्रारम्भ हो गया। यह स्त्री-पुरुष का समवेत नृत्यगीत था। उनके अपने अद्‌भुत वाद्य थे, जिनकी लय-ताल पर वे एक निर्भयता से नृत्य करते थे, सबकुछ एक वेगमय क्रिया थी, नृत्य एक अनवरत अंगचालन था, उसमें मुद्रा नहीं थी। कोलाहल अत्यधिक था। वे सब प्रसन्न और मत्त थे। स्त्री वृद्धा को लेकर उस स्थान के समीप ही बैठ गई।

स्त्री निर्विकार-सी देखती रही। उसका चित्त शान्त हो गया था। धीरे-धीरे उस जंगली नृत्य ने अपनी मनोहारिता को प्रकट किया। उसमें सम की अद्‌भुत शक्ति थी। स्त्री पर उसका प्रभाव पड़ा, जैसे सँपेरे की तीक्ष्ण स्वर में बजती हुई बीन भी अपने एकरस उतार-चढ़ाव में श्रोता का हृदय अपने में बाँध लेती है और उसका सिर हिलने लगता है। नृत्य समाप्त हो गया।

सन्ध्या होने लगी थी। इस समय मेघ फट गए थे और आकाश में ताँबा उतर आया था, कहीं-कहीं सोने की झाँई पड़ती थी, जो नीचे के तालों पर अधलेटी-सी चमकती और फिर उस पर पक्षी दल पंख फैलाकर उड़ जाते। स्त्री चौंक उठी। इसी समय उसने देखा कि असंख्य भिल्लों ने दूर से कोलाहल किया। और कोलाहल अब क्षण-क्षण समीप आने लगा। स्त्री ने देखा कि उनको देखकर यहाँ के भिल्लों के मुख पर रहस्यमय हर्ष काँपने लगा।

स्त्री घबरा गई। उसने भिल्ल-नायक से कहा : 'नायक ! मैं जाऊँगी।'

'क्यों, देवी ?' नायक ने प्रश्न किया।

'नहीं, मैं जाऊँगी,' स्त्री ने उठकर कहा : 'मुझे जाने दो, मुझे रोको मत, मैं तुमसे प्रार्थना करती हूँ,' उसके स्वर में दयनीय करुणा थी।

भिल्ल-नायक ने उन्नत मस्तक होकर कहा : 'हम स्त्री से छल नहीं करते, देवी। भिल्ल जाति स्त्री की मर्यादा को नष्ट करनेवाले को सबसे बड़ा पापी समझती है।'

उसके मुख की दृढ़ता ने पुकारकर आश्वासन दिया। स्त्री रुक गई। वृद्धा भिल्लनी आगे बढ़ी। स्त्री का हृदय फिर भी आतंक से भरा था। कौन हैं ये लोग जो इतने वेग से बढ़ते चले जा रहे हैं ? सब काले-काले भील ही हैं। उनमें स्त्रियाँ भी हैं। स्त्री को इससे भी आश्वासन नहीं हुआ।

भीड़ पास आती जा रही थी। स्त्री सोचने लगी : क्या मुझे पकड़ने आ रहे हैं ? क्या मैं भाग चलूँ ? फिर उसने सोचा : क्या मैं इतने लोगों के बीच से भाग सकती हूँ ? क्या यह सब देवगुप्त के आदमी हैं ? भय से उसके रोंगटे खड़े हो गए। क्या मुझे ये वहीं ले जाएँगे ? एक वृद्ध आगे-आगे आ रहा था। स्त्री ने देखा, उसके केश श्वेत थे। वह गम्भीर था। मुखाकृति अभी स्पष्ट नहीं दिखती थी। वह तो निश्चय ही भिल्ल नहीं था। तब ?

स्त्री के नेत्रों में बीभत्सा थर्रा उठी। उसने नेत्र मूँद लिये। इस समय तक भिल्ल समुदाय और निकट आ गया था। वृद्ध ने पुकारा : 'पुत्री !'

स्त्री ने चौंककर आँखें खोलीं। वृद्ध मुस्कुरा रहा था।

स्त्री ने पहचाना और आगे बढ़कर वृद्ध के पैरों पर गिरकर रोने लगी।

'गुरुदेव !' स्त्री ने हिचकियों के बीच कहा : 'गुरुदेव !' उस आर्द्रविह्वल स्वर में एक करुणा इतनी तीक्ष्ण हो गई कि ममता के पाश कस गए, हृदय उसमें छटपटाने लगा और वृद्ध की आँखों में भी आँसू आ गए। स्त्री के रोने का कोई अन्त नहीं था। आज उसने अपने हृदय की समस्त वेदना उड़ेल दी। दुख जो पत्थर बनकर छाती में जम गया था, पिघलने लगा।

'कब से ढूँढ़ रहा हूँ, पुत्री !' वृद्ध ने भर्राए स्वर से कहा : 'अनेक दिन, अनेक रात्रियों ही व्यतीत हो गए। राज्यश्री ! तू कहाँ चली गई थी ?'

सुबकनेवाला रुदन जो क्षण-भर पहले कुछ थम गया था, अब फिर उमड़ा।

राज्यश्री की रोते-रोते हिचकी बँध गई।

वृद्ध ने स्नेह से कहा : 'पुत्री !'

राज्यश्री ने आँसू-भरे दृग उठाए।

वृद्ध ने कहा : 'रो मत, राज्यश्री। सब पर विपत्ति आती है।' फिर वृद्ध ने मुड़कर कहा, 'इन्हीं के कारण तू मिल सकी है, राज्यश्री। आटविकों ने मुझे रात ही में संवाद दिया था। मैं तब से चला ही आ रहा हूँ।'

भिल्ल-नायक सामने आ गया। उसने हाथ जोड़कर कहा : 'गुरुदेव ! देवी वही हैं ?'

वृद्ध ने कहा : 'कपोत ! वही है, यह देवी वही है। मौखरि कुल की महारानी है, पुष्यभूति की कन्या। देखते हो, क्या हाल हो गया है ! लहूलुहान पाँववाली, अर्द्धनग्न, भूखी, प्यासी जो विधवा तुम्हारे सम्मुख उपस्थित है, वह वन-वन में भटक रही है...उसका तुम्हारे अतिरिक्त और कोई रक्षक नहीं है...।'

भिल्ल-नायक का सिर वृद्ध के चरणों पर झुक गया। उस समय जैसे हृदय का भय दूर हो गया था। राज्यश्री के मुख पर मुस्कुराहट दिखाई देने लगी।

21

वलभी का राजा ध्रुवभट्ट इस समय सिर उठा रहा था। हर्षवर्धन अल्पज्ञानी होगा, यह उसका विचार था। इतनी कम आयु का व्यक्ति क्या इतना सब सँभाल सकेगा, इस विचार ने उसे उच्छृंखल बना दिया था। वह अपना राज्य इस समय बढ़ा लेना चाहता था। सामन्तों को उसके इंगित पर छूट मिल गई थी। वे चारों ओर मनमानी करने लगे थे और उनके स्वेच्छाचार से प्रजा घबरा गई थी। ध्रुवभट्ट के पास यह समाचार जब पहुँचा तो वह समझा कि सफलता अत्यन्त निकट है। उसने जब सुना कि महाराजाधिराज हर्षवर्धन ने उस पर आक्रमण कर दिया है, उसकी प्रसन्नता का पारावार उमड़ा। उसने अपने अमात्यों को बुलाकर परामर्श किया और यह निश्चय किया कि इस बार यदि हर्ष

को पराजित किया जा सकता है, तो समस्त उत्तरापथ पर अपनी विजयपताका फहराई जा सकती है।

वह सेना लेकर आ डटा। उसके पास रणविद्या में मँजे हुए सैनिक थे। नई लूट की आशा में वे मस्त होकर व्याघ्रों की भाँति गरजने लगे। उनके शिविरों में वेश्याएँ नृत्य करने लगीं और मदिरा की नदियाँ बहने लगीं। निकट ही के ग्रामों की तरुणियाँ बलात् पकड़कर लाई जाने लगीं।

सेनापति सिंहनाद ने सेना को तीन भागों में विभाजित करके शत्रु पर तीन ओर से आक्रमण करना निश्चित किया। उसका विचार था कि इस प्रकार शत्रु-सेना एक प्रकार से बीच में घिर जाएगी और उससे आसानी से शस्त्र-समर्पण करवा लिया जाएगा।

उस समय युद्ध में रथों को व्यर्थ समझकर महाराजाधिराज हर्षवर्धन ने त्याग दिया था। उसकी सेना में अश्वारोही बहुत थे, जिनके कारण वह लम्बे-लम्बे रास्ते शीघ्रता से पार कर लिया करता था। पदातिक पीछे-पीछे चलते थे। पहला आक्रमण अश्वारोही पूरे वेग से करते और शत्रु को बौखला देते। उस समय पदातिक हवा की भाँति प्रवेश करते और अश्वसेना द्वारा की हुई दाँय पर वेग से चलकर शत्रु के साहस को भूसे की भाँति उड़ाने लगते और इस प्रकार पराजय के बोरों में भरकर उसे बाँध देते। हर्षवर्धन के अश्वारोही जिस समय वलभी के निकट पहुँच चुके थे उसके पैदल-सैनिक विन्ध्य की ओर मुड़ चले। वन का पथ पार करने में उन्हें आखेटक सहायता देते थे। इसलिए भिल्ल-नायकों को पुरस्कार दिया जाता था। यह भिल्ल-नायक एक बार स्वामिभक्ति स्वीकार करने के उपरान्त कभी विचलित नहीं होते थे।

एक भिल्ल भागा जा रहा था। वह वन के पथ को पहचानता था। वह ऐसे भाग रहा था जैसे एक अत्यन्त आवश्यक कार्य में रत है। भागते-भागते उसकी पेशियाँ फूल गई थीं और वन के एकान्त ने उसे तनिक भी भयभीत नहीं किया था। एकध्येय, एकलक्ष्य होकर वह पेड़ों और झुरमुटों को पार करता, अपनी पगध्वनि सुनता हुआ नीरव वन में भागता चला जा रहा था। उसके हाथ में भल्ल था, जो उसके भागते समय उसकी बगल में आगे-पीछे चलता था जैसे हवा पर निरन्तर साधना करता जा रहा हो।

रात्रि के समय वह ग्राम में पहुँचा। पहुँचकर वह रुककर साँस भी नहीं ले सका, उसने तुरन्त जाकर एक द्वार खटखटाया।

ग्राम के घर दूर-दूर बसे हुए थे। बाहर की ओर छोटे उद्यान थे, फिर कच्चे लिपे हुए घर थे। घड़े तोड़कर भीतों में लगाकर वातायन बना दिए गए थे। उनमें से एक में से प्रकाश आ रहा था। एक भिल्ल भीतर से निकला।

भिल्ल ने अपना संवाद दूसरे भिल्ल को सुनाया। दूसरे भिल्ल ने सिर झुकाकर सुना और तुरन्त भल्ल लेकर कुटीर से निकल आया। उसने अपनी स्त्री से कुछ कहा जो आगन्तुक भिल्ल के समीप आ गई। और इससे पहले कि वह आगन्तुक को लेकर घर के भीतर जाती, दूसरा भिल्ल भाग चला।

यह भिल्ल अन्धकार में ही दौड़ चला। वन के हिंस्र पशुओं की डकराहट और गर्जन

कभी-कभी हृदय को दहला जाते थे, किन्तु वह अपने पथ पर भागता रहा।

दूसरे भिल्ल ने तीसरे भिल्ल को सुनाया। अब वह भाग चला। एक-दूसरे से होता हुआ इस प्रकार संवाद प्रातःकाल के समय उपसीम ग्राम में पहुँच गया।

उपसीम के भिल्लों ने जब यह सुना तब एक व्यक्ति उनमें से आगे भाग चला। कुछ सैनिक वन में घोड़ों पर घूम रहे थे। उन्होंने भिल्ल को भागते देखा तो आश्चर्य हुआ।

'कोई दूत प्रतीत होता है, बन्धुक !' एक ने माथे पर हाथ लगाकर कहा : 'उसे रोकना चाहिए।'

भागते हुए भिल्ल को सैनिकों ने रोक लिया। भिल्ल ने रुककर कहा : 'तुम कौन हो ?'

'तू कौन है ?' एक सैनिक ने पूछा।

'मैं एक भिल्ल हूँ।'

'कहाँ जा रहा है ?'

'अगले भिल्ल ग्राम जा रहा हूँ। वहाँ मेरी स्त्री मृत्यु-शैया पर पड़ी है। मुझे तुरन्त पहुँचना है,' उसकी बात सुनकर सैनिक हट गए। भिल्ल को उनकी शिष्टता पर आश्चर्य-सा हुआ ! 'तुम किसके सैनिक हो ?' उसने पूछा।

'क्यों ?' बन्धुक ने पूछा : 'तुम्हारा तात्पर्य ?'

'अच्छा तुम भयभीत हो,' भिल्ल ने हँसकर कहा।

'महाराजाधिराज हर्षवर्धन के भिल्ल,' बन्धुक ने चेतकर कहा, 'तुमसे हम भयभीत हों, ऐसा समय तो निश्चय नहीं आया है ?'

भिल्ल प्रसन्न हो उठा। उसके सफेद दाँत उसके काले मुख पर चमक उठे। उसने कहा, 'सैनिक, मुझे महाराज के पास ले चलो।'

सैनिक को अत्यन्त आश्चर्य हुआ। बन्धुक ने कहा, 'तू तो पत्नी के पास जा रहा था ?'

'वह तो एक चाल थी,' भिल्ल ने आतुर होकर कहा।

'महाराजा सौराष्ट्र गए,' सैनिक ने घोड़ा पीछे हटाकर कहा, 'बन्धुक ! चलो ! यह भिल्ल समय नष्ट कर रहा है। चाल थी !' सैनिक हँसा : 'अब यह भिल्ल भी चतुर बन गया।'

भिल्ल कुछ निराश-सा दिखाई दिया। सैनिकों को घोड़े हटाते देखकर वह चुप नहीं रह सका। उसने कहा, 'सुनो, सुनो !'

'क्या है ?' बन्धुक ने पूछा।

'मुझे एक अश्व दो। और मेरे साथ चलो।'

'क्यों ?'

'मुझे उन्हें एक गुप्त संवाद देना है।'

सैनिक चिन्ता में पड़ गए। वे एक-दूसरे का मुँह देखने लगे। उनके संशय से भिल्ल

घबरा उठा।

कुएँ पर कोई स्नान कर रहा था। स्नान करके वह उठा, उसने सूर्य को अर्घ्य दिया और फिर गीले वस्त्र उतारकर राजसी वेश धारण करने लगा। भिल्ल देखता रहा।

उन्नत भाल दीप्त मुखवाला वह व्यक्ति पास आ गया। उसने कहा, 'बन्धुक !'

'प्रभु !'

'यह कौन है ?'

भिल्ल ने उसको उच्चकुलीन समझकर उससे कहा : 'मेरा नाम शंख है।'

'शंख !' उस व्यक्ति ने कहा, 'परिचय दो।'

शंख ने धीरे से झुककर उसके कान में कुछ कहा जिसे सैनिक नहीं सुन सके। भिल्ल कहता जाता था और उस व्यक्ति का रंग बदलता जा रहा था। सैनिकों ने देखा, भिल्ल की बात का उस पर गहरा प्रभाव पड़ रहा था।

बात कहकर भिल्ल पीछे हटकर उसका मुख देखने लगा। और आश्चर्य से सबने देखा, उस व्यक्ति को सुनते ही जैसे चक्कर आ गया। फिर वह सँभल गया। एक क्षण तक वह कुछ चुपचाप सोचता रहा। भिल्ल की ओर मुड़कर वह घूरता रहा। फिर उसने कहा, 'मेरे साथ चलोगे ?'

'चलूँगा।'

एक इंगित पर सैनिकों ने दो घोड़े खाली कर दिए। उस व्यक्ति के सवार हो जाने पर भिल्ल घोड़े पर सवार हो गया।

'बन्धुक,' उस व्यक्ति ने कहा, 'समाचार शुभ है। यदि सफलता हुई तो इससे बढ़कर कोई काम नहीं।'

देखते ही देखते, दोनों सामने के वृक्षों में छिप गए। सैनिक अब तक स्तम्भित-से खड़े थे। आगन्तुक भिल्ल ने आखिर क्या कहा था। तब एक सैनिक ने बढ़कर कहा, 'कुछ मंगल ही हुआ है।'

उनके जाने के बाद सैनिकों ने उत्सव मनाना प्रारम्भ किया। वे मदिरा पीने लगे। एक सैनिक उठकर मत्त होकर नृत्य करने लगा।

उनका कोलाहल सुनकर निकट के ग्रामवासी भी आ गए। एक ग्रामीण ने पूछा : 'क्यों, क्या बात हो गई ?'

'आनन्द का विषय है,' सैनिक ने कहा, 'आज नृत्य होने दो, निरन्तर।'

आनन्द के मारे ग्रामवासी भी नहीं सोए। वलभी के सैनिकों से मुक्ति दिलानेवाले इन सैनिकों के साथ वे आनन्द में मग्न हो गए। ग्राम की दो वेश्याएँ आ गईं और सैनिकों को गा-गाकर, नाच-नाचकर मदिरा पिलाने लगीं। फिर क्या था ! समस्त स्त्री-पुरुष अत्यन्त कोलाहल करके समवेत नृत्य करने लगे। सैनिक देखकर हो-हो करके हँसते, फिर वे भी नशे में झूमते हुए उनकी नकल करने का प्रयत्न करते। ग्रामीण स्त्रियाँ यह देखकर खूब हँसतीं। इसी प्रकार थककर वे सब सो गए।

दूसरे दिन प्रातःकाल वह भिल्ल प्रतीक्षा करते-करते थक गया, जिसने शंख को

सूचना दी थी। क्या कारण था कि शंख अभी तक नहीं लौटा था ? क्या उसे किसी शत्रु ने मार डाला ? शंख की स्त्री आतुरता से नवागन्तुक को सान्त्वना देती रही। किन्तु जब दूसरा दिन भी व्यतीत हो गया तब प्रतीक्षा उसके लिए असह्य हो गई। वह धीरे-धीरे लौट चला।

साँझ का झुटपुटा अब झुक चुका था। मार्ग धीरे-धीरे अन्धकार में ऐसे खो चला था जैसे काली सिकता में नदी का फेन छिप जाता है। भिल्ल निरन्तर बढ़ता ही रहा। और मार्ग में उसने देखा, एक सार्थ जा रहा था। आगे-आगे कुछ योद्धा थे, और उनके बाद माल से लदे शकट थे। उनके पीछे अनेक व्यक्ति चल रहे थे। सम्भवतः वह सन्ध्या का विश्रामस्थल ढूँढ़ रहे थे।

उसने सोचा, चलकर पूछूँ। किन्तु उसी समय भयानक चीत्कार उठने लगा। दस्युओं ने चारों ओर से सार्थ को घेरकर युद्ध प्रारम्भ कर दिया था। स्त्रियों के भयानक चीत्कार उठने लगे। उस समय दस्युओं के दूसरे दल ने प्रहार किया और शकटों को लूटने लगे। देर होती जा रही थी। भिल्ल अपने काम में विलम्ब देखकर व्याकुल होने लगा। डाकुओं के भय से भिल्ल पेड़ों में छिपकर चलने लगा। कुछ दूर निकल जाने पर वह भाग चला। जब वह ग्राम में पहुँचा, दूसरा भिल्ल भागा। फिर तीसरा। और फिर वही भिल्ल जो चला था समाचार लेकर भाग चला। अन्धकार ने उसे ग्रस लिया।

रात्रि के अन्धकार में दिवाकर मित्र ने पूछा : 'कोई संवाद आया ?'

भिल्ल-नायक ने निराशा से सिर हिलाकर कहा, 'नहीं, गुरुदेव !'

राज्यश्री ने सुना और सिर झुका लिया।

22

वलभी का राजा ध्रुवभट्ट पराजित हो गया। उस दुर्धर्ष योद्धा का राजमुकुट धूलि में गिरते देखकर स्थाण्वीश्वर की विराट् वाहिनी ने आनन्द से बार-बार जय-जयकार किया। सेनापति सिंहनाद ने उसकी पताका छीन ली, उसके हाथ से दंड छीन लिया और उसे बन्दी बना लिया। किन्तु हर्ष की आज्ञा से राजमुकुट फिर से पहना दिया गया।

मध्याह्न हो गया था। सेना सामने खड़ी थी। सेनापति स्कन्दगुप्त ने सेना को उत्साहित करने को भाषण दिया। उस समय अनेक महामात्र ध्रुवसेन को पकड़कर ले आए। उसे बद्ध देखकर महाराजाधिराज हर्षवर्धन ने आगे बढ़कर कहा : 'महाराज को मुक्त कर दो।' और वे शिविर में चले आए।

महामात्रों ने बन्धन खोल दिए। दोनों राजा एक-दूसरे के सन्मुख खड़े हुए। एक सशस्त्र गौरव था, दूसरा निरस्त्र पराजय। एक उद्धत, दूसरा नत। एक पर अहंकार, दूसरा श्रीहीन। ध्रुवभट्ट ने उसे देखा और अपना सिर नीचा कर लिया।

'आपके शासन में स्त्रियों पर भीषण अत्याचार होता है,' महाराजाधिराज हर्षवर्धन

ने दृढ़ स्वर से कहा : 'यदि आपका अत्याचार नहीं होता तो सम्भवतः पुष्यभूतियों को इतनी दूर आने की आवश्यकता ही नहीं होती।'

'सैनिक बर्बर होते ही हैं, महाराजाधिराज !' ध्रुवसेन ने कहा।

'आपने उन्हें स्वतन्त्रता दे रखी है,' हर्षवर्धन ने अविचलित स्वर से कहा जैसे अब वह न्याय करने में, दंड देने के पहले अभियोग सुना देना चाहता था।

ध्रुवभट्ट निरुत्तर-सा दिखाई दिया। उसकी समझ में नहीं आया कि अब वह क्या उत्तर दे ! फिर उसी समय उन लोगों की बात रुक गई। महाराजाधिराज ने सेनापति की ओर देखा।

दूर बाहर कोलाहल हो रहा था। सेना में कुछ बातचीत हो रही थी, असंख्य मनुष्यों की एक साथ ही उठती बोली अपने गम्भीर रव के कारण कोलाहल-सी प्रतीत होती।

वे सब बाहर की ओर चल पड़े। ध्रुवभट्ट को महामात्रों ने फिर घेर लिया। हर्षवर्धन को सबसे आगे देखकर सेनापति स्कन्दगुप्त इस समय फिर उसके आगे आ गया।

बाहर आकर देखा, सेना पंक्तियों में खड़ी थी और सैनिक क्रुद्ध दिखाई देते थे। महाराज को देखकर उस समस्त समुदाय ने जैसे क्रोध से जयजयकार किया। इनको आते देखकर कुछ सैनिक इनके समीप आ गए।

चार गौल्मिकों ने एक सैनिक को बाँध रखा था। सैनिक भय से काँप रहा था, किन्तु उसकी ओर किसी की भी सहानुभूति नहीं थी। वह अकेला था और सब उसे क्रोध से घूर रहे थे। महाराजाधिराज ने महाबलाधिकृत की ओर देखा।

महाबलाधिकृत ने पूछा : 'चन्द्रहास ?'

एक गौल्मिक ने अभिवादन किया। महाबलाधिकृत ने अपना प्रश्न दुहराया नहीं, केवल अपनी भौं उठा दी।

'देव ! इसने वलभी की स्त्री से बलात्कार किया है,' गौल्मिक ने सिर झुकाकर कहा और वह जैसे घबरा गया, कहकर पीछे की ओर हट गया। महाबलाधिकृत ने मुड़कर महाराजाधिराज की ओर देखा।

हर्षवर्धन का मुख जैसे लोहे का हो गया। वह एकदम स्तब्ध रह गया। उसके नेत्र लाल हो गए और उसके मुख पर एक भयानक दृढ़ता छा गई। वह क्षण-भर उसी मुद्रा में चुपचाप खड़ा रहा। फिर जैसे उसे एकाएक ध्यान आया। अपने सामने खड़े गौल्मिक की ओर देखा और उसने कहा, 'स्त्री कहाँ है ?'

'उपस्थित है, महाराज,' कहकर वह एक ओर चला गया। ध्रुवभट्ट के मुख पर एक हल्की मुस्कुराहट दिखाई देने लगी। हर्ष ने देखा और अपनी आँखें फेर लीं।

दो सैनिकों ने एक स्त्री को उपस्थित किया। वह सुन्दरी थी, लगभग सत्रह-अठारह वर्ष की। इस समय उसके मुख पर दारुण लज्जा थी, जैसे वह जीना नहीं चाहती थी। यदि धरती फट जाती तो वह उसमें अवश्य समा जाती। उसके मुख पर घोर क्रोध, भयानक प्रतिशोध की भावना थी और वह ऐसी लग रही थी जैसे मन्त्रबद्ध सर्प अपना विष उगलने में निःशक्त हो गया हो, अन्यथा वह न जाने कितनों को डस जाता।

और सेना ने आश्चर्य से देखा कि महाराजाधिराज आगे बढ़े। स्त्री चुपचाप खड़ी रही। हर्षवर्धन ने झुककर स्त्री के चरण पकड़कर कहा : 'माँ! मुझे क्षमा करो। तुम्हारे इस पुत्र के एक सैनिक ने जो भयानक बर्बरता की है, उसके लिए मुझे दंड दो।' फिर जैसे वह नहीं कह सका। उसका गला रुँध गया। वह क्षण-भर चुप रहा, फिर कहा, 'बहन ! क्षमा कर दो !'

स्त्री रोने लगी। वह क्या कहती ! इस सबकी तो उसने कभी कल्पना भी नहीं की थी। उसने रोते हुए कहा : 'भइया।'

एक शब्द ने जलती अग्नि में घी का काम किया।

हर्षवर्धन की आँखें जलने लगीं। वह वेग से उठ खड़ा हुआ। उस स्त्री की ओर दोनों हाथ फैलाकर कहा : 'राज्यश्री !'

उसने स्त्री को अपनी भुजाओं में भरकर उसका माथा सूँघकर कहा : 'भगिनी ! तू कहाँ चली गई थी ?'

वलभी का राजा ध्रुवभट्ट चकित-सा देखता रहा।

महाबलाधिकृत ने आगे बढ़कर कहा : 'देव ! यह परम भट्टारिका नहीं है।'

'है, महाबलाधिकृत ! यह वही है। देखते हो, इसके नेत्रों में वही पवित्रता है,' और क्रुद्ध महाराजाधिराज हर्षवर्धन ने खड्ग निकालकर कहा : 'सैनिको ! आज मैं फिर शपथ ग्रहण करता हूँ, जहाँ भी स्त्री पर अत्याचार होगा वहाँ मेरा खड्ग प्रलय की प्रचंड वह्नि की भाँति चलेगा। मैं मनुष्य की यह जघन्यता स्वीकार नहीं कर सकता। राज्य के लिए युद्ध होता रहे, किन्तु माता और भगिनी पूज्या हैं, उन पर किसी को भी बलात्कार का अधिकार नहीं है।'

क्रोध से उसके नथुने फड़कने लगे। महाबलाधिकृत ने देखा, महाराजाधिराज की आँखों में जैसे दीप जल रहे थे।

सैनिकों की आँखों से अश्रुधारा बहने लगी। वे क्रोध से गरजने लगे। पुकार आने लगी :

'हम प्रतिज्ञा करते हैं—

'स्त्री हमारी माता है।'

'स्त्री हमारी भगिनी है।'

'स्त्री हमारी पूज्या है।' '

महाराजाधिराज ने फिर से कहा, 'क्षण-भर आवेश में आकर प्रतिज्ञा न करो, मेरे सैनिको ! आज एक अनाम स्त्री मेरे सम्मुख खड़ी है। कल यदि वह वितृष्णा समाप्त नहीं हुई तो मेरे सम्मुख आज तुम्हारी परम भट्टारिका राज्यश्री, पुष्यभूतिवंश की कन्या, मौखरि कुल की महारानी इसी अवस्था में होती। सैनिको ! उस समय तुम क्या करते ? क्या उस समय तुम न्याय की प्रतीक्षा करते ? क्या उस समय तुम्हारी बुद्धि तर्क करती ?'

सैनिक विचलित हो गए। महाराजाधिराज की बात समाप्त होने के पहले ही एक गौल्मिक झपटा। उसको आगे बढ़ते देखकर उसके साथ ही अनेक सैनिक झपटे।

महाबलाधिकृत ने देखा, वे क्रोध से उन्मत्त हो गए। स्त्री के नेत्र फैल गए। उसने देखा कि सैनिकों को बढ़ते देखकर महाबलाधिकृत पीछे हट गए और भयानक चीत्कार की चिन्ता त्याग उन्होंने बलात्कार करनेवाले सैनिक को टुकड़े-टुकड़े कर दिया। फिर उसके मांसपिंडों को आकाश की ओर उछाल दिया। स्त्री आनन्द से पागल हो गई। उसकी आँखों से झर-झरकर पानी गिरने लगा।

उस समय वलभी के राजा ध्रुवभट्ट ने अपना मुकुट उतारकर महाराजाधिराज हर्षवर्धन के चरणों पर धरकर स्त्री का हाथ पकड़कर कहा, 'महाराजाधिराज ! वलभी की अब मुझे आवश्यकता नहीं। मुझे यह स्त्री दे दें। इसे अपनी पत्नी बनाऊँगा।'

चौंककर हर्ष ने पूछा : 'क्यों ?'

'महाराज इसे अपनी भगिनी कह चुके हैं। वलभी की राजमहिषी के पद के लिए, एक पवित्र स्त्री चाहिए।'

हर्ष ने हँसकर कहा, 'राजमहिषी के लिए राज्य भी चाहिए, महाराज ! यदि आप इससे परिणय कर सकें तो इसका जीवन व्यर्थ नहीं जाएगा।'

महाबलाधिकृत स्कन्दगुप्त ने पुकारकर कहा : 'सावधान !'

'दूर कुछ धूल उड़ती हुई दिखाई दे रही है,' महाबलाधिकृत ने फिर कहा। सब चौंक उठे और सैनिकों के हाथ उनके खड्गों और भल्लों पर चले गए। बाणधारकों के हाथ तूणीर की ओर खिंचे।

सेना सजग हो गई। उसने प्रचंड गर्जन किया, 'महाराजाधिराज हर्षवर्धन की जय !'

और यह गर्जन दूर तक सुनाई दिया। दो अश्वारोही चले आ रहे थे।

गर्जन सुनकर एक अश्वारोही ने कहा : 'शंख ! हम आ पहुँचे।'

'सचमुच देव !' दूसरे ने कहा : 'शीघ्रता करें।'

घोड़े और तेजी से दौड़ने लगे। पसीने से लथपथ हो गए दोनों सवारों पर धूलि छा रही थी।

अश्वों से उतरते ही दोनों व्यक्तियों को सैनिकों ने घेर लिया और उन्हें महाराजाधिराज की ओर ले चले।

'महाकवि !' महाबलाधिकृत ने चौंककर कहा, 'इस समय इतनी आतुरता से ?'

हर्षवर्धन ने बाणभट्ट को देखकर उसके चरण स्पर्श किए। वह ब्राह्मण था। उसने दोनों हाथ उठाकर आशीर्वाद दिया। इस समय उसके मुख पर एक भव्य पवित्रता थी, जैसे वह किसी महान् कार्य में रहा था। उसे इसका गर्व था कि भाग्य ने उसे भी इसमें निमित्त बनाकर प्रस्तुत किया है।

महाकवि हर्ष ने कहा, 'विशेष संवाद है ?'

'महाराजाधिराज !' बाण का स्वर काँप गया, 'विश्वास करना ही होगा। गुरुदेव दिवाकर मित्र ने परमभट्टारिका राज्यश्री को भिल्ल-नायकों की सहायता से ढूँढ़ ही लिया है। अनेक मास से देवी राज्यश्री कान्तार में भटक रही थीं। कन्दमूल खाकर जीवित थीं।'

हर्षवर्धन ने सुना। सुना जैसे विश्वास नहीं हुआ। वह चुपचाप खड़ा रहा।

महाबलाधिकृत ने कहा, 'महाकवि, आपको यह संवाद किसने दिया ?'

'शंख ने,' महाकवि ने उत्तर दिया।

'क्या यह सत्य है, बाणभट्ट ?' महाराजाधिराज ने चौंककर पूछा।

'देव ! यह ध्रुवसत्य है,' शंख ने दृढ़ता से कहा।

हर्षवर्धन के मुख पर भाव ऐसे खेलने लगे जैसे समुद्र पर तरंगें हरहराकर खेलती हैं। वह वेग से आगे बढ़ा और उसने महाबलाधिकृत के कन्धे पर हाथ रखकर कहा, 'स्कन्द ! तो मैं अभी जाऊँगा।'

'आप अकेले जाएँगे ?'

'पुष्यभूतियों की कन्या क्या अकेली जाएगी ?' हर्ष ने पूछा।

महाबलाधिकृत ने उच्च स्वर से कहा, 'स्थाण्वीश्वर के पराक्रमी सैनिको ! परमभट्टारिका की सूचना मिली है। महाराजाधिराज उनके समीप जा रहे हैं। उनके साथ जो जाना चाहे वह हाँ कहे।'

सैनिक चंचल हो गए। एक स्वर से एक ओर से दूसरे छोर तक 'हाँ' हुई जैसे प्रचंड घूँसा मारा गया, जिससे आकाश का हृदय दहल गया। किन्तु इतना ही काफी नहीं था।

दस सहस्र अश्वारोही आगे बढ़ आए। वे जैसे बिल्कुल तैयार थे। विद्युत वेग से महाबलाधिकृत के इंगित पर एक सैनिक एक भव्य ऊँचा श्वेत चंचल तुरंग ले आया।

हर्षवर्धन घोड़े पर चढ़ गया। उसको घोड़े पर चढ़ते देखकर महाबलाधिकृत दूसरे घोड़े पर चढ़ा।

'अभी, महाबलाधिकृत ! अभी। एक क्षण का भी विश्राम नहीं,' महाराजाधिराज हर्षवर्धन ने खड्ग को उठाकर कहा।

महाबलाधिकृत असमंजस में पड़ गया। उसने घोड़ा रोककर गम्भीरता से कहा, 'किन्तु महाराजाधिराज पावस में नदी घिर आती है, हम दो महीने से पहले नहीं पहुँच सकते।'

शंख ने साक्षी दी। जब वे आए थे तब घुटनों-घुटनों जल था। इस समय तो नदी में बाढ़ होगी। उसके शान्त होने में काफी समय लगेगा।

'हर्षवर्धन सात दिन में पहुँचेगा, महाबलाधिकृत। नदी घोड़ों से पार करेंगे,' हर्ष ने कहा, 'नदी की प्रतीक्षा करने का समय ही कहाँ है ?'

'नहीं है, नहीं है,' सैनिकों ने गरजकर कहा।

महाबलाधिकृत विवश हो गया। उसने कहा, 'देव ! यह पदातिक न तो शीघ्र पहुँच ही सकेंगे, न इनकी वहाँ आवश्यकता ही है।'

'तो इनको रोक दो।'

'यह क्या, देव ! अब मेरे बस की बात है ?'

महाराजाधिराज हर्षवर्धन ने घोड़े को मोड़कर कहा : 'वीरो ! समय बड़ा मूल्यवान है। एक क्षण भी नष्ट नहीं होना चाहिए। पदातिको ! स्थाण्वीश्वर को प्रस्थान करो।'

'देव ! वलभी का क्या होगा ?' महाबलाधिकृत ने पूछा।

'वलभी ध्रुवभट्ट सँभालेंगे,' हर्ष ने कहा, 'अब चलो।'

सैनिकों ने ध्वनि की। माता राज्यश्री का नाम गूँज उठा। उस नाम को सुनकर उन्हें लगा, हिम से भी श्वेत, अग्नि से भी दीप्त, एक पवित्र स्निग्ध ज्योति उठने लगी और उसके आगम में उन्हें प्रतीत हुआ कि उनका जीवन सार्थक था, पवित्र था। वलभी के ध्रुवभट्ट ने उस स्त्री को अपने निकट देखा और उसने फिर पुकारा : 'परमभट्टारिका राज्यश्री की जय !

देखते ही देखते सेना वन में घुस गई। सैनिक देर तक गर्जन करते रहे।

23

भिल्ल ग्राम के बाहर वन में एक चिता बनी थी। लकड़ियों का ढेर कटि से तनिक ऊँचा था। चारों ओर भिल्ल और भिल्लनियाँ खड़े थे। उनके नयनों में घोर निराशा और उदासी थी। उनकी आँखों में बरबस ही बार-बार पानी भर आता था। वे उन्हें बार-बार पोंछ लेते थे, और बार-बार फिर यही होता था। बालक तक ऐसे चुप खड़े थे जैसे इन पर किसी ने जादू कर दिया हो। जैसे उनका हृदय उस समय की गम्भीरता को समझ गया था।

एक स्त्री जो तपस्विनी-सी प्रतीत होती थी उनके निकट खड़ी थी। उसका वर्ण नितान्त गौर था। वह स्नान करके आई थी। उसके शुद्ध चमकते काले-काले लम्बे केश उसके कन्धे और पीठ पर फैले थे। उसका मुख प्रफुल्लित था। उस पर वैसी ही चमक थी जैसे अग्नि में तप जाने पर सोने की दिखती है।

वृद्ध दिवाकर मित्र उदास बैठा था। उसकी पलकें झुक गई थीं। वह हाथ पर मुँह धरे कुछ सोच रहा था। उसके समीप स्त्री आकर खड़ी हो गई। उसने कहा, 'गुरुदेव !'

'मैं फिर कहता हूँ, थोड़ा धैर्य धरो,' वृद्ध ने अनुनय किया।

राज्यश्री हँस दी। उसने कहा, 'धैर्य ? क्या मैं आपको अधीर दिखाई दे रही हूँ, गुरुदेव ! आज मैं स्वामी के पास जा रही हूँ।'

वह मुस्कुराई जैसे अग्नि की लपट ऊपर उठकर कुछ रक्तिम हो उठती है। दिवाकर मित्र ने देखा। राज्यश्री ने फिर कहा, 'प्यासा मृग जब वन में भागता है तो उसे लगता है, बस कुछ दूर और वहीं जल है...।'

वह चुप हो गई। फिर कहा, 'बहुत भटक चुकी हूँ, गुरुदेव। अब नहीं भटकूँगी। अब मैं विश्राम करना चाहती हूँ। यदि जीवन वेदना ही है तो उसमें तप्त होने से लाभ ही क्या ?'

दिवाकर मित्र चुप हो गए।

राज्यश्री के मुख पर दृढ़ता फिर स्थापित हो गई। उस दिव्य सौन्दर्य ने सबके मन पर गहरा प्रभाव डाला।

भिल्ल-नायक ने आकर उस समय घुटनों के बल बैठकर राज्यश्री को प्रणाम किया। उसके दोनों हाथ उसके मस्तक पर आकर जुड़ गए। वह धीरे-धीरे कुछ कहने लगा। सम्भवतः वह कोई प्रार्थना कर रहा था और दिवाकर मित्र ने देखा कि भिल्ल समुदाय ने प्रसन्नता से अपने नायक के इस कृत्य को देखा। उसके पीछे अनेक भिल्ल आ-आकर घुटनों के बल बैठने लगे।

कितनी ममता और श्रद्धा थी उन मुखों में, जैसे वे किसी देवी की उपासना कर रहे थे। वृद्ध ने सुना, भिल्ल-नायक के मुख से निकला : 'सिल्लादेवी !' यह एक भिल्लों की देवी थी। आज भिल्लों ने अपनी देवी से जैसे साक्षात्कार कर लिया था। इस द्रावक दृश्य को देखकर अत्यन्त विचलित होकर वह उठे और हाथ पसारकर अब दिवाकर मित्र रो दिए।

'राज्यश्री !' वृद्ध ने कहा : 'क्या तू सचमुच चली जाएगी ?'

राज्यश्री को जैसे आश्चर्य हुआ। वह देखती रही। वृद्ध ने उसे ऐसे देखते देखा तो उसका सिर झुक गया।

राज्यश्री नें कहा : 'गुरुदेव ! आप तो वीतराग हैं। फिर क्षणिक विश्व में जब सबकुछ बदल रहा है, उस समय आपको इतना मोह क्यों ?'

भिल्ल-नायक उठ गया। उसके साथ ही समस्त भिल्ल और भिल्लनियाँ उठ गए। उन्होंने माता का जय-जयकार किया।

राज्यश्री पर जैसे इसका कोई प्रभाव नहीं पड़ा। वह वृद्ध गुरु के निकट चली गई।

वृद्ध कुछ देर देखता रहा, फिर उसने अत्यन्त करुण स्वर से धीरे-धीरे कहा : 'सत्य है ! पुत्री तरुणावस्था में कालिदास का 'अभिज्ञान शाकुन्तल' पढ़ा था। तब उसे एक कामुक की कृति समझकर मैंने उसकी निन्दा की थी। किन्तु इस समय मुझे उसका एक-एक शब्द दीखता है। कण्व का हृदय शकुन्तला के लिए उस दिन जितना रोया था, उससे तो मैं कहीं अधिक व्याकुल हो रहा हूँ। राज्यश्री ! कण्व की पालिता कन्या केवल अपने पति के गृह जा रही थी। मेरी शिष्या तो इस संसार को छोड़कर जा रही है। केवल इसलिए कि शत्रुओं ने उसके सौभाग्य को नष्ट कर दिया। मैं जानता हूँ, पुत्री, तेरी यह व्याकुलता कोई असम्भव नहीं, किन्तु कितनी कठोर है, कितनी कठोर है !' वृद्ध का स्वर भर्रा गया।

राज्यश्री चुप रही। उसके नेत्रों में एक व्याकुलता दिखाई दी।

दिवाकर मित्र ने फिर कहा : 'राज्यश्री, तू जब घुटनों खेलती थी तब मैंने तुझे गोदी में खिलाया है। तब मैं इसे अच्छा नहीं समझता था, किन्तु जब तू बलपूर्वक मेरी गोद में चढ़ आती थी तब मैं तुझे रोक नहीं पाता था। मेरी दृष्टि में तो तेरा वही तुतलाता रूप समाया हुआ है। उसे भूल सकना मेरे लिए असम्भव है। स्वयं शास्ता भी राहुल को सोते समय छोड़कर गए थे, पुत्री ! तू मेरे सम्मुख बोलती और हँसती हुई जा रही है। फिर मैं तो बुद्ध नहीं हूँ, राज्यश्री ! ऊपर से जो तू इतनी शान्त और दृढ़चित्त दीख रही है, मैं क्या नहीं जानता कि भीतर ही भीतर तेरे हृदय में कितनी ज्वाला है, कितनी दारुण वेदना है !'

वृद्ध का गला रुँध गया, वह फिर कहने लगा, 'कर्म विपाक से ही बार-बार जन्म मिलता है, राज्यश्री। अपने कर्मों का अन्त कर। हम यही नहीं कर पाते और बार-बार सुख-दुःख सहते हुए जन्म लेकर मर जाते हैं। कौन जाने, यह सब क्यों है, राज्यश्री ! ऐसा न कर। ऐसा न कर।'

राज्यश्री के नेत्रों में आँसू आ गए। उसे लगा, वह जितनी कठोर थी ! वह सब एक छद्म था। वह अपने-आपको धोखा दे रही थी। वह वास्तव में विजय नहीं थी, वह आत्महत्या के पहले का बर्बर साहस था। उसके लिए एक सुधबुध भूल जानेवाला अतर्क्य पागलपन चाहिए था। उसे विचलित देखकर सब रोने लगे।

एक भिल्ल बालक ने आकर वस्त्र पकड़ लिया। उसने कहा, 'माता !'

'माता !' भिल्ल-नायक ने कहा।

'माता ! न जाओ।' भिल्लनियों ने कहा।

'न जाओ !' कहकर बालक रोने लगा।

राज्यश्री विचलित-सी दिखाई दी। उसने धैर्य धारण करके कहा : 'आनन्द मनाओ, रोओ नहीं। माता आज जा रही है।'

सबने देखा, वह फिर वैसी ही हो गई। भिल्ल बालक उसके चरण स्पर्श करके हट गया।

भिल्लनियाँ नृत्य करने लगी थीं। उनके नृत्य में समवेत स्वर से ताली बजती और फिर एक ही मुद्रा धारण करके उनके अंग समवेत गति से चलते और उनके मुखों पर पवित्र आभा झलकने लगी। उन्होंने वही नृत्य किया जो वे सिल्लादेवी के सामने करती थीं, इस समय वे मदिरा पीकर अपनी सुधबुध खोकर एकाग्र हो जाती थीं, आज जैसे उसकी आवश्यकता ही नहीं थी। आज वे वैसे ही उस ध्यान के केन्द्रीकरण को प्राप्त कर चुकी थीं।

भिल्ल-नायक खड़ा रहा। वह अब झुककर बैठ गया और कुछ फिर अब पाठ-सा करने लगा था।

काफी समय व्यतीत हो गया। राज्यश्री उस नृत्य को देखकर अत्यन्त प्रसन्न हो रही थी, जैसे यह समवेत अंगचालन उसे वैसे ही वश में करके झुलाने लगा जैसे सँपेरे की बीन को देखकर साँप सिर हिलाता है, अपने-आपको भूल जाता है।

दिवाकर मित्र उठ खड़े हुए। उन्हें उठते देखकर भिल्ल-नायक भी उठ खड़ा हुआ। राज्यश्री का ध्यान टूट गया।

उसने कहा, 'गुरुदेव ! विलम्ब हो रहा है।'

उसके नेत्रों की दृढ़ता को कुछ देर तक दिवाकर मित्र परीक्षात्मक दृष्टि से देखते रहे। फिर उन्होंने कहा, 'यह नृत्य रोक दो।'

भिल्लनियों ने सुना। उनका हृदय एक आशंका के उद्वेग से भर उठा। आनन्द पर फिर कशाघात हुआ। क्षण-भर वे उठे हाथ हवा में झूलते रहे, क्षण-भर वे बंकिम नेत्र खुले रहे, फिर काँपकर चरण थम गए, अंग फिर अपनी चंचलता छोड़ने लगे। नेत्र फिर

अपने सन्तुलन पर आ गए।

नृत्य रुक गया।

एक गम्भीर निस्तब्धता छा गई। सब चुपचाप खड़े रहे।

राज्यश्री आगे बढ़ी। उसने आकांश की ओर देखा और जैसे कुछ कहा। कोई नहीं सुन सका।

राज्यश्री चिता की प्रदक्षिणा करने लगी। अभी वह एक शैया मात्र थी। अभी उस पर आग नहीं थी। वह प्रदक्षिणा देखकर वृद्ध दिवाकर मित्र को लगा, उसका मस्तिष्क घूम रहा है। किन्तु राज्यश्री सधे हुए चरण रखकर चलती रही। सात बार घूमकर वह रुक गई। उसने फिर एक बार आकाश की ओर देखा और फिर जैसे शून्य से कुछ कहा। अबकी बार उसके मुख पर एक अवर्णनीय दीप्ति दिखाई दी।

भिल्लनियाँ रोने लगीं। न जाने क्यों उनका हृदय काँपने लगा। बेला निकट आती जा रही थी। अब वे ऊपर के पर्दे फट रहे थे। कठोर सत्य सम्मुख आनेवाला था।

राज्यश्री ने हाथ उठाकर कहा : 'रोओ नहीं, बहनो ! रोओ नहीं, आज तुम्हारे लिए मंगल वेला है। आज मैं जा रही हूँ। ऐसे समय तुम रो रही हो !'

शब्द थम गए, किन्तु उन्होंने उनके दुःख को और उकसाया। वे चुप होने का प्रयत्न करने लगीं। राज्यश्री ने देखा, वृद्ध गुरु शान्त दीख रहे थे और भिल्ल भी दृढ़ थे। किन्तु भिल्लनियों के आँसू फिर भी गिरते रहे। वे स्त्रियाँ थीं। जानती थीं, स्त्री का पति जब मरता है तब स्त्री को कितना दुःख होता है। फिर यदि वह स्त्री दूसरा विवाह न कर सके और अपने-आपको अपने स्वर्गीय पति के लिए बलि दे दे...कितना भयानक और कठिन था यह विचार...!

दिवाकर मित्र ने कहा : 'राज्यश्री ! तू जा रही है ?'

'हाँ, गुरुदेव !'

'तो मेरा एक कहना मानेगी ? एक बार स्थाण्वीश्वर क्यों नहीं चलती ? जो करना है वहीं कर लेना।'

राज्यश्री ने सुना और हँसकर कहा : 'गुरुदेव ! जब मालव देवगुप्त के बन्दीगृह से भागी थी तब मुझे मालूम नहीं था कि भैया ने मेरे लिए आक्रमण किया है। परन्तु अब आपने बताया, भैया हर्ष के पास संवाद भी भेजा था। संवाददाता वैसे ही लौट आया। कोई सूचना तक नहीं मिली।'

भिल्ल-नायक अग्नि ले आया। राज्यश्री कहती रही : 'फिर मैं अब कौन हूँ ? विधवा ! राज्यहीना, गृहहीना ! मैं किसी के ऊपर भार बनकर नहीं रह सकती। मैं अपने पति के समीप जा रही हूँ, गुरुदेव ! आप नहीं जानते, मैं जानती हूँ, मनुष्य का प्रेम जीवन के परे मृत्यु में भी पलता है।'

दिवाकर मित्र ने अग्नि की चिता प्रज्वलित कर दी। आग धीरे-धीरे सुलगने लगी। फिर लपटें निकलने लगीं। छोटी हुईं, फिर लकड़ियों पर रेंगकर बढ़ने लगीं और ऊपर को उठने लगीं।

राज्यश्री ने अन्तिम बार हाथ जोड़कर आकाश की ओर देखा। कुछ देर तक वह अतीन्द्रिय गरिमा से देखती रही। फिर मुस्कुराई। उसने गुरुदेव के चरणों का स्पर्श किया। वृद्ध ने उसे आशीर्वाद दिया : 'सुखी रहो ! शान्ति पाओ !'

राज्यश्री उठ खड़ी हुई। उस समय भिल्ल और भिल्लनियों ने सिर झुका दिया और भक्ति से सबने दंडवत प्रणाम किया। राज्यश्री मुस्कुराकर चिता की ओर बढ़ी। इसी समय वृक्षों के पीछे से घोड़े दौड़ाने का शब्द आया। एक नहीं, दो नहीं, असंख्य घोड़े, मारामार भागे चलते चले आ रहे थे।

सब चौंक उठे : 'यह क्या है ?'

फिर किसी ने पुकारा : 'भगिनी !'

स्वर उठा और काँपकर खो गया। जैसे किसी ऐसे व्यक्ति ने पुकारा है, जिसका कंठ प्यासा है।

राज्यश्री का उठा पाँव रुक गया। किसका है यह स्वर ? यह तो परिचित-सा लगता है ? क्यों न वह रुककर सुने ? राज्यश्री को चारों ओर से भिल्ल-भिल्लनियों ने भय से घेर लिया।

दिवाकर मित्र पागल-से उठ खड़े हुए। उन्होंने कहा, 'कौन ?'

किन्तु फिर घोड़ों की दौड़ सुनाई पड़ी। अब जैसे घोड़े पथरीली भूमि पर चढ़ रहे हैं। फिर किसी ने अत्यन्त प्यासे कंठ से आर्त्त होकर पुकारा, 'भगिनी...!'

स्वर कान्तार में थर्रा गया।

किसी ने पुकारा : 'राज्यश्री...!'

दिवाकर मित्र व्याकुल हो उठे। कहा : 'कौन है...शीघ्र कहो...राज्यश्री...राज्यश्री।' वे उत्तेजना में कुछ नहीं कह सके।

भैया ! क्या यह हर्ष की पुकार नहीं है, राज्यश्री सोच रही थी। यह अवश्य उसी की पुकार है।

अचानक घोड़े रुक गए। एक व्यक्ति ने झुककर दूसरे से दूर ही कुछ कहा और फिर वह अकेला अपना भव्य तुरंग आगे बढ़ा लाया। दिवाकर मित्र आगे बढ़े।

सबने देखा। छलाँग मारकर महाराजाधिराज हर्षवर्धन घोड़े पर से कूद पड़े।

दिवाकर मित्र आनन्द से चिल्लाया : 'महाराजाधिराज हर्षवर्धन ! महाराजाधिराज हर्षवर्धन !' जैसे वह और कुछ नहीं कह सका। महाराजाधिराज झपटकर आगे बढ़े। वे धूलिधूसरित थे।

उन्होंने राज्यश्री को अंक में भर लिया। राज्यश्री भूल गई कि वह सबकुछ छोड़ रही थी।

दोनों रोने लगे। हृदय की समस्त वेदना अब घुमड़ने लगी। बड़े भाई के वक्ष पर छोटी बहन का दुःख पानी बन-बनकर बहने लगा।

उस समय सब अपनी सुधबुध भूल गए। जिसको देखो वही पागल-सा दिखाई देता था। इतनी आकस्मिक घटना हुई कि किसी को स्वप्न में भी यह आशा नहीं थी। इतना

आनन्द एकदम जैसे हृदय में अब समाना नहीं चाहता था। कोई हँसता था, कोई रोता था। भिल्लनियों की तो अजीब हालत हो गई।

वृद्ध दिवाकर मित्र ने आगे बढ़कर कहा : 'वत्स !'

महाराजाधिराज हर्षवर्धन ने दिवाकर मित्र के चरणों पर सिर धर दिया।

वृद्ध ने स्नेह से हाथ फेरकर कहा : 'बड़ी हठीली है यह मेरी शिष्या ! बचपन से ही ऐसी है। शास्ता ने तुम्हें समय पर भेज दिया अन्यथा बहन नहीं मिलती, वह मिलती...!'

चिता को जलती देखकर हर्षवर्धन रो दिए।

जब वे चैतन्य हुए तो देखा, राज्यश्री उनके मरते हुए घोड़े के पास बैठी रो रही थी।

हर्षवर्धन समीप आ गया। उसने रुककर देखा। फिर कहा : 'मेरा मित्र ! स्वामिभक्त ! यदि यह न होता !' हर्षवर्धन ने फिर कहा : 'इसने अपनी बलि दे दी।'

दो बूँद आँसू गिरे और फिर महाराजाधिराज ने राज्यश्री का हाथ पकड़कर उसे उठाते हुए कहा : 'शोक न करो, राज्यश्री।'

'चलो, बहन !' महाराजाधिराज ने फिर कहा।

राज्यश्री वहीं खड़ी रही। घोड़ा ऊर्ध्वश्वास ले रहा था। हर्षवर्धन ने उसकी ग्रीवा को थपथपाया। लगा, जैसे घोड़े की करुण आँखों में एक सन्तोष छा गया। वह स्वेदश्लथ था, चमक रहा था। राज्यश्री उसे अत्यन्त करुण नेत्रों से देख रही थी। सोच रही थी, किसलिए मरा है यह पशु ! निरन्तर भागकर। एक क्षण का भी विश्राम नहीं लिया इसने।

घोड़ा मर गया।

महाराजाधिराज ने उस पर अपने कंठ का हार उतारकर डाल दिया। फिर कहा : 'चलो बहन !'

'नहीं, भैया,' राज्यश्री ने रोते हुए कहा, 'अब मैं वहाँ नहीं जाऊँगी।'

'क्यों ?' हर्ष ने चौंककर पूछा।

'अब मेरा वहाँ कौन है ?'

'क्यों, मैं तेरा कोई नहीं, राज्यश्री ? सत्य कह न ! तू डरती है कि वहाँ तू दासी बनेगी ?' हर्ष ने रोते हुए कहा : 'मैं प्रतिज्ञा करता हूँ, राज्यश्री ! गुरुदेव, महाकवि बाणभट्ट और स्थाण्वीश्वर के इन पराक्रमी वीरों के सम्मुख प्रतिज्ञा करता हूँ कि हर्ष राज्यश्री की मर्यादा को सदैव अक्षुण्ण रखेगा। हर्ष उसका सेनापति होकर समस्त कार्य करेगा।'

'महाराजाधिराज !' महाबलाधिकृत ने चौंककर कहा।

'यह सत्य है,' हर्ष ने कहा : 'भगिनी का भय दूर करना ही होगा, महाबलाधिकृत ! पुष्यभूति वंश की कन्या का गर्व क्या साधारण गर्व है ? उसे निभाना हर्ष का पहला धर्म है।'

हर्षवर्धन ने खड्ग उठाकर कहा : 'परमभट्टारिका देवी राज्यश्री की जय !'

अश्वारोहियों ने मुक्त गर्जन किया। फिर भिल्ल और भिल्लनियाँ रोने-हँसने लगे। आनन्द फिर फूट चला। तुरंग हिनहिनाने लगे।

हर्ष ने आगे बढ़कर कहा, 'चलो, बहन !'

दिवाकर मित्र ने कहा : 'राज्यश्री ! सुनती है, वत्से ! तेरा भाई तुझे कब से पुकार रहा है !'

राज्यश्री उठ खड़ी हुई।

24

कान्यकुब्ज लौटकर आने पर भी राज्यश्री का गाम्भीर्य दूर नहीं हुआ। वह अब फिर अपने पतिगृह में लौट आई थी। हर्षवर्धन की इच्छा पूर्ण हुई। शशांक नरेन्द्रगुप्त ने जब सुना कि कामरूप के राजा ने हर्षवर्धन से सन्धि कर ली है, उसे तुरन्त अपने गौड़ की रक्षा की चिन्ता हो आई, दूसरे महाबलाधिकृत भांडी की अपार सेना से लड़ना भी सरल नहीं था। वह जानता था, इस समय वह फिर विपरीत धारा के सामने नैया लिये है। वह भाग गया। कान्यकुब्ज पर भांडी ने पताका फहराई। हर्षवर्धन की इच्छा थी कि राज्यश्री अपने राज्य को वापस ले ले और वह स्वयं अपने स्थाण्वीश्वर लौट आए।

राज्यश्री ने राज्य स्वीकार नहीं किया। उसने कहा : 'राज्य ! राज्य का मैं क्या करूँगी, महाराजाधिराज ?'

उसके स्वर में कोई व्यंग्य नहीं था। महामात्यों ने सुनकर हर्ष से आग्रह किया। किसी रक्षक की आवश्यकता तो थी ही। सबके आग्रह ने विजय पाई, जिनमें राज्यश्री का स्नेहाधिक्य सबसे बड़ा बन्धन बन गया।

अन्त में हर्ष को ही स्वीकार करना पड़ा। एक राज्य का दान राज्यश्री ने ऐसे सरल भाव से कर दिया जैसे कुछ हुआ ही नहीं।

चयनिका से तरला ने कहा : 'देवी ! महाराजाधिराज ने स्वीकार कर लिया।'

'वह पुरुष सिंह है, तरला,' चयनिका ने वराह भगवान की पूजा से उठते हुए कहा।

महाराजाधिराज हर्षवर्धन अब स्थाण्वीश्वर और कान्यकुब्ज दोनों जगहों का शासन सँभालेंगे, सुनकर शत्रु काँप उठे।

महाराजाधिराज हर्षवर्धन ने अत्यन्त संकोच से आर्यपट्ट पर चरण रखा, फिर स्वयं ही उसने सम्राट की उपाधि धारण की। सम्राट् हर्षवर्धन का गौरव अब दिगन्तों में गूँजने लगा।

उस समय उत्तरापथ में हर्ष का साम्राज्य सबसे बड़ा साम्राज्य हो गया। उधर दक्षिण में पुलकेशिन द्वितीय था, इधर उत्तर में हर्ष। सेनापति भांडी साम्राज्य की विशाल सेना का एकमात्र महाबलाधिकृत बनाया गया। वह अत्यन्त चतुर व्यक्ति था। उसने सेनापति स्कन्दगुप्त और सिंहनाद बलाधिकृत के साथ समस्त साम्राज्य में नया सैन्य-संगठन किया,

जिससे पुरानी निर्बलता भी दूर हो गई। नए साम्राज्य की यह शक्तिसेना विराट् थी। हर्षवर्धन के पास पाँच हजार हाथी, बीस सहस्र अश्वारोही और अर्धलक्ष पदातिक थे। इन पर प्रतिदिन असंख्य धन का व्यय होता था जो कृषकों के पास से आता था।

दूसरे राज्यों को नष्ट करने की पुरानी दिग्विजय-परम्परा थी। सम्राट हर्षवर्धन ने उसे उसी रूप में स्वीकार नहीं किया। वे इस विषय पर गम्भीर मन्त्रणा किया करते।

राज्यश्री एकान्तवासिनी हो गई। वह अब बाहर की बातों से अत्यन्त उदासीन हो गई। विजया नामक भिक्षुणी को एक दिन उसने विहार में देखा। उसने बुलवाया। विजया को सिर झुकाया। विजया प्रसन्न हुई। राज्यश्री ने उस दिन विहार में सहस्र घी के दीपक जलवाए। एक सप्ताह बाद उसने दस सहस्र दीपक जलवाए। राज्यश्री का नाम फैलने लगा।

वह भिक्षुणियों को निमन्त्रित करती। कोई-कोई तरुणी भिक्षुणी आती। उस मुंडित यौवन में भी चपल भिक्षुणियों की आतुरता नहीं छिपती। राज्यश्री उससे घृणा करती।

उसी समय संवाद ज्ञात हुआ कि भिक्षुणी बाधा गर्भवती थी। वह किसी वज्रयानी भिक्षु की एक रात्रि-शक्ति बनी थी। दुर्भाग्य से जब भिक्षु शून्य में लय हो गया था, भिक्षुणी में संसार का एक नया बन्धन प्रारम्भ हो गया था।

राज्यश्री ने सुना तो संघस्थविर को बुलवाया। संघस्थविर ने हँसकर कह दिया, यह ब्राह्मणों की उड़ाई हुई झूठ बात थी। वह स्वयं वज्रयानी था। भिक्षु संघ में उसी की परम शून्य साधना थी और वह इसे कैसे स्वीकार करता !

राज्यश्री ने स्वीकार कर लिया।

कान्यकुब्ज जब से दो राज्यों के मिल जाने पर राजधानी हुआ तब से उसका वैभव दिन दूना रात चौगुना होकर बढ़ने लगा। पहले ही वह अपने समय का एक उन्नत नगर था किन्तु अब तो जैसे उसके वैभव की थाह मिलना कठिन हो गया। किन्तु राज्यश्री के लिए यह सब जैसे कुछ नहीं था। उसके पास जो दासियाँ थीं, वे उसे बहुत से संवाद सुनातीं। राज्यश्री सब सुन लेती किन्तु उनके विषय में कहती कुछ नहीं। दासियाँ समझ नहीं पातीं कि भट्टारिका को यह सब पसन्द आया या नहीं।

चयनिका ने राज्यश्री के प्रकोष्ठ में प्रवेश किया। उसने देखा, राज्यश्री इधर कुछ दुबली हो गई थी और उसके नेत्रों के नीचे कुछ काली छाया दीखने लगी थी। एक को दूसरी ने देखा। दोनों विधवा थीं। परमभट्टारिका चयनिका राज्यश्री से दो वर्ष बड़ी थी। वह भी अपने समस्त शृंगार छोड़ चुकी थी। दोनों ही परम सुन्दरी थीं। राज्यश्री को लगा, चयनिका अधिक सुन्दरी दिख रही थी जैसे समुद्र की तरंग उठकर उठी रह गई हो, नीचे नहीं आएगी।

'सम्राट पंचनद प्रदेश पर आक्रमण करने गए हैं,' परमभट्टारिका ने बातों ही बातों में कहा। तरला चरणों के पास बैठ गई।

'हत्या और नरबलि का नाटक समाप्त ही नहीं होता,' राज्यश्री ने कहा। वह चयनिका को अत्यन्त आकर्षक दिखाई दी, जैसे भव्य समुद्र के ऊपर पूर्णिमा का चन्द्रमा

निकल आया था, लेकिन आज समुद्र मुस्कुराकर कह रहा था : 'अब नहीं...अब नहीं...अब ज्वार की तृष्णा नहीं रही।'

चयनिका ने आश्चर्य से देखा। यह क्या कह रही है !

'तो क्या राजा को विजय नहीं करनी चाहिए ?' उसने पूछा।

'क्यों नहीं करनी चाहिए ? अपने-आपको जीतना प्रत्येक का धर्म है।'

'अपने-आपको जीतना क्या होता है ?'

'विधवा जिस प्रकार अपनी वासना का दमन करती है, जानती हो ?' परमभट्टारिका चयनिका ने परमभट्टारिका राज्यश्री की यह बात सुनकर देखा। दोनों के नेत्र मिले। एक ओर विषैले नागों ने फूत्कार किया। दूसरी ओर नाग सो चुके थे। उन्होंने न तो आक्रमण को आक्रमण समझा, न प्रत्याक्रमण करने का ही विचार किया। चयनिका अब अप्रतिभ हो गई। उसे लगा, राज्यश्री का सिर फिर गया था। उसने कहा : 'परमभट्टारिका !'

राज्यश्री ने कहा : 'भाभी ! नाम भूल गईं ?'

चयनिका प्रसन्न हो गई। उसने राज्यश्री के सिर पर स्नेह से हाथ फेरा। बड़ी तो इतनी नहीं थी, फिर भी बड़े भाई की पत्नी थी। इसका अधिकार तो बड़ा था। कहा : 'तरला ! बेचारी पर कितना दुःख पड़ा है !' कहते-कहते वे रो दीं।

राज्यश्री की आँखों में पानी भर आया, कहा : 'मुझ अभागिनी ने ही तो तुम्हारा जीवन नष्ट कर दिया, भाभी।' दोनों रोने लगीं। फिर चयनिका ने कहा, 'मत रो, पगली ! मत रो।'

राज्यश्री मुस्कुराई।

चयनिका उठ खड़ी हुई ! राज्यश्री भी। कहा : 'भाभी ! मेरी बात को अनुचित तो नहीं समझा ?'

'नहीं, राज्यश्री,' चयनिका ने कहा : 'तू कितनी दुःखिनी है, यह क्या मैं नहीं जानती ? हाँ, अब मैं चलूँ।'

उसके चले जाने पर उसने भिक्षुणी विजया से कहा : 'राज्य की तृष्णा मनुष्य को कितना बर्बर बना देती है !'

विजया ने सुना। सुना, पर समझी नहीं। बोली : 'गुरुदेव से पूछो न, परमभट्टारिका।'

'वे बता सकेंगे ?' राज्यश्री ने अविश्वास से कहा।

विजया ने कहा : 'क्यों नहीं ?'

वह उठकर चली गई। गुरुदेव दिवाकर मित्र जब आए तो राज्यश्री ने उठकर प्रणाम किया।

गुरुदेव को लगा, उनकी शिष्या में कुछ परिवर्तन आ गया था। क्या यह गौरव था ? नहीं। फिर, यह क्या था ? सम्भवतः गौरव के प्रति एक विरक्ति थी।

उन्होंने कहा : 'वत्से ! तूने मुझे बुलाया ?'

'गुरुदेव,' उसने कहा : 'यह विजयोन्माद क्या सद्धर्म के विरुद्ध नहीं है ?'

'नहीं,' गुरुदेव ने कहा।

राज्यश्री चौंकी। यह वह क्या सुन रही है !

'क्यों, गुरुदेव ?'

'दुष्ट का दमन करना राजा का धर्म है।'

राज्यश्री की समझ में नहीं आया कि यह एक बौद्ध कह रहा था या ब्राह्मण ! वह सोचती रही। उसने फिर कहा : 'किन्तु गुरुदेव ! यह धर्म भी तो मनुष्य का बनाया है।'

गुरुदेव दिवाकर मित्र उत्तर न दे सके। 'अपने को संयत कर,' कहकर चले गए। उनके चले जाने पर विजया भिक्षुणी आई। उसने अपने आप कहना प्रारम्भ किया :

'भिक्षु-प्रवर चले गए। वे निर्वाण को कठिन बनानेवाले हैं, देवी ! वे हीनयानी हैं न ? वे निर्वाण से मनुष्य को डराया करते हैं। मनुष्य का निर्वाण बहुत सहज है। थोड़ी-सी साधना और उसमें भी परम तृप्ति।'

राज्यश्री सन्तुष्ट नहीं हुई।

वह सोचने लगी, क्या विजया ठीक कहती है ?

पूछा : 'वह परम तृप्ति क्या है ?'

'प्रवृत्ति का प्रवृत्ति से निषेध।'

'सो कैसे होगा ?'

'वासना का दमन वासना की पूर्ति है।'

राज्यश्री काँप उठी। मित्तकाली का मुख याद आ गया।

विजया ने कहा : 'वही शून्य सुख है। तथागत ने उसे स्वीकार किया था। वे कभी पृथ्वी पर नहीं आए। सुखावती में रहते हैं। स्वर्ग में उन्होंने जो शाक्य मुनि का जन्म लिया...।

विजया कहती रही। राज्यश्री ने नहीं सुना।

25

राज्यश्री अब गाथाएँ सुनती। बुद्ध के समय में अनेक स्थविराएँ हुई थीं जिन्होंने अपने जीवन को बुद्धशासन में व्यतीत किया था। राज्यश्री को विजया भिक्षुणी साहस देती।

विजया कहने लगती : 'महाप्रजापति गौतमी का-सा जीवन व्यतीत करो, राज्यश्री। बहुजनों के लाभ के लिए जियो। धम्मदिन्ना वेश्या थी। समृद्ध श्रेष्ठी विशाख से उसका विवाह हुआ था। एक दिन वह बुद्ध भगवान के पास गया। उसके बाद वह भिक्षु हो गया। धम्मदिन्ना भी भिक्षुणी हो गई। प्रसेनजित की भगिनी उपदेश सुनकर प्रव्रज्या धारण करने को उन्मुख हुई थी। उसके ज्ञान को देखकर बुद्ध ने कहा था : 'वृद्धा सुख से सो। परम शान्ति पा। तू निर्वाण प्राप्त करके परमशान्त हुई।'

और फिर वह अभिरूपा नन्दा शाक्य क्षेमक की पुत्री के अनिन्द्य सौन्दर्य का वर्णन

करती। सम्यक् सम्बुद्ध ने नन्दा का रूप-वर्ग मिटा दिया था। अड्ढकाशी तो वेश्या थी। जब उसने भगवान के पास श्रावस्ती जाकर प्रव्रज्या लेने की इच्छा की तो वेश्याओं ने विरोध किया। किन्तु शास्ता ने उसे भी कृतार्थ किया था। अड्ढकाशी का शुल्क समस्त काशी राज्य की आय से अधिक था।

किसका शोक किया जाए ? जीवन्ती माता उब्बिरी जब पुत्री के लिए विलाप करती अचिरावती नदी के तीर पर बैठी थी, बुद्ध भगवान ने उसे उसकी चौरासी लाख कन्याएँ दिखाईं। उब्बिरी शान्त हो गई।

और फिर सन्ध्या के झुरमुट में जब वृद्ध स्थविर बुद्ध-प्रतिमा के सामने स्वर्ण के दीपकों में गन्धित घृत डालकर शिखाएँ उठा देते और वे साधनामय आलोक-खंड स्थविर दृष्टि से बुद्ध-प्रतिमा पर अपना गम्भीर आलोक डालने लगते, राज्यश्री अपने हृदय के उद्वेग की आतुरता को प्रशमित करने के लिए धीरे-धीरे विराट् स्तम्भों के बीच में घूमती हुई आलिन्दों में एकान्त में अम्बपाली का यह गीत गाने लगती :

'मेरे भौंरों के-से वे केश जो कभी घुँघराले काले थे, अब सन-से सफेद हो गए हैं। सत्यवादी के वचन कभी असत्य नहीं होते। पुष्पाभरणों से ग्रथित जिस कबरी ने कभी चमेली की गन्ध का वहन किया था, उसमें से खरहे के रोओं-सी दुर्गन्ध आती है। कंघी-चिमटियों से सज्जित केशपाश सघन-सा नहीं रहा, विरल हो गया है। स्वर्ण-सा उन्नत शीश आज भग्न और नत है। वह चित्रलिखित-सी बंक्रिम अराल भ्रू आज जरा की झुर्रियों से लटक गई है। मेरे नील नयनों की आभा छिन गई है। यौवन के सुन्दर शिखर-सी नासिका दबकर पिचक गई है। सुगठित कंकण-से मेरे कान लटक गए हैं। कदिली कलिका-से दाँत जैसे पीले हो गए हैं। कलकंठनिनादिनी कोकिला का-सा स्वर भर्रा गया है। मेरी शंख-सी ग्रीवा विनमित है। सुडौल गदा-सी बाहुद्वय पाडर वृक्ष की शाखाओं-सी दुर्बल हैं। आभूषणों का स्थान हाथों पर गाँठों ने ले लिया है। मेरे सुडौल उन्नत स्तन पानी से रिक्त चमड़े की थैली-सी लटक गए हैं। हाथी की सूँड़-सी जंघाएँ पोले बाँस की नली-सी रह गई हैं। नूपुर-रव मुखरित पग तिल के सूखे डंठल से अवशिष्ट हैं। रुई-से कोमल चरण झुर्रियों में भर गए हैं। जीर्ण घर बिना लिपाई-पुताई के जैसे गिर जाता है, वैसे ही यह जरा का घर भी शीघ्र गिर जाएगा।'

हाहाकार करता हुआ राज्यश्री का हृदय इसे गा-गाकर अपने भीतर एक संवेदना का अनुभव करता। अम्बपाली के रूप-वर्णन को गाते समय वह जैसे अपनी रूप-अनुभूति को बार-बार दोहरा लेती। याद कर लेती कि वह क्या है। और फिर वह जरा का वर्णन उसे डराने लगता।

यह भय साधारण नहीं था। वह जो निश्चय ही आनेवाला बुढ़ापा है, जो एक-दो नहीं, सब पर छाता है, कौन उससे भयभीत नहीं होता ? कौन नहीं चाहता कि वह उस अवस्था को कभी भी प्राप्त न करे जिसमें सबकुछ इतना पतनोन्मुख होता है, इतनी शीघ्रता से नष्ट हो जानेवाला हो जाता है। किन्तु उससे क्या कोई बच सका है ? तथागत को वृद्धावस्था के कष्टों ने आत्म-सत्यों की ओर प्रेरित किया था। कुछ लोग इस

समयसिद्ध नागार्जुन के उन गुटकों की बात करने लगते थे, जिनसे यौवन अक्षुण्ण हो जाता है। यह झूठ है, राज्यश्री सोचती। यदि यही होता तो नागार्जुन मृत्यु को क्यों प्राप्त होता ? फिर प्रज्ञापारमिता और महाश्री तारा तथा कुरुकुल्ला की साधना की बात चल पड़ती। धन के देवता जम्भल की उपासना कितनी अधिक प्रचलित थी। यह धन की उपासना के माध्यम से वज्रयान से अधिक फैल गई थी। राज्यश्री इसे स्वीकार नहीं करती थी। उसका चिन्तन दार्शनिक था।

राज्यश्री ने जब विजया के प्रकोष्ठ में एक दिन जाने का विचार किया, वह बाहर ही ठिठककर रह गई। उसने सुना, प्रकोष्ठ में से संयत स्वर आ रहा था : 'नीलवर्ण कर्त्रिकपालधरां सक्रोधां लम्बोदरां...' इसके बाद कुछ गुनगुनाहट, फिर...'पुनर्जामे आर्यजांगुलीं...!'

राज्यश्री ने ध्यान से सुना। विजया धीरे-धीरे कह रही थी : 'इलिमित्ते तिलिमित्ते इलितिलिमित्ते दुम्बे दुम्बलीए दुम्ने दुम्भालीए तर्क्के तर्क्करणों मर्म्मे मर्म्मरणे कश्मीरे कश्मीरमुक्ते अप्प अप्पने अधनाधने इलिइलीए मिलीए इलिमिलीए अक्याइये अप्याइये श्वेते श्वेततुंडे अननुरक्ते स्वाहा...!'

राज्यश्री का सिर घूमने लगा : यह क्या है ? यह तो कोई मन्त्र या धारिणी है, जिस पर वह भिक्षुणी समझती कि सफलता रखी है। सफलता किसलिए ? तथागत ने निवृत्ति मार्ग बताया था। यह तृष्णाओं का पथ है।

यह सब दुख है। तथागत ने कहा था। यह सब शून्य है, फिर यह क्यों कहा गया ? और फिर शून्य है तो उसकी साधना क्या ? और राज्यश्री सोचती, यह क्रियाओं का संघद्वय—पुनर्जन्म और जन्मान्तर क्या है ? फिर सोचती, यदि पुनर्जन्म नहीं होता तो वह विधवा क्यों हो जाती ? अवश्य ही उसने पूर्वजन्म में कुछ ऐसे पाप किए होंगे।

तब आलयविज्ञान धरा रह जाता और वह चीन के रेशम में मढ़े तकियों पर सोने की कारीगरी से सजे हाथी-दाँत के विशाल पलंगों पर लेटकर रोने लगती। और अब अहं की मर्यादा प्रकृतिजन्य सहज वासना को दबाने के लिए उस पर गाम्भीर्य और दर्शन का आडम्बर खड़ा करती।

नालन्दा के स्वर्गीय मेधावी अकाट्य तर्क-पंडित धर्मपाल के शिष्य शीलभद्र उन दिनों कान्यकुब्ज पधारे। राज्यश्री उनके दर्शन करने गई। शीलभद्र उस नालन्दा के कुलपति थे जहाँ दस सहस्र विद्यार्थी पढ़ते थे। सुदूर, चीन, पारसीक तथा मिस्र तक से वहाँ विद्यार्थी आते थे। आते ही द्वार-पंडित विद्यार्थी से तीन प्रश्न करते। यदि विद्यार्थी दो का भी उत्तर दे देता तो प्रवेश मिलता था। नालन्दा में बौद्ध प्रभाव प्रबल था और तन्त्र का प्राधान्य था। कश्मीर, कामरूप और दक्षिण के श्रीपर्वत से साधक वहाँ आते थे। प्रत्येक विद्यार्थी को स्नातक होने के पूर्व दो पुस्तकें लिखनी पड़ती थीं, जो वहीं के पुस्तकालय में रख दी जाती थीं। इस प्रकार वहाँ सहस्रों पुस्तकें एकत्र हो गई थीं। कालिदास और अर्जुन तथा दंडी के काव्यों और नाटकों पर टीकाएँ लिखी जाती थीं। श्रेष्ठियों के दानों और सामन्तों की दी हुई जागीरों से नालन्दा में अपार धनराशि इकट्ठी

हो रही थी। शीलभद्र उस सबके आचार्य थे। उनके गुरुभाई धर्मकीर्ति का देहान्त हो चुका था। धर्मकीर्ति तो 'सुनिपुठाबुद्धि', 'जगदभिभवधीर' नामों से विख्यात थे। तिब्बत और चीन में उनके ग्रन्थों की व्याख्या हो रही थी। इस समय बौद्ध प्राकृत छोड़कर संस्कृत में लिखने लगे थे, क्योंकि बौद्ध धर्म जनसमाज का नहीं रहा था।

राज्यश्री ने शीलभद्र को प्रणाम किया। बात चल पड़ी। शीलभद्र राज्यश्री के विषय में सुन चुके थे। वे वृद्ध थे। पलितकेशों को मुंडित रखते थे और पीतवसन धारण करते थे। उनके मुख पर एक सौम्यता थी।

'भन्ते,' राज्यश्री ने कहा : 'मेरी गाथाएँ मेरे मन की वितृष्णा को दूर नहीं कर सकीं। मैं कभी पुरुषार्थ नहीं कर सकी।'

'उपासिका,' वृद्ध शीलभद्र ने कहा : 'धैर्य धारण करो। देखती हो, यह समस्त विश्व जो है वह क्षणिक है। इस प्रकार प्रवाहमग्न रूप बदलता हुआ वास्तव में शून्य है।'

'है, भन्ते,' राज्यश्री ने स्वीकार किया।

'शून्य ही मूलतत्त्व है, यह वसुबन्धु दिङ्नाग आदि आचार्य नहीं मानते। विज्ञान अर्थात् चित्त या मन ही मूलतत्त्व है। प्रवृत्ति-विज्ञान और आलयविज्ञान चित्त के दो भाग हैं। आलयविज्ञान प्रवृत्ति-विज्ञान के साथ जन्म लेता हुआ अपनी सन्तान में प्रवृत्ति-विज्ञान का आलय है। इसी में पूर्वजन्म की वासना रहती है।'

राज्यश्री को लगा, यह आलयविज्ञान एक रहस्य था। उसने पूछा : 'भन्ते ! स्पष्ट नहीं हुआ। यह सौतान्त्रिक योगाचार तो पारस्परिक विरोध पर आश्रित है। यदि विज्ञान आधार है तो भौतिक मात्र ही सत्य है, यदि शून्य भी है और विज्ञान भी, तो दोनों को जोड़ने का यह संस्कार वासना एक दुरूहता है। जब सबकुछ बदल रहा है तो मूलतत्त्व उसमें कहाँ है ?'

वृद्ध शीलभद्र घबरा गए। उन्हें अनुभव हुआ कहीं कुछ गड़बड़ थी। यदि सब भौतिक बाह्य ही सत्य था, तो फिर यह अज्ञात रहस्य भावना क्यों आई ? यह विज्ञानवाद जगत को झूठा कहकर भी अपने लिए वास्तविकता का आधार खोज रहा था। राज्यश्री के मुख पर उन्होंने देखी वही दृढ़ता जो उन्हें प्रज्ञापारमिता मुख पर दिखाई देती थी।

'भन्ते !' राज्यश्री ने फिर कहा : 'सद्धर्म में स्त्री से यह वामाचार कैसे प्रचलित है ? यह मन्त्र, तन्त्र, धारिणी विलास-भावना कैसे है ? और यह अनेक-अनेक नई जातियाँ जो सद्धर्म स्वीकार कर रही हैं, अपने प्राचीन देवताओं को बौद्ध कलेवर में स्थापित कर रही हैं क्यों ?'

आचार्य शीलभद्र अभी सोच भी नहीं पाए थे कि राज्यश्री ने फिर पूछा : 'भन्ते ! बोधिसत्व सुखावती में रहते हैं तो पृथ्वी पर क्यों बार-बार सुख देने आकर भी वे सुख स्थापित कर नहीं पाते और यदि तथागत बार-बार नहीं आते, केवल एक बार मायादेवी के एक पुत्र शाक्यसिंह थे, तो फिर उनके उपदेश की नौका जल को छोड़कर तीर पर उठाई जा रही है !'

शीलभद्र ने कहा : 'सब अनित्य है उपासिका, अर्थक्रिया में समर्थ परमार्थसत् है,

अर्थक्रिया में असमर्थ संवृतिसत् है। संस्कार भी अनित्य है। किन्तु प्रवाह क्षणिक होकर भी क्रिया व्यापार में बद्ध है। जो सत् है वह क्षणिक है। जो भाव पहले पीछे नहीं रहता, वह अनित्य है। नाश अहेतुक है। कार्य-कारण समूह से उत्पन्न होता है। वहाँ ईश्वर नहीं। सत्ता नहीं। समूह स्थिरता से नहीं, प्रवाह से चलता है। वही क्षणिकता है, कारण भेद कार्य बहुलता प्रकट करता है। संहत में हेतु है, अभेद प्रारम्भ में नहीं है। अविद्या ही बुराई की जड़ है।'

राज्यश्री को तृप्ति हुई। तब आत्मा नहीं है, परमात्मा नहीं है। कोई नियन्ता नहीं है। सर्वत्र दुःख ही दुःख है। इस दुःख से त्राण पाना है। राज्यश्री को लगा, वह निखिल सृष्टि को विधवा के रूप में देख रही है। यह जो सहस्र तारे आकाश में बिखरे हैं ये भी किसी विधवा के बिखरे हुए अलंकार हैं। वह गम्भीर मुद्रा में उठ खड़ी हुई। उसने कहा : 'भन्ते ! मुझे चीवर दें। मैं भिक्षुणी होना चाहती हूँ।'

शीलभद्र ने देखा। जिसे वह स्वयं स्पष्ट नहीं कर पाए थे, यह नारी कैसे समझ गई थी, यह वे अभी तक सोच रहे थे। किन्तु वे चुप ही रहे।

राज्यश्री ने कहा : 'भन्ते ! जीवन दुःख है, मेरे लिए इतना ही सत्य बहुत है। लोक का कल्याण करना ही मेरा सम्बल है। जब 'मैं' ही नहीं है, तो इस 'मैं' के जाल में मनुष्य स्वार्थों में संसार का अकल्याण क्यों करें ? क्यों न दुःखों को मिटाया जाए ?'

राज्यश्री को लगा, वह दुःख से ग्रस्त नहीं थी। सारा संसार दुःख से व्याकुल था। वह स्वयं गौतमबुद्ध की भाँति अब मृगदाव में खड़ी कह रही थी : 'डरो नहीं, मैं तुम्हें दुःखों से छुड़ाने आया हूँ।'

और आचार्य शीलभद्र ने देखा, राज्यश्री के सुन्दर मुख पर एक नवीन आभा थी, जैसे डूबती हुई पृथ्वी प्रभात के अरुणिम आलोक में यह कहकर निकल आई हो कि मैं रत्नगर्भा माता वसुन्धरा हूँ, मैं तुम्हें त्राण देने के लिए तुम्हारा भार वहन करती हूँ।

उन्होंने अपने आसन से उठकर कहा : 'मैं तुम्हें निश्चय ही प्रव्रज्या दूँगा। भाग्य ने मुझे इतने महान् कार्य का माध्यम बनाया है तो उस पर मैं सदैव गर्व किया करूँगा।'

26

साम्राज्य में संवाद वायुवेग से फैल गया कि परमभट्टारिका देवी राज्यश्री ने प्रव्रज्या ग्रहण कर ली। प्रजा में एक आश्चर्य फैला। स्त्रियों में एक अद्भुत कोलाहल। वृद्ध श्रेष्ठी घूर्णक की तीसरी तरुण पत्नी सुलभा ने अपनी दासी से कहा : 'तो देवी ने प्रव्रज्या ग्रहण कर ली ?' वह हँस दी। दासी भी। सुलभा के तरुण सेवक सरह ने व्यंग्य से देखा और फिर वह सुलभा की ओर देखकर हँसा। सुलभा कुछ लजाई, फिर हँसकर उसने उसकी आँखों में झाँका। भाव कुछ ऐसा था कि देखे हैं, बहुत देखे हैं। किन्तु राज्यश्री का जीवन कठोर साधना बन गया। वह क्रम से बुद्ध शासन में तल्लीन हुई। उसने चीवर धारण कर लिया।

उसके गौरवर्ण पर वह पीला चीवर ऐसा प्रतीत होता जैसे स्निग्ध पुंडरीक पर स्वर्ण फैल गया हो। उस चीवर ने उसे एक नई महिमा से गौरवान्वित किया। राज्यश्री के सुन्दर केश चले गए। वह शीश अब मुंडित दिखाई दिया। उस समय ऐसा प्रतीत हुआ जैसे कभी सम्राट अशोक की पुत्री संघमित्रा दिखी होगी।

वह अब दीन-दुखियों के जीवन में अधिक ध्यान देने लगी। प्रातःकाल से मध्याह्न तक उसके द्वार पर भूखे और दरिद्र आकर एकत्र होते। राज्यश्री उन्हें अनेक प्रकार के दान दिया करती। राज्यश्री को आश्चर्य होता कि इतना वैभव होते हुए भी साम्राज्य में इतने भूखे और दरिद्र लोग कहाँ से आ जाते हैं !

उसने भिक्षुणी विजया से कहा, 'ये लोग भिक्षा प्राप्त करने आते हैं, क्या यह सत्य ही इतने भूखे हैं ?'

'नहीं तो !' विजया ने प्रश्नवाचक इंगित से आँखें उठाईं।

राज्यश्री चुप हो गई।

विजया ने कहा : 'ये लोग यदि जम्भल को उपास्य बनाते तो वह नकुल ग्राहक अवश्य इनके दुःख दूर करता...।'

राज्यश्री ने नहीं सुना। वह इन वज्रयानी देवताओं में न विश्वास करती थी, न करना चाहती थी।

विजया ने देखा कि राज्यश्री का ध्यान उसकी ओर है नहीं, तो अपने-आप चुप हो गई।

इस समय हर्षवर्धन की अक्षुण्ण शक्ति उमगने लगी थी। आर्यावर्त्त में उसका सिक्का जम गया था। उसका नाम सुनकर शत्रु-स्त्रियाँ थर्रा जाती थीं और अपने पुत्र-पतियों से प्रार्थना करती थीं कि वे उसके सम्मुख शीश नहीं उठाएँ। कहीं ऐसा न हो कि वह सबको कुचल दे। सम्राट हर्षवर्धन की विजय-वाहिनी जिस समय तूर्यनिनाद सुनकर उठती तो लगता जैसे धरती में से लोहे की फसल उठ खड़ी हुई। और जब वह चलती तो धरती से उठी धूलि आकाश को ढकने का प्रयत्न करती। उसके विशालकाय लम्बे-लम्बे दाँतोंवाले हाथी जब झूमते तब उन पर सुनहली धूल धूप में चमचमाती हुई ऐसी लगती जैसे चंचल बादलों पर खंड-खंड होकर बिजली जग गई है जो दिन में भी चमक रही है। उसके हिनहिनाते अश्व जब नमक की शिलाएँ चाटकर धरती खूँदते तब लगता कि उसकी शक्ति आकाश और पृथ्वी को दहला रही है।

दासी तरला ने मयूर पुच्छ से हाथी दाँत की चौकी साफ करते हुए कहा : 'देवी ! आज तो मैं एक नई बात सुनकर आई हूँ।'

चयनिका ने नहीं देखा। पर ऐसे लगा जैसे सुन रही है।

'देवी ! सम्राट का विवाह...' वह कह नहीं सकी।

चयनिका के नयन उठे। उसने देखा। फिर कहा : 'फिर ?'

'लोगों को विस्मय है,' तरला ने बात पूरी की।

'अवश्य होगा।'

तरला ने कहा : 'परमभट्टारक का यौवन...।'

फिर रुक गई।

'उनकी भगिनी से कह, समझी,' चयनिका ने कहा। फिर एकदम ही वह चुप हो गई।

तरला ने इशारा समझ लिया।

अपना काम करके तरला चली गई। चयनिका बैठी-बैठी सोचती रही। तरला से निकलकर बात अलिन्दों में घूमने लगी।

राज्यश्री को जब ज्ञात हुआ तो उसने दासी प्रियंवदा से कहा : 'प्रियंवदा !'

'देवी !'

'सम्राट से पूछकर आ। क्या वे मुझसे मिलने का कुछ अवकाश निकाल सकेंगे ?'

दासी सीधे सम्राट के सम्मुख उपस्थित हुई। उसने देखा, वे गम्भीर मुद्रा में थे। प्रत्येक दासी अपने अविवाहित स्वामी के सम्मुख ऐसे खड़ी होती थी जैसे मुझे क्यों नहीं चुन लेते ! मैं भी तो स्त्री हूँ। उसने एक बार बंकिम भ्रू करके दौवारिक को देखा और फिर नूपुर बजाया।

सम्राट् महाबलाधिकृत से मन्त्रणा कर रहे थे। उनके समय में एक भी क्षण अब राजनीतिहीन नहीं था। महाबलाधिकृत अपना शिरस्त्राण पहने झुके हुए कुछ कह रहे थे और सम्राट चुपचाप सुन रहे थे।

पंचनद और मिथिला की विजय समाप्त हो चुकी थी। वहाँ से अपार सम्पत्ति की प्राप्ति हुई थी।

'सबको नहीं, महाबलाधिकृत,' सम्राट ने कहा।

'सम्राट ! महाबलाधिकृत ने ऐसा कहा जैसे आप अपनी कोमलता से बना-बनाया खेल बिगाड़ रहे हैं।'

'क्यों ? कुछ को तो राज्य सँभालने दो। जो विरोध करे उसे हटा दो।'

'देव ! एक नए कुल की सेवा पुराने कुल के स्वामिभक्त ही कर सकेंगे ? यदि हाँ, तो वे आपके लिए प्राण देने को कदापि तत्पर नहीं होंगे।' महाबलाधिकृत की बात में सार था। सम्राट सोचने लगे। दासी प्रियंवदा ने धीरे से बायाँ पाँव उठाकर ऐसे आगे रखा कि दूसरी बार नूपुर बजा। वह मनोहर स्वर पुरुष के पक्ष पर सरकती गुदगुदी-सा सिहर उठा। प्रियंवदा आगे बढ़ी।

सम्राट् ने प्रियंवदा को देखकर हँसकर कहा : 'क्या है, प्रियंवदा ?'

'देव ! सेवा में निवेदन है...।'

'शीघ्र कह !'

'परमभट्टारिका राज्यश्री ने अवकाश प्राप्त होने पर...' सम्राट ने चौंककर उसकी ओर देखा कि प्रियंवदा चुप हो रही।

प्रियंवदा को अब कुछ कहने की आवश्यकता नहीं थी। लगा कि अब सम्राट उठकर खड़े होनेवाले हैं, परन्तु उनकी दृष्टि फिरी और विशालकाय महाबलाधिकृत बीच

में आ गया।

सम्राट ने कुछ क्षण सोचा। फिर कहा : 'तू जा, मैं देवी से मिलूँगा।'

प्रियंवदा ने एक दीर्घ श्वास लिया। महाबलाधिकृत ने तीक्ष्ण नयनों से उसे देखा। प्रियंवदा भाँप गई और लौटते समय उसने निर्भय होकर आँखें भरकर सम्राट को देखा और फिर महाबलाधिकृत को ऐसे देखा, जैसे मैं क्या तुमसे डरती हूँ जो आँखें झुका दूँ ! सम्भवतः उसके हृदय में इस कल्याण का सुख था कि वह सम्राट को अपने ऊपर रिझा लेनेवाली है।

साँझ हो गई थी। बुद्ध-प्रतिमा के सम्मुख असंख्य दीप जल चुके थे। उसका शान्त आलोक अब धातुमूर्ति पर स्थिर हो गया था। गन्ध से मन्दिर महक रहा था। सबकुछ शान्त था।

सम्राट हर्षवर्धन के साथ प्रियंवदा ने प्रवेश किया।

'देवी कहाँ हैं ?' सम्राट ने पूछा।

'भीतर हैं सम्राट !' प्रियंवदा ने अपनी समस्त शक्ति से प्रहार किया। प्रियंवदा थी सुन्दरी, और उसे अपने सौन्दर्य की अनुभूति भी थी।

हर्षवर्धन ने देखा ही नहीं। उसे राज्यश्री की चिन्ता थी। उसने कहा : 'तो वहीं चल।'

प्रियंवदा आहत हुई। फिर भी उसका मन हारा नहीं। स्तम्भों के अन्धकार में उसने आतुरता से सम्राट का हाथ पकड़ लिया। उसकी लम्बी साँसें सुनकर सम्राट घबरा गए।

सम्राट हर्षवर्धन ने देखा और उन्हें लगा, किसी भयानक हाथ ने उनको ग्रस लिया है।

'दासी !' सम्राट ने अधिकार के स्वर में कहा।

'देव !' प्रियंवदा उनके चरणों पर गिर गई : 'दासी को इन चरणों में स्थान दो।'

हर्षवर्धन क्षण-भर चुप रहा। फिर कहा : 'उठ !'

दासी उठी। हर्ष ने कहा, 'अब ऐसा अपराध क्षम्य नहीं होगा !'

वह आगे बढ़ गया। दासी वहीं रोने लगी। उसका स्वर बाहर नहीं निकला। कंठ में घुटने लगा। दूर से दासी प्रियंवदा को सैरन्ध्री आभा ने देखा। वह ठिठककर रह गई, फिर चली गई।

सम्राट हर्षवर्धन ने भीतर जाकर देखा, राज्यश्री बुद्ध-प्रतिमा के सम्मुख खड़ी थी। उसके प्राण जैसे कंठ में आ गए। देखा तो पहले भी था किन्तु इस समय उसमें मनुष्य की निर्बलता थी। गौरव का अहंकार नहीं था।

उसकी भगिनी मुंडितशीश ! कहाँ हैं वे सुन्दर केश ! क्या बेचारी का जीवन इसी प्रकार दीपक की भाँति निर्धूम जलने के लिए था ! जिस शरीर पर एक दिन चीनांशुक अपनी शबल रूप-छाया से धन्य होता था, उस पर आज और कुछ नहीं, एक चीवर ! एक नीरस चीवर !

सम्राट का सिर घूम गया। वे कठिनता से सँभले।

मनुष्य का भाग्य ! क्या तू सचमुच इतना कठोर और बर्बर है ? कमल का सुन्दर पुष्प एक पाषाण पर पड़ा है ! और कितनी छलना है कि वह अपने को सुखी समझने का प्रयत्न कर रहा है ! क्या यह कभी हो सकेगा ?

राज्यश्री गम्भीर थी। अपने भावों में खोई हुई थी। उसे नहीं मालूम हुआ कि द्वार पर सम्राट खड़े हैं। हर्षवर्धन क्षण-भर चुप खड़ा देखता रहा और उसने धीरे से पुकारा, 'देवी !'

उसका यह संयत स्वर अपने भीतर कितनी ममता, कितना स्नेह, कितना आशीर्वाद लिये हुए था, यह छिप नहीं सका। उसके स्वर की अवरुद्ध लिप्सा शान्त रूप में मुखर हुई और अपने श्रोता के हृदय को छू गई।

राज्यश्री ने मुड़कर देखा। कहा कुछ नहीं। वह अपनी पूजा में तल्लीन थी। उस समय सम्राट हर्षवर्धन प्रतीक्षा में खड़े रहे। उनका मस्तक बुद्ध-प्रतिमा के सम्मुख झुक गया। धीरे-धीरे घंटा बजता रहा। और वह अजस्र किन्तु संयत नाद उतरते अन्धकार को और गहरा कर चला।

पूजा समाप्त हो गई। कुछ हलचल हुई। हर्षवर्धन ने सिर उठाया। राज्यश्री ने इंगित किया—अभी आई। दासी प्रियंवदा आ गई। वह रोकर आई थी। उसके नेत्र सूज गए थे। लाल थे। सम्राट को देखकर जैसे वे आँखें फिर रोने के लिए कातर हो उठीं। उनमें एक चमक आ गई। सम्राट ने आँखें हटा लीं।

राज्यश्री बाहर आ गई। उसकी दृष्टि प्रियंवदा पर गई। वह देखकर चौंकी। पूछा, 'क्या हुआ री तुझे ?'

प्रियंवदा ने सिर झुकाकर कहा : 'कुछ तो नहीं, देवी।'

'फिर ऐसी क्यों दीख रही है ? तू प्रसन्न है कि शोकग्रस्त है, यही मैं तुझे देखकर नहीं समझ सकी। इतनी व्याकुल क्यों है ? कह दिया न मेरा संवाद भैया से ?' हर्षवर्धन चौंक उठा। उसने कहा : 'भैया से क्या संवाद कहलवाया था तुमने ?'

'क्यों, कहा नहीं प्रियंवदा ने ?' उसने मुस्कुराकर पूछा।

'राज्यश्री !' हर्ष ने चौंककर कहा : 'वह दासी है।'

'है तो,' राज्यश्री ने कहा—फिर चौंकी : 'क्यों ? क्या हुआ ? खैर, उसकी फिर सुनूँगी, भैया। पूछती हूँ, तुम विवाह क्यों नहीं करते ?'

सम्राट चौंक रहे थे, फट पड़े। बोले : 'इस दासी से बढ़कर तुम्हें भाभी नहीं मिली ?'

राज्यश्री ने प्रियंवदा को देखा। फिर कहा : 'दासी !'

प्रियंवदा रो दी। कहा : 'भूल हो गई, देवी। अब नहीं।'

वह पूरी बात नहीं कह सकी। चुप हो गई।

'क्यों ?' सम्राट हँसे। उन्होंने जैसे दासी को क्षमा कर दिया। अब वह बात उन्होंने भुला दी। इस समय राज्यश्री को उत्तर दिया।

'लोग कहते हैं,' राज्यश्री ने कहा : 'कि सम्राट को विवाह करना चाहिए।'

'किसी ने कुछ कहा है ?' सम्राट ने पूछा।

राज्यश्री ने सिर हिलाया : 'हाँ।'

'क्या तो ?'

राज्यश्री ने कहना चाहा, फिर रुक गई। कैसे कहे वह ? सम्राट देख रहे हैं। प्रियंवदा बैठकर रोने लगी। सम्राट ने फिर उधर देखा।

राज्यश्री ने कहा : 'कुछ नहीं, पगली है, सम्राट ध्यान न दें। मैं इसे प्रव्रज्या दूँगी। इसका मन चंचल है। नहीं, कहा तो नहीं। फिर भी मैं सोचती हूँ, पुरुष को विवाह तो करना ही चाहिए।'

'परन्तु इतनी चंचलता क्यों ?'

'क्या मैं आतुर हूँ ? फिर ? मुझे आवश्यकता ही क्या है ?'

राज्यश्री ने मुस्कुराकर कहा : 'सम्राट ! एक स्त्री को सम्राज्ञी बनाने में इतना भय क्यों ?'

हर्षवर्धन हँसा : 'डरता हूँ।'

'मेरा अनुरोध है,' राज्यश्री ने कहा।

सम्राट हर्षवर्धन ने देखा, प्रियंवदा अब जा रही थी। उसने देखा कि वह एक बार मुड़ी और आँखें भरकर देखा; उस पर, उसके प्रेम पर किसी ने ध्यान ही नहीं दिया। सम्राट ने कहा : 'वीतराग तो अनुरोध का अधिकार नहीं रखते। तुम सबकुछ छोड़ चुकी हो, फिर इतनी मोह-भरी आकांक्षा क्यों ? भाग्य बड़ा प्रबल है, परम-भट्टारिका ! जानती तो हो, मेरी बहन जो मुझसे छोटी है, वह सबकुछ छोड़ चुकी है। उसकी समस्त साधना पुकार-पुकारकर मुझसे कहती है कि हर्षवर्धन, तू इतना भी नहीं कर सकता ? क्या है वह रहस्य, जिसके पीछे उस बालिका ने जीवन के समस्त सुखों का त्याग कर दिया है ? क्या है वह दुर्वह वेदना जो उसको ग्रस चुकी है ?'

राज्यश्री ने ऊँचे स्वर से कहा : 'सम्राट !'

सम्राट ने देखा। राज्यश्री के मुंडित शीश पर दीपों का प्रकाश पड़ा। विधवा ! जीवित रहने की विवशता ! उफ ! भयानक ! सबकुछ कितना भयानक ! कितनी अदम्य घुटन !

सम्राट को अपनी भूल का अनुभव हुआ। यह वे क्या कह रहे थे ? और उससे जो इतनी पवित्र थी ! गृहवर्मा का मुख सम्राट की आँखों के सामने आ गया। वे काँप उठे। क्या उन्होंने राज्यश्री के हृदय को आघात पहुँचाया था ? पुरुष स्त्री की व्यथा को समझ नहीं पाया।

राज्यश्री बुद्ध प्रतिमा के सम्मुख गम्भीर खड़ी रही। उन्नत बंकिम भ्रू अब आकाश जैसे शुभ्र ललाट के नीचे बराबर होकर टँग गई थी और उसकी स्थिर आँखों में एक जागरण था, जैसे अन्तर्तम से नवालोक उमड़ आया हो।

सम्राट हर्षवर्धन घुटनों के बल बैठ गए। उन्होंने बुद्ध-प्रतिमा के सम्मुख उसे देखकर कहा : 'गोपा !'

राज्यश्री चौंक उठी। पुकारा : 'सम्राट !'

'भिक्षुणी !' सम्राट ने कहा : 'मैं आज प्रतिज्ञा करता हूँ कि कभी भी विवाह नहीं करूँगा।'

उसका सिर झुक गया। राज्यश्री के सूने नयन छत पर अटक गए। उनसे दो बूँद आँसू गिरे।

सम्राट उठ खड़े हुए।

चयनिका ने सुना और कहा : 'तरला ! उस प्रियंवदा को ही ढूँढ़कर ला न ! देवर ने कभी स्त्री देखी नहीं। ये नवयुवक प्रारम्भ में स्त्री से डरते हैं तो ऐसे ही योग लिया करते हैं। फिर सब ठीक हो जाते हैं।'

तरला ने कहा : 'देवी ! प्रियंवदा तो कहीं चली गई। वह प्रासाद में ही नहीं है।'

परमभट्टारिका ने खीझकर कहा : 'तो तू ही जा न !'

'देवी,' तरला ने पाँव पकड़कर कहा, 'दासी पर इतना रोष क्यों ?'

27

उत्कल भी जीत लिया गया। सेना की एक चपेट ने उसे ऐसे ढहा दिया जैसे उत्कल एक घरौंदा था। वही उत्कल, जिसको प्राचीन काल में दबा देना अत्यन्त कठिन था। उत्कल के योद्धा बड़े दृढ़ थे। किन्तु वह भी दबा दिया गया। ताम्रलिप्ति के पोतों पर साम्राज्य की पताकाएँ फहराने लगीं। और वह पोत समुद्र हर्षवर्धन की गौरव-गाथा को पानी पर लिखने लगे।

सेना में एक संयम शासन था—स्त्री की मर्यादा। किन्तु इसके अतिरिक्त सम्राट हर्षवर्धन की सेना में भी अन्य सामन्तों की सेनाओं से विशेष भेद नहीं था। सेना मूलतः और अन्ततः सेना ही थी। सैनिक अपने को मस्त रखने को मदिरा-पान करते ही थे। नर्त्तकियाँ उनके साथ ही रहती थीं जो उनका मन बहलाया करती थीं।

राह में जो गाँव विरोध करते, जला दिए जाते। उनके घर गिरा दिए जाते। स्वयं सम्राट ने एक दिन यह अवस्था देखकर विक्षोभ किया था, किन्तु महाबलाधिकृत की दृढ़ धारणा थी कि प्रजा पर आतंक फैलाने और राज्य-विस्तार करने के लिए यह नितान्त आवश्यक था। यदि यह नहीं होगा और विरोधियों को दंड नहीं दिया जाएगा तो युद्ध से कभी अवकाश नहीं मिलेगा, क्योंकि फिर वे पग-पग पर अवरोध उपस्थित करेंगे।

जहाँ दो-चार बार दंड दिए गए, ग्राम के ग्राम झुक गए। उनके लिए झुकना क्या था ? यवन, मौर्य, पहलव, कुषाण, शुंग, गुप्त, शक और न जाने कितने पाँव शताब्दियों से उनके खेतों को रौंद चुके थे, घरों को जला चुके थे, हर्ष की सेना कम से कम बलात्कार तो नहीं करती थी। यह अवश्य था कि सैनिक कभी चुपचाप किसी ग्राम-स्त्री को मदिरा पिलाकर जब उसे घर लौटने योग्य नहीं रहने देते तो वह भी निर्विरोध होकर नर्त्तकी बन जाती थी। यह बात सम्राट तक पहुँच भी नहीं सकती थी।

इस समय उत्तर में जालन्धर और हिमाचल में तुषारशैल, उत्तर-पूर्व में पुंड्रवर्धन तथा ताम्रलिप्ति, उद्र, उज्जयिनी, वलभी, मथुरा, इन्द्रप्रस्थ, स्थाण्वीश्वर—सब पर कान्यकुब्ज से शासन होता था।

उत्तर-पश्चिम में कश्मीर, तक्षशिला के शासकों ने अपनी स्वाधीनता को अभी खोया नहीं था, किन्तु खोए के समान हो चुके थे, क्योंकि वे कभी सिर नहीं उठा सकते थे। कश्मीर का शासक अवश्य कभी-कभी हर्षवर्धन से टक्कर लेने की चिन्ता करता था। किन्तु उसमें न इतनी शक्ति थी, न साहस ही। वह चुपचाप मन मारकर रह जाता।

केवल गौड़ रह गया था जहाँ नरेन्द्रगुप्त शशांक ने अपने को महाराजाधिराज घोषित कर दिया था। महाबलाधिकृत भांडी ने जब यह सुना तो सेनापति सिंहनाद से कहा : 'तो क्या अब भी गुप्तवंश के खँडहर में यह उल्लू बैठा ही रहेगा ?'

सिंहनाद ने हँसकर, मदिरापान उठाकर, महाबलाधिकृत का चषक भर दिया था। फेन उबलते हुए बाहर गिर गए थे, महाबलाधिकृत ने दूसरा चषक पीकर कहा : 'नरेन्द्रगुप्त अभिमानी तो है, परन्तु अब उसका भी समय आ गया है।'

तब तक सिंहनाद ने तीसरा चषक भर दिया था।

समुद्र की तरंगों की भाँति सेना उमड़ने लगी। हाथी और घोड़े और फिर पदातिक, एक के बाद एक, लहर पर लहर, थपेड़े पर थपेड़ा, सन्नद्ध पगचाप और फटह-ध्वनि जब गूँजी तो कान्यकुब्ज की स्त्रियाँ और पुरुष एक उन्माद में पागल-से हो गए। जय-जयकारों से आकाश फटने लगा। प्राचीन-महासागर की वीथियों में चारों ओर उल्लास उमड़ आया। उस दिन दिन-भर नृत्य होते रहे। रात्रि के समय नाटक-मंडलियों ने अपना कौशल दिखाने की तैयारी प्रारम्भ कर दी।

राज्यश्री ने सुना तो वह अपने नित्य कर्म में लग गई, किन्तु चयनिका ने प्रासाद सजाने की आज्ञा दे दी। उसकी मुँहलगी दासी बैठी-बैठी अपनी आज्ञा चलाकर दासियों को तंग करने लगी। तरला से चयनिका ने पूछा : 'सम्राट आ गए, री ?'

प्रसन्नवदन सम्राट हर्षवर्धन ने प्रवेश किया। उस समय उनके शीश पर स्वर्ण किरीट था, जिसके लाल मणि अत्यन्त शोभित थे। हीरक चमक रहे थे, किन्तु उन दिनों हीरे के कोने नहीं काटे जाते थे। उनके हाथों पर अंगुलि थे। वक्ष पर लौह कवच था, जिस पर सोने का काम था। वह चमचमा रहा था। बाईं ओर उसका लम्बा खड्ग कटिबन्ध में लटका था, जिसके म्यान में रत्न जड़े थे और जिसकी लोहे की मूठ पर सुनहरा काम था, और मोतियों की झूल कटिबन्ध पर थी।

चयनिका ने फूल फेंके। उसकी प्रसन्नता उमग आई। आज हर्ष को इस रूप में देखकर उसे राज्यवर्धन की वह छवि याद आ गई, जब राज्यवर्धन हूण-युद्ध से विजयी होकर लौटा था। उसी का अनुज कितना वीर, कितना सुन्दर था ! इसी युवक को राज्यश्री ने बहका दिया है। आज यदि इसका विवाह होता तो कोई कन्या कितनी प्रसन्न होती, उसका जीवन धन्य हो गया होता। उसने मुक्त कंठ से आशीर्वाद दिया : 'विजय हो, कल्याण हो !'

सम्राट हर्षवर्धन ने चयनिका के चरणों में सिर रखकर कहा : 'माता !'

माता ! चयनिका का हृदय आवेश से भर गया। क्या अब वह कभी माता हो सकेगी ? नहीं, कभी नहीं।

उसने कहा : 'वत्स !'

केवल एक शब्द कहा और गला रुँध गया।

उसी समय तरला ने प्रवेश किया और धीरे से कहा, 'देवी !'

'क्या है ?'

'प्रियंवदा...!'

'आ गई ?' देवी चयनिका ने मुखर होकर कहा। उनका आनन्द देखकर तरला चुप हो गई। उसका साहस नहीं हुआ कि कुछ कहे। चयनिका ने हर्ष की ओर देखकर कहा : 'अब कब तक युद्ध करते रहोगे ?'

'देवी, एक नीच रह गया है। परन्तु अब तो कुछ समय यहीं निवास करूँगा। जो कहोगी, करूँगा। अब तुम्हारी सेवा में उपस्थित हूँ।'

चयनिका आनन्द से विह्वल हो गई।

कहा : 'छिः-छिः ! सम्राट होकर स्त्रियों से ऐसी बात नहीं कहनी चाहिए। सम्राट तो भगवान के बाद दूसरी शक्ति है।'

वह मन ही मन प्रियंवदा के द्वारा हर्षवर्धन को स्त्री के प्रति आकर्षित कराके, फिर किसी कुलीन राजकुल की कन्या से हर्ष का विवाह करने की सोच रही थी। क्या वह इसमें सफल हो सकेगी ?

हर्षवर्धन ने कहा : 'भाभी ! वह तो सब सत्य है, किन्तु जब तक भाभी हो, तब तक सम्राट भी सम्राट नहीं है।' उसकी सरलता से सब अत्यन्त प्रभावित हुए। गर्व तो जैसे इस व्यक्ति को छू तक नहीं गया।

'राज्यश्री कहाँ है ?' सम्राट ने पूछा।

चयनिका ने तरला की ओर देखा। तरला ने कान में कहा : 'देवी ! प्रियंवदा ने तो आत्महत्या कर ली।'

चयनिका का रंग बदल गया। वह क्षण-भर स्तब्ध रह गई। उसने अटकते स्वर से कहा : 'देवर ! भिक्षुणी अपनी साधना में मग्न होगी।'

भिक्षुणी शब्द का व्यंग्य सम्राट से छिपा नहीं रह सका। वे तुरन्त समझ गए। परन्तु वे बात को स्पष्ट करके कुरूपता को बाहर नहीं लाना चाहते थे। उन्होंने कहा : 'तरला, चल तो।'

तरला संग हो ली। उसने मुड़कर चयनिका को देखा तो वह घबरा गई। वह चुपचाप चलती रही।

सम्राट ने जाकर देखा, पृथ्वी पर आसन बिछा है। आगे एक ग्रन्थ रखे राज्यश्री पढ़ रही है। उसके मुख पर गम्भीरता है, जैसे कुछ समझने का प्रयत्न कर रही है। सम्राट ने अपने पाँवों को और धीरे से उठाया ऐसे कि ध्वनि उसे गड़बड़ा न दे। वे जाकर

चुपचाप उनके सामने खड़े रहे।

'परमभट्टारिका !' तरला ने अचानक कहा : 'देवी ! सम्राट...।'

राज्यश्री ने देखा और उसके मुख से हठात् निकला : 'अरे !'

वह जैसे अपने ध्यानमग्न रहने पर लज्जित थी कि अब तक वह देख भी नहीं पाई। सम्राट मुस्कुराए।

राज्यश्री उठ खड़ी हुई।

'तुम किसी दुःख से ग्रस्त हो, राज्यश्री ?' सम्राट ने कहा।

'सम्राट ! संसार दुःख ही तो है। सोच रही थी...।'

'क्या, देवी ?'

'दासी प्रियंवदा ने आत्मघात कर लिया। मनुष्य वासना में बद्ध क्या नहीं करता ?'

सम्राट स्तब्ध रह गए। फिर वे हँस दिए। फिर बाहर देखा और कहा : 'समस्त कान्यकुब्ज में आज हर्ष की हिलोरें उठ रही हैं। चारों ओर मांगलिक कोलाहल हो रहा है। तुम्हें मेरी विजय से प्रसन्नता नहीं हुई ?'

सम्राट रुके। फिर कहा : 'मेरी दिग्विजय पर कविगण काव्य-रचना कर रहे हैं, किन्तु मेरी भिक्षुणी भगिनी को कुछ नहीं लगता ?'

राज्यश्री चुपचाप देखती रही।

'राज्यश्री !' सम्राट ने कहा : 'तुम चुप क्यों हो ? क्यों ?'

राज्यश्री चुप ही रही।

सम्राट ने फिर कहा : 'मैं समझता था, तुम भाभी की भाँति ही प्रसन्न होकर मेरा स्वागत करोगी।'

'भैया !' राज्यश्री ने कहा।

हर्ष ने भौं उठाईं।

'तो क्या मैंने भैया का स्वागत नहीं किया ?'

'किया है, परन्तु वह आनन्द तुममें मुझे नहीं दिखता जो भाभी में था।'

'आनन्द ! तुम्हें देखकर मुझे हर्ष होता है, भैया,' राज्यश्री ने कहा : 'तुम्हें विश्वास नहीं होता ?'

''राष्ट्र को एक सूत्र में बाँधकर आया हूँ, राज्यश्री,' हर्षवर्धन ने कहा : 'देश में शान्ति स्थापित करके आया हूँ। इतने दिन से आर्यावर्त असुरक्षित था, उसे अभय देकर आ रहा हूँ। सामन्तों और महाराजाओं का गर्व खंडित हो गया है। कृषकों का भय दूर हो गया है। शस्य-श्यामला पर फिर समृद्धि छाएगी। कवियों की मनोहर वाणी फिर नवल शक्ति और सौन्दर्य का सृजन करेगी। तुम्हें इस सबसे भी प्रसन्नता नहीं हुई ! बहुत दिन बाद प्रजा ने चैन की साँस ली है। वह विकराल अन्धकार मेरे खड्ग ने चूर-चूर कर दिया है। जब मैं हाथी पर आ रहा था, तब ग्रामवृद्धों ने पुष्यभूतिवंश को बार-बार इसलिए आशीर्वाद दिया था। उस समय मुझे लगा कि मेरा भार हल्का हो गया है। अब मैंने अत्याचारियों को मिटा दिया है, किन्तु तुम...तुम अब भी निर्विकार-सी खड़ी हो, जैसे

यह सबकुछ नहीं हुआ।'

हर्ष चुप हो गया। उसके शब्द जैसे चुक गए। उसके पास कहने को बहुत कुछ होने पर भी जैसे अब वह नहीं कह सका।

राज्यश्री ने धीरे से कहा : 'अपार नरहत्या का उत्तरदायित्व किस पर होगा, भैया ?'

नरहत्या ! विजय की दुर्दमनीय गरिमा का दूसरा पक्ष। इस पर तो ध्यान ही नहीं गया था। राज्यश्री क्या पूछ रही है ? क्या इसीलिए वह अब तक ऐसी चुप थी ? सम्राट ने देखा, राज्यश्री के मुख पर क्रोध नहीं था, आशंका नहीं थी। एक क्षमा थी, जैसे मैं जानती हूँ फिर भी मुझे इस पर क्रोध नहीं है।

सम्राट ने वह भव्य गरिमा देखी। उनका शीश आदर से झुक गया। राज्यश्री वैसी ही खड़ी रही। तरला के नेत्र उत्सुक हुए। उसने सम्राट की ओर मुड़कर देखा। सम्राट हर्षवर्धन उत्तर नहीं दे सके। वे वैसे ही मूक खड़े रहे, जैसे सोचकर भी उन्होंने उत्तर नहीं पाया था।

इस समय चयनिका का स्वर सुनाई दिया : 'सम्राट !'

'देवी !' सम्राट ने कहा।

'परमभट्टारिका ने क्या कहा ?'

राज्यश्री ने देखा और कहा : 'पूछती थी, इस हिंसा का उत्तरदायित्व किस पर है ?'

चयनिका ने कहा : 'मेरे और तुम्हारे वैधव्य का उत्तरदायित्व किस पर है ? कुलनारियों का जीवन विनष्ट हो गया है। यह किसने किया ? क्या पुरुष उसका बदला नहीं लेंगे ?'

चयनिका हाँफ गई। आज वह स्पष्ट कहने आई थी। कहकर उसने राज्यश्री के नेत्रों में झाँका। बड़ी कोमल जगह प्रहार किया था उसने ! देखें, राज्यश्री अब क्या कहती है ? सबकी आँखें उस पर टिक गईं।

राज्यश्री ने देखा और दृढ़ता से कहा : 'यह प्रतिहिंसा की परम्परा है, इसका अन्त क्षमा में है और कहीं नहीं।'

चयनिका हँस दी। बौद्ध भिक्षु आ रहे थे। उन्हें देखकर फिर सबने सिर झुकाया। एक भिक्षु ने कहा : 'आयुष्मान् हो, उपासक ! दीर्घजीवी हो ! तेरी विजय हो !'

राज्यश्री अप्रतिभ हुई। चयनिका ने व्यंग्य से राज्यश्री को देखा। राज्यश्री को लगा, वह जो कह गई थी यह कल्पना की बात थी। उसने चाहा कि अपनी बात को फिर से स्पष्ट कर दे। किन्तु समय ही नहीं मिला। एक बौद्ध भिक्षु ने कुछ इंगित किया जिससे ठीक इसी समय दूसरे बौद्ध भिक्षु ने कहा : 'सम्राट ! विजय तो हुई किन्तु अपूर्ण हुई।'

'भन्ते !' सम्राट ने कहा : 'ऐसा क्यों कहा ?'

'सम्राट ! सद्धर्म का प्रकाश पूरी तरह कहाँ फैला ?'

'कैसे फैलेगा, भन्ते ?' चयनिका ने मुस्कुराकर कहा।

'फैलेगा,' भिक्षु ने कहा : 'यदि सम्राट चाहें तो अवश्य फैलेगा।'

'आप कहें,' चयनिका ने कहा।

राज्यश्री कुछ नहीं बोली। वह स्वयं जानना चाहती थी। भिक्षु की मुखाकृति इतनी शान्त थी जितनी एक शव की होती है।

भिक्षु ने कहा : 'देव ! कश्मीर के राजा के पास भगवान का दन्त है। वह दन्तस्मारक जब तक कान्यकुब्ज में आकर प्रतिष्ठापित नहीं होगा तब तक कान्यकुब्ज में सद्धर्म की जड़ कैसे जमेगी ?'

'तो उसे लाना होगा ?' चयनिका ने पूछा। उसे बौद्धों के सम्बन्ध में युद्ध अच्छा लगा। यह राज्यश्री की पराजय थी।

सम्राट हर्षवर्धन ने कहा : 'भन्ते ! राज्यश्री की प्रसन्नता मेरी भी प्रसन्नता है। यदि उसकी यही इच्छा है तो यही होगा। दन्तस्मारक कश्मीर से यहीं आएगा।'

'किन्तु सम्राट, कश्मीर-राज बौद्ध हैं ?' चयनिका ने पूछा।

'हाँ देवी,' भिक्षु ने कहा।

'तो क्या वे दे देंगे ?'

'देगा तो नहीं, देवी ?'

'फिर ?'

'सम्राट की भ्रातृजाया ने अत्यन्त निर्बल प्रश्न किया है,' भिक्षु ने झुँझलाकर कहा।

'ओह !' चयनिका ने कहा : 'भगवान का दन्तस्मारक सम्राट को छीनकर लाना होगा ?'

भिक्षु ने सिर हिलाया। राज्यश्री दुविधा में पड़ गई। उसने देखा, भिक्षु अत्यन्त प्रसन्न थे। उसने कहा : 'भन्ते !'

भिक्षु चौंके।

'दन्तस्मारक वहीं रहे तो ?' राज्यश्री ने पूछा।

'वहाँ ?' भिक्षु ने कहा : 'तुम नहीं समझोगी इसे। भिक्षु-संघ की इच्छा है कि वह यहीं हो। कान्यकुब्ज के बौद्धसंघ का प्रभाव उससे बहुत बढ़ जाएगा।'

'फिर,' दूसरे भिक्षु ने कहा : 'जहाँ तक मैं समझता हूँ, आप बिना युद्ध के भी उसे प्राप्त कर सकते हैं। वह तो आपकी शक्ति देखकर स्वयं झुक जाएगा।'

राज्यश्री को समस्या का यह हल और भी अनुचित प्रतीत हुआ, क्योंकि चयनिका तुरन्त बोली : 'देगा, देगा। न देगा तो सम्राट् उससे भयभीत तो नहीं होंगे। राज्यश्री के लिए दन्तस्मारक अवश्य आना चाहिए।'

'मेरे लिए नहीं,' राज्यश्री ने काटा।

'तो ?' सम्राट ने पूछा।

'भिक्षुसंघ के लिए।'

'क्या तुम भिक्षुसंघ से अलग हो ?' वृद्ध भिक्षु ने पूछा।

'नहीं, भन्ते,' राज्यश्री ने कहा : 'किन्तु मैं अभी तक यह सब समझ नहीं सकी।'

'शंका का निवारण करो,' राज्यश्री को घूरकर वृद्ध ने कहा।

'भन्ते ! क्या यह हिंसा नहीं है ?'

'नहीं। भगवान के दन्तस्मारक पर बौद्ध धर्मावलम्बी मात्र का अधिकार है।'

'तो फिर वहीं क्यों नहीं रहे ?'

'क्योंकि,' भिक्षु ने कहा : 'वह उसकी रक्षा कर सकने में समर्थ नहीं है।'

राज्यश्री ने कहा : 'किन्तु भन्ते ! भिक्षुसंघ क्या सम्राट को आक्रमण करके विजय प्राप्त करने की प्रेरणा दे रहा है ?'

'राज्यश्री,' चयनिका ने कहा : 'वैसे मिल जाए तो भला, नहीं तो जीतकर ले लेंगे। तुझे तो भैया का राज्य बढ़ता हुआ देखकर जाने कैसा लगता है !'

'परन्तु यह हिंसा है,' राज्यश्री ने फिर कहा। वह चयनिका के व्यंग्य को पी गई।

'ठीक है,' वृद्ध भिक्षु ने टोका : 'यह लौकिक सत्य है। वह परमार्थ सत्य है। संसार में बहुत-सी बातें करनी ही पड़ती हैं। क्योंकि भिक्षु की उच्चता को गृहस्थ नहीं पहुँचते। वे तो श्रद्धा से काम लेते हैं। उनके लिए ऐसी कोई वस्तु अवश्य लानी या रखनी चाहिए जिसे देखकर वे सद्धर्म के विरोधियों में फँसने से बच जाएँ।'

भिक्षु चुप हो गया।

सम्राट चले गए। अपने प्रकोष्ठ में चयनिका नें तरला से कहा : 'एक बात तो ठीक रही। मुझे तो लगा कि कहीं देवर भी मुंडित न हो जाएँ। उस भिक्षु का भला हो। देख, भिक्षु-संघ को मेरी ओर से सहस्र दीनार दान दे आना कल। और हाँ, अब एक सुन्दरी तरुणी को ला। देवर अबोध है। अभी जानता नहीं। एक बार जान ले तो...।'

तरला ने कहा : 'ले आऊँगी।'

भिक्षु अपनी आराधनाओं में लग गए। परमार्थ और लौकिक की बातें सुनकर भी राज्यश्री भेद को नहीं समझी थी, आज समझ गई। ग्लानि से मन भर गया।

28

राज्यश्री पर शासन का भार आ गया। उधर संवाद प्राप्त हुआ कि भास्करवर्मन ने कर्णसुवर्ण के राजा का अन्त कर दिया। वलभी के राजा के विषय में अनेक प्रकार के संवाद आए जिनसे प्रकट होता था कि वह विद्रोह की तैयारियाँ कर रहा है। वर्धन साम्राज्य के मूलाधार वही थे जो गुप्त साम्राज्य के थे। भूस्वामी जागीरदार होते थे। उनके ऊपर सामन्त और फिर राजा, फिर महाराजा और सर्वोपरि था सम्राट। वे प्रायः अपने गृहप्रबन्ध में स्वतन्त्र थे और वर्ष की नियत तिथियों को सम्राट् की सभा में उपस्थित होते थे; सैनिक साहाय्य और मर्यादा देकर सम्मान प्राप्त करते थे। ऐसा ही एक सामन्त अर्जुन था, जो हृदय में बौद्धों के प्रति अत्यन्त द्वेष रखता था। वह क्रूर था और उसके सामने स्त्री का केवल उतना ही मूल्य था जितना कि धोबी के सामने गधे का। पुरुष की वासना को यदि वह नहीं ढो सकती तो फिर उसके सामने नारी वैसे ही पीटने योग्य थी जैसे गधा। वह राज्यश्री का विरोधी था। राज्यश्री के आदेश से सम्राट हर्षवर्धन ने

पराजित राजाओं को समूल नष्ट नहीं किया था। अक्षत्रिय राजाओं तक को सिर झुका लेने पर उनकी जगह छोड़ दिया था।

सम्राट की सभा में अनेक बौद्ध, ब्राह्मण, जैन, आर्हत, पाशुपत, पाराशर इत्यादि पन्थों के विद्वान थे। सारे राज्य में हिंसा और मांस-भक्षण वर्जित था।

राज्यश्री के प्रासाद से गंगातीर पर अनेक सहस्र स्तूप बनवाए गए थे। संघाराम के समीप चलते समय राज्यश्री के चरणों पर एक स्त्री आकर रोती हुई गिर पड़ी। राज्यश्री गंगातीर पर जाने के विचार को भूल गई। दो दंडधरों ने उस स्त्री को घेर लिया।

राज्यश्री ने कहा : 'कौन है ? इससे पूछो, इस पर क्या विपत्ति पड़ी है ?'

दंडधर ने पूछा : 'उत्तर देती है ?'

स्त्री रोने लगी। राज्यश्री अचानक काँप उठी। हृदय में एक आशंका जाग उठी। क्यों रोती है यह स्त्री ? उसने दंडधर से कहा : 'तुम जाओ।'

दंडधर चला गया। स्त्री अकेली रह गई।

राज्यश्री ने कहा : 'कौन है तू ?'

'देवी ! मैं अत्यन्त दरिद्र हूँ,' स्त्री ने घिघियाकर कहा।

जाने क्यों राज्यश्री सिहर उठी।

'फिर ?' उसने पूछा।

स्त्री ने भावविह्वल नेत्रों से इधर-उधर देखा। फिर धीरे से कहा : 'मैं निर्दोष हूँ। मेरा कोई अपराध नहीं है।'

राज्यश्री खीझ उठी। उसने कहा : 'जल्दी कह, तुझे क्या कहना है।'

उसे आतुरता थी बुद्ध मन्दिर में जाने की। उसका उपासना का समय हो चला था। उसने एक पग उठाया। स्त्री अचानक ही चैतन्य हो गई। उसने राज्यश्री का चरण पकड़कर कहा : 'देवी ! कहती हूँ...कहती हूँ। आप न जाएँ। बड़ी कठिनता से आपके इन पवित्र चरणों तक पहुँच सकी हूँ।'

राज्यश्री ने स्त्री की ओर देखा। छोटी-छोटी आँखें थीं। सुते हुए-से बाल थे, किन्तु हाथों पर यौवन था। वह केवल एक चीर बाँधकर अपने वक्षस्थल को ढके थी जिसमें उसका वक्ष पूरी तरह ढक नहीं पाया था। नाभि के भी नीचे वह एक मोटे कपड़े का लहँगा पहने थी। उसके हाथों और पाँवों में पीतल के भारी-भारी गहने थे। वह अपनी पूर्ण सज्जा में थी। देखकर वह बढ़ई जाति की स्त्री प्रतीत होती थी। उसका रंग साँवला था।

स्त्री ने ऊपर देखकर कहा : 'मेरा पति रोगी था। वह जीविका का प्रबन्ध नहीं कर सका।'

राज्यश्री ने सुना। फिर कहा : 'किसी वैद्य को नहीं दिखाया ?'

'प्रारम्भ में दिखाया था देवी, किन्तु उससे ठीक न हो सका।'

'बाद में क्यों नहीं दिखाया ?' राज्यश्री ने पूछा।

'फिर धन नहीं रहा, हम बहुत दरिद्र हो गए। वैद्य शुल्क माँगते थे।'

'हूँ,' राज्यश्री ने कहा। फिर वह जैसे गम्भीर सोच में पड़ गई। क्या मनुष्य को इतना दुःख है ?

'देवी,' स्त्री ने कहा : 'वह मर गया।'

और फिर वह जैसे सह नहीं सकी। उसके पेट में समाई व्यथा कुछ देर उसके गले में घुटती रही, फिर उसकी आँखें झर-झरकर बह चलीं। राज्यश्री को याद आया वैधव्य !

'मैं विधवा हो गई,' स्त्री ने कहा। वह चुप थी। फिर कहा : 'फिर मैं देवर के घर जाकर बैठ गई।'

राज्यश्री का मन खट्टा हो गया। फिर उसे याद आया कि इन जातियों में तो यह संगत माना जाता है ! उसने पूछा : 'जिसको अपना दूसरा पति बनाया, वह तेरे पति की सहायता नहीं करता था ?'

'नहीं, देवी !' स्त्री ने कहा, 'वह श्रेष्ठी मधुहास के यहाँ परिचारक था। श्रेष्ठी की पुत्री ने एक युवक से गान्धर्व विवाह कर लिया। वह उसी पुत्री के साथ नए घर में सेवक बनकर आ गया।'

'फिर ?'

'किन्तु नए स्वामी का फिर स्वामिनी से मनमुटाव हो गया। स्वामिनी कहने लगी कि विवाह ही स्त्री का सबसे बड़ा अपमान है। क्योंकि वह एक और स्त्री को ले आया।'

राज्यश्री सुनती रही। स्त्री कहती रही : 'फिर एक साधु उस घर में आने लगे। उनका स्वामिनी से प्रेम हो गया। स्वामिनी उनके साथ भाग गई।'

'फिर ?' राज्यश्री ने कठोर स्वर से कहा।

'फिर वह भाग आया और मुझे उसने आश्रय दिया। किन्तु इधर श्रेष्ठी जामाता के सेवकों ने उसे पकड़कर नगराधिकृत के सम्मुख उपस्थित कर दिया। वहाँ से न्यायाधिकरण में ले गए। तन्त्रपति ने जब सुना कि वह धूर्त था, उसने स्वामी की स्त्री को भगवा दिया तो उसके नाक-कान काटकर उसे जंगल में छोड़ दिया गया।'

राज्यश्री काँप उठी।

स्त्री ने फिर कहा : 'वन में वह चांडालों के भोजन पर पलता रहा। तब वह लौट आया। किन्तु उस पर पुनः उसके स्वामी ने चोरी का अपराध लगाकर उसे पकड़वा दिया। उसे कारागृह में डाल दिया गया। और वह मर गया...।'

स्त्री फूट-फूटकर रोने लगी।

'परमभट्टारिका !' आतुर कष्ट से उसने कहा : 'उसका शव मुझे दिलवा दें। मैं उसकी दाह-क्रिया करके उसे पिशाचयोनि से छुड़ाना चाहती हूँ। वह निरपराध था।'

राज्यश्री की समझ में नहीं आया कि वह क्या करे ! उसने सोचा। स्त्री रोती रही जैसे हृदय की वेदना सँभाल नहीं पा रही है।

राज्यश्री ने इंगित से एक दंडधर को बुलाया।

उसके समीप आने पर कहा : 'दंडधर !'

'देवी !' उसने अभिवादन किया।

'इस स्त्री को इसके पति का शव दिला दो।'

राज्यश्री बुद्ध-प्रतिमा के सम्मुख बैठकर रोने लगी। बौद्ध भिक्षु अत्यन्त चकित हुआ। उसने कहा : 'परमभट्टारिका !'

'भन्ते !'

'रोती क्यों हैं ?'

'भन्ते ! इस संसार के कष्ट अपार हैं।'

'स्वयं शास्ता ही कह गए हैं।'

'फिर इसका त्राण कैसे होगा ?'

भिक्षु चुप रहा। उसने कहने योग्य कुछ भी बात नहीं पाई।

राज्यश्री चली आई।

दूसरे दिन से ही समस्त साम्राज्य में धर्मशालाओं की बनावट पर असंख्य धन व्यय होने लगा। जगह-जगह वैद्यों का प्रबन्ध किया गया। निःशुल्क औषधि प्राप्त करने के स्थान बने। समस्त साम्राज्य में ऐसे स्थान बनवाए गए जिनमें बिना धन दिए चिकित्सा हो सके।

राज्यश्री का नाम सुनकर लोग आदर से सिर झुकाने लगे। धर्म महामात्रों ने जगह-जगह बौद्ध धर्मानुशासन को प्रचलित करवाने को उपदेशक नियत किए। यह सब भार राज्य पर पड़ा, कोष ने उसे सहर्ष स्वीकार कर लिया।

बहुत सोचकर राज्यश्री इतना ही हल निकाल पाई। यह सोचकर भी श्रेष्ठी जामाता पर अंकुश रखने का उपाय नहीं निकाल सकी। श्रेष्ठी जामाता अच्छी व्यवस्था से काम करता था। उसके कृषकों को कभी कोई शिकायत नहीं हुई। वह अन्नोत्पादन का छठा भाग देता था। संकट के समय राज्य को और भी सहायता देता था। जो ध्रुव अन्न लेने जाते थे, वे कभी उसके विरुद्ध नहीं थे।

इतना करके भी राज्यश्री का मन सन्तुष्ट नहीं था। वह सन्ध्या समय बाहर रथ पर जाती। नगर-प्राचीर तक जाती, लौट आती। पंचमहाशब्द उपाधिधारी सामन्तों के घर पाँच वाद्य बजने का स्वर आता। कान्यकुब्ज में सन्ध्या का समय सहस्रों घंटे और शंख बजते।

कुछ दिन बाद राज्यश्री ने सुना कि वह स्त्री फिर उसी श्रेष्ठी जामाता के यहाँ दासी हो गई है और दूती बन गई है जो उस कामुक की तृष्णा पूरी करके ही चैन नहीं पाती, इधर-उधर स्त्रियों के पास उसके पत्र भी ले जाती है।

कान्यकुब्ज में करोड़ों की सम्पत्ति रखनेवाले विराट भवन थे। दूसरी ओर दरिद्रों के मकान छोटे थे। कहीं-कहीं ही कच्चे थे। नगर की गलियाँ सँकरी और तंग थीं। कसाई, मछुए, नट, बधिक और मेहतर नगर के बाहर रहते थे और बस्ती में जब आते थे तो चुपके-चुपके वे बाईं ओर चलते थे।

यह असाम्य क्यों ? राज्यश्री सोचती।

सद्धर्म में सब बराबर हैं। फिर ?

क्या भिक्षुसंघ इस पर ध्यान नहीं देता ?

उसी सन्ध्या, चयनिका ने बात ही बात में कहा : 'वह उन अन्त्यजों का-सा व्यवहार था न ? उन्हें क्या मनुष्य समझा जा सकता है ?'

राज्यश्री ने पूछा : 'क्यों भाभी ? वे मनुष्य नहीं हैं ?'

चयनिका चौंक गई। कहा : 'क्या कहा, परमभट्टारिका ? ऐसा तो स्वयं तुम्हारे भगवान भी नहीं कर सके ? क्या भैया के राज्य का अन्त अन्त्यजों के शासन से होगा ?'

राज्यश्री सिहर उठी। फिर उसने यह बात भी टाल दी। सचमुच यह नहीं हो सकता। आचार्य शीलभद्र के पास लिखकर पूछने की इच्छा की। परन्तु तभी विजया भिक्षुणी से बात चल पड़ी।

'कर्म का फल भी तो होता है न ?' विजया ने कहा।

'तो ?'

साधना में उसका स्थान है। कौलाचार में तो ब्राह्मण और चांडाल भी एक-दूसरे का जूठा खाते हैं।'

'परन्तु बाहर ?'

'बाहर तो परमभट्टारिका, परमार्थ सत्य है। यदि सभी जातियाँ ब्राह्मण, क्षत्रिय और वैश्य बनकर शासन करें तो कोई भी श्रम क्यों करेगा ? शूद्र तो शूद्र ही रहेगा।'

राज्यश्री ने स्वीकार तो कर लिया, क्योंकि उसके सामने और कोई पथ उसे सूझा नहीं, किन्तु हृदय ने कहा : नहीं। अभी कोई स्तर शेष रह गया है। सबकुछ होकर भी यह तो कुछ भी नहीं रहा...।

29

मोक्ष परिषद् का समय आ गया। प्रयाग में चहल-पहल मच गई। उस समय त्रिवेणी पर संगम-स्नान का पुण्य अपना प्रभाव डाल चुका था। अपार भीड़ इकट्ठी हो जाती थी।

राज्यश्री गंगातीर पर बसे प्रासाद में आकर उतर गई। प्रति पाँचवें वर्ष सम्राट हर्ष यहाँ विद्वानों से सत्संग करके दान दिया करते थे। प्रातःकाल से सायंकाल तक माँगनेवालों का ताँता नहीं टूटता था। भीड़ का राज्यश्री की ओर से प्रबन्ध करवाना पड़ता था। फिर भी स्त्रियाँ अपहृत हो जाती थीं और बालक मर जाते थे। ब्राह्मणों की विधवाएँ जिन्हें पुनर्विवाह का अधिकार नहीं था, यहाँ अत्यन्त धार्मिक बनकर आती थीं और साधुओं से दिव्य गर्भधारण करके या तो उन्हीं के साथ चली जाती थीं, या फिर बालक को जन्म देकर गंगा में स्नान करके पवित्र होकर वज्रयानियों में जाकर फिर साधना करती थीं। जो इन दो में से भी नहीं होतीं वे एक नई जाति का प्रचार करके शूद्रों में मिल जाती थीं।

मुंडित शीश बौद्धों की तो अपार भीड़ थी। उन्हें तो आश्रय मिल गया था। दिन-रात

राज्यश्री का जय-जयकार किया करते थे। सौ गाँवों के कर पर चलनेवाले नालन्दा से उस समय विद्यार्थी आकर मेले में सम्मिलित होते। स्वयं प्रयाग का विद्यापीठ प्रसिद्ध था। वृद्ध भिक्षु बुद्धभद्र यहाँ के आचार्य थे। वे राज्यश्री की सेवा में उपस्थित हुए। राज्यश्री ने उन्हें ससम्मान बिठाया।

'भन्ते ! आज्ञा दें। कैसे कष्ट किया ?' उसने नम्र स्वर में पूछा।

वृद्ध व्यवहार-कुशल थे। कहा : 'परमभट्टारिका को ज्ञात ही है कि प्रयाग में विद्यापीठ है।'

'जानती हूँ, भन्ते ! मैंने सोचा ही था कि उसकी कोई व्यवस्था करूँ ? आठ ग्राम ठीक रहेंगे ?'

'देवी, आठ से क्या होगा ?'

'तो ?'

'कम से कम पचास तो आवश्यक हैं। प्रयाग तो आर्यावर्त्त का एक प्रमुख स्थान है।'

'अच्छा। किंजल्क !'

किंजल्क कायस्थ था। बगल के प्रकोष्ठ में था। तुरन्त आ गया। राज्यश्री ने आज्ञा लिखा दी।

वृद्ध भिक्षु चले गए।

राज्यश्री ने सम्राट हर्षवर्धन की आय का प्रायः आधा भाग विद्या और धर्म-प्रचार में लगा दिया। सम्राट हर्षवर्धन ने सुना। कुछ नहीं कहा। वह स्वयं यही चाहता था। जब से राज्यश्री ने केन्द्रीय शासन अपने हाथों में ले लिया था, वह प्रजा की परिस्थिति देखने, उसको सुधारने को दौरा ही किया करता था। परन्तु उसका वैभव अपार था। राज्यश्री के उपदेश से जैसे हर पाँचवें वर्ष वह उस वैभव के भोग का प्रायश्चित किया करता था कि उसे लुटाता था। ब्राह्मण, बौद्ध और साधुओं की बन आती थी और फिर वे दिगन्तों में सम्राट हर्षवर्धन का नाम फैलाया करते थे। राज्यश्री की इन साधुओं में बड़ी भक्ति थी। सम्भवतः इस भक्ति के पीछे शम था। इस सबके पीछे अन्तस्तल में निहित एक सूनापन था। उस सूनेपन की व्याख्या नहीं की जा सकती, क्योंकि अत्यन्त स्पष्ट होते हुए भी उसे दुरूह बनाया जा रहा था। स्पष्टीकरण में जीवन की झिलमिल छलना खो जाती थी, और वह वास्तविकता सामने आती थी जिसे राज्यश्री का मन बार-बार जानकर भी अन्त तक स्वीकार नहीं करना चाहता था।

प्रातःकाल राज्यश्री उठी। मन भारी था। राज्यश्री अपने नित्य कर्म में लग गई। भिक्षुणी विजया आई, चली गई। राज्यश्री ग्रन्थों को पढ़ने में लगी रही। जब वह सब समाप्त कर चुकी, बाहर आई। उस समय दंडधरों ने उसे देखा और अभिवादन किया। वह सबको यथोचित उत्तर देती हुई बौद्ध मन्दिर में गई और जब लौटी तो मन कुछ हलका था।

गंगातीर पर जाने का समय हो चला था। राज्यश्री स्वर्ण-रथ पर चढ़ गई। रथ चला।

भव्य श्वेत तुरंग अत्यन्त चपल थे। हवा में चाबुक से सटाके की आवाज आती थी, किन्तु तुरंग ऐसे उड़ते थे जैसे बिजली हों। राज्यश्री सीधे दान देनेवाले स्थान पर जाकर उतरी और सोपानों पर चढ़ने लगी।

जब वह चीवर पहनकर खड़ी हुई, शान्त दृष्टि से अपने चारों ओर देखने लगी। असंख्य भीड़ थी। सबने उसे देखकर प्रणाम किया। राज्यश्री ने हाथ उठाकर आशीर्वाद दिया। पुरुष और स्त्रियों की वह भीड़ देखकर राज्यश्री का मन एक अनोखे आनन्द से भर उठा और अचानक ही अब प्रजा को देखकर उसे लगा कि उसके सामने अनेक ऐसे व्यक्ति खड़े हैं जो सब उसे ही सिर झुकाए हैं। वह उनके भाग्यविधाता की बहन है।

प्रजा ने जय-जयकार किया। इसी समय दंडधरों की एक पंक्ति दिखाई दी जिसने पथ प्रशस्त करना प्रारम्भ किया।

फिर जय-जयकार हुआ। सम्राट आ रहे थे; राज्यश्री शान्त खड़ी रही। उसकी शान्त भव्य मुद्रा देखकर सम्राट हर्षवर्धन भी मन ही मन प्रभावित हुए। सोचा : क्या मानुषी है ?

सेवक आगे भागे। उन्होंने पृथ्वी पर बहुमूल्य पारसीक कालीन बिछा दिए। और ताम्बूल करंकवाहिनी आगे जा खड़ी हुई।

सम्राट हाथी पर थे। उनके विशाल हाथी पर सोने की झूल थी और उस पर सोने का हौदा था। सामने चालक बैठा था। उसने दग-दग करके इंगित किया। हाथी हवा को हिलाकर पहले पीछे के पाँव झुकाकर फिर आगे के झुकाकर बैठ गया।

सेवकों ने सुनहली सीढ़ी को हाथी के सहारे लगा दिया। सम्राट ने उस पर चरण रखा।

प्रजा में एक हलचल मच गई।

राज्यश्री ने सिर उठाया। सम्राट ने बहन को देखा और दूर ही से मुस्कुरा दिए। जब वे उतरकर आए उन्होंने बहन के समीप आकर कहा : 'राज्यश्री !'

'सम्राट !'

सम्राट ने मुस्कुराकर कहा : 'प्रबन्ध समुचित है ?'

'है तो,' राज्यश्री ने अबोध बनकर कहा।

कवियों ने अब किसी का भी बन्धन नहीं माना। वे सम्राट की कीर्ति गाने लगे। उपस्थित प्रजा में एक नया उत्साह छा गया। कवि एक-एक करके हटते गए। उनके बैठ जाने पर लड़कियों ने उस समय उन पर फूल फेंके।

नागरिक और नागरिकाएँ अपने सुन्दर और स्वच्छ वस्त्र पहने हुए थे। उनके आभूषण चमक रहे थे।

भीड़ में सब प्रकार के साधु थे। जैन निर्ग्रन्थ, बौध हीनयानी, महायानी, वज्रयानी तथा ब्राह्मण साधु उपस्थित थे। पाशुपत भी थे, केशलुंचक भी थे। उनकी विभिन्न वेशभूषा और सज्जा उनको अत्यन्त दिलचस्प बना रही थी। उनके मुख पर प्रवृत्ति की तृष्णा निवृत्ति की घुटन में अपने अस्तित्व को न खो चुकी थी, न प्रकट करती थी।

हर पाँचवें वर्ष यही होता था कि प्रयाग में सम्राट हर्षवर्धन और उनकी भगिनी राज्यश्री आती थी और दान दिया करती थी। और दूर-दूर से अभ्यागत आकर उपस्थित हुआ करते थे।

'देवी ! इस बार गत मोक्ष परिषद से अधिक उपस्थिति है ? क्यों--है न, भट्टारिका ?' सम्राट ने कहा, 'प्रति बार यहाँ उन्नति होती जा रही है।'

'क्यों न हो ?' एक कुमारामात्य ने कहा : 'देवी का प्रबन्ध तो भूरि-भूरि प्रशंसित हो रहा है।'

राज्यश्री मुस्कुराई । उसने कहा : 'हम जो आनन्द करते हैं वे हमारे अकेले हैं।'

'देवी का जीवन भी आनन्द है ?' सम्राट ने मुस्कुराकर कहा, जैसे वह राज्यश्री को ठीक कर देना चाहते थे।

परमभट्टारिका चयनिका ने सिर उठाकर कहा : 'आनन्द ?' फिर जैसे व्याख्या नहीं कर सकी। केवल कहा : 'परन्तु दान तो यहाँ अत्यधिक होता है न ?'

सम्राट चौंक गए। परमभट्टारिका चयनिका की बात दूसरी ओर जा रही थी।

किन्तु राज्यश्री हठात् फिर मुस्कुराई। उसने सम्राट को देखा। वे कुछ सुनने को उत्सुक थे। राज्यश्री ने कहा : 'पाप का प्रायश्चित नहीं करना होगा, भाभी ? उच्चकुल का वैभव सबका तो नहीं होता। जब यह दान लेनेवाले इस प्रकार प्रशंसा करते जाते हैं तो इन्हें सचमुच बड़ा ही अभाव होगा न ? हम-तुम तो कुछ पाकर ऐसे कृतज्ञ नहीं होते ?'

चयनिका को अच्छा नहीं लगा। यह स्पष्ट व्यंग्य था।

कहा : 'राज्यश्री, तू परम्परा को तोड़ देगी।'

'तू' में कितना स्नेह था। राज्यश्री सुनकर गद्गद हो गई। कहा : 'भाभी ! परम्परा यों उज्ज्वल हो जाएगी।'

सम्राट सिर झुकाकर सोचने लगे।

दान होता रहा। राज्यश्री ऐसे खड़ी रही जैसे समुद्र की तरंगों के ऊपर दीखती सन्ध्या हो। शान्त, निस्वन, गम्भीर और करुण। उसके साथ सम्राट ऐसे खड़े थे जैसे आकाश में एक गाम्भीर्य की स्थिरता। दान चलता रहा।

रात को गंगातीर पर सहस्रों उल्काएँ जल उठीं। प्रकाश की लपटें फरफराने लगीं। अन्धकार में वह सहस्रों प्रकाश-खंड ठौर-ठौर पर अपनी पताकाएँ हिलाने लगे। सैनिक अब मदिरा उँडेलने लगे थे। उनको अब भी अपने दौरों पर चलना पड़ता था।

चयनिका ने तरला से कहा : 'क्यों, नई दासी का नाम मागन्धी है ?'

तरला ने कालीन बिछाकर कहा : 'देवी !'

'क्या पूछती हूँ ?'

'हाँ, देवी।'

आकाश में तारे छिटक रहे थे।

'जा ! कुछ कर,' चयनिका ने कहा और आँखें बन्द कर लीं।

30

साम्राज्य में सुव्यवस्था छा गई थी। अब नगरों में किसी प्रकार का भय नहीं था। प्रजा में एक आश्वासन-सा छा गया था। शत्रुओं का सिर झुक गया था। हूण पराजित हो चुके थे। हृदय का वह भय दूर हो चुका था। विलासी नागरिक अब वेश्याओं के विलास में अधिक रत दिखाई देने लगे। सन्ध्या-समय युवक महाकवि कालिदास के 'शृंगार तिलकम्' को गाते फिरते।

ब्राह्मण प्रातः स्नान कर रहे थे और वेद-मन्त्रों के साथ-साथ नए मन्त्रों का भी उच्चारण करते जाते थे। नदी तीर-पर असंख्य स्त्रियाँ स्नान करने आती थीं जिन्हें पुजारी टेढ़ी आँखों से देखते और तरुणियों को बहका लेने का प्रयत्न करते थे।

सम्राट आज सामन्त अर्जुन के अतिथि बनकर गए थे। सामन्त अर्जुन का प्रासाद विशाल और भव्य था। अनेक दास-दासी उसमें उपस्थित थे। भवन के बीच का प्रकोष्ठ विशाल था। उसके चारों ओर छोटे-छोटे प्रकोष्ठ थे। प्रत्येक सुसज्जित था। और गन्ध-धूम उसमें छितरकर बह रहा था। स्वागत-स्वागत के मुखरित कोलाहल के बीच, कदली फलों की स्निग्ध सुगन्ध से पूर्ण प्रकोष्ठ में प्रसन्न वदन से आसन्दी पर सम्राट बैठ गए।

उनके बैठ जाने पर परमभट्टारिका चयनिका उनके पास सुवर्ण पलका पर बैठ गई।

सामन्त अर्जुन ने कहा : 'और देवी ?'

राज्यश्री स्वर्ण सिंहासन पर स्थित हुई। उसकी मुद्रा गम्भीर थी।

उसके बैठ जाने पर सब लोग यथास्थान बैठ गए। महामात्य, फिर कुमारामात्य, फिर आयुक्तक। उनके पीछे दास और दासियाँ खड़े रहे।

गृह-सदस्य अत्यन्त प्रसन्न थे। आज उनके घर साम्राज्य की समस्त शक्ति और श्री उपस्थित हुई थी। तभी भीतर कुछ बातचीत सुनाई दी।

बालकों ने आकर अभ्यर्थना की, छोटे-छोटे बालकों ने आकर अपनी पतली आवाज में स्वागत का गीत सुनाया। उनके चले जाने पर एक छोटी-सी चार बरस की गोरी-गोरी बच्ची आई और उसने तुतलाकर गीत सुनाया।

राज्यश्री ने आशीर्वाद दिया। सब हँस दिए। सम्राट ने बालिका के सिर पर हाथ फेरा। परमभट्टारिका चयनिका ने उसे गोदी में बिठाकर स्नेह से चूम लिया। बालकों को पहले कुछ धर्म-ग्रन्थ पढ़ाए जाते थे। जब वे अच्छी तरह रट लिए जाते थे, सात वर्ष की आयु से व्याकरण, शिल्प, आयुर्वेद, न्याय और ज्योतिष और अध्यात्म-विद्याएँ प्रारम्भ करवा दी जाती थीं। बालकों को गुरुओं के कठोर अनुशासन में रहना पड़ता था। बच्चों की जाँघें नोचकर उन्हें दंड देने की प्रणाली बहुत चलती थी।

अब ब्राह्मण बालक भीतर वेद-पाठ कर रहे थे। उनके यज्ञोपवीत संस्कार सातवें वर्ष हो चुके थे। उनके पतले स्वर को कभी-कभी गुरुओं का गम्भीर स्वर साध देता था।

राज्यश्री को यह सबकुछ भाया नहीं। वह स्यात् बौद्धपाठ होता तो अधिक मुखरित होती। किन्तु फिर भी उसने अपने भाव को प्रकट नहीं होने दिया। गम्भीर बैठी रही।

किन्तु हर्षवर्धन प्रसन्न था। वह सहिष्णु था। वह बौद्ध और ब्राह्मण का भेद नहीं करता था। उसकी प्रसन्नता को देखकर सामन्त अर्जुन प्रसन्न था। उसे सबकुछ सफल दिखाई दे रहा था। वह उत्सुक परिचर्या में तत्पर था।

परिव्राजकाचार्य श्री पूर्णानन्द बहुत दिन बाद प्रयाग आए थे। प्रभावशाली व्यक्ति थे। इस समय वे भी आ गए।

सबने उठकर उनका स्वागत किया। परिव्राजक ने उनको आशीर्वाद दिया।

सामन्त अर्जुन की घनी भौंहें कुंचित हुईं, फिर फैल गईं। और उसके नेत्रों में एक चमक पैदा हुई। राज्यश्री ने देखा। वृद्ध परिव्राजक अब अपनी कहानियाँ सुनाने लगा था। सम्राट सुन रहे थे, उत्सुक-से।

दौवारिक ने संवाद दिया : 'चीन के कुछ व्यक्ति उपस्थित हैं।'

'कौन ?' सामन्त अर्जुन ने पूछा।

'देव ! कहते हैं हम चीनी सम्राट के दूत हैं।'

राज्यश्री ने कहा : 'उपस्थित करो।'

दौवारिक चला गया। सबमें एक कौतूहल जागा। सम्राट् ने एक बार चयनिका की ओर देखा, फिर राज्यश्री को चार-पाँच दंडधरों ने भीतर प्रवेश करके अभिवादन किया। उनके पीछे दौवारिक था। उसने हाथ उठाकर कहा : 'इधर देव, इधर।'

चार चीनी घुस आए। उनके सिर पर काली टोपियाँ थीं। लम्बी चुटिया गुँथी हुई पीछे लटक रही थी। शरीर पर बहुमूल्य चीनी रेशमी चोगे थे। वे अपने हाथों को अपनी ढीली आस्तीनों में छिपाए थे। उनकी मूँछें नीचे झुकी हुई थीं और आँखें बहुत छोटी-छोटी थीं। उन्होंने प्रणाम किया। बार-बार सिर से लेकर कमर तक अपने शरीर को झुकाकर उन्होंने प्रणाम किया। उनके मुख पर एक मुस्कुराहट थी जैसे वे कृतकृत्य हो गए थे।

सम्राट ने कहा : 'स्वागत ! स्वागत !'

सम्राट के कहते ही सबने उनके शब्दों को दुहराया।

एक दूत ने संस्कृत में एक स्तुति के श्लोक के साथ अपने पांडित्य का परिचय दिया।

सम्राट ने कहा : 'आसन ग्रहण करें।'

चारों चीनी एक-दूसरे की बगल में घुटने पीछे मोड़कर बैठ गए। उस समय सामन्त अर्जुन की आँखें कुछ झुक गईं।

'कब आना हुआ ?' सम्राट ने कहा।

दूत ने अपनी लम्बी कहानी सुनाई, जिसमें यही कहा कि उसे कोई कष्ट नहीं हुआ।

राज्यश्री ने कहा : 'चीनी सम्राट सकुशल हैं ?'

'देवी की असीम कृपा है,' दूत ने कहा।

'आप धर्मार्थी तो नहीं जान पड़ते ?' सामन्त अर्जुन ने अचानक पूछा। प्रश्न सुनकर

सम्राट ने दूत की ओर देखा। उस दृष्टि में एक प्रश्न था।

'सम्राट,' दूत ने कहा : 'आपके गौरव को सुनकर सबको प्रसन्नता होती है। हमारे सम्राट ने आपसे मित्रता बढ़ाने को हमें आपकी सेवा में प्रेषित किया है।'

ही-ही करके एक दूसरा चीनी हँसा और उसने पूछा : 'सम्राट ! हमारे सम्राट यह जानने के इच्छुक हैं कि भारत में तगार कैसे बनती है ? हम नहीं बना पाते।'

सब हँस दिए, क्योंकि यह कहकर वह चीनी दूत स्वयं हँसा। हँसी के रुकने पर सामन्त अर्जुन ने कहा : 'बस ? इसीलिए इतनी लम्बी यात्रा की है, दूत ? हम आभारी हैं।'

'प्रबन्ध हो जाएगा न ?' दूत ने फिर पूछा।

'हो जाएगा,' सम्राट ने कहा : 'अवश्य ही !'

'देव !' भीतर से सामन्त की पत्नी ने निकलकर कहा : 'स्वागत ! कृतार्थ करें। नए अतिथियों ने हमारे गृह की शोभा को आज द्विगुणित कर दिया है।'

सब उठ चले। भोजन के प्रकोष्ठ की ओर चल पड़े। सम्राट के बैठ जाने पर बाकी सब भी यथोचित स्थानों पर बैठ गए।

छोटी-छोटी चाँदी की चौकियाँ बिछी थीं। साधारण मनुष्यों के घर पर लकड़ी की चौकियाँ होती थीं। सम्राट, चयनिका और राज्यश्री स्वर्ण के आसनों पर बैठे। चीनी दूत दाईं ओर बैठे। दासियों ने भोजन परोसना प्रारम्भ कर दिया। सम्राट ने बात करते-करते अपने थाल में से एक वस्तु उठाकर एक कोने में फेंक दी जहाँ उनका परिचारक एक कुत्ता लिये खड़ा। कुत्ते ने उसे खा लिया और प्रेम से पूँछ हिलाने लगा। परिचारक कुत्ते को लेकर चला गया।

विभिन्न व्यंजनों की गन्ध भर गई। सम्राट ने प्रारम्भ किया। फिर अन्य सब भी खाने लगे। खाते समय अनेक प्रकार की बातें चलती रहीं। उनको यह ध्यान भी नहीं रहा कि वे कितनी देर खाते रहे। राज्यश्री संयत भाव से चुप बैठी रही।

दासी क्षेमा ने सम्राट् के स्वर्ण के पात्र में जल भर दिया और फिर बंकिम नेत्रों से देखा। सम्राट ने उसे देखा ही नहीं, वह चली गई।

धीरे-धीरे भोजन करना समाप्त हुआ। गन्धित ताम्बूल सबने मुखों में दबाए। परिव्राजकाचार्य और राज्यश्री ने नहीं खाए।

नर्तकी रम्भा ने बाहर निकलते ही नृत्य प्रारम्भ कर दिया। वह अत्यन्त सुन्दरी थी। उसके हाथ अत्यन्त स्निग्ध थे, वह चम्पक के-से रंग की थी। उसके विशाल नेत्र बड़े चंचल थे। ऐसे नाची जैसे वास्तव में रम्भा हो।

जब वह थक गई, उसने झुककर सम्राट को प्रणाम किया और पीछे हट गई। सामन्त अर्जुन ने ताली बजाई।

भीतर से एक तारों का बाजा बजने की आवाज आने लगी। यह ध्वनि अत्यन्त चपल थी, जैसे हाथ तारों पर बहुत जल्दी-जल्दी चल रहे थे। और फिर अनेक सुन्दरियाँ निकलीं। उनकी पंक्ति ऐसे काँपती जैसे कमल नालों पर काँपते हैं। यह यवन दासियों

का नृत्य हुआ।

यवन दासियाँ बहुत कम वस्त्र पहनती थीं। उनके नृत्य में अंगभंगिमा उतनी नहीं थी जितना कौशल था, जैसे वे सतत नटविद्या का प्रदर्शन कर रही थीं। उनकी नग्नता उनका आकर्षण था। राज्यश्री को यह नहीं भाया। एक बार देखकर फिर नेत्र झुका लिये। सामन्त अर्जुन अब और भी प्रसन्न था।

बाहर कोलाहल होने लगा। उसको सुनकर सब चौंक उठे। यह क्या हुआ ?

सम्राट ने भौं उठाकर सामन्त अर्जुन की ओर देखा। सामन्त के कठोर मुख पर कुछ कौतूहल झलक आया। वह स्वयं नहीं समझा था। उसने द्वार की ओर देखा। कुछ दौवारिक बाहर चले गए।

फिर स्वर आया : 'नहीं, नहीं।'

'सावधान !'

'तुम सम्राट के पास नहीं जाने दोगे ?'

'नहीं।'

'मैं जाकर रहूँगा।'

सैनिक एक वृद्ध को पकड़ लाए। वृद्ध के हाथ-पाँव दृढ़ थे। वह शूद्र था।

'सम्राट ! सम्राट !' उसने पुकारकर कहा और वह वहीं उनके सामने साष्टांग दंडवत करता हुआ लेट गया।

'कौन हो ?' राज्यश्री ने पूछा।

'देवी ! माता !' वृद्ध ने कहा फिर डरकर चुप हो गया।

'कहो। अभय होकर निवेदन करो,' राज्यश्री ने फिर कहा।

वृद्ध ने कहा : 'देवी ! मैं अपने घर से नगर आया था किन्तु यहाँ बेगार में मुझे पकड़ लिया गया था।'

'यह तो नियम है,' सामन्त अर्जुन ने कहा। किन्तु वृद्ध फिर भी चुप नहीं हुआ। वह फटे चिथड़ों में था। उसने कहा : 'सम्राट ! मुझे अत्यन्त परिश्रम करना पड़ा है। मैं अब नहीं कर सकूँगा।'

सबके मुख पर विक्षोभ दिखाई दिया।

सामन्त अर्जुन ने कहा : 'इसे निकाल दो।'

उसका कठोर स्वर सुनकर भी वृद्ध नहीं डरा। उसने हाथ उठाकर कहा : 'सामन्त ! तुम भी मनुष्य हो। भगवान से डरो। माता राज्यश्री के राज्य में अन्याय नहीं होगा।' और तब उसने पीठ दिखाई जिस पर कोड़ों के निशान पड़े थे।

हठात् राज्यश्री ने उठकर कहा : 'ठहरो।'

सैनिक पीछे हट गए। वृद्ध राज्यश्री के चरणों पर गिरकर रोने लगा। और सबने विस्मय से देखा कि परमभट्टारिका राज्यश्री के नेत्र आँसुओं से भीग गए। सामन्त अर्जुन का मुख आश्चर्य से फट गया।

'भैया !' राज्यश्री ने रुँधे कंठ से कहा।

'राज्यश्री !' सम्राट ने कहा, 'क्या हुआ ?'

'भैया, साम्राज्य में यह नियम बना दो कि आज से किसी से बेगार नहीं ली जा सकेगी,' राज्यश्री ने दृढ़ स्वर से कहा : 'यह अमानुषिक अत्याचार है। मनुष्य को पशु की भाँति प्रयोग में लाना है।'

सम्राट हर्षवर्धन के नेत्र संकुचित हो गए। परमभट्टारिका चयनिका ने हथेली पर ठोढ़ी गड़ाकर वृद्ध को देखा। वह धरती पर पड़ा था। राज्यश्री ने कहा : 'क्या लोग इस वृद्ध की पीठ पर पड़ी कोड़ों की मार के चिह्न को देखकर सम्राट हर्षवर्धन के राज्य में करुणा का राज्य समझेंगे ?'

सम्राट चुप रहे।

सामन्त अर्जुन ने कहा : 'किन्तु देवी ! यह तो समस्त व्यवस्था को पलटना होगा ?'

'जानते हो, सामन्त ?' राज्यश्री ने कहा, 'यह मनुष्य जब इतना निर्भय हो चुका है, तो जीवन से कितना ऊब चुका होगा। यह मृत्यु से डरना भूल गया है। मैं भैया का उत्तर चाहती हूँ। वे ही सम्राट हैं, विधाता हैं।'

सबकी आँखें हर्ष की ओर उठ गईं।

सम्राट के मुख पर घोर चिन्ता दिखाई दी। वे जानते थे, कितनी बड़ी समस्या थी। उन्होंने एक बार सबकी ओर देखा। सबके मुख पर उत्सुकता थी जैसे क्या यह भी होने की बात है ? किन्तु फिर दृष्टि जाकर राज्यश्री के मुख पर ठहर गई। वह मुख कितनी करुणा से भरा हुआ था, जैसे मनुष्य की समस्त वेदना आकर उस मुख में केन्द्रित हो गई थी।

सम्राट ने धीरे से कहा : 'देवी ! ठीक कहती हैं। मनुष्य का मनुष्य पर यह अत्याचार उचित नहीं है। देवी ! प्रबन्ध करें।'

बात बिजली की भाँति कौंधी और विरोध के बादल गरज उठे। किन्तु फिर किसी को भी साहस नहीं हुआ। जब इसकी राज्य की ओर से घोषणा हुई तो शूद्रों का साहस बढ़ गया। उन्होंने तो आशीर्वादों का ढेर लगा दिया, फिर तो प्रयाग पागल हो गया। जो आज तक नहीं हुआ था, वह आज हो गया।

देवी राज्यश्री को देखकर सहस्रों कंठों का जय-जयकार उठता और वह ऐसे चलती जैसे गौरव की फरफराती पताका दिगन्तों को पार करती चलती जा रही हो। साम्राज्य के कोने-कोने में यह समाचार फैल गया। स्थान-स्थान पर प्रजा आमोद में संलग्न हो गई। और राज्यश्री का नाम एक मुक्तिदायिनी के रूप में प्रसिद्ध हो गया। घर-घर में उसकी बात चल पड़ी। सामन्तों का विरोध दब गया।

किन्तु जब राज्यश्री कान्यकुब्ज लौट आई, वह भूखों की भीड़ देखकर विचलित हो गई।

क्यों हैं इतने भूखे ? इस संसार में इतना कष्ट क्यों है ?

फिर वह सोचती।

राज्य-कर हल्के हैं। कृषक अन्न का छठा भाग देते हैं। भूमि का एक भाग राज्य

का है, दूसरा कर्मचारियों का। तीसरे भाग से विद्या और कलाकौशल पलते हैं, चौथे से विभिन्न सम्प्रदाय। यात्रा, औषधि सबका सुख है।

फिर ?

'क्यों ?' राज्यश्री ने कहा : 'ऐसा कैसे होगा ?'

फिर जैसे पूछना है, उसने कहा : 'क्यों ? साम्राज्य में बहुत भूखे हैं। मैं उन्हें भरापूरा चाहती हूँ।'

'देवी ! सामन्तों का अधिकार,' दासी मुग्धा ने कहा। वह नई दासी थी।

राज्यश्री उसकी समझ पर चौंक गई। दासी समझती थी।

'हाँ। फिर ?' उसने पूछा।

'देवी ! वे बहुत असन्तुष्ट हैं।'

'हूँ। प्रसन्न कौन है ?'

'प्रजा।'

'बहुजनहिताय ! बहुजनहिताय !' राज्यश्री ने दृढ़ता से कहा और उठ पड़ी।

किन्तु राज्यश्री उसका हल नहीं निकाल सकी।

परमभट्टारिका चयनिका ने राज्यश्री की बात को हँसकर सुना और कहा : 'सब तो वीतराग नहीं होते ?'

'तो क्या सांसारिकता के लिए भूख आवश्यक है ?'

'तो साम्राज्य कैसे रहेगा ?' चयनिका ने पूछा। राज्यश्री चुप रही।

'साम्राज्य नहीं रहेगा तो,' चयनिका ने कहा : 'इस असंख्य प्रजा की रक्षा कौन करेगा ?'

राज्यश्री उत्तर नहीं दे सकी। वह चुप हो गई।

31

बहुत दिन बाद सम्राट के राजधानी में आने से कवियों में अपार उत्साह छा गया। महाकवि बाणभट्ट अपने प्रासाद में बैठा था। उसके पास इस समय सम्राट की कृपा से धन था। वह 'हर्षचरित' नामक काव्य लिखकर अपने आश्रयदाता को अमर बना रहा था। मयूर कवि थे। उनकी पुत्री का बाणभट्ट से विवाह हुआ था। इस समय उनका पुत्र पुलिन्दभट्ट इस योग्य हो गया था कि बिना समझे ही वह अपने नाना के 'सूर्यशतक' को गाकर सुना सके।

आज महाकवि मार्त्तंगदिवाकर बाणभट्ट के यहाँ आए थे। महाकवि भारवि पहले ही से उपस्थित थे।

'स्वागत, स्वागत,' बाणभट्ट ने कहा।

मार्तंगदिवाकर वृद्ध थे। किन्तु अपने श्वेत केशों और तरुणियों की विरोधी भावना

से मन ही मन कुढ़नेवाले थे।

भारवि की कविता सुनकर वे झूमने लगे। उसकी कविता में अर्थ का गौरव था। बड़ी गहरी बात कहता था। उसमें कालिदास की-सी उपमा नहीं थी, दंडी का-सा पदलालित्य भी नहीं था। किन्तु उसमें अर्थ था और वह जो अपने चमत्कार से परिपूर्ण था। पहले ही श्लोक में दूत युधिष्ठिर के पास गया।

मार्त्तंगदिवाकर ने उच्च स्वर से कहा : 'साधु ! साधु !'

बाणभट्ट ने सिर हिलाकर कहा : 'भाग्य ! अहोभाग्य !'

सभा विसर्जित हुई। बाणभट्ट उठकर भीतर चला गया।

बाण का पुत्र भीतर बैठा कविता लिख रहा था। पिता को देखकर संकोच से अपने भूर्जपत्रों को लेकर भीतर चला गया।

दूसरे दिन राजप्रासाद में सभा हुई। विशेष आनन्द छा गया। कविगण कभी-कभी एकत्र हो पाते थे, क्योंकि सम्राट तो बहुधन्धी थे। आज कई दिन बाद जो वह अवसर आया तो अनेक कवि आए। विशाल प्रकोष्ठ में चारों ओर स्वर्ण और रेशम ही चमकने लगे थे।

सम्राट के सम्मुख भव्य आसनों पर कविगण बैठ गए। ताम्बूल करंकवाहिनी उन्हें पान बनाकर देने लगी। रसिक कवि मार्त्तंगदिवाकर ने टेढ़ी दृष्टि से देखा और धीरे से उसे एक श्लोक सुनाया कि सुन्दरी ! पहले तेरी दृष्टि चूने की तरह काट जाती है, किन्तु तदनन्तर जब मुस्कुराहट से तू गुलाबी रंग चढ़ा देती है, तब कट-कटके हृदय सुपारी की भाँति गिरने लगता है। धन्य है वह पान जो तेरे अधरों को छूकर उन्हें रँगता है।

ताम्बूल करंकवाहिनी ने टेढ़ी दृष्टि से देखा और मुस्कुरा दी। तभी परमभट्टारिका राज्यश्री और परमभट्टारिका चयनिका ने प्रवेश किया। एक ओर गम्भीर राज्यश्री बैठ गई।

भिक्षुणी होकर भी वह सभा में उपस्थित थी। हीनयानी भिक्षु ऐसे स्थान पर आते भी न थे, किन्तु महायान ने कई पथ खोल दिए थे। महायानी नृत्य और नाटक भी देख लेते थे।

विराट स्तम्भों पर ऊँचे वातायनों से मन्दिम प्रकाश आकर गिरता और एक अलसाहट-सी फैला जाता। परिचारक क्षण-क्षण आते और अपने कार्यों में तत्पर दिखाई देते। ब्राह्मण ने स्वस्तिवाचन किया।

गन्ध से आगार भर गया था। अगरु-धूप की श्यामल लहरियाँ अन्तराल में काँपकर अब वायु में घुल-मिल गई थीं।

सम्राट ने मुस्कुराकर बाणभट्ट की ओर देखा। वह एक बार झुका। चयनिका ने इंगित किया, जैसे प्रारम्भ करो।

महाकवि बाणभट्ट अपनी 'कादम्बरी' सुनाने लगा। उसका पदलालित्य और अनुप्रास, अर्थबहुलता सुनकर सब पर एक चमत्कार-सा छा गया। चांडाल-कन्या का रूप साकार हो गया। तोते की बात प्रारम्भ हुई। जब महाकवि ने गम्भीर स्वर से विन्ध्याटवी

का वर्णन प्रारम्भ किया तो सुननेवालों के मुख से बलात् साधुवाद निकला। वे हरे-भरे वृक्ष, वह उपमाएँ, वह सौन्दर्य—सब पर जादू-सा करने लगा।

राजप्रासादों का भव्य वर्णन और फिर विरह की आर्त्त पुकार सुनकर कवियों का हृदय काँप गया। कितना भव्य था वह वर्णन ! अनिन्द्य !

महाकवि का स्वर उठता और फिर पढ़ते समय ऐसा लगता जैसे उसके मुख से अमृत-प्रवाह झर रहा था। वह हृदय को बाँध लेनेवाले शब्द ऐसे लगे जैसे स्वाति की एक नहीं अनेक बूँदें झरती चली जा रही हों।

बाणभट्ट थककर चुप हो गया। उसने उत्तरीय से माथे के स्वेद-बिन्दु पोंछ लिए।

उसको सुनकर भारवि ने कहा : 'महाकवि ! महाकवि !'

फिर जैसे वह कुछ नहीं कह सका, गद्गद हो गया। उसके हाथ फैल गए। वृद्ध मयूर ने आश्चर्य को छिपाने के लिए मस्तक पर रेखाएँ डालकर कहा : 'धन्य हो वत्स, धन्य हो। ऐसा तो महाकवि दंडी भी नहीं लिख सके। अद्भुत ! आश्चर्य ! बाण ! महाकवि बाण !'

सम्राट ने अपने गले की माला निकालकर उसके सिर पर पहना दी और कहा : 'हर्ष की सभा धन्य हो गई।'

सम्राट के नेत्रों में आनन्द से जल भर आया। वे स्नेहसिक्त दृष्टि से बाण को देखते रहे, जैसे वे कहना तो बहुत कुछ चाहते हैं, पर कह नहीं पाते।

बाण प्रसन्न हो उठा। उसने झुककर सबको प्रणाम किया। उसके मुख पर समस्त जीवन की सफलता केन्द्रित थी। आज वह बहुत दिन पर अपनी साधना के चरम शिखर पर खड़ा था और देख रहा था कि सब उसके सामने नतशीश हैं, वह सब पर विजयी है, वह अमर है।

मार्त्तंगदिवाकर ने दोनों हाथ उठाकर विभोर होकर कहा : 'नाटक लिखना कठिन है, चम्पू भी कठिन है, किन्तु केवल गद्य लिखना और भी कठिन है। और गद्य भी ऐसा काव्यमय लिखना अत्यन्त दुष्कर है। वह केवल बाणभट्ट का ही काम था।'

'उसी ने तो किया भी !' सम्राट ने हँसकर कहा।

रात को हर्ष-रचित 'रत्नावली' नाटक का अभिनय हुआ। नट और नटियों ने श्रेष्ठ अभिनय किया। बार-बार दर्शकों-श्रोताओं ने उसकी प्रशंसा की। नाटक के बीच में एक गान्धार की नर्तकी को सूत्रधार ने रंगमंच पर उपस्थित किया। वह कितनी युवती और कैसी सुन्दरी थी, इसको कह सकना कठिन था। देखनेवाले अपलक दृष्टि से देखते रह गए।

सामन्त अर्जुन के अन्तःपुर में जब गान्धार की वह नर्तकी पहुँच गई, तब आधी रात बीत चुकी थी। गान्धार तरुणी को स्वयं सूत्रधार लाकर पहुँचा गया था। सामन्त अरुणाश्व अर्जुन उस स्त्री को देखकर पागल हो उठा।

जब नगर के घंटे बज चुके तब तरला दीप बुझाने आई। उस समय भी परमभट्टारिका चयनिका जाग रही थी। तरला को यह देख विस्मय हुआ।

परमभट्टारिका चयनिका ने कहा : 'तरला !' तरला चौंक उठी। स्वर में कुछ गाम्भीर्य था, कुछ रहस्य भी।

'देवी !' उसने घबराकर कहा और हाथ से दीप की लौ को बुझाते में आग को छू गई।

'मागन्धी कहाँ है ?' परमभट्टारिका ने उसके मुख से निकली हल्की चीख पर ध्यान देते हुए कहा। फिर जैसे अपने-आप ही वह उससे कह उठी : 'जा, भेज दे।'

तरला ने देखा, चयनिका करवट बदलकर सो गई।

तरला क्षण-भर खड़ी रही। फिर वह दो शिखाएँ जलती छोड़कर चली गई।

आकाश में तारे छिटक रहे थे। शीतल सुहावनी वायु के मन्दिम झोंके पलकों को झपका देते थे।

अपने विशाल प्रकोष्ठ में चीनांशुकों से ढके पर्यंक पर सम्राट हर्षवर्धन सो रहे थे। उनके मुख पर एक स्निग्धता थी जो उन्हें अत्यन्त आकर्षक बना रही थी।

बाहर दंडधर घूम रहा था। जब वह घूमते-घूमते आगे चला गया, एक छाया भीत से सटी हुई भीतर घुस आई। दंडधर जब तक लौटा, वह स्तम्भ की आड़ में हो गई। दंडधर चला गया। छाया-व्यक्ति ने दीप की कई शिखाएँ एकदम फूँक मारकर बुझा दीं। सम्राट को कुछ भी ज्ञात नहीं हुआ। फिर किसी ने उनका पाँव पकड़कर जगाया।

सम्राट ने करवट ली। भय से छाया-व्यक्ति का हाथ पीछे हट गया। बाहर से दंडधर का स्वर सुनाई दिया : 'अरे, दीप बुझ गया ! हवा भी तो चल रही है।' दंडधर फिर लौट आया। छाया-व्यक्ति ने फिर उनका पाँव पकड़कर हिलाया। सम्राट एकाएक जाग उठे। सिरहाने रखे खड्ग पर हाथ रख उन्होंने पूछा : 'कौन है ?'

'कोई नहीं, मैं हूँ,' एक स्त्री-स्वर सुनाई दिया।

'तू कौन है ?' सम्राट ने चौंककर पूछा। फिर कहा : 'शत्रु या मित्र ?'

स्त्री चुप रही।

'बोलती क्यों नहीं ?' सम्राट ने उसका हाथ पकड़ लिया। स्त्री अपने-आप जैसे उनके झटके से गिरी। शरीर पर शरीर गिर गया।

स्त्री के शरीर की गन्ध और उसके ऊष्म श्वासों ने सम्राट के मस्तिष्क और शरीर को एक अलसाहट दी।

'कौन है तू ?' उन्होंने पूछा।

स्त्री फिर भी नहीं बोली। वह और पास आ गई। अब सम्राट पीछे खिसके।

'क्या चाहती है ? कौन है तू ?'

'मागन्धी !'

सम्राट मुस्कुराए।

'मागन्धी !' कहा और फिर हल्के से हँसे। स्त्री चौंक उठी। उसने अपना हाथ उनके कन्धे पर रख दिया।

'क्यों आई है ?' सम्राट ने पूछा।

क्या कहे वह ! स्त्री चुप रही।

हवा का झोंका आया और स्त्री के बाल बिखरकर सम्राट के मुख पर लगने लगे। स्त्री को जैसे नींद आ रही थी।

हर्षवर्धन ने उसको देखा। पूछा : 'नींद नहीं आती ?'

'नहीं।'

'क्यों ?'

कोई उत्तर नहीं।

'मेरे पास क्यों आई है ?' कहा तो, पर दासी की स्थिति से सम्राट अवगत थे। उफ ! कितना समुद्र था ! वेदना और परवशता का कितनां अभिशाप था ! स्त्री चुप रही।

'अच्छा, जाकर सो रह।'

स्त्री हँस दी और पास आ गई। उसका वक्ष अब हर्ष के वक्ष से सट गया था। हर्ष ने देखा, स्त्री उन्मत्त-सी थी। वह विह्वल थी और उसने अपनी दोनों आँखें मीच ली थीं। सम्भवतः वह मदिरा पीकर आई थी। वह अपने को इस समय पूरी तरह सँभालने में असमर्थ थी।

सम्राट चौंककर फिर पीछे हट गए। कहा : 'मागन्धी !'

'देव !'

'जाओ अप्सरा, जाओ।'

'कहाँ जाऊँ ?'

'सोने जाओ।'

किन्तु स्त्री पास आ गई। उसे तरला ने लोभ दिया था। लोभ था कि तुझे साम्राज्ञी तो नहीं, किन्तु वावाता अवश्य बनवा दूँगी। उसने कहा, 'सचमुच जाऊँ ?'

'नहीं तो क्या ?'

'तो क्या तुम पाषाण हो ? क्या स्त्री का सम्मान पुरुष को पाषाण बना देता है ?'

हठात् सम्राट उठे और प्रकोष्ठ के बाहर आ गए। बाहर कोई नहीं था। स्त्री बाहर आ गई। उसने हाथ पकड़कर कहा : 'मैं कुमारी हूँ।'

'मैंने भी तुम्हें विवाहिता नहीं कहा।'

'तुम पुरुष नहीं ?' स्त्री ने आघात किया। सम्राट हँसे, कहा : 'मेरा पौरुष उत्तरापथ की हवा में पुकारता है, लड़की ! जा, चली जा।' मागन्धी चली गई। सम्राट ने पुकारा : 'दंडधर !'

दंडधर ने झुककर कहा : 'देव !'

किन्तु उन्होंने दंडधर से कुछ नहीं कहा, वे दूसरे प्रकोष्ठ में चले गए।

32

राज्यश्री ने जिस समय 'कादम्बरी' सुनी उसका हृदय विचलित हो उठा। सभा समाप्त हो गई। बाणभट्ट चला गया। सम्राट चले गए, किन्तु राज्यश्री को बार-बार याद आने लगा।

चन्द्रावीड़ मरा पड़ा है। कादम्बरी विह्वल हो उठी है। फिर वह मदलेखा की ओर देखकर कहती है : 'अपने को केवल आँसू बहाने से हल्का बनाकर मैं अपने आपको पतित क्यों बनाऊँ ? रो-रोकर मैं स्वर्ग जाते हुए देव का अमंगल क्यों करूँ ?'

राज्यश्री काँप उठी। उसे याद आने लगा। और फिर उसका भिक्षुत्व जागा। क्यों वह दुःख पा रही है ? फिर उसे याद आया। महाकवि ने भी तो यही कहा था—चरणों की धूलि के समान, उनके चरणों का अनुगमन करने को तत्पर हुई मैं हर्ष के स्थान पर भी रोऊँ ? ऐसा मुझे क्या दुःख है ? जिसके लिए कुल की मर्यादा नहीं गिनी, गुरुजनों की अपेक्षा नहीं की, जनापवाद का भय न किया, लज्जा को त्याग दिया, मदनोपचार करा-कराकर सखी जनों को खेद दिया, अपनी प्रिय सखी महाश्वेता को दुखित किया और उसके साथ जो प्रतिज्ञा की थी उसके अन्यथा होने का भी मैंने विचार न किया। उस मेरे प्राणनाथ ने मेरे लिए ही प्राण त्याग दिए ?

राज्यश्री को लगा, वह जल रही थी। उसकी देह में एक भयानक सुलगन है। यह सुलगन क्यों जल उठी ? और जल उठी है तो बुझेगी कैसे ? यह क्या हुआ ? इतने दिन से जो साधना की थी वह एकदम ऐसी निर्बल थी कि जिस दिन उँगली ने तार पर हाथ रखा, उसी दिन स्वर निकलने लगा।

क्या अभाव है राज्यश्री को ? राज्य है, सुख है, वैभव है, दान है, कीर्ति है और लक्षावधि प्रजा का आशीर्वाद है। फिर भी कांस के-से नए कलम उग रहे हैं, शस्यश्यामला वसुन्धरा पर पलास की दहक सुलगा रही है। यह चन्द्रमा झुलसा रहा है।

उफ, कैसी दारुण है यह यातना !

भीतर का अवरोध टूट गया। क्या उसे कोई सुख मिला है ? और तब गृहवर्मा हँसा। यह कौन हँसा ?

असीम हर्ष का रोमांस हो आया। रोम-रोम पुलक उठे। राज्यश्री का वक्ष हुमकने लगा, उसमें एक अतीन्द्रिय कम्पन आया। मांस और रुधिर सब अपनी तृष्णा के लिए उष्णिम स्पन्दन से काँप उठे। राज्यश्री के पास गृहवर्मा खड़ा था। वह चाहती है, उसे अपने आलिंगन में बाँध ले। राज्यश्री के लम्बे अलक उसके कन्धे पर सुगन्धि भरकर झूलने लगे।

और राज्यश्री का हाथ अपने सिर की ओर गया।

वह गिरी। हिमालय से गिरी। सीधी समुद्र में गिरी। जहाँ भीषण ऊर्मियों ने उसे ठोकर मारकर फेंक दिया और वह लहरों की लातों से व्याकुल होकर डूबती भी तो नहीं, ऊपर ही ऊपर तैर रही है। किसे दोनों हाथों से पकड़ना चाहती है, कहाँ अपना त्राण

पाना चाहती है ?

क्या एक तिनके का भी सहारा मिला है ?

नहीं !

स्तम्भ पुकार उठे : नहीं !

'नहीं' का अभाव विकराल हो उठा। ही-ही करके वृद्धावस्था ने हँसते-हँसते कहा : 'मूर्खा, यह शरीर यों ही गल जाएगा।'

राज्यश्री फूट-फूटकर रोने लगी।

जब वह दर्पण के सम्मुख खड़ी हुई, उसने कहा—उसके नेत्र अब भी सुन्दर थे। वह अब भी युवती थी। और उसने यौवन की ऊष्मा को गदराते देखा : 'वह सारा रूप ! वह क्या थी ? वह आज क्या हो गई है ?'

मुंडित शीश देखकर वह डर गई।

उसे लगा, दर्पण में से उसका कंकाल हँसा। उसने कहा : 'राज्यश्री, यह रूप और यौवन धोखा है।'

किन्तु आयु अब कसमसाने लगी।

'क्यों धोखा है ?' उसने कहा।

'तो और क्या है ?'

राज्यश्री की इच्छा हुई, वह दर्पण तोड़ दे। परन्तु नहीं। और वह उद्भ्रान्त-सी घूमने लगी।

स्त्री जाग उठी थी। उसकी प्राकृतिक वासनाएँ पुकार रही थीं, जिन्हें वह समाज, संस्कार और धर्म के नाम पर गौरव में नियन्त्रित करके उनका वध कर देना चाहती थी। मनुष्य का अहं उसके परोपकार को नष्ट कर रहा था।

वह घूमती रही। हवा का एक झोंका आया। उस झोंके के स्पर्श से उसे सुख हुआ। इच्छा हुई, एक बार वह उस सिहरते स्पर्श का अपने समस्त शरीर पर अनुभव करे, ऐसे कि बीच में कोई बन्धन नहीं हो।

पर यह कैसे हो सकता है ? नहीं...नहीं...!

अबकी बार अलिन्द नहीं पुकारे, न स्तम्भ ने ही कुछ कहा। हाथ जो स्तम्भ पर रखा तो पाषाण ने कहा : जिसके स्पर्श से मैं भी अपना ताप खो चुका हूँ तू उसका अनुभव नहीं करेगी।

राज्यश्री ने स्तम्भ को अपनी भुजाओं में समेट लिया। उसकी शीतलता का अपने कपोल पर अनुभव किया। कितना अच्छा था सब !

शरीर की ऊष्मा में यह एक त्राण था। वह विभोर हो गई। फिर वह घूमने लगी।

घूमते-घूमते वह उद्यान में आ गई। उसने देखा—दासी तरला और एक दौवारिक पास-पास सो रहे थे। उसे लगा, वह यह नहीं देख सकेगी। यह वह क्या देख रही है ?

क्या यह ठीक है ?

फिर सोचा, दासी की मर्यादा ही क्या ?

और तब उस भूखे मनुष्य की भाँति राज्यश्री के हृदय ने तर्क किया जो नाली में से रोटी-खाते कुत्ते को देखकर कहता है : 'कितना भाग्यशाली है, अपने सुखों का कितना सान्निध्य है...!'

राज्यश्री का मन एक अव्यक्त घृणा से भर गया।

घृणा क्यों ? जुगुप्सा क्यों ? वही रोम जो सिहर रहे थे, जो काँप रहे थे, वे अंग-अंग में काँटे बनकर क्यों चुभ रहे हैं।

राज्यश्री प्रकोष्ठ में लौट आई।

फिर कहीं दुरभिमानी कोयल ने कहा : कुहू !

अर्थात् पिया। और फिर पुंस्कोकिल चिल्लाया : आओ, कुहू !

राज्यश्री का जी चाहा, वह पत्थर पर टकराकर अपने आपको चूर-चूर कर दे, अपने को मिटा दे। उसके जीवित रहने से लाभ ही क्या है ? कौन जानता है उसकी कथा को ?

और प्रेम के लिए भूखा हृदय जो सम्मान, सम्मान की आर्त्तक्षुधा से अपने-आपको बहला लेना चाहता था, अपनी भीतरी व्याकुलता से डरने लगा। एकान्त अज्ञात सघनवन में जैसे डूबता चाँद अब पेड़ों के पीछे हो गया है और कोई भूखा हिंस्र पशु अपनी ही छाया से डरता हुआ, किसी निर्जन, दुर्गम पर्वत की भयंकर गुहा में बार-बार गुर्रा रहा है, फिर वह कभी गुहा के अन्धकार में छिपकर सो जाना चाहता है।

किन्तु क्या अहेर के बिना उस सिंह की तृष्णा फिर सदा के लिए नहीं जागेगी। जब जागेगी तब वह हाथियों के यूथ को फाड़ देगी। फूटेगी तो ज्वालामुखियों के समान ! क्यों ? क्या वासना के हाथी की निर्मम सूड़ में फँसकर सिंह अपने जीवन की रक्षा कर सकेगा : क्या उसे वही हाथी अपने पाँव के नीचे धरकर कुचल नहीं देगा और उसकी विजयोन्मत्त चिंघाड़ जब बार-बार दिगन्त तक सघन कान्तार को प्रतिध्वनित करके कँपाने लगेगी, तब क्या होगा ?

फूट जा, रे ज्वालामुखी ! धधक ! धधककर फूट ! अंगार। पिघले हुए पाषाण निकलो। फिर ? फिर सब शान्त। धरती का हुमकता वक्ष अपनी धड़कन बन्द कर देगा।

राज्यश्री पृथ्वी पर उलटी गिरकर वेदना से रोने लगी। संसार के इतने स्त्री-पुरुष हैं। भगवान तूने सबकुछ दिया, पर एक सुख नहीं दिया। प्रेम का सुख। जिसके प्राप्त होने पर मनुष्य का भीतर ही भीतर सुलगना बन्द हो जाता है। दारिद्र्य में भी मनुष्य अपने जीवन को सार्थक समझता है।

क्या है वह प्रेम ? क्या वह मनुष्य की निर्बलता है ?

और तब राज्यश्री के सामने उठी एक प्रतिमा। बुद्ध का सुन्दर रूप जागा। अहा ! कितना लावण्य है, कितना पौरुष है ! कैसे यह व्यक्ति यशोधरा को छोड़कर चला गया था ?

जनकल्याण के लिए ?

परन्तु उसकी वासना तो सम्भवतः बुझ चुकी थी।

और गोपा ?

राहुल तो था न उनके पास ?

हाँ था तो।

क्या मैं यशोधरा हूँ ? मैं सो रही हूँ ? मुझे छोड़कर कोई चला गया है। परन्तु मेरा राहुल कहाँ है ?

पुरुष जब वासना में व्याकुल होता है तो उसमें पिता का भाव वेदना नहीं जगाता। स्त्री की वासना पुकार-पुकारकर अपनी सन्तान के अभाव में रोती है।

राज्यश्री उठ बैठी। क्या सचमुच निर्वाण का पथ इतना कठिन है ? और हठात् उसे स्मरण हुआ : विजया ! विजया कहती थी, निर्वाण सरल है।

सरल है, मन ने दुहराया। इच्छा हुई, उसके पास जाकर सब पूछे। किन्तु किस प्रकार ! विजया की और बात है, राज्यश्री की बात और है। राज्यश्री किस साधक की शक्ति बनेगी ? उसकी साधना तो जगत-प्रसिद्ध हो जाएगी ?

नहीं होगी, मन ने समझाया। क्यों न निर्वाण का वह सहज रूप अपनाया जाए जिसमें कष्ट भी नहीं और प्राप्ति भी है ! किसी को ज्ञात भी नहीं होगा।

राज्यश्री उठी। उठकर चली। उसका श्वास तीव्र हो गया। किन्तु इसी समय किसी ने पुकारा : 'भगिनी !'

स्वयं सम्राट हर्षवर्धन थे। इस समय राज्यश्री डर गई। साथ में दो दास उल्का लिये हुए थे।

'भैया, इस समय !' राज्यश्री ने सहमकर कहा।

'राज्यश्री,' हर्षवर्धन ने कहा : 'मैंने अभी बैठे-बैठे एक नाटक समाप्त किया है।'

'तो तुम सोए नहीं थे ?'

'तुम सोई थीं ?'

'नहीं तो।'

'क्यों ?'

राज्यश्री ने झूठ कहा : 'चिन्तन कर रही थी।'

हर्षवर्धन ने गौरव से कहा : 'जिसकी छोटी बहन अर्द्धरात्रि तक गहन चिन्तन और दार्शनिक उलझनों में डूबती रहे, उसका भैया कवि है, वह क्या एक नाटक भी नहीं लिख सकता !' फिर जैसे उसे ध्यान आया : ओह हाँ ! रात है। मुझे 'नागानन्द' सुनाने दिन में आना चाहिए था। 'भूल हो गई, भगिनी। इसे समाप्त करके हृदय जैसे तृप्त हो गया। फिर हठात् तुम्हारा ध्यान आया।'

राज्यश्री ने सोचा : कोई सफलता होने पर अपने प्रिय व्यक्ति को सुनाने की आतुर लालसा मनुष्य मात्र में होती है।

'दास !' राज्यश्री ने कहा : 'दीपाधार निकट ले आ। महाकवि बाणभट्ट को बुला ला। मैं सुनूँगी।'

'अभी ?' हर्ष ने पूछा। अब उसे कुछ संकोच हुआ।

'हाँ-हाँ,' राज्यश्री ने कहा : 'जा।' दूसरे दास से कहा : 'भाभी को भी बुला ले आ।'

दूसरा दास भी चला गया।

राज्यश्री को एक विचित्र सुख हुआ। वह नहीं सोती, तो कोई क्यों सोए ? उसे नींद नहीं आती तो सब जगें।

जब सब आ गए, उसका भार हल्का हो गया। चयनिका भी जाग रही थी।

'तुम कैसे नहीं सोईं, भाभी !' राज्यश्री ने पूछा।

'स्वप्न में तेरे भैया को देखा तो आँख न लगी फिर !'

राज्यश्री का हृदय झुलस गया। उसने मन में कहा : 'सारा संसार व्याकुल है। और वह तब चौंकी जब उसने सम्राट का शान्त मुख देखा। उस पर कोई भय नहीं। एक त्याग की ही क्षमता थी। घुटन थी किन्तु मर्यादा ने कहा था—हर्ष ! समुद्र की भाँति रह। नदी की भाँति मत बन...नदी की भाँति मत बन...!

राज्यश्री ने सिर झुका लिया।

33

काफी रात हो गई थी। सम्राट सुना रहे थे। उनका नाटक अत्यन्त करुण था। यह व्यक्ति सम्राट् था !

पाँचवें अंक में राजा को गरुड़ ने अपने सामने रख दिया और देखा। गरुड़ आश्चर्य से कह उठा : 'जन्म से आज तक तो सर्प खाते हुए ही बीत गए। परन्तु ऐसा आश्चर्य नहीं देखा। मृत्यु को सम्मुख देखकर तो सब डरते हैं। दुःखी होते हैं। परन्तु मृत्यु के निकट हुआ यह महात्मा ! अद्भुत है। केवल दुःख सहन ही किए हों, यही नहीं। इसके तो मुख पर कुछ प्रसन्नता भी है।

सब पर एक जादू-सा छा गया। बाणभट्ट के मुख पर आत्मसन्तोष-सा झलक आया। परमभट्टारिका चयनिका ने आँसू पोंछे। राज्यश्री जैसे जड़िमा में पड़ गई।

हर्षवर्धन ने फिर पढ़ा। गरुड़ कहता है : 'मैंने अपनी चोंच से तेरे हृदय को खींच-खींचकर तेरा रक्त पिया सही, किन्तु अपनी धीरता से जैसे अब तू मेरा रुधिर पी रहा है। कौन है तू, मैं जानना चाहता हूँ।'

राजा कहता है : 'तू भूख से ऐसा व्याकुल हो रहा है कि मैं अभी तुझे इस योग्य नहीं पाता कि तू सुन सके। मैं तुझे सुना सकूँ। इसलिए मेरा रक्त पी और मांस खाकर पहले तू तृप्त होकर सुस्थिर हो ले।'

चयनिका की आँखों से आनन्द और व्यथा के आँसुओं की झड़ी लग गई।

'अमर ! हर्षवर्धन अमर हो गया,' बाण ने उठकर कहा : 'मैं निश्चय से कहता हूँ, नागानन्द संसार की एक महान रचना है।'

कवि के रूप में 'हो गया' कहकर जो बाणभट्ट ने अपनी आत्मा की अभिव्यक्ति

का स्वातन्त्र्य दिखाया, सम्राट गद्गद हो गए। उठकर बाण से गले मिले। पूछा : 'महाकवि, सच ?'

आनन्द के कारण उनका गला रुँध गया।

चयनिका ने आँसू पोंछकर कहा : 'देवर ! तो इसलिए रातों की नींद छूट गई है !'

बाणभट्ट हँसा। कहा : 'परमभट्टारिका ! आप मुझ पर ही हँसती थीं। देवर पर भी हँसे। इस समय वह कवि हैं, सम्राट नहीं। कवि तो ऐसा ही बन्धनहीन है।'

सब हँसे।

राज्यश्री चुप रही।

'भगिनी,' हर्ष ने कहा : 'तूने कुछ नहीं कहा ?'

'भइया, मैं भगवान के लोक-कल्याण के विषय में सोच रही थी।'

सबमें गाम्भीर्य लौट आया।

राज्यश्री ने कुछ कहा नहीं। जब सब चले गए, उसे लगा, रात्रि के अन्तिम प्रहर में अन्धकार कहीं एक स्थल पर ठोस हो गया है।

'वह क्या है ?' उसने वायु से पूछा।

वायु ने कहा : वह मार है।

मार !

भगवान का शत्रु।

राज्यश्री को उस पर क्रोध आया।

मार हँसा। उसने कहा : राज्यश्री ! तू अपने को धोखा दे ले, परन्तु क्या तेरी आग बुझ जाएगी ? रात-रात-भर चयनिका नहीं सोती, कवि बाण नहीं सोता। हर्षवर्धन अपनी सत्ता का त्याग करके उसके महत्त्व में अपने आपको डुबा देना चाहता है, पर क्या यह सब अपने को निरन्तर छलते रहना नहीं है ?

भोर हो गई थी। राज्यश्री बुद्ध-प्रतिमा के सम्मुख बैठी रही। दिन बीत गया। न वह राज्यकार्य में लगी, न उसने आज कुछ खाया। आज वह अपनी अन्तःशुद्धि करना चाहती थी। साँझ हो गई। प्रासाद में सब चौंक उठे। वह जैसे बैठी थी, वैसे ही बैठी रही। उसका घोर चिन्तन देखकर वे भिक्षु घबरा गए।

'परमभट्टारिका !' विजय ने धीरे से पुकारा।

राज्यश्री ऐसी चौंकी जैसे वह किसी मोह-निद्रा में थी। विजया को देखकर वह प्रसन्न हो गई। पूछेगी। वह उससे निर्वाण को सहज करने का पथ पूछेगी। इतनी देर साधना की, किन्तु मन एकाग्र नहीं हुआ। आज तथागत के स्थान पर गृहवर्मा थे और तभी वह पागल-सी आँखें मूँदे सामने बैठी रही।

विजया से उसने एकान्त में पूछा : 'तेरी साधना क्या है ?'

'देवी,' विजया ने कहा : 'कुंडलि भी जागृत करनी होती है। देह में भी पंचामृत हैं।'

पंचामृत के विषय में राज्यश्री सुन चुकी थी। मल, मूत्र, मज्जा इत्यादि का ही यह सुन्दर नाम था।

विजया कहती रही, राज्यश्री सुनती रही। फिर कहा : 'किन्तु स्त्री का निर्वाण क्या है ?'

'स्त्री तो पुरुष की साधना में सहायता देती है।'

'उसी से वह भी निर्वाण प्राप्त करती है ?' राज्यश्री ने फिर कहा। फिर वह एकदम उससे कह उठी : 'अकेली स्त्री ?'

'शक्ति अकेली नहीं रहती, परमभट्टारिका।'

राज्यश्री का मन खट्टा हो गया। जो कुछ है वह पुरुष-निर्मित है, पुरुष के लिए है। स्त्री एक साधन है। स्त्री अपनेपन में कुछ नहीं है।'

उसने कहा : 'नहीं भिक्षुणी, यह ठीक नहीं है।'

विजया चली गई। राज्यश्री फिर सोचने लगी। फिर विचार आया कि मन को क्रोधित करने से सुख-प्राप्ति होती है। वासना का दमन उसका निराकरण है। विजया की बात याद आई। मूलाधार से शक्ति उठती है। राज्यश्री ध्यान केन्द्रित करने लगी। उसे लगा, उसके उदर के अधःप्रदेश से शक्ति रीढ़ में चढ़ने लगी, फिर स्फुरित होती हुई वह उसके मस्तिष्क में लय हो गई।

जब वह स्वप्न टूटा, वह हड़बड़ाकर खड़ी हो गई। यह भी एक झूठ था।

फिर सत्य क्या है ?

दूसरे दिन के समय राज्यश्री देखने लगी। मोर-पंख धारण करनेवाले साधु आए। फिर नरकपालधारी आए। कुछ घास पहनते थे, केशलुंचक थे, कुछ जटाधारी थे। एक शास्त्र की व्याख्या करनेवाले भिक्षु आए जो संघस्थविर की सेवा करने से मुक्त थे। तीन शास्त्रों का व्याख्याता बौद्ध भिक्षुओं के साथ आया। वे सेवक बनकर उसकी सेवा करते थे। चार शास्त्रों के व्याख्याता भिक्षु आए जिनके सेवक बनकर बौद्ध गृहस्थ उपस्थित थे। पाँच शास्त्रों के व्याख्याता हाथी पर से उतरे। छः शास्त्रों की व्याख्या करनेवाले भिक्षु के साथ हाथी ही नहीं, जुलूस भी आया।

एक दिगम्बर आ घुसा। राज्यश्री ने आँखें फेर लीं। जब वह लौट रहा था तो उसने देखा, वह कपड़ों से ढक दिया गया था। उसके मुख पर अनेक तरुणों ने लाल और सफेद मिट्टी पोत दी थी। धूल से भरकर उन लोगों ने उसे बाहर फेंक दिया।

कुछ नहीं। यह तो नित्य का खेल था। राज्यश्री लौट आई।

उसने दर्शन के ग्रन्थ निकाले।

धीरे-धीरे चित्त शान्त हुआ।

जो कुछ है दुःख ही है। प्रवृत्ति से दुःख बढ़ता है। और फिर वह वही आम्रपाली का गीत गाने लगी। उसके वक्ष की कसक निकलकर भागने लगी।

राज्यश्री सुख की नींद सो गई। जब वह जगी वह सुस्थिर थी।

दूसरे दिन वह जब दान के लिए चीवर पहनकर खड़ी हुई, उसके मुख का भव्य सौन्दर्य देखकर याचकों में सम्मान जागा।

जब दान हो गया, राज्यश्री ने वृद्ध भिक्षु से कहा : 'भन्ते ! आज भिक्षुणी राज्यश्री

भिक्षा लेने जाएगी।'

'क्यों ?' भिक्षु ने चौंककर पूछा।

'मैं जाऊँगी। मैं सम्यक् सम्बुद्ध के शासन का पालन करूँगी।'

राज्यश्री पथ पर आ गई। कान्यकुब्ज पागल हो गया। महाश्रेष्ठियों में होड़ मच गई।

राज्यश्री ने उतना ही लिया जितना उसके पेट के लिए काफी था। उसे उस अन्न में जो तृप्ति हुई वह आज तक क्यों नहीं मिली ?

दासी तरला ने प्रवेश किया।

'परमभट्टारिका,' उसने कहा : 'अवकाश निकाल सकेंगी ?'

'क्यों ?' राज्यश्री ने पूछा।

'सम्राट ने स्मरण किया है। वे परमभट्टारिका चयनिका देवी के प्रासाद में प्रतीक्षा कर रहे हैं।'

'तू चल, मैं आती हूँ।'

राज्यश्री ने पहुँचकर देखा। हर्षवर्धन गम्भीर था।

'भैया,' राज्यश्री ने पूछा।

'भगिनी,' सम्राट ने कहा : 'आज बुद्ध-शासन पालन हुआ ?'

'हुआ तो ?'

'कल भी होगा ?'

राज्यश्री क्या उत्तर दे ! वह चुप रही।

सम्राट ने कुछ नहीं कहा। वे चले गए जैसे पहले से तय था, आगे की बात चयनिका सँभाल लेगी।

चयनिका ने कहा : 'राज्यश्री !'

'भाभी, क्या हुआ ?'

'अच्छा नहीं लगा,' केवल इतना कहा और वे चुप हो गईं।

'यह तो अनेक स्त्रियाँ कर चुकी हैं,' राज्यश्री ने टोका।

'पर क्या वे सम्राट की बहनें थीं ?' चयनिका ने कहा : 'तुम चाहे जितना दान दो, राज्यश्री। मैं तुम्हें अपनी बच्ची समझती हूँ। तुम नहीं जानतीं, भिक्षा लेने से बढ़कर भिक्षा देना है।'

राज्यश्री चुप रही। चयनिका ने कहा : 'परमभट्टारिका !'

'नहीं भाभी ! मेरा नाम लो। नहीं तो भिक्षुणी कहो !' राज्यश्री ने काटा।

'तो अपने को दुखी न करो। लोग समझेंगे, सम्राट के यहाँ राज्यश्री को सुख नहीं है।'

'उफ !' राज्यश्री चौंकी। वह यह क्यों भूल गई थी ? मर्यादा ! और फिर संसार ! सामन्त अर्जुन ने बताया था कि लोग आज की घटना के अनेकानेक अर्थ लगा रहे हैं। कोई कहता : 'भाई ने बहन का राज्य तो ले लिया किन्तु खाने को उसे देता नहीं।'

'भाभी, वे नीच हैं,' राज्यश्री ने कहा। फिर उसे खेद हुआ। वह क्षमा करने के स्थान पर क्रुद्ध क्यों हो गई ?

'नहीं जाऊँगी,' उसने कहा। चयनिका प्रसन्न हो गई।

जब वह चली गई, उसने तरला से कहा : 'बेचारी को क्या सुख मिला ?' फिर जैसे याद आया : 'हाँ तो,' उन्होंने कहा : 'क्या हुआ उसका ?'

तरला समझ गई। कहा : 'मागन्धी ठीक रहेगी, समझा था। किन्तु क्या हुआ ? कुछ नहीं, देवी !'

वह अत्यन्त सुन्दरी थी। फिर उसने चयनिका को देखा। वह चुप थी। तरला ने सोचकर कहा : 'नहीं रहेगी, कोई नहीं रहेगी।'

'क्यों ?' चयनिका ने कहा : 'ठीक ? नहीं, हाँ नहीं रहेगी।'

तरला नहीं समझी। चयनिका ने कहा : 'नहीं री, सब प्रयत्न व्यर्थ हैं। वह तो करेगा ही नहीं। पुष्यभूति वंश तो आगे नहीं चलेगा अब।'

उन्होंने एक लम्बी साँस लेकर कहा : 'क्या होगा फिर इस साम्राज्य का ? भगवान वराह ही इस पृथ्वी का उद्धार करेंगे, तरला, और कौन करेगा ? परन्तु एक बात सोचती हूँ—राज्यश्री यदि कहे तो ?' फिर सोचकर कहा : 'उस बेचारी ने तो कोई कसर छोड़ी नहीं, भाग्य है ! भाग्य ! जाने दे री। कौन क्या कर सकता है ?'

वह अपने आप बड़बड़ाती रही। तरला अपने दौवारिक से बीच में दो बार ठिठोली कर आई। राज्यश्री शमी वृक्ष की भाँति खड़ी थी। देवताओं के अतिरिक्त कौन जान सकता था कि उसके भीतर अग्नि छिपी हुई है ! ऊपर से वह शान्त लगती थी।

34

कश्मीर से संवाद आया था। दन्तस्मारक देने को पहले तो कश्मीर राज्य तत्पर नहीं हुआ, किन्तु जब उसे ध्यान दिलाया गया कि यदि सम्राट हर्षवर्धन की वाहिनी इधर आ गई तो पर्वतों के उन्नत शृंगों को चकनाचूर कर देगी। वह भयभीत हो गया और उसने स्वीकार कर लिया।

चयनिका ने सुना तो फूट पड़ी। आनन्द से जैसे हृदय भर गया। उसने तरला को बुलाकर कहा : 'अब मन की एक साध तो पूरी हुई।' तरला नहीं समझी। केवल आश्चर्य से स्वामिनी को देखती रही। क्या स्वामिनी को बौद्धों में इतनी श्रद्धा थी ?

'सुना, राज्यश्री ?' चयनिका ने राज्यश्री के प्रासाद में प्रवेश करते हुए कहा।

'क्या भाभी ?' भिक्षुणी ने पूछा।

'कश्मीर राज्य दन्तस्मारक देने को तैयार हो गए। अब वह यहाँ ले आया जाएगा, कान्यकुब्ज आज धन्य हो गया। तेरे भैया ने सद्धर्मियों की पताका कितनी उठा दी !'

राज्यश्री ने जैसे नहीं सुना। वह चुपचाप बैठी रही। चयनिका के मुख से निकला : 'अरे !'

बात समाप्त हो गई। दोनों ने बिना कुछ कहे भी एक-दूसरे को अपनी आँखों से ही जैसे बहुत कुछ समझा दिया।

'मैंने तुम्हें दुःख दिया, राज्यश्री ?' चयनिका ने अप्रतिभ होकर पूछा।

'नहीं, भाभी,' राज्यश्री ने चीवर सँभालते हुए उत्तर दिया : 'आज तक जो नहीं किया वह क्या अब करोगी ?'

चयनिका चली गई। बाहर भिक्षुसमुदाय सम्राट की प्रतीक्षा में खड़ा था। उत्सुक। सम्राट को देखकर भिक्षु गद्गद हो गए। राज्यश्री सम्राट के साथ थी। भिक्षु अत्यन्त प्रसन्न थे।

एक ने बढ़कर कहा : 'सम्राट ! अशोक देवानाम प्रियदर्शी के उपरान्त हमें आपमें एक सम्राट प्राप्त हुए। अब आशा है, शीघ्र ही सद्धर्म पहले की भँति पुनरुत्थान को प्राप्त करेगा। बहुत दिन से ये ब्राह्मण सद्धर्म के वक्ष पर यज्ञ यूपों की कीलें गाड़ते रहे हैं।'

सब प्रसन्न हुएं। सम्राट केवल मन्द-मन्द मुस्कुरा दिए।

राज्यश्री प्रसन्न हुई। उसका मन जाने कैसा-कैसा होने लगा। यह सब क्या हो रहा है ? शास्ता ने बल-प्रयोग की आज्ञा कब दी थी ? फिर उसे याद आया—'लिच्छविगण में शास्ता का अपूर्व सम्मान था। जब वे कुछ इंगित कर देते थे, तुरन्त उनकी इच्छा पूर्ण कर दी जाती थी। क्या वह भी बल-प्रयोग था ?'

किन्तु उसने अपना भाव छिपा लिया। यदि वह भिक्षु-संघ के सामने यह सब कह दे तो ? जाने क्यों, साहस नहीं हुआ। व्यक्ति की निर्बलता अपने-आप कसमसा उठी। उस दिन पहली बार राज्यश्री को लगा कि वह धर्म से भयभीत थी। इस विचार ने उसे विद्रोह की भावना दी। जिस पथ में केवल आत्मा का उद्धार था, उस पर यह बन्धन क्यों ?

वह इसे स्वीकार नहीं कर सकी।

धीरे-धीरे साँझ हो गई। अँधेरा हो गया। मन्दिर में अनेक-अनेक दीपक जल उठे। उनके मन्दिम प्रकाश में एक नीरव गन्ध भारिल होकर झूमने लगी। रात को उसने बुद्ध-प्रतिमा के सम्मुख झुककर कहा : 'शास्ता ! क्या संसार तुमको भूल गया है ?'

बुद्ध-प्रतिमा पर आलोक थिरकने लगा। राज्यश्री ने देखी वह स्निग्ध शान्ति। हिल-हिलकर आलोक ने इंगित किया : 'मैंने यह नहीं कहा था, वत्से, मैंने यह नहीं कहा था।'

राज्यश्री आँख फाड़कर देखती रही। उसकी बात किसी ने नहीं सुनी। केवल बुद्ध-प्रतिमा का दिया हुआ अभयमन्त्र उसके भीतर समा गया। वह उस सुन्दर रूप को देर तक देखती रही।

राज्यश्री बाहर आई तो मन हल्का था। रात शान्ति से व्यतीत हो गई।

दूसरे दिन धार्मिक जनता में संवाद फैल गया। सद्धर्म की इस उन्नति को देखकर

ब्राह्मण मन ही मन जल उठे।

भिक्षु-संघ में विवाद हो रहा था—किस प्रकार दन्तस्मारक को प्रतिष्ठापित किया जाए ? किस प्रकार का उत्सव होना चाहिए कि शत्रुओं की प्रतिस्पर्धा फिर नतशीश हो जाए ! बहुत दिन बाद ऐसा अवसर आया था। कोई साधारण बात नहीं थी। अब तीर्थ करने सहस्रों योजनों से सद्धर्मी आएँगे और कान्यकुब्ज में आकर उपासना किया करेंगे। कान्यकुब्ज में संघ की आय तो इतनी बढ़ जाएगी कि संघ अपनी समृद्धि की कल्पना भी नहीं कर पाता था।

उस रात भिक्षु-संघ में बाईस भिक्षुओं ने साधना की। कोई वज्रतारा, कोई आर्य जांगुली और कोई हेरुक की उपासना में रत था। केवल दक्षिण के तीन प्रकोष्ठों में साधिकाएँ भी बुला ली गई थीं।

इसी प्रकार एक सप्ताह बीत गया।

आज दन्तस्मारक का महोत्सव था। चारों ओर महानगर में आनन्द ही आनन्द दीख रहा था। स्त्रियाँ उबटन कर-करके स्नान कर रही थीं। पुरुष स्नान के बाद अपने शरीरों पर गन्धालेप कर रहे थे। सुन्दरियाँ अपनी केशसज्जा में तल्लीन थीं। आज उनमें जैसे होड़ पड़ गई थी। ऐसे उत्सवों में ही तो स्त्री अपने सौन्दर्य की पताका फहराती थी। वृद्धाएँ युवतियों को देखतीं, अपनी पुत्रियाँ होतीं तो मुस्कुराकर कहतीं, तू भी तैयार हो जा न ? और पुत्रवधू होतीं तो उन पर व्यंग्य कसतीं।

पथों पर अब नागरिक स्वच्छ और गन्धित वस्त्र पहनकर निकलने लगे। माला बेचनेवाली स्त्रियाँ आ गईं और वेश्याएँ अपने शरीर के अधिकाधिक प्रदर्शन में होड़ करतीं। कटाक्षों से समस्त पथ को ऐसे बींधने लगीं जैसे पुरुष एक पुष्प था और दृष्टि एक सूत्र थी, यह नवीन आकर्षण की माला उनकी सिद्धि थी।

गलियों में आज द्वारों पर चित्र बन गए थे। छोटे-छोटे बालकों के सिर पर माला गूँथ दी गई थी और लड़कियों को छोटे-छोटे रेशमी लहँगे पहना दिए गए थे। बच्चियाँ तो जैसे आनन्द से फूली समाती ही नहीं थीं। उन्हें क्या मालूम था कि क्या हो रहा है ! बालक-बुद्धि उत्सवप्रिय होती है। किन्तु वृद्धों में भी आज विवाद छिड़ गए। वे पुरानी बातों का वर्णन करते, कुछ सच, अधिक झूठ, क्योंकि वह सब भुला दिया गया था। वृद्ध को अतीत का गौरव और वर्तमान का दुःख और भविष्य का अन्धकार कभी नहीं भूलता। सदियों से वृद्ध की यही स्थिति है। और वृद्धाएँ जीवन के अन्तिम पलों में अधिक कोलाहलप्रिय होकर भर्राए स्वर फैला रही थीं।

प्रासाद में दास-दासियों ने नए वस्त्र धारण किए थे। प्रभुवर्ग की स्त्रियों का प्रसाधन तो जैसे समाप्त ही नहीं होनेवाला था। कभी कंठ सूखने पर गौड़ीय मदिरा के दो घूँट पिए जाते, कभी पारसीक मदिरा के। और चीन के रेशमी वस्त्रों की स्निग्धता से गन्ध फूटी पड़ती।

सैनिक अपने आयुध चमकाकर पहन रहे थे। आज उनकी विशेष महत्ता थी। गुल्माधिपति इस समय उत्सव के लिए तैयारी करते जाते थे और नर्तकियों से

हास-विलास करते जाते थे। उच्च पदाधिकारियों के चारों ओर एक नहीं, अनेक दासियाँ खड़ी रहती थीं। कोई पाँव धोती, कोई केश सँवारती, उनका शृंगार करती।

और धीरे-धीरे दिन चढ़ने लगा। राज्यश्री की आराधना और ध्यान आज नहीं हो सके। प्रातःकाल से ही इतना काम आ पड़ा कि पल-भर भी विश्राम नहीं मिला। कितने ही भिक्षुओं के साथ प्रातः ही संघस्थविर आ गए। उनकी सेवा में ही काफी समय व्यतीत हो गया था। उनके जाने के बाद कुछ क्षण विश्राम के लिए भीतर चली गई, पर फिर बाहर आना पड़ा।

कान्यकुब्ज में अब उत्सव पथों पर आ गया। पुरुष और स्त्रियों की भीड़ अब कोलाहल करने लगी। राजकीय प्रबन्ध की कोई कमी नहीं थी।

सम्राट हर्षवर्धन अपने विशाल हाथी पर स्थित थे। कुमारामात्यों और महामात्यों के तुरंग उनके हाथी को घेरे हुए थे। उनके स्वर्णाभूषण देखकर प्रजा की आँखें कौंधने लगती थीं।

दिगन्तनादिनी पटह-ध्वनि से अन्तराल काँप रहा था। अनेक प्रकार के वाद्य बज रहे थे। उनके स्वर ने दिशाओं में जय-जयकार-सा मुखरित कर दिया था। सम्राट का यशोगान अब दूर-दूर तक गूँजने लगा था।

आगे-आगे हाथी सुनहरी झूलों में मन्थर गति से चल रहे थे। उनके पीछे स्वर्णाभूषणों से सज्जित भव्य तुरंग चल रहे थे। उनके पीछे पदातिक अपने चमचमाते शिरस्त्राण पहने चल रहे थे। उनके पीछे फिर तुरंग, फिर भव्य ऊँचे पर्वत-खंडों के-से हाथी थे। उनमें से जो सबसे ऊँचा था उस पर दन्तस्मारक रखा था। असंख्य भिक्षु उस हाथी को घेरे हुए थे। ऊँचे हाथी ने सूँड़ उठाकर एक बार अपनी चिंघाड़ सुनाई, जिसको सुनकर शरीरों में एक उद्वेग पैदा हुआ। फिर पीछे के हाथी और तुरंगों ने दृष्टि को विह्वल कर दिया।

उस विराट जुलूस को देखकर लगा जैसे सुवर्ण और लोहे की एक प्रचंड धारा अब धरती के वक्षस्थल को अपने वज्राघात से रौंद रही थी। बुद्धं शरणं, धम्मं शरणं, संघं शरणं गच्छामि का मन्दिम नाद असंख्य कंठों से निकलने का कारण संयत हो गया और वह वातावरण पर अभी अपना गम्भीर प्रभाव डाल भी नहीं पाया था कि सैनिकों ने भिक्षुसंघ, सम्राट और राज्यश्री का प्रचंड स्वर से जय-जयकार करना प्रारम्भ किया।

ऊँचे सुवर्णमंडित मंच पर खड़ी राज्यश्री ने सुना और सुना जैसे समुद्र की लहरें उनके चरणों से टकरा रही थीं। उस गर्जन और जनता के तुमुल निनाद से अहम्मन्यता की तुष्टि उसके होंठों पर क्षण-भर काँप उठी, फिर जैसे वह सँभल गई ? वह दिगन्त को बहरा करनेवाला शब्द आज उसी के चरणों पर केन्द्रित होकर भँवर मार रहा था। क्या राज्यश्री इस भँवर में डूब जाएगी ? भँवर में कौन बच सका है ?

दन्त का जुलूस जब समाप्त हुआ, भिक्षु-संघ ने राज्यश्री और हर्षवर्धन को घना आशीर्वाद भेजा। राज्यश्री सुनती रही। स्वयं संघस्थविर फिर आ गए। उनके वृद्ध मुख

पर एक अद्भुत उल्लास था जिसे राज्यश्री ने उनके मुख पर आज पहली बार देखा था।

'भन्ते ?' सम्राट ने कहा : 'आपका आशीर्वाद है। जो कुछ है भगवान की महिमा है।'

राज्यश्री घबराने लगी।

राज्यश्री के प्रासाद में आते ही जी में आया कि वह सबसे कहे कि जो आज हुआ है वह स्वयं उससे प्रसन्न नहीं है। जो कुछ आज हुआ है, सब तथागत ने कभी नहीं कहा था। कभी नहीं कहा था। फिर यह सब क्यों हुआ ?

जब नदी की नाव को आदमी किनारे पर ढोने लगता है तब क्या होता है ?

वह एक बार हँसी।

पर विचार आया—बुद्ध स्वयं संसार में आलोक पहुँचाने आए थे। सम्यक् सम्बुद्ध ने मृगदाव में आकर उपदेश क्यों दिया था ? क्या वह यह नहीं चाहते थे ?

यह झूठ है—मन ने कहा।

फिर सत्य क्या है ?

राज्यश्री का हृदय थर्रा उठा।

क्या वह अकेली ही ठीक सोच रही है ? समस्त भिक्षुसंघ, असंख्य नागरिक और स्त्रियाँ क्या सब मूर्ख हैं ? कहीं राज्यश्री अपने दुरभिमानी अहंकार में तो इन सबका विरोध नहीं कर रही है ? आखिर कोई भी विरुद्ध नहीं है। क्यों ?

फिर वह काँप उठी।

वह बाहर चली। उसने देखा, विजया भिक्षुणी अपने प्रकोष्ठ में धारिणी दुहरा रही थी। राज्यश्री ने देखा, विजया जैसी थी वैसी ही है। वृद्धा ने देखा और कहा : 'आओ, भट्टारिका !'

राज्यश्री भीतर गई। उसने इधर-उधर देखा।

विजया भिक्षुणी की भक्ति अपार थी। उसने कहा : 'भट्टारिका ! आज जी कैसा है ? इतनी उद्विग्न क्यों हो ?'

'मैं ?' राज्यश्री ने कहा। 'क्यों ?'

'देवी ! मैंने संसार देखा है। मनुष्य का स्वभाव थोड़ा-बहुत तो मैं भी जानती हूँ,' वह कहने लगी : 'मनुष्य साधना करता है, किन्तु फिर भी उसका मन अपने लिए शान्ति खोजता है।'

'वह शान्ति क्या है ?' राज्यश्री ने सरलता से पूछा।

'वह शान्ति ?' विजया अचकचा गई। जैसे जो कहना चाहती है, वह कह नहीं सकती। राज्यश्री ने आँखें फाड़कर देखा। परन्तु वह समझ नहीं सकी।

'शान्ति भ्रम है, विजया ?'

'नहीं देवी, शान्ति प्रकृति का सौन्दर्य है, उसकी अनुभूति है, उसका तादात्म्य है।'

'और अशान्ति क्या है ?'

'अशान्ति प्रकृति से विद्रोह है।'

'प्रकृति से तो हम प्रतिपल विद्रोह करते हैं ?'

'मन को बहलाते हैं, देवी।'

राज्यश्री का मन नहीं भरा। कहा : 'तो हम सब झूठा जीवन बिताते हैं। शास्ता का जीवन मिथ्या था ?'

'छिः-छिः, देवी ! आप क्या कह रही हैं ?' विजया ने दाँतों में जीभ काट ली। राज्यश्री सकपका गई।

नालन्दा के विद्यार्थी आए थे। वे अपनी शिक्षा समाप्त करके आए थे। राज्यश्री के सामने लाए गए। राज्यश्री ने उन्हें कर्म-सचिव के समीप भेज दिया ताकि वह उन्हें काम दे सके। राज्य में विद्वानों की कमी नहीं होने पावे।

फिर वह उठी।

परिचारकों की देख-रेख में काफी समय व्यतीत हो गया। अभी वह थककर बैठी ही थी कि उसे अचानक याद आया। उसे तो आज जाना था !

आज कुमारामात्या रविसेन के यहाँ उनकी पुत्री का विवाह था। राज्यश्री भी गई। उसने आशीर्वाद दिया। कुलीन परिवार वहाँ उपस्थित थे।

वर और वधू दोनों बहुत सुन्दर थे। उस सुन्दरता को देखकर न जाने राज्यश्री के हृदय में छिपी कौन-सी अपूर्णता को तृप्ति मिली।

लौटी तो वह प्रसन्न थी।

मन ने कहा : परम्परा।

परम्परा में अपनी असफलता की तृप्ति है ?

प्रश्न ने प्रश्न किया : 'तृप्ति का व्यक्तित्व क्या एक देह से दूसरी देह में पूर्ण हो सकता है ?'

'क्यों नहीं ?' तर्क ने उत्तर दिया।

'सम्यक् सम्बुद्ध की शरण, शास्ता की शरण,' धर्म ने कहा : 'दीपक से दीपक जलता है। अग्नि अपने-आपमें अभिन्न है। प्रत्येक देहधारी दीपक में भिन्न होकर भी अभिन्न होकर जलती है। अग्नि एक है, वह खंड भी अखंड है।'

मन ने पथ खोज लिया था।

तर्क ने फिर पूछा : 'क्या यह तृप्ति एक पराजय नहीं है ?'

'है !' ममता ने स्वीकार किया। ममता ! नारी की मातृत्व की बुभुक्षा।

'फिर ?'

फिर कोई तर्क नहीं। फिर अनुभूति ने सबकुछ पा लिया। वही अब सुखकर था।

राज्यश्री ने कहा : 'महायान ही सत्य है।'

विजया भिक्षुणी चौंकी। पूछा : 'क्यों ?'

'निर्वाण जो सहज है इसमें ?'

'ठीक ही तो देवी, हीनयानी तो एक प्रकार से शरीर के शत्रु हैं।'

'हूँ,' राज्यश्री ने सोचते हुए कहा।

विजया भिक्षुणी समझी, अगली मंजिल भी पास है जब देवी कहेंगी—वज्रयान परम सत्य है।

वह चली गई। राज्यश्री बैठी-बैठी सोचती रही। क्या निर्वाण सचमुच इतना सहज है ? यदि ऐसा है तो फिर संसार में अब तक दुःख क्यों है ?

विजया की इतनी हिम्मत फिर भी नहीं हुई कि साधना के विषय में राज्यश्री को कुछ बताती। आखिर तो राज्यश्री सम्राट की भगिनी, परमभट्टारिका थी।

राज्यश्री का अध्ययन बढ़ गया। वह खूब पढ़ती। चीनी भिक्षु जो दो-चार थे उनसे भी परिचय था। वे आते और अपने देश की बातें सुनाते।

करुणा का सन्देश सचमुच इतना व्यापक होकर भी क्यों पूर्ण नहीं था, राज्यश्री इस विषय पर बार-बार सोचती, किन्तु पथ नहीं पाती।

जीवन अब फिर उलझा नहीं रहा। वह अब बाहर के काम-धन्धों में अपना अधिक समय व्यतीत करती। सार्वजनिक जीवन वही व्यक्ति अधिक अच्छा बिता सकता है, जो अपने व्यक्तिगत स्वार्थों को जितना अधिक कम कर सके। जो अपने आपमें बद्ध सुखी हो जाता है वह स्वार्थी होता है। कभी कोई, कभी कोई, कोई न कोई आता ही रहता।

गान्धार के शिल्पी चले जाते, तो उद्यान के व्यापारी आते। नहीं तो दमिल आ जाते जो दक्षिण से हीरक और सुवर्ण लाते। सम्राट खरीदते सबसे थे और असंख्य धन इन वस्तुओं पर बहा देते। सप्ताह में एक दिन वे स्वर्ण और हाथी-दाँत की पालकी में बैठकर बाज़ार जाते और प्रायः बाजार ही खरीद लाते।

राज्यश्री अब इन कार्यों में भी थोड़ा-बहुत भाग लेने लगती, कभी नहीं लेती। ऐसे ही चला। किन्तु कोई विशेष बात होती तो सम्राट उसे अवश्य बुलवा लेते। उस दिन राज्यश्री को वे नहीं बुला सके, यद्यपि दूर समुद्र-पार से ब्राह्मण आए थे। उन्होंने बताया कि अब समुद्री दस्यु भी बढ़ गए हैं, वे जहाजों को लूट लेते हैं, तब चयनिका ने कहा : 'और व्यापारी पोतों पर सैनिक नहीं रखते ?'

'रखते हैं, देवी ! किन्तु दस्यु भयानक हैं।'

'जलचर ही जो हैं !' चयनिका ने स्वीकार किया।

हर्षवर्धन ने सुना और चयनिका से कहा : 'भाभी ? क्या समुद्र का प्रबन्ध नहीं किया जा सकता ?'

'उपहास न करो, देवर,' चयनिका चौंकी। उसने फिर अपनी आँखें फैलाकर कहा : 'यह कैसे हो सकता है ?'

'नहीं हो सकता ?'

'इतना बेड़ा अपने पास है कहाँ और वह भी यव तक,' सम्राट ने सुना और वे झुके। चयनिका ने धीरे से कहा : 'अब अरब व्यापारी ब्राह्मणों और आर्यों की जगह ले रहे हैं।'

'यह सत्य है, ब्राह्मण देवता ?' सम्राट ने पूछा।

'देव ! यह सत्य है।'

बात बढ़ी नहीं। चयनिका तरला को लेकर अपने प्रासाद की ओर चली गई। सम्राट राज्यश्री के पास चले गए थे।

35

राज्यश्री पढ़ रही थी। नागार्जुन की 'युक्तिषष्ठिका' बगल में रखी थी। सामने 'विग्रहव्यावर्त्तनी' थी। वस्तुओं के भीतर, दार्शनिक ने प्रमाणित किया था, कोई स्थिर तत्त्व नहीं है। वह एक विच्छिन्न प्रवाह मात्र है।

राज्यश्री को लगा, वह अब शून्यता का अर्थ समझती जा रही थी। तो यह थी वास्तविकता ?

भिक्षु मग्न था। वह बैठा कुछ दूर पर पढ़ रहा था।

विजया चुप थी। एकाएक वह कह उठी : 'देवी, दार्शनिक हो जाने से ही, शास्ता की बात समझ में नहीं आ जाती।'

राज्यश्री ने पूछा : 'तो फिर ?'

'प्रयोग !' भिक्षु ने कहा : 'कथनी और करनी का सम्मिलन भी आवश्यक है।'

'हाँ देवी,' विजया कहने लगी : 'शास्ता के जीवन से स्वयं यह प्रकट होता है।'

पाठ रुक गया। दास मीलक आया और उसने प्रणाम किया। राज्यश्री ने सिर हिला दिया।

मीलक ने कहा : 'देवी ! द्वार पर अतिथि हैं।'

'बिठा दो,' राज्यश्री ने कहा, 'पाठ करके मिलेंगे।'

मीलक चला गया। किसी ने भी ध्यान नहीं दिया। एक न एक दर्शनों का इच्छुक आता ही था।

राज्यश्री ने फिर कहा : 'व्यवहार का आधार यदि चिन्तन में नहीं है, तो फिर है कहाँ ?'

इसी समय दंडधर ने आकर अभिवादन किया और वह अपना दंड झुकाकर खड़ा हो गया।

राज्यश्री ने सिर उठाया। भिक्षु का ध्यान पुस्तक पर से हट गया।

'क्या है ?' विजया भिक्षुणी ने पूछा।

'देवी !' दंडधर ने राज्यश्री को देखकर कहा : 'भिक्षु-संघ से एक भिक्षु उपस्थित है।'

'ले आओ,' राज्यश्री ने कहा।

दंडधर चला गया। कुछ देर में वह एक भिक्षु के साथ उपस्थित हुआ।

'परमभट्टारिका !' भिक्षु ने कहा : 'भिक्षुसंघ से।' वह आश्चर्य में था।

'मैं भी सोचती थी।'

'सम्भवतः संघस्थविर ने भेजा हो।'

'क्यों ?'

'संघस्थविर ?' विजया ने कहा।

अकस्मात् व्याघात हुआ था। अप्रत्याशित था।

दासी रुद्रा भीतर आई।

'रुद्रा !' राज्यश्री ने कहा : 'अभी एक दंडधर आया न...!'

'देवी ! वह बाहर गया है, अभी आता ही होगा,' रुद्रा ने व्यस्त भाव से कहा।

'बुला ला,' विजया ने कहा।

'जाती हूँ,' वह चली गई।

एक और दंडधर ने आकर कहा : 'देवी ! संघस्थविर उपस्थित हैं।'

'संघस्थविर ! चलो।'

दंडधर चला गया। सबको अत्यन्त विस्मय हुआ। वे वृद्ध संघस्थविर जो भिक्षुओं की भीड़ लेकर हाथी पर आते थे, आज वे इतनी निस्तब्धता कैसे कर सके हैं। उनको अत्यन्त कौतूहल हुआ। राज्यश्री उठ खड़ी हुई। भिक्षु और विजया भी। वे निकलकर विशाल प्रकोष्ठ में आ गए।

संघस्थविर कान्यकुब्ज के साधारण व्यक्ति नहीं थे। इस समय उनको नालन्दा और उत्तरापथ के समस्त भिक्षुसंघों के संघस्थविरों से अधिक सम्मान प्राप्त था, क्योंकि कान्यकुब्ज में रहने के कारण वे वास्तव में इस समय सद्धर्म को राजबल से सम्बन्धित रखते थे और यह उनके प्रभाव का एक बहुत बड़ा कारण था।

आज ही प्रातः जब संघाराम में वृद्ध संघस्थविर बैठे थे तब चारों ओर शान्ति ही शान्ति विराज रही थी। दो भिक्षुओं में झगड़ा हो गया था। उन्हें अनुशासन पर उपदेश दिया गया था। एक भिक्षुणी पर आरोप था कि वह अपने साथी भिक्षुकों को कामी बना रही थी। उसे भी आदेश दिया गया था। परन्तु उस आदेश का प्रभाव नहीं पड़ा था। बात यों साबित हुई थी कि वज्रयानी भिक्षुओं की शक्ति थी। संघस्थविर प्रसन्न थे।

इसी समय कोई भीतर घुसा और बाहरी द्वार के पास खड़ा हो गया। 'संघस्थविर कहाँ है ?' उस व्यक्ति ने पूछा।

दूसरी बार पूछने पर वहीं बैठे एक भिक्षु ने उसकी ओर देखा और धीरे से कहा : 'कहाँ से आए हो ?'

'संघस्थविर कहाँ हैं ?' उस व्यक्ति ने कुछ इंगित किया।

भिक्षु ने समझकर कहा : 'दूसरे खंड पर।'

दूसरे खंड पर पहुँचकर उस व्यक्ति ने वृद्ध संघस्थविर को देखा और साष्टांग दंडवत की।

वृद्ध संघस्थविर ने आशीर्वाद दिया।

आगन्तुक खड़ा रहा। दो-तीन भिक्षु इस समय वहीं आकर खड़े हो गए।

वृद्ध संघस्थविर ने कहा : 'उपगुप्त !'

'भन्ते !' एक भिक्षु ने कहा।

'तुम अपना कार्य कर चुके ?'

'कर चुका, भन्ते !'

'तो जाओ,' और फिर उन्होंने आगन्तुक को देखा, जो उन भिक्षुओं के चले जाने पर धीरे से बोला : 'मैं समाचार लाया हूँ।'

'कहो।'

'भन्ते, अनर्थ हो गया।'

वृद्ध संघस्थविर चौंक उठे। बोले : 'ऐं !'

'हाँ, भन्ते।'

'शीघ्र कहो।'

'भन्ते, समाचार गोपनीय है।'

'कहो।'

आगन्तुक ने इधर-उधर चकित नेत्रों से देखा जैसे अब भी उसे विश्वास नहीं हुआ था। फिर उसने बहुत धीरे-धीरे कुछ कहा। बात का असर एकदम बिजली-सा हुआ।

संघस्थविर स्तब्ध रह गए।

'यह सत्य है ?'

'भन्ते ! मेरा वध करवा दें, यदि यह असत्य हो।'

वे देर तक सोचते रहे। उनकी मुख-मुद्रा अत्यन्त कठोर हो गई। उन्होंने कहा : 'एक बार फिर सोच लो, सम्भव है तुम्हें असत्य संवाद मिला हो।'

'भन्ते ! यह सत्य है।'

'जानते हो न, राजा बौद्धों का मित्र है। यदि यह सत्य है तो इसका परिणाम क्या होगा ?'

'भन्ते ! मैं जानता हूँ।'

कुछ देर बाद वे उठ खड़े हुए। कहा : 'मेरे साथ चलो।'

'जैसी आज्ञा,' आगन्तुक ने दृढ़ स्वर से कहा।

संघस्थविर ने पुकारा : 'उपगुप्त !'

उपगुप्त ने आकर प्रणाम किया।

'रथ तैयार कराओ। मैं प्रासाद जाऊँगा।'

उपगुप्त चौंककर देखने लगा।

बाहर आकर उन्होंने देखा : भिक्षुक आपस में बातचीत कर रहे थे। यह व्यक्ति ऐसा क्या संवाद लाया था कि संघस्थविर एकदम राजप्रासाद चल पड़े !

'तुम जानते हो, उपगुप्त हो ?' सरोरुहगुप्त ने पूछा।

'मुझे क्या मालूम ?'

संघकीर्ति ने सिर हिलाकर कहा : 'होगा कुछ !'

बात टली नहीं। फैलती गई। जब तक संघस्थविर नीचे के खंड में आए, तब तक बात सिंहद्वार के बाहर चली और कानों में घुसकर जब जीभ पर फिसलती वह हवा पर चली, महानगर में एक हल्की-सी सनसनी फैल गई।

रथ सिंहद्वार में से घुसा और पहले खंड के उत्तरद्वार पर जा पहुँचा। वृद्ध संघस्थविर धीरे-धीरे बाहर आ गए और उन्होंने आगन्तुक से कहा : 'तो फिर चलना ही पड़ेगा।'

स्वर्ण-रथ पर चढ़कर जब संघस्थविर और वह नया व्यक्ति बाजार में से निकले, दुकानदार दोनों ओर उठकर खड़े होकर अभिवादन करने लगे। राह चलते लोग प्रणाम करते। किन्तु ब्राह्मण और जैन केवल दुकानदार होने पर ही नमस्कार करते, अन्यथा नहीं। सामन्त अर्जुन का रथ दूसरी ओर से आ रहा था। इस समय संघस्थविर का रथ जा रहा है, सुनकर उसके सारथी ने रथ को एक गली में मोड़ दिया। सामन्त ने क्रोध से अपने होंठ दाँतों से चबा लिए। परन्तु वह क्या करता ? संघस्थविर का पद उससे ऊँचा था।

रथ जाकर प्रासाद के सम्मुख रुका। वृद्ध संघस्थविर चुपचाप उतर पड़े। आश्चर्य से सम्मुख खड़ा दंडधर पीछे हट गया। उसने संघस्थविर का राजसी ठाठ देखा था।

एक पल में हलचल मच गई।

इस समय संघस्थविर स्वर्ण की पीठिका पर बैठ गए। राज्यश्री सम्मुख खड़ी हो गई। उसने पूछा : 'भन्ते ! आप ?'

वह कह नहीं सकी। वृद्ध संघस्थविर ने कहा : 'सद्धर्म पर विपत्ति आई है।'

'विपत्ति !' राज्यश्री के मुख से बरबस निकला।

शब्द घहरा। बड़ा हो गया। संघस्थविर के मुख पर एक अनोखी दृढ़ता खेल गई। उनके साथ आनेवाला व्यक्ति अब पृथ्वी पर बैठ गया था।

वृद्ध संघस्थविर की ओर सबकी दृष्टि केन्द्रित हो गई थी। उन्होंने आतुरता से पूछा : 'सम्राट कहाँ हैं ?'

'सम्राट ? अपने प्रासाद में होंगे,' विजया भिक्षुणी ने कहा।

'आवश्यक कार्य है ?' राज्यश्री ने पूछा।

'देवी, उन्हें बुला लो,' वृद्ध ने कहा। उन्होंने यह नहीं कहा कि वे स्वयं उठकर वहाँ चले जाएँगे। तब कोई विशेष बात होगी। है तो, क्योंकि वृद्ध के मुख पर जो व्यग्रता है, वह साधारण नहीं है।

दंडधर दौड़े।

पल-भर में संवाद फैल गया। कोट्टपाल ने नगर के द्वार बन्द करवा दिए, जैसे न जाने क्या होनेवाला है।

जब दंडधर ने दासी अमिया से जाकर कहा और अमिया भीतर चली गई, तब लौटकर बोली कि सम्राट हर्षवर्धन स्नानागार में हैं।

'तो शीघ्र सूचना दो कि कान्यकुब्ज के संघस्थविर परमभट्टारिका देवी राज्यश्री के प्रासाद में प्रतीक्षा कर रहे हैं।'

'आते हैं,' दासी ने इठलाकर कहा, जैसे यह न भूलो कि किसे बुला रहे हो ! सम्राट जल्दी नहीं किया करते। दंडधर ने लौटकर यह समाचार सुना दिया। संघस्थविर अब आतुरता से प्रतीक्षा करने लगे।

प्रायः एक-चौथाई प्रहर व्यतीत हो गया। संघस्थविर ने कहा : 'देवी ! बहुत विलम्ब हुआ।'

'दंडधर भेजा है फिर,' राज्यश्री ने आश्वासन दिया।

'तो ठीक है,' फिर भी जैसे वे ठीक नहीं थे।

'प्रस्तुत हूँ,' सम्राट ने प्रवेश करते हुए कहा : 'विलम्ब के लिए क्षमा-प्रार्थना स्वीकार हो।'

सबने आश्चर्य से देखा कि वृद्ध संघस्थविर उस समय सम्राट का कंठस्वर सुनकर ऐसे उठ खड़े हुए, जैसे बालक अधीर हो उठा हो।

सम्राट ने संघस्थविर को प्रणाम किया, वे बैठ गए और फिर उन्होंने कहा : 'राज्यश्री !'

'भैया,' राज्यश्री ने उत्कंठा से कहा।

'बैठो,' सम्राट ने कहा : 'आज कुछ व्यग्रता है ?' फिर जैसे धैर्य के प्रतिरूप बनकर मुस्कुराए, जैसे मेरे रहते किसी को कोई भय नहीं है।

वृद्ध संघस्थविर बैठ गए।

'कहें, भन्ते ! कैसे कष्ट किया ?'

'आज भन्ते...' विजया ने प्रारम्भ किया, किन्तु संघस्थविर ने जब आँखें उठाकर उसकी ओर देखा, वह चुप हो गई।

संघस्थविर ने कहा : 'विशेष कारण की उपस्थिति में ही विशेष कार्य करने का साहस कर सका हूँ।'

'क्या हुआ, भन्ते ?' सम्राट ने कुछ झुककर, कुछ मस्तक ऊपर उठाकर कहा।

संघस्थविर ने धीरे से कहा : 'देव ! सद्धर्म की जड़ कट गई। आज आर्यावर्त्त में जो अनर्थ हुआ है, ऐसा कभी नहीं हुआ। शताब्दियों का गौरव आज धूलि में लुंठित हो गया, आज संसार में सद्धर्म का सम्मान पददलित हो गया है। आज मेरा हृदय फटा जा रहा है।'

सब चौंक उठे। सम्राट के मुख पर शौर्य झलका। राज्यश्री गम्भीर से गम्भीरतर हो गई। विजया भिक्षुणी का मुख आश्चर्य से फट गया। आगन्तुक नया व्यक्ति धरती पर बैठा-बैठा अब उँगलियों से कुछ रेखाएँ खींचने लगा। दास-दासियाँ पीछे हट गए। दंडधर सजग दिखाई देने लगे। वृद्ध संघस्थविर का सिर यह कहकर झुक गया।

कुछ देर एकदम सन्नाटा छाया रहा। फिर जैसे एक नवीन कौतूहल आया।

सम्राट ने अत्यन्त धैर्य से अपना बायाँ हाथ अपनी फलका पर टेककर कहा : 'क्यों, भन्ते ?'

संघस्थविर ने आगन्तुक की ओर देखा। आगन्तुक ने एकदम कहा : 'सम्राट की

जय ! बंगराज शशांक नरेन्द्रगुप्त ने बुद्ध गया में बोधिद्रुम को जड़ से काटकर फेंक दिया।'

नरेन्द्रगुप्त ! वह जघन्य व्यक्ति !

और बोधिद्रुम ! वह पवित्र वृक्ष जिसके नीचे स्वयं गौतम सिद्धार्थ को बोधि प्राप्त हुई। वह कट गया।

क्या यह सत्य है !

ऐसा लगा जैसे भयानक विस्फोट हुआ। उस विस्फोट ने सबके हृदय को छार-छार कर दिया। सम्राट उठ खड़े हुए, जैसे झटके को सहने के लिए यह आवश्यक था। शताब्दियों से अपनी गौरव-गाथा को कहनेवाला पवित्र बोधिद्रुम काट दिया गया ? क्या आर्यावर्त्त में अब वह ज्ञान का प्रतीक नष्ट हो गया ? मदान्ध शशांक ! क्या तेरी प्रतिहिंसा इतनी बर्बर थी कि तूने उस महिमा का ध्वंस कर दिया जिसके सामने सिर झुकाने संसार आता था ?

राज्यश्री रोने लगी। नारी का हृदय यह भीषण आघात नहीं सह सका। वह सिसकने लगी। विजया ने सान्त्वना देने को उसके कन्धे पर हाथ रखा। राज्यश्री को जैसे विश्वास नहीं हुआ।

'क्या यह सत्य है ?' उसने आगन्तुक से पूछा।

'देवी ! मैं बुद्धगया से आ रहा हूँ,' आगन्तुक ने उठकर कहा।

सम्राट बैठ गए। उनके मस्तक पर चिन्ता की रेखा थी।

'ब्राह्मणों का विद्वेष असह्य हो चला है,' संघस्थविर ने कहा : 'वे अब सद्धर्म पर ऐसा प्रहार कर रहे हैं। शशांक गुप्तवंश का वैष्णव मतानुयायी है। वह फिर से गौ, ब्राह्मण और देवताओं की प्रतिष्ठा स्थापित करना चाहता है। वह बर्बर है।'

'नितान्त,' सम्राट ने केवल एक शब्द कहा।

'तो सम्राट !' संघस्थविर ने कहा : 'फिर ?'

सम्राट चुप रहे।

राज्यश्री ने चिल्लाकर कहा : 'यह भयानक है, भैया ! क्या इतिहास भविष्य में यह कहेगा कि हर्षवर्धन के सामने बोधिद्रुम कट गया और वह चुप बैठे रहे ?'

'देवी !' हर्ष ने कहा।

'सत्य ही तो। शशांक नराधम है,' राज्यश्री ने फूत्कार किया : 'वह मनुष्य नहीं है, वह राक्षस है।'

हर्षवर्धन ने धीरे से कहा : 'भगिनी ! आतुर न हो। राजनीति खेल नहीं है। शत्रु कैसा भी हो, सँभलकर उस पर आक्रमण करना चाहिए। पहले आर्यावर्त्त के समस्त भिक्षुसंघ को एकत्र करना चाहिए और तब निर्णय करना उचित होगा।'

'तो क्या इतने दिन चुप रहना होगा ?'

'विजय क्या एक दिन में होती है ?'

'नहीं,' राज्यश्री ने फिर फूत्कार किया : 'सद्धर्म पर आघात नहीं, सम्राट, यह मेरे

जीवन की अन्तिम दुःखद घटना है। भगवान ! जो कुछ होता है मेरे साथ एकदम ऐसा अकस्मात् और ऐसा दारुण क्यों होता है ?' उसके स्वर की आर्द्रता और कम्पन सुनकर सम्राट आतुर हो उठे। विजया आगे बढ़ आई।

'तो,' सम्राट ने कहा : 'मैं बुद्ध-शासन का प्रचलन करूँगा, राज्यश्री ! शशांक ने दूसरा जघन्य अपराध किया है। पहला अपराध भी मैं भूला नहीं था। उसके लिए उपयुक्त अवसर ढूँढ़ रहा था। आज वह आ गया है। मैं उसे नष्ट कर दूँगा, गुप्त साम्राज्य का यह ध्वंसावशेष ऐसे मिटा दूँगा कि उसके खँडहरों पर कुत्ते, गीदड़ और उल्लू दिन में बोला करेंगे। अपमान का प्रत्युत्तर है, दम्भी की मृत्यु।'

बात समाप्त होने के पूर्व ही प्रासाद के ईषाण कोण में भेरी बजने लगी। उसका नाद हृदय के रक्त को धकधकाने लगा। बाहर फिर शिरस्त्राण और वर्भों के बजने का शब्द हुआ, जैसे शस्त्र खड़खड़ाए। भेरी बज चुकी तब मर्दल बजने लगा। उसका धकधकाता शब्द तो रक्त को खौलाने लगा।

सेना तत्पर होने लगी। सम्राट के नाम का जय-जयकार होने लगा। उस तुमुल शब्द को सुनकर प्रजा चौंक उठी। जगह-जगह लोग निकल-निकलकर झुंड बनाकर बातें करने लगे।

नगर में संवाद फैल गया। बौद्धों की भीड़ जमा होने लगी। सहस्रों क्रुद्ध स्त्री-पुरुष चिल्लाने लगे, 'सम्राट की जय। वे ही रक्षा करेंगे, वे ही रक्षा करेंगे। कान्यकुब्ज की ओर उत्तरापथ की आँखें लगी हैं।'

सन्ध्या हो गई।

राज्यश्री ने सेना को जाते देखा और कहा : 'विजया !'

'देवी !'

'भैया कितने महान कार्य के लिए जा रहे हैं।'

विजया ने देखा और कहा : 'महान व्यक्ति महान कार्य ही करते हैं।'

राज्यश्री चुप हो गई।

जय-जयकार से अब नगर गूँजने लगा था। प्रजा भी रणोन्मत्त दिखाई दे रही थी। सेना के ऊपर फूल फेंके गए। ब्राह्मणों के दल ने सम्राट के सम्मुख अपनी स्वामिभक्ति को प्रकट किया कि यह शशांक का अनाचार है। सम्राट ने उन्हें अभय दिया।

सेना का अन्तिम दल आ पहुँचा।

भांडी ने कहा : 'सम्राट, प्रस्थान करें।'

सम्राट ने घोड़ा बढ़ाया।

महाबलाधिकृत भांडी ने श्वेत तुरंग आगे करके कहा : 'सम्राट, आगे न चलें।'

'क्यों ?' सम्राट ने पूछा।

'शत्रु छद्म वेश में होंगे।'

'वर्धन के सामने ?' उन्होंने आँखें तरेरकर कहा फिर घोड़ा आगे बढ़ाया।

सम्राट चले गए। उनके पीछे असंख्य चमचमाते शिरस्त्राण पहने योद्धा और

अश्वारोही चले। देखते-देखते उनके पाँवों से उठी धूलि ही रह गई।

राज्यश्री खड़ी रही।

'चलो, देवी,' विजया ने कहा।

राज्यश्री नहीं बोली।

'देवी ! सम्राट् विजयी होंगे,' विजया ने फिर कहा।

राज्यश्री देखती रही। उसके मन में आग जल रही थी। वह लौटकर आई और बुद्ध-प्रतिमा के सम्मुख बैठकर रो पड़ी।

क्या मनुष्य अब ज्ञान का ऐसा सर्वनाश करेगा ? और उसे याद आया संघमित्र जिसने सबकुछ त्यागकर अपने को तन, मन, धन से बुद्ध शासन में लगा दिया था।

'भगवान,' राज्यश्री ने कहा : 'सम्राट को बल दो !'

बुद्ध-प्रतिमा शान्त थी। उसमें अब भी कोई विकार नहीं था। राज्यश्री को लगा जैसे कोई लोहे के हथौड़े से प्रतिमा पर आघात कर रहा था।

वह चिल्ला उठी।

36

सम्राट के जाने के उपरान्त राज्यश्री विकल हो उठी। उसे किसी भी काम में अब रुचि नहीं रही। वही दान, वही अध्ययन, वही नीवरता। जैसे सबकुछ अब उसे उबाने लगा। शशांक के प्रति घृणा ने उसे जो उत्तेजना दी उसने उसे एक नया क्षोभ दे दिया। वह सब अब कुछ नयापन चाहती थी, जिससे जीवन में एक प्रकार का परिवर्तन आए। वह इस विषय पर सोचती रही। कई दिन ऐसे बीत गए।

उसने विजया से कहा : 'मैं नालन्दा जाऊँगी।'

विजया ने सुना। देवी के मुख की ओर देखा। राज्यश्री के मुख पर बालक के हठ के-से चिह्न विद्यमान थे।

'क्यों, देवी ?' उसने पूछा।

'ऐसे ही,' राज्यश्री ने कहा।

विजया नहीं समझी।

'तू भी चल,' राज्यश्री ने कहा।

विजया सिहर उठी। राज्यश्री ने देख लिया, कहा : 'क्यों क्या बात है ?'

विजया नालन्दा से डरती थी। फिर भी कहा : 'कुछ नहीं। चलूँगी।'

'तो फिर प्रबन्ध कर।'

'करूँगी।'

विजया जानती थी, नालन्दा इस समय तान्त्रिकों का केन्द्र है। कहीं ऐसा न हो कि देवी को उस तन्त्र-साधना का ज्ञान हो जाए और उसके ऊपर उल्टा प्रभाव पड़े।

पर कोई चारा भी न था। वह प्रबन्ध में लग गई।

एक गुल्म के साथ वे लोग चल दिए। राज्यश्री और विजया एक रथ पर बैठीं।

'मुहूर्त्त तो शुभ है,' विजया ने कहा।

'भगवान रक्षक हैं,' राज्यश्री ने आश्वासन दिया।

सम्राट हर्षवर्धन गौड़ पहुँच चुके थे। उनकी सेना के आगमन का समाचार सुनकर राह के राजा और अधिपति उनके चरणों पर भेंट ला-ला रखते और सम्राट के उन्हें स्पर्श कर लेने पर वे कृतार्थ होकर स्वामिभक्ति की शपथ खाते।

सेना वर्षा ऋतु के जलप्लावन की भाँति बढ़ चली। जहाँ आवश्यकता होती वहाँ आतंक भी दिखाया जाता। सबकुछ हुआ, परन्तु मुख्य बात पूरी नहीं हुई। नरेन्द्रगुप्त नहीं मिला। उसने जब सुना कि सम्राट हर्षवर्धन इतनी विशाल सेना लेकर आ रहे हैं, वह अपनी सेना लेकर कहीं जंगलों में भाग गया। बंगाल देश में स्थान-स्थान पर नदियाँ थीं, छोटे-छोटे ताल-तालाब थे, उनमें बहुत दिन रहना व्यर्थ ही था, क्योंकि उसके निवास का पता भी नहीं था।

सम्राट लौटने की सोच रहे थे।

महाबलाधिकृत भांडी ने कहा : 'सम्राट ! एक भाग सेना का यहीं छोड़कर चला जाए तो ?'

दंडधर ने सूचना दी : 'सम्राट ! एक चीनी भिक्षु उपस्थित है।'

'कौन है ?' भांडी ने पूछा।

'देव, वह बहुत दूर से आया लगता है।'

'आने दो,' सम्राट ने कहा।

एक दंडधर के साथ कुछ क्षण बाद एक चीनी भिक्षु ने प्रवेश किया।

चीनी भिक्षु को देखकर सम्राट आदर से उठ खड़े हुए। उन्होंने भिक्षु को प्रणाम किया। भिक्षु ने गद्‌गद होकर शुद्ध संस्कृत उच्चारण करके सम्राट को आशीर्वाद दिया। सम्राट ने उसे आसन दिखाकर कहा : 'स्वागतं ! आगम्यताम् ! इदम् आसनम्।'

भिक्षु बैठ गया।

'मेरा नाम युआन-च्वांग है, सम्राट,' भिक्षु ने कहा : 'और मैं आपका यश सुनकर आपके दर्शनों की अभिलाषा से उपस्थित हुआ हूँ।' एक तो चीनी स्वयं नम्रता के प्रतीक, दूसरे वह भिक्षु। सम्राट बातें करने लगे। चीनी भिक्षु भी उत्तर देता रहा। दो-एक दर्शन-शास्त्र की भी बातें कीं। चीनी पंडित सहज ही उत्तर दे गया, जैसे यह इसकी दैनिक बातचीत का विषय है। उसके उद्‌भट पांडित्य से सम्राट चकित रह गए।

'भिक्षुप्रवर !' सम्राट ने कहा : 'आपसे मिलकर अत्यन्त हर्ष हुआ। कभी-कभी ही ऐसा भाग्य होता है।'

उन्होंने निमन्त्रण दिया : 'कान्यकुब्ज पधारेंगे न ?'

'अवश्य,' युआन-च्वांग ने कहा। उसका शीश मुंडित था। दाढ़ी-मूँछ भी साफ थी। उसके गालों की हड्डी उठी हुई थी, आँखें छोटी थीं। वह भिक्षुवस्त्र पहने था। सम्राट

मुस्कुराए।

युआन-च्वांग प्रसन्न-सा दिखाई दिया।

उसके जाने पर सम्राट ने कहा : 'असाधारण व्यक्तित्व है।'

भांडी ने कहा : 'पंडित तो है।'

'बहुत यात्रा करके आया है।'

भांडी ने सिर हिलाया। फिर कहा : 'सम्राट ! विलम्ब हो रहा है।'

सम्राट सेना देखने चले गए।

दूसरे दिन भांडी ने कहा : 'देव ! आज्ञा दें !'

'हाँ, अब यहाँ रहना व्यर्थ लगता है। वर्षाकाल के बाद आना ठीक होगा। शशांक के पास नौकाएँ होगीं। हम नौसेना से युद्ध कैसे करेंगे ?'

सेना चल पड़ी। सम्राट् का हृदय व्यथित-सा था। जिस काम से आए थे, वह नहीं हुआ। दूसरी बार शशांक नरेन्द्रगुप्त हाथ में आने के बजाय साफ निकल गया। तो क्या इतनी शक्ति, इतना बल व्यर्थ है ? उनका शत्रु तो अभी भी मुक्त है और अपने को शासक ही कहता है। वे सोचते रहे।

एक रथ के पीछे कुछ अश्वारोही आ रहे थे। पहियों की गड़गड़ाहट सुनाई दे रही थी।

सारथि ने पुकारा : 'बाकी रथ कहाँ हैं ?'

'पीछे रह गए हैं,' कोई चिल्लाया।

'आ जाने दो। वन प्रान्तर है।'

'कोई भय नहीं।'

रथ में राज्यश्री थी। पूछा : 'विजया ! पूछो तो अब हम कहाँ हैं ?'

'देवी वन में हैं।'

'सैनिक छूट गए हैं ?'

घोड़े दौड़ते हुए पास आ गए थे।

'नहीं, देवी,' विजया ने कहा।

'आ तो गए ?' राज्यश्री ने कहा।

'हाँ, देवी,' अभी विजया कहकर चुप भी नहीं हुई थी कि पास ही कहीं एकाएक घंटे बजने का शब्द सुनाई दिया। उस एकान्त वन की वृक्ष-लताओं की उलझन में, सघनता में, यह शब्द सुनकर राज्यश्री को बड़ा विस्मय हुआ। यहाँ आखिर कौन है ?'

राज्यश्री ने कहा : 'विजया !'

'देवी !'

'यह क्या है ?'

रथ धीमा हो गया था। सैनिक अब सतर्क से चलते दिखाई दे रहे थे। भिक्षुणी विजया कुछ नहीं कह सकी।

राज्यश्री ने फिर पूछा : 'तुझे नहीं मालूम ?'

'जानती तो हूँ।'

'तो कहती क्यों नहीं ?'

'देवी, यह कापालिकों का स्थान है।'

'आज मैं इनकी साधना देखूँगी।'

विजया चौंकी।

'देवी !' उसके मुख से निकला।

'क्यों ?'

'देवी ! वह स्थान ठीक नहीं है।'

राज्यश्री नहीं समझी। पूछा : 'क्या बात है ?'

'वहाँ नरबलि होती है।'

'नरबलि !' राज्यश्री को झटका लगा। कहा : 'यह तो अत्यन्त जघन्य कार्य है।'

'देवी, अपना-अपना धर्म है।'

'यह भी धर्म है ?'

वन के भीतरी भाग में एक मन्दिर बना हुआ था। मन्दिर क्या था, दो प्रकोष्ठ थे। वह चारों ओर घने पेड़ों में छिपा था। एक इमली का विशाल वृक्ष था। राज्यश्री ने गौल्मिक को इंगित किया। वह समझ गया। तुरन्त सैनिक घोड़ों पर से उतर पड़े और उन्होंने उस स्थान को चारों ओर से घेर लिया।

राज्यश्री उतर गई। विजया भी। राज्यश्री आगे-आगे चली, विजया उसके पीछे-पीछे। दोनों अत्यन्त सतर्कता से चल रही थीं।

'कहीं, आपका आना,' विजया ने कहा : 'उन्हें मालूम न पड़ जाए !'

'क्यों ?'

विजया उत्तर नहीं दे सकी। वे झाड़ी के पीछे पहुँच गईं। राज्यश्री ने झाड़ी में से झाँका। उसने देखा, मन्दिर में कुछ नहीं था। सम्भवतः बाईं ओर महाकाली की मूर्ति थी, क्योंकि सबकुछ उसी को लक्ष्य करके हो रहा था। बाहरी प्रकोष्ठ में से दूसरे प्रकोष्ठ का भीतरी भाग दिख रहा था।

राज्यश्री का हृदय काँप गया। एक अद्‌भुत बीभत्सता-सी छा रही थी।

एक कापालिक खड़ा था। उसके सिर पर जटाजूट थे। गले में मुंडमाला थी। वह सिंहचर्म पहने था। उसका शरीर अत्यन्त सुदृढ़ था। दाढ़ी और मूँछें बड़ी-बड़ी थीं। उसके नेत्र लाल और बाहर निकले हुए-से थे। वह देखने में डरावना लगता था।

पत्थर काटकर ऊपर से फूल की भाँति बनाया गया था, उस फूल में केवल दो दल थे। बीच में उसके इतनी जगह थी कि उस पर मनुष्य-ग्रीवा रखी जा सके। एक व्यक्ति बँधा हुआ था। वह चीनी प्रतीत होता था।

'क्या वह भिक्षु है ?' राज्यश्री ने पूछा।

'कौन जाने ?' विजया ने काँपते स्वर में कहा।

'वह कौन है ?'

एक स्त्री के शरीर पर कई जगह सिन्दूर लगा था। वह भीतर से निकली थी। वह बिल्कुल नग्न थी, किन्तु उसकी कटि पर इतनी मुंडमाला लटक रही थीं कि उन्होंने उसके कटि के नीचे वस्त्र का-सा काम किया था। उसके गले में भी नरमुंड की माला पड़ी थी। बाल खुले हुए थे। वह एक हाथ में मदिरापात्र और दूसरे हाथ में चषक लिये हुए थी। स्यात् पीकर निकली थी, क्योंकि वह रक्त नेत्रा और विह्वल थी।

राज्यश्री काँप उठी।

कापालिक मन्त्रोच्चारण करने लगा। फिर उसने कहा : 'भैरवी !'

स्त्री हँसी। उसके बलिष्ठ शरीर में एक मस्ती-सी छा गई।

'क्या है, वज्र घंट ?'

'समय निकट आ रहा है,' कहकर कापालिक उठा और प्रकोष्ठ में लटके घंटे हिलाने लगा और घंटे फिर भयानक शब्द करने लगे। उस समय उसके सफेद दाँत चमक उठे, भृकुटियाँ खिंच गईं, वह एक अपूर्व शक्ति से स्फुरित-सा दिखाई पड़ने लगा। स्त्री उठी और पहले तो उसने दिगन्तों में शंखनाद भर दिया और फिर अग्नि की प्रदक्षिणा की और वह आरती करने लगी। उसकी उन्मत्त मुद्रा, उसका अंग-चालन, उसका विभोर उल्लास, सबकुछ राज्यश्री के हृदय में एक जुगुप्सा-सी भरने लगे।

विजया के नेत्र फैल गए, राज्यश्री ने देखा। अब स्त्री और कापालिक ने एक-दूसरे का हाथ पकड़कर गम्भीर स्वर में कुछ मन्त्रोच्चारण किया। फिर दोनों ने दो-दो चषक मदिरा पी। एक-एक टुकड़ा मांस का खाया।

'भैरवी !' पुरुष ने घंटे बजाना रोक दिया।

'क्या है ?' स्त्री ने लड़खड़ाकर पूछा।

'होम-ज्वाला बुझ रही है।'

'आज्य डाल दो।' वह बैठ गई और हँसने लगी। उस समय मदविह्वल पुरुष ने स्त्री को भुजाओं में बाँधकर पुकारा : 'मैं शिव हूँ, तू भैरवी है।'

स्त्री अट्टहास कर उठी। कहा : 'शव दे। मुझे शव ला दे।'

पुरुष हँसा और फिर उन्होंने भयानक रव फैलानेवाला शंख बजाया और उन्मत्त वेग से स्त्री ने नाचते हुए घंटे बजाए। पुरुष ने स्त्री के मस्तक पर चिता-भस्म लगा दी। स्त्री झूमने लगी। उसने कहा : 'ठहरो।'

वह भीतर गई और कई आभूषण निकाल लाई। उसने वे सब आभूषण पहन लिये। पुरुष तब तक होम-ज्वाला को प्रदीप्त कर चुका था। स्त्री उठकर फिर मदिरा से चषक भरने लगी।

तभी कापालिक आगे बढ़ा। उसके हाथों में एक बड़ा परशु दिखाई देने लगा। उसे देखकर बँधा हुआ व्यक्ति काँपने लगा।

विजया ने कहा : 'चलो, देवी !'

राज्यश्री ने कहा : 'चुप रहो !'

और उसने कुछ इंगित किया। सैनिक पास आने लगे। विजया आश्चर्य से देखने लगी। राज्यश्री ने देखा, स्त्री अब घुटनों के बल बैठकर बँधे हुए व्यक्ति के मस्तक पर सिन्दूर लगा रही थी।

एकदम सैनिकों ने मन्दिर घेर लिया। कापालिक ने कहा : 'भैरवी ! प्रसाधन हो गया ?'

'हो गया। यज्ञकुंड में स्रुवा से आज्य डालो। बलि दो।'

कापालिक दो पग पीछे हटा और 'जय भैरवी' कहकर जो उसने परशु ऊपर उठाया एक सैनिक ने कापालिक का हाथ पकड़ लिया। कापालिक सँभल भी नहीं पाया था कि सैनिकों ने उसे पकड़ लिया। स्त्री भय से चिल्लाने लगी।

राज्यश्री बाहर आ गई। उसे देखकर कापालिक क्रोध से चिल्लाया : 'कौन है तू, अधमे ?'

राज्यश्री ने कहा : 'उसे खोल दो।'

सैनिकों ने चीनी भिक्षु को खोल दिया। वह अब डरता हुआ-सा उठ खड़ा हुआ। क्या वह सचमुच मरा नहीं था, अभी उसके नेत्रों से यह अविश्वास नहीं जा सका था।

कापालिक ने कहा : 'नीच स्त्री ! तूने भैरवी की साधना में व्याघात डाला है। वह तुझे कभी क्षमा नहीं करेगी।'

'तुम शैव हो ?' राज्यश्री ने पूछा।

'नहीं, हम बौद्ध हैं,' कापालिक ने कहा : 'तू कौन है ?'

राज्यश्री चुप रही। उसने अपना परिचय नहीं दिया। उसका सिर घूम गया। क्या बौद्ध कापालिक भी होते हैं ? उसने झाँककर देखा, मन्दिर में और भी खाने के लिए मांस रखा था। कुछ चने रखे थे।

राज्यश्री ने इंगित किया। सैनिकों ने परशु छीनकर रथ में रख लिया। गौल्मिक ने निकट आकर पूछा : 'देवी ! कापालिक को क्या दंड दिया जाए ?'

'कुछ नहीं,' राज्यश्री ने कहा।

'देवी ! वह हत्या कर रहा था।'

'नहीं, वह धर्म के नाम पर कर रहा था। वह अन्धविश्वास का दास था।'

कापालिक अब साधनाक्षीण होने पर भी गालियाँ दे रहा था और स्त्री रो रही थी। अब शायद उसे ध्यान आ गया था कि वह नग्न थी। वह भीतर चली गई थी।

पथ पर आकर राज्यश्री ने कहा : 'तुम कौन हो, भिक्षु !'

'देवी, मैं एक चीनी भिक्षु हूँ।'

'तो तुम यहाँ कैसे आ गए ?'

'देवी ! कापालिक ने मुझे बलि के उपयुक्त समझकर पकड़ लिया।'

राज्यश्री सोचती रही। कहा : 'तुम्हारा नाम क्या है ?'

'युआन-च्वांग, देवी,' भिक्षु ने झुककर कहा। राज्यश्री यह नाम सुन चुकी थी। चौंक उठी। भिक्षु ने गद्गद होकर कहा : 'तुम मेरी माता हो। तुमने मुझे प्राणदान दिया है।'

37

युआन-च्वांग चीनी बौद्ध पंडित था। बाल्यावस्था में वह अपने भाई को भिक्षु होते देख चुका था। वह भी भिक्षु हो गया। उस समय चीन में थाङ् वंश शासन कर रहा था। अनेक स्थानों में विद्याध्ययन करने के उपरान्त वह चङ्गन में रहने लगा। वहीं उसने अपने साथी एकत्र किए और सम्राट क्यूसुआ से भारत-यात्रा की प्रार्थना को पूर्ण करने की याचना की। प्रार्थना अस्वीकार कर दी गई, किन्तु वह चौबीस वर्ष की अवस्था में भारत चल पड़ा। उसके साथ केवल दो व्यक्ति और थे। लाङ्जू में व्यापारियों ने उन्हें अत्यन्त सहायता दी। गोबी की भयानक मरुभूमि पार करते समय वह अकेला रह गया। गर्मी में वहाँ अत्यन्त गर्मी और शीतकाल में भयानक ठंड पड़ती थी। हवा के झोंकों पर धूल एक स्थान से उड़कर दूसरे स्थान पर बैठ जाती और पूरे सार्थ को दबा देती। असंख्य हड्डियाँ दूर से ही दिखाई देतीं। उस भीषण मरुभूमि को आज तक किसी ने भी पार नहीं किया था। उसके एक किनारे से चलकर ही सार्थ जाते थे। उसके दोनों साथी यह कष्ट असहनीय समझकर लौट गए। हामी पहुँचने पर वहाँ के शासक की आज्ञा से कुछ दिन धर्मोपदेश करके वह काशगर राज्य में स्वागत-सम्मान प्राप्त करके पठान देश होता हुआ, समरकन्द देखकर, वक्षुतीर पर पहुँचा। प्राचीन काल में उसे महानदी कहते थे। यहाँ एक भारत-यात्रा कर चुकनेवाला साथी मिला, जिसके साथ चुआन-च्वांग बलख चला गया। बौद्धमठ और स्तूप देखकर उसे प्रसन्नता हुई। यात्रा की अनेक कठिनाइयाँ झेलकर वह हिन्दूकुश पर्वत के निकटस्थ बामियन नगर में विश्राम करके, नगरहार होता हुआ पुरुषपुर आया। फिर सिन्धु पार करके तक्षशिला गया, जहाँ अब खँडहर हो चले थे। वहाँ से कश्मीर जाकर दो वर्ष एक विहार में व्यतीत करके मथुरा और स्थाण्वीश्वर होता वह गौड़ से लौटकर कान्यकुब्ज जा पहुँचा। आज उसका आगमन कान्यकुब्ज में एक सन्देश बनकर फैल गया था।

सामन्त अर्जुन जब प्रातःकाल उठा, उसकी अर्द्धनग्न दासी ने उसके सामने सोने की झारी में सुगन्धित जल प्रस्तुत किया। सामन्त मुख धोने लगा। उसने दूसरा पात्र नीचे रख दिया।

'महाराज,' दासी ने कहा : 'नगर में बड़ा कोलाहल है।'

'क्यों ?' उसने मुँह पोंछते हुए पूछा।

'भिक्षु, चीनी भिक्षु आया है न ?'

सामन्त अर्जुन का जी प्रातः ही खट्टा हो गया। ये भिक्षु क्या हुए, सारा धन खाए जा रहे हैं !

'मुंडी,' उसने घृणा से कहा।

दासी चली गई। सामन्त भी पर्यंक से उठ पड़ा और अपने दिन के कार्यों में लग गया।

सभा का आयोजन होने लगा। विशाल मंच बनाया गया था। उस पर बहुमूल्य

कालीन बिछाए गए थे। नीचे असंख्य प्रजा के बैठने का प्रबन्ध था। स्त्रियों के बैठने की जगह अलग थी। बालकों के रोने पर वे सहज ही आसानी से उठकर बाहर जा सकती थीं।

धर्म-महोत्सव का ढिंढोरा पीटा जाने लगा।

युआन-च्वांग आज विशेष आयुक्तों के साथ नगर की शोभा देखने निकला था। वह जिधर देखता उधर ही उसे कुछ नयापन दिखाई देता था। विस्तृत पथ पक्के थे। ठौर-ठौर पर सुन्दर कुएँ बने हुए थे।

जब वह बाजार पहुँचा और उसने वहाँ की दुकानें देखीं, उनमें संसार-भर की सामग्रियाँ देखीं तो उसकी उँगली दाँतों के बीच में जाकर दब गई।

नागरिक रेशमी वस्त्र पहने निकल आए थे। उनके हाथों में बहुमूल्य हीरे-जड़ी अँगूठियाँ थीं। कानों में सुवर्ण कुंडल थे और वक्षस्थल पर पानीदार मोतियों की मालाएँ हिल रही थीं। मस्तक पर मतानुसार टीका लगा हुआ था।

युआन-च्वांग नगर की शोभा देखकर दंग रह गया। कितना सुन्दर था वह सब ! वह पृथ्वी के इतने बड़े भाग में जन्म लेकर भी, उसके समान ही फैले भाग में यात्रा करके भी, जो कहीं न देख सका था, वह गौरव उसने आकर यहीं देखा।

बीस राज्यों के सामन्तों और राजाओं के आडम्बर से कान्यकुब्ज झुक-सा गया। वे विराट् अट्टालिकाएँ, वे चिंघाड़ते लौह-शृंखलाओं में झूमते हाथी, वे हिनहिनाते घोड़े, वे हाथीदाँत की पालकियाँ और सैनिकों के गर्जन से विक्षुब्ध पथ देखकर वह विस्मित हो गया।

3000 महायानी और हीनयानी बौद्ध, नालन्दा के 1000 विद्वान और 3000 ब्राह्मण और निर्ग्रन्थ उपस्थित थे। सभा में इस विशाल संख्या में उद्भट पंडितों की उपस्थिति से जो गरिमा दिखाई दी, वह वास्तव में दर्शनीय थी। चीनी भिक्षु पर इसका गहरा प्रभाव पड़ा।

माधव का प्रकांड पांडित्य प्रसिद्ध था। वह भी सभा में आया था। उसकी शिष्य-मंडली उसके पीछे बैठी थी। वह ऐसा बैठा था जैसे कोई सिंह हो। ज्ञान की दीप्ति ने अहंकार को ठोकर देकर मस्तक को ऊपर उठा दिया था और ऐसा लगता था जैसे इस वृद्ध उन्नत सिर को कोई भी झुका नहीं सकेगा। शास्त्रार्थ प्रारम्भ हो गया। कभी माधव पंडित का स्वर गरजता, कभी-कभी चीनी भिक्षु का।

युआन-च्वांग का अकाट्य तर्क धीरे-धीरे सब पर छाने लगा। लोगों ने यह अनुभव किया कि चीनी भिक्षु पारंगत है।

सम्राट उठे और उन्होंने कहा : 'हम चीनी भिक्षु का स्वागत करते हैं। हमारे लिए यह गौरव का विषय है कि ऐसा पंडित हमारे यहाँ उपस्थित है। हमारे राज्य के उद्भट पंडितों ने जो एक नए विद्वान के स्वागत में यह महान सौहार्द्र प्रदर्शित किया है, उससे हमारा शीश उन्नत हो गया है। हमारे सामने ज्ञान मनुष्य का चरम विकास है।'

सभा में कोलाहल होने लगा।

राज्यश्री देख रही थी। वह प्रसन्न थी। उसने धीरे से विजया से कहा : 'मैं जाती हूँ, विजया। मुझे अभी बहुत काम है। तू चीनी भिक्षु का प्रबन्ध कर लेना।'

विजया ने सिर हिलाकर स्वीकार कर लिया।

दूसरे दिन बुद्ध भगवान की पूर्णाकार स्वर्ण-मूर्ति का जुलूस निकाला गया। प्रतिमा स्वर्णमंडित हाथी पर थी, जिसके दाँत शुद्ध और बड़े-बड़े, लम्बे-लम्बे थे।

आज सम्राट पैदल चल रहे थे। कुमारामात्यों ने उन्हें घेर रखा था। उनके पीछे सहस्रों पंडित थे।

युआन-च्वांग भीड़ में चल रहा था।

अनेक वाद्यों की ध्वनि जब गूँज रही थी, स्त्रियों के मंगलगीत जब उन्हें और भी वर्धित कर रहे थे, जब सैनिकों और प्रजा के जय-जयकार आकाश को भेद रहे थे, चारों ओर एक रव बँध गया था। उस जय-जयकार का वैसे ही कहीं अन्त नहीं दिखता था, जैसे लम्बे जुलूस का। सम्राट् आज सिर पर मुकुट धारण नहीं किए थे। स्त्रियों की भीड़ के आगे चीवरधारिणी राज्यश्री नंगे पाँव चल रही थी। वे स्त्रियाँ त्रिपिटक के कुछ श्लोक गुनगुनाती जा रही थीं। जब जुलूस बाजार में पहुँचा, छतों पर से स्त्रियों ने फूल फेंकने प्रारम्भ किए। थोड़ी ही देर में पथ फूलों से ढक गए। एक महान स्फूर्ति थी और बीच-बीच में जय-जयकार की प्रबुद्ध गर्जना जब रुकती तब किसी स्थल पर बाँसुरी बजती और नर्तक रास-क्रीड़ा के-से मंडल बनाकर लकड़ियाँ बजाते, तब उसका सम्मोहन-सा छा जाता और फिर स्त्रियाँ अपने झंकारते वलयों को आपस में टकरातीं, तालियाँ बजातीं और उनका समवेत स्वर जब गूँजता तब हाथी पर मर्दल बजता और फिर तूर्य्य-निनाद होता और फिर उच्च स्वर से जय-जयकार होता।

उस महान उत्साह में सम्राट और राज्यश्री अपने आपको भूल गए। राज्यश्री पथ पर दंडवत करने लगी, जिसको देखकर सम्राट ने भी दंडवत की और फिर तो लक्षावाधी प्रजा दंडवत करने लगी। आज बुद्ध-प्रतिमा का उत्सव था।

युआन-च्वांग ने देखा और दोनों हाथ उठाकर आनन्द से जय-जयकार किया।

धीरे-धीरे जुलूस समाप्त हो गया। अपनी-अपनी टोलियाँ बनाकर लोग बिखर गए।

राज्यश्री ने आकर स्नान किया और फिर प्रबन्ध के लिए आ गई। वह स्वर्ण-पीठिका पर बैठ गई। उसके आदेशों के लिए सब फिर चंचल हो गए। परमभट्टारिका का सस्मित मुख प्रसिद्ध था। राज्यश्री किसी को भी कठोर वचन नहीं कहती थी।

'देवी,' कोई कहता : 'संघस्थविर का आसन कहाँ लगाएँ ?'

'सम्राट के निकट।'

भोजन का आयोजन होने लगा। पहले उच्च कुल के लोग आए। उनके साथ बौद्ध श्रमण। एक ओर बौद्ध श्रमणों को बिठाया गया, दूसरी ओर ब्राह्मणों को। स्त्रियों का प्रबन्ध अलग था।

राज्यश्री से विजया ने कहा : 'देवी ! कुछ खा लें।'

'अभी तो लोग खा रहे हैं,' राज्यश्री ने चौंककर कहा।

'देवी, फिर मध्याह्न हो जाएगा।'

'आज मैं प्रायश्चित कर लूँगी, भिक्षुणी।'

'यह क्या बात रही ?'

'तो और मैं करूँ भी क्या ? पहले कैसे अन्न ग्रहण कर लूँ ?'

विजया चली गई। राज्यश्री वहीं बैठी रही। दासियाँ आती-जाती उसके आदेशों को इधर-उधर पहुँचातीं। और भी लोग आते तो राज्यश्री उन्हें धैर्य से समझाती। उद्‌भट योद्धा और सेनापति युद्ध पर वार्तालाप करते हुए ही बुद्ध-प्रतिमा के उत्सव में भोजन करने आए थे। उन्हें केवल एक उत्सव ही तो था।

फिर अगले दिन माधव और युआन-च्वांग का विवाद प्रारम्भ हुआ। पंडितों में हूह छा गई।

सम्राट और राज्यश्री यथास्थान बैठ गए।

प्रचंड शास्त्रार्थ था। दोनों अपने-अपने पक्ष को खूब जानते थे।

युआन-च्वांग बौद्ध था। माधव ब्राह्मण। उनका विवाद आज साधारण विवाद नहीं था। यह उत्तरापथ के भाग्य का निर्णय करनेवाला शास्त्रार्थ था।

पन्द्रह दिन बीत गए। जो महापंडित उनके तर्कों की परीक्षा करने बैठे थे, वे निर्णायक भी घबरा उठे। कभी तो लगता कि माधव हार गया। परन्तु जब वह समाप्त करता और सभा का कोलाहल भीषण हो जाता, तब सम्राट उठकर शान्ति-प्रार्थना करते और फिर चीनी भिक्षु युआन-च्वांग अपनी बात कहता। उसका स्वर जैसे-जैसे उठता जाता माधव का प्रभाव भी क्रमशः मिटता चला जाता और फिर लोग समझते कि अब तो चीनी पंडित ही विजयी होकर रहेगा।

राज्यश्री चकित थी। मनुष्य में इतनी स्मरण-शक्ति और इतना ज्ञान कहाँ से आ जाता है ? जिस पर यह पंडित इतने साधन भी नहीं पाते ? हमारी भाँति इन्हें सकल साधन कहाँ प्राप्त हैं ? चीनी भिक्षु तो इतनी यात्रा करके आया है। कैसे ये लोग इतना सबकुछ याद रख लेने में समर्थ हो जाते हैं ?

दूसरे दिन प्रातःकाल का समय था।

सामन्त अर्जुन को देखकर दासी हँसी।

'क्यों ?' सामन्त ने पूछा : 'क्या हुआ ?'

'कुछ नहीं,' दासी फिर हँसी।

'क्या बात है ?' उसने पूछा।

'बात ? बात तो मुंडी की विजय की है !'

सामन्त क्रोध से भर गया। उसने कहा, 'मुंडी कैसे जीत गया ?'

'पन्द्रह दिन तो हो गए ?'

'तो क्या हुआ ? माधव जीतेगा।'

'देखो,' दासी फिर मुस्कुराई।

'मैं तेरी हत्या कर दूँगा,' सामन्त ने चिढ़कर कहा।

'और स्त्री-हत्या भी क्या कठिन है ?' दासी दाँत निकालकर चली गई।

ब्राह्मण असन्तुष्ट थे ही। सामन्त ने दो-एक ब्राह्मण चुपचाप बुलवाए और कहा : 'कब तक ?'

ब्राह्मण समझ गए। कहा : 'उसे राजा का आश्रय है।'

'तब ?'

'कोई राह नहीं है।'

'तो समुद्र में डूब जाइए।'

'वह तो भगवान की ही इच्छा है, सामन्त ! तुम क्या बता रहे हो ?'

साँझ हो गई थी। एक व्यक्ति सामन्त के प्रासाद के द्वार पर खड़ा था।

सामन्त ने उसके कन्धे पर हाथ रखकर कहा : 'भयभीत तो नहीं हो ?'

'नहीं,' उसने कहा और चला गया।

रात हो गई थी।

एक व्यक्ति धीरे-धीरे चल रहा था। उसका सारा शरीर काले कपड़ों में ढका था। वह कुछ देर इधर-उधर देखकर चीनी भिक्षु के आगार की ओर चला और फिर एक स्तम्भ के पीछे छिपकर राह देखने लगा। उसी समय एक दंडधर ने उसे पकड़ लिया। उस व्यक्ति ने छूटकर भागने का प्रयत्न किया किन्तु दंडधर ने नहीं छोड़ा।

कोलाहल मचने लगा। अनेक दंडधर आ गए। समाचार फैल गया कि चीनी पंडित के आगार के पास एक आदमी हाथ में एक नंगी तलवार लिये पकड़ा गया। वह उनकी हत्या करने आया था।

सम्राट ने सुना तो क्रोध से दाँत भींच लिये। वे तुरन्त उठकर राज्यश्री के पास गए। कहा : 'तुमने सुना ?'

'सुना तो।'

'क्या किया जाए ? मैं दंड दूँगा।'

राज्यश्री ने सिर हिलाकर सहमति प्रकट की।

सम्राट ने फिर फूत्कार किया : 'यदि पंडित की हत्या हो जाती तो हम कहीं मुँह दिखाने के योग्य नहीं रहते।'

राज्यश्री ने कहा : 'वह सबकी रक्षा करते हैं।'

सम्राट चले गए। राज्यश्री ने बुद्ध-प्रतिमा को सिर झुकाया।

सम्राट ने घोषणा करा दी : 'चीनी पंडित पर यदि किसी ने उँगली भी उठाई तो उसका वध कर दिया जाएगा। वह ज्ञान का भंडार है, उस पर गर्व करना चाहिए।' लोगों ने सुना और प्रातःकाल उन्होंने पहले सैनिकों का एक दल और उस व्यक्ति का शव उनके भालों पर टँगा देखा, जिसके गले में एक लोहे की बड़ी शृंखला पड़ी थी। वह हत्यारा था।

ब्राह्मणों में विक्षोभ भर गया।

सामन्त अर्जुन के सामने दासी ने मदिरा-पात्र लाकर रखा, पर उसने देखा भी नहीं। तब उसने अपना नूपुर बजाया। सामन्त फिर भी चुप रहा।

शास्त्रार्थ का समाचार दूर-दूर तक फैल गया। आज फिर चीनी पंडित युआन-च्वांग और माधव पंडित ने एक-दूसरे को नमस्कार किया और शास्त्रार्थ के लिए बैठ गए।

पहले चीनी पंडित बोलता रहा। उसके बाद निर्णायकों ने माधव को बोलने को इंगित किया। माधव पंडित सँभलकर बैठ गया और बोलने लगा। धीरे-धीरे मध्याह्न हो चला।

माधव पंडित धारा-प्रवाह बोलता चला जा रहा था। उसके मुख से तर्क पर तर्क निकल रहा था। लोगों के मुख से साधु-साधु निकल जाता। माधव पंडित के भव्य मुख पर प्रकांड गरिमा थी। वह गम्भीर स्वर हठात् रुक गया।

एकाएक माधव के प्राण-पखेरू उड़ गए। वृद्ध का हृदय एकदम बन्द हो गया। वह क्षण-भर झूमा और फिर वहीं बैठे से लेट गया। पहले तो लोग समझे कि वह मूर्च्छित हो गया है, परन्तु फिर जब उन पर प्रकट हुआ कि उसकी मृत्यु हो गई तो ब्राह्मणों में हाहाकार मच गया। उन्हें ऐसा लगा जैसे प्रलय आ गया। एक वृद्ध सिर धुनकर पुकार उठा : 'धर्म-ध्वज टूट गया। धर्म-ध्वज खंडित हो गया।'

सब चौंक उठे। अब क्या हो ? ऐसा कोलाहल होने लगा जैसे पानी का कोई बाँध टूट गया। किन्तु तभी माधव-पत्नी ने आकर पति के आसन पर बैठकर कहा : 'आतुर न होवें, भिक्षु ! शास्त्रार्थ आगे बढ़ाओ।'

युआन-च्वांग खड़ा हो गया। उसने कहा : 'मैं हार गया, देवी ! क्षमा करो।'

'नहीं,' माधव-पत्नी ने कहा : 'अधर्म न करो।'

'अधर्म ?' चीनी भिक्षु ने कहा : 'मैंने संसार के असंख्य स्त्री-पुरुष देखे हैं। किन्तु ऐसा कोई देश नहीं देखा। यह अधर्म नहीं, देवी ! धर्म क्या है ? मनुष्य का चरम कर्त्तव्य को पहचानना मनुष्य का सर्वोत्कृष्ट धर्म है। मुझे क्षमा करो।' और भिक्षु ने सिर झुकाकर कहा : 'देवी ! मैं पराजित हुआ। पति की मृत्यु को मृत्यु न समझकर वज्र-हृदय करके जो तुमने आज जीवन की अदम्य शक्ति का जयगान किया है, कौन-सा है वह ज्ञान जो इसके सामने ठहर सके ? मेरे पास आत्मसमर्पण है और कुछ नहीं।'

कहते-कहते चीनी भिक्षु के नेत्र गीले हो गए।

महोत्सव समाप्त हो गया। तब माधव-पत्नी रोई और अपने पति के शव के पास आ गई। युआन-च्वांग का सौहार्द्र देखकर उसके प्रति ब्राह्मणों का विद्वेष हट गया। सम्राट भी शवयात्रा में आ गए। माधव पंडित की अन्त्येष्टि क्रिया राजसी ठाठ से हुई। साम्राज्य में उसका नाम फैल गया। फिर माधव पंडित के विषय में ऐसे-ऐसे संवाद और किंवदन्तियाँ प्रचलित हो गईं कि सहसा उन पर विश्वास करना कठिन था। राज्यश्री की श्रद्धा चीनी पंडित पर बढ़ गई।

अठारह दिन बीत चुके थे। महोत्सव का अन्तिम दिन आ गया था।

राज्यश्री ने कहा : 'विजया ! अब तक ऐसा दृश्य देखा था ?'

'नहीं, देवी !' विजया ने कहा : 'कभी नहीं।'

प्रातःकाल सम्राट ने राज्यश्री से कहा : 'देवी ! आज जीवन सुफल हो गया। कितनी गरिमा, कितना पांडित्य ! मनुष्य का विकास बड़ा अद्भुत होता है।'

जब वे युवान च्वांग से मिले तो कहा : 'भिक्षु श्रेष्ठ ! कान्यकुब्ज देखा ?'

'देखा, सम्राट ! सुखावती है।'

'कहाँ, भिक्षु श्रेष्ठ ! हमें तो पंडितों का गर्व है।'

राज्यश्री ने मुस्कुराकर कहा : 'और मनुष्य का सर्वश्रेष्ठ धन ज्ञान ही तो है न ?'

युआन-च्वांग ने कहा : 'परमभट्टारिका ! मैंने संसार के अनेक देश देखे हैं, किन्तु कहीं राजकुल में यह महानता नहीं देखी।'

'अत्युक्ति न करें, भिक्षु श्रेष्ठ !'

'नहीं भिक्षुणी,' युआन-च्वांग ने कहा : 'मैं चाटुकार नहीं हूँ। राजा या तो खड्ग उठाते हैं, या पंडित होते हैं। दोनों बातें यहीं हैं। और फिर साधन भी !'

राज्यश्री प्रसन्न हो गई। उसने कहा : 'साधना ! भिक्षु श्रेष्ठ ! विवशता भी क्या साधना है ?'

भिक्षु हँसा। कहा : 'विनम्रता की पराकाष्ठा।'

भिक्षु चला गया।

राज्यश्री थोड़ी देर इधर-उधर घूमती रही। फिर वह शान्त मन से जाकर बुद्ध-प्रतिमा के सम्मुख खड़ी हुई। आज कोई बात मन में नहीं थी। निश्छल प्रतिमा, निस्तरंग हृदय। आत्मा में जैसे दीपक जल उठा और उसका आलोक काँपने लगा। वह हृदय के समस्त अन्धकार को दूर कर देगा। नया प्रकाश, नया जीवन, राज्यश्री को लगा कि सबकुछ बहुत उलझा हुआ था, वह अब बहुत सुलझ गया है।

महाकवि बाणभट्ट जब प्रासाद में आया तब कंचुक से भेंट हुई। पूछा। उसने कहा : 'भीतर जाएँ।'

सम्राट हर्षवर्धन अत्यन्त प्रसन्न थे।

'महाकवि ?' सम्राट ने कहा : 'क्या कहते हो ? कैसा रहा ?'

'अद्भुत !'

'महाकवि !'

दोनों गद्गद। कोई कुछ नहीं कह सका।

किन्तु सामन्त अर्जुन ने क्रोध से अपनी दासी से कहा : 'वह पाखंडी भिक्षु तो जीत ही गया।'

दासी ने अपनी नग्न जंघा को ढकते हुए कहा : 'पराजित हो गए, महाराज।'

सामन्त ने फूत्कार किया, 'उंह !'

दासी तरला ने चयनिका से कहा : 'देवी !'

'क्या है, री ? नहीं, मागन्धी क्या करेगी ?'

'मैं वह नहीं कहती थी।'

'तो ?'

'सम्राट से आप स्पष्ट करें, उत्तराधिकारी कौन होगा ?'

चयनिका ने कहा : 'मैं कहूँ कैसे ?'

'तो फिर कौन कहेगा ?'

'कोई नहीं।'

'आपको यह शोभा देता है ?'

'मैं नहीं जानती।'

'सामन्त अर्जुन को देखा है ? वह बड़ा कुटिल है, देवी। आपकी दासी हूँ, आप माता हैं, कुछ नहीं छिपाऊँगी।'

'किन्तु राज्यश्री तो सम्राट् को भिक्षु बनाए हुए हैं,' परमभट्टारिका चयनिका ने उदास स्वर से कहा। सबकुछ था, किन्तु भविष्य में क्या होनेवाला है, रघुवंश का क्या होगा, यही सब चिन्ता उनको व्यग्र करने लगी। सामन्त अर्जुन की धूर्त्तता से वे स्वयं परिचित थीं। वह उठी और राज्यश्री के पास गई।

'भाभी !' राज्यश्री ने कहा : 'तुम तो इधर दिखाई भी दीं तो बात नहीं हो सकी।'

'मेरी ननद तो पंडिता है। उसे मुझसे बात करने का अवकाश ही कहाँ था ?'

'यह क्या कहती हो, भाभी ?'

'झूठ कहती हूँ ?'

दोनों हँस दीं। परमभट्टारिका चयनिका के मन में आया, बात चला दे, किन्तु फिर जाने क्यों रुक गई। राज्यश्री में अब परिवार का कुछ ऐसा नहीं था जो वह अब ममता की बात समझती। इधर-उधर की बातें होती रहीं। परन्तु मतलब की बात नहीं हुई।

तरला ने एक बार रहस्यभरी दृष्टि से चयनिका को देखा। चयनिका ने देखा और टाला। वह प्रसन्न थी कि राज्यश्री उससे इतना स्नेह करती थी। उसने हृदय की समस्त ममता से उसे भीतर ही भीतर आशीर्वाद दिया और फिर वह उठ खड़ी हुई।

38

इस समय दक्षिण में पुलकेशिन द्वितीय की शक्ति ने अपनी भुजाएँ फैला दी थीं। उनकी अपार वाहिनी का यश दिगन्तों में व्याप्त हो चला था। एक ही समय में दो टक्कर की शक्तियों का रहना एक भय की बात लगने लगी थी।

बहुत दिनों से जो शान्ति छा रही थी उससे सेना के उच्च अधिकारी और सामन्त ऊब गए थे। दक्षिण की अपार समृद्धि उन्हें ललचाने लगी थी। वे उस ओर ध्यान केन्द्रित कर रहे थे।

परमभट्टारक सम्राट हर्षवर्धन को अब दक्षिण की बातें सुनाई जाती थीं।

दक्षिणापथ के विराट मन्दिर अत्यन्त सुन्दर हैं। वहाँ देवदासियाँ अद्भुत नृत्य करती हैं। भरतनाट्यम जो भरतमुनि ने नन्दी से सीखा था, वही सर्वश्रेष्ठ होता है। उत्तरापथ के वीणावादकों पर शाही संगीत प्रणाली का प्रभाव पड़ गया है, दक्षिण में वैसा नहीं है और फिर कितना सुवर्ण है उधर ऋष्यमूक के उत्तर में !'

'देव ! आप खड्ग को भूल गए हैं,' महाबलाधिकृत भांडी ने कहा।

'हर्ष ?' सम्राट ने कहा : 'खड्ग को भूल गया है ?'

'सम्राट !' सेनापति स्कन्दगुप्त ने कहा : 'दक्षिण !' फिर वह कह ही नहीं सका। 'सम्राट अशोक के बाद,' उसने कुछ रुककर धीरे-धीरे कहा : 'फिर नहीं।'

सम्राट समझ गए कि कहना क्या चाहता है–उसके बाद कोई सम्राट दक्षिण-विजयी नहीं हुआ। स्कन्दगुप्त ने ऐसे देखा जैसे वह गहरी चोट कर गया।

सम्राट हँसे। उन्होंने कहा : 'नहीं, सेनापति ! बीच में सम्राट समुद्रगुप्त ने पल्लवराज को पराजित किया था। कांचीपुर तक पताका फहराई थी। विष्णुगोप का जड़ाऊ ध्वज लूटा था।'

सेनापति स्कन्दगुप्त सहम गया। सम्राट उठ खड़े हुए और टहलने लगे। दो बार उन्होंने अपने वक्ष को ठोंका, फिर अपने एक यवन शिक्षक की भाँति उन्होंने अपनी जाँघों को बाहरी तरफ ठोंका। आवाज हुई।

परमभट्टारिका चयनिका ने व्यंग्य से कहा : 'तो सम्राट हर्षवर्धन गुप्तवंश में तो नहीं हैं ? मामा के वंश का बहुत ध्यान है ?'

सम्राट आहत हुए। कहा : 'यह क्या कहती हो, परमभट्टारिका ?'

'कहती हूँ, सम्राट भिक्षु हो जाएँ,' कहकर चयनिका चली गई।

दूसरे ही दिन से सेना में जागृति फैल गई। सम्राट दक्षिण में पुलकेशिन द्वितीय के राज्य पर आक्रमण करेंगे, यह संवाद फैल गया।

एक सैनिक ने दूसरे से कहा : 'तब तो फिर समय आ गया है !'

'सम्राट असल में तो सैनिक हैं।'

'किन्तु पुलकेशिन बहुत सशक्त है।'

'निर्बल पर प्रहार ही क्या ?'

वे अपने अस्त्रों को भाँजने लगे। नर्त्तकियाँ नाचने लगीं। उन्हें तो सेना के साथ यात्रा करनी पड़ती थी।

अब केवल यह निश्चय होने को रह गया कि किस दिन प्रस्थान किया जाए।

राज्यश्री ने सुना तो कहा : 'क्यों ? यह आक्रमण क्यों ?'

विजया ने कहा : 'सम्राट को युद्ध किए बहुत दिन हो गए ?'

'तो यह भी क्या युद्ध करने का कोई कारण है ?'

'राजा-महाराजा तो युद्ध किया करते हैं। यदि युद्ध ही न करें तो वे राजा-महाराजा ही क्यों कहलाएँ ?'

राज्यश्री सन्तुष्ट नहीं हुई।

मागन्धी नामक दासी पुलकेशिन द्वितीय के यहाँ चली गई थी। गुप्त अनुचरों ने संवाद लाकर दिया था कि मागन्धी सम्राट पुलकेशिन की प्रिय दासी है।

महाबलाधिकृत भांडी ने कहा : 'वही तो नहीं ?'

सामन्त अर्जुन अरुणाश्व ने सिर हिलाया—जैसे वही !

'वहाँ है ?' स्कन्दगुप्त ने शंका की।

सम्राट ने सुनकर कहा : 'तो क्या है, सेनापति ! वह स्त्री ही तो है।'

'देव ! वह हमारे भेद देगी।'

'कितने भेद जानती थी वह ऐसे ?' सम्राट ने मुड़कर कहा।

'वह प्रासाद की दासी थी,' अर्जुन ने कहा।

सम्राट ने एक बार घूरकर देखा। सामन्त का सिर झुक गया। सम्राट चले गए। सामन्त अर्जुन ने सेनापति स्कन्दगुप्त से कहा : 'बड़ी सुन्दरी है वह। पुलकेशिन उसे क्यों त्याग देता ? वह तो भोगों से विरक्त नहीं है ?'

स्कन्दगुप्त ने उत्सुकता से देखा। फिर वह भी चला गया। महाबलाधिकृत भांडी ने कहा : 'मागन्धी नहीं सामन्त, सामने आँधी आ गई है।'

नर्मदा नदी के दोनों ओर दो विराट् सेनाओं के शिविर आ गए और दोनों ओर से बचाव के प्रयत्न होने लगे। दूर से वे श्वेत शिविर ऐसे दिखाई देते थे जैसे बहुत से बड़े-बड़े बगुलों की पीठ दूर से चमक रही थी, जैसे वे कोई अति विशालकाय बगुले थे। कभी-कभी नदी के दोनों ओर जयगर्जन उठता और हवा पर नदी के ऊपर घहराता एक-दूसरे से टकराता और फिर अपनी दिशा में लौट जाता। पुलकेशिन की सेना में पांड्य, दमिल, सिंहली, पल्लव तथा चेर और चोल राज्य तक के पराजित लोग थे। वे अत्यन्त वीर थे। उनका रंग काला था, देह सुगठित थी।

नाविक प्रयत्न करने लगे। डाँड़ों के चलने से पानी झाग उगलने लगा। सम्राट हर्षवर्धन की सेना नदी पार करने को बढ़ी। पुलकेशिन की सेना ने गर्जन किया।

उत्तरापथ के सैनिकों ने प्रत्युत्तर में भीम गर्जन किया, फिर हाथी मदमत्त होकर अंकुश की चोट से सूँड़ उठाकर चिंघाड़ उठे। दोनों ओर रणवाद्य बजने लगे। हवा में उन्मत्त रणनाद छाने लगा।

पुलकेशिन की सेना के धनुर्धर सन्नद्ध हो गए। एक साथ अनेक धनुष पृथ्वी पर टिके और झुके, प्रत्यंचा कान तक खिंच गई और उँगलियों ने उन पर बाण चढ़ा लिए।

इधर से नावें एक-दूसरे से मिल गईं और फिर वे अलग-अलग दलों में बँटकर इस तीर पर फैल गईं और फिर माँझी आर-पार होने को खेने लगे।

उधर से तीरों की बौछार आई। लक्ष्य सधे हुए थे। जिस प्रकार व्यूह-रचना करके नौकाएँ बढ़ रही थीं उसी प्रकार उधर व्यूह से रचनाकार प्रहार भी हुआ।

नौकाओं से चीत्कार उठने लगे। उत्तरापथ की सेना के धनुर्धर पानी की हलचल में भूमि पर स्थित धनुर्धरों का उस समय उत्तर नहीं दे सके, जब आगे से, तेल-भीगे कपड़े जलते हुए आकर तीरों के साथ नावों पर गिरने लगे। व्यूह छिन्न हो गया।

हाथियों की सेना पीछे थी। वह चाल नष्ट हो गई कि नौकाओं की आड़ में हाथी उतर जाएँगे। आग की बौछार ने ही हाथियों की पाँत को बिखेर दिया। कुछ पीछे लौट चले और कुछ इधर-उधर भागने लगे। जितना ही अंकुश का प्रहार इधर बढ़ता, उधर से अग्नि की बौछार होती और सकल प्रयत्न विफल हो जाते।

सम्राट स्वयं सैन्य-संचालन कर रहे थे। वे स्थान-स्थान पर घोड़े पर चढ़कर सबको उत्साहित कर रहे थे, किन्तु इस समय जो भगदड़ मची वे नहीं रोक सके। वे पीछे हटने की आज्ञा देकर अपने शिविर की ओर लौट गए।

नदी ! नदी कैसे पार की जाए ?

सम्राट व्याकुल हो उठे। क्या यह नदी जीवन को सदा के लिए पराजित कर देगी ? क्या सम्राट हर्षवर्धन को आज मुँह की खाकर हटना पड़ेगा ? नहीं-नहीं, सम्राट का मन इसे स्वीकार नहीं कर सका।

रात हो गई। सब स्थलों पर उल्काओं का प्रकाश फरफराने लगा। नदी के दूसरी ओर भी अब उल्काएँ जल रही थीं। दोनों ओर शान्ति थी।

एक नाव आकर क़िनारे से अन्धकार में टकराई और उस पर से कोई धीरे से कूदा और अन्धकार में खो गया। नाव और दूर हटने लगी। माँझी की डाँड़ों का शब्द दो बार छपाक-छपाक करके सुनाई दिया, फिर सब शान्त हो गया।

शिविर में नीरवता थी। सम्राट सोचते-सोचते सो गए थे, क्योंकि उनके पर्यंक पर चादर ऊपर तक तनी हुई थी। दीप जल रहा था।

शिविर के बाहर किसी के चलने की हल्की आवाज आई, फिर रात्रि-प्रहरी ने पुकारा : 'सावधान !'

फिर नीरवता सनसनाने लगी। शिविर की कनात किसी ने छुरे से धीरे-धीरे काट दी और कोई चुपचाप घुस आया। आगन्तुक छिपता हुआ जब दीपक के पास पहुँचा, उसने भयभीत दृष्टि से देखा और अपने उष्णीष के लटकते छोर को मुँह पर ढाँप लिया। उसके नेत्र बड़े-बड़े थे और वह गौरवर्ण था।

वह धीरे-धीरे सम्राट के पर्यंक की ओर बढ़ने लगा। उसके हाथ में हठात् एक चमकता हुआ छुरा दिखाई दिया। उसने उसे दूसरे हाथ पर रख और जैसे उसकी उँगलियों ने धार के पैनेपन को परखा।

एक क्षण रुककर देखा। शिविर की कनात पर एक छाया-सी डोली, आगन्तुक काँप गया। देखा, कोई नहीं था। भ्रम ही था।

उसने घूरकर देखा, कुछ नहीं। उसके दाँतों ने नीचे के होंठ को काट लिया। वह बढ़ा और उसने छुरेवाला हाथ वेग से उठाया।

अन्धकार में किसी ने पीछे से हाथ पकड़कर उसे ऐसे मोड़ दिया कि छुरा नीचे गिर गया और आगन्तुक के मुख से एक हल्की और पतली चीख निकल गई। हाथ पकड़नेवाले से नवागन्तुक कुछ देर संघर्ष करता रहा, फिर हठात् उसकी दृष्टि उस पर पड़ी और भय से कह उठा : 'सम्राट !'

संघर्ष बन्द हो गया। आगन्तुक काँपने लगा।

'तू कौन है ?' सम्राट ने कहा।

आगन्तुक चुप रहा। डर के कारण बोल नहीं सका।

'मागन्धी।' इसी समय शिविर के द्वार पर किसी ने पुकारकर कहा।

'कौन ?' सम्राट ने गम्भीर स्वर में कहा।

सामन्त अर्जुन ने नंगा खड्ग हाथ में लेकर भीतर प्रवेश किया। उसने कठोर स्वर से कहा : 'सम्राट ! पुलकेशिन ने गुप्त घातक भिजवाया है।'

सम्राट पीछे हट गए। सामन्त अर्जुन ने मागन्धी का हाथ पकड़ लिया।

'यह झूठ है,' मागन्धी चिल्ला उठी।

'फिर सत्य क्या है ?' सम्राट ने पूछा।

मागन्धी कुछ उत्तर नहीं दे सकी।

'सामन्त अर्जुन !' सम्राट ने सोचते हुए कहा।

'सम्राट !'

'यह स्त्री सत्य कहती है।'

'देव ! प्रमाण ?'

'सामन्त ! योद्धा को युद्धकाल में अनुशासन और मर्यादा कभी नहीं भूलनी चाहिए। फिर तुम भीरु नहीं हो जो घबरा जाओ। आज्ञापालन करना तुम्हारा कर्तव्य है, प्रश्न करना नहीं। इस स्त्री को ले जाकर पुलकेशिन के पास पहुँचा दो। यह स्त्री अपनी ही प्रतिहिंसा से आई है, इसे पुलकेशिन ने नहीं भेजा है, सामन्त !'

'सम्राट !' सामन्त का स्वर भर्रा गया।

सम्राट ने कहा : 'जानते हो न ? पुलकेशिन वीर है।'

सामन्त का सिर झुक गया। उसने स्त्री का हाथ पकड़कर पग बढ़ाया। स्त्री रोने लगी। सामन्त अर्जुन ले चला।

'सम्राट ! मुझे मृत्युदंड दें,' स्त्री ने रोते हुए कहा।

'जो माँगना है सामन्त से माँग लेना,' सम्राट ने कहा।

किन्तु सम्राट तक यह समाचार न पहुँचा कि सामन्त अर्जुन ने अत्यन्त कठोरता से उस स्त्री को अन्धकार में घसीटा। और जब उसे उसने प्रकाश में देखा वह उसका रूप देखकर पागल हो गया और उसने उससे नितान्त बर्बर वासनामय अपराध किया, और फिर जब उसे अपने किए का ध्यान आया उसने उसकी हत्या कर दी। अपने परम विश्वासी अनुचरों द्वारा मागन्धी के शरीर में भारी पत्थर बँधवाकर उसके अंगों को काट-कूटकर, विकृतमुख बनाकर उसे नर्मदा के जल में डुबवा दिया। इस प्रकार मागन्धी का अन्त हो गया।

रात को ही हाथी जल में उतर पड़े। अन्धकार में हाथी चलानेवालों का स्वर उठा और फिर सैनिकों का कुछ कोलाहल उठा। नदी की दूसरी तरफ भी जाग पड़ गई। फिर उधर से आग के पलीते छूटे और इधर आ-आकर जल पर गिरकर जलने लगे।

फिर अन्धकार में शब्दबेधी बाण चले। इधर से भी प्रत्युत्तर दिया गया। सैनिक कट-कटकर जल में गिरने लगे। नौकाओं का अग्रदल बीच मँझधार जाकर मिला और सैनिक तलवारें खींचकर एक-दूसरे पर टूटने लगे। नावें झपट में उलटकर डूबने लगीं। थोड़ी देर में मँझधार साफ हो गई। नावें डूब गईं। बाकी अपनी-अपनी ओर लौट गईं।

हाहाकार मच गया। सैनिकों का कोलाहल बढ़ गया। हाथियों की चिंघाड़ अब पुलकेशिन की ओर भी सुनाई देने लगी। घोड़े हिनहिनाए। फिर दग-दग, दग-दग करके भारी वाद्य बजने लगे। तब किसी ने विराट् रव करते हुए शंख बजाया।

सम्राट हर्षवर्धन ने महाबलाधिकृत भांडी से पूछा : 'प्रभात होने में कितनी देर है ?'

'सम्राट अब देर नहीं है।'

अभी वह अपनी बात कह भी न सका कि एकदम भीषण कोलाहल हुआ। सेना लौटने लगी। हाथी भाग चले।

'सम्राट !' सेनापति स्कन्दगुप्त ने घबराए हुए प्रवेश किया।

'सेनापति !' सम्राट ने पूछा।

'देव ! हमारी सेना भाग रही है।'

'सेनापति !' सम्राट ने फूत्कार किया।

'देव ! शत्रुओं की नौसेना में एक दल ने भीषण आक्रमण किया। उस प्रचंड आघात को हमारी गज सेना सह नहीं सकी। खंड-खंड हो गई।'

'सेनापति !' सम्राट ने फिर फूत्कार किया।

'देव !' भांडी ने कहा : 'पुलकेशिन के पास समुद्र सन्तरण में कुशल नौसेना है। उसके तमिल माँझी साधारण नहीं हैं।'

सब चले गए। सम्राट भी शिविर में लौट आए। बाहर कोलाहल था और भीतर सम्राट ने देखा। सामने राज्यश्री खड़ी थी।

'राज्यश्री !' उनके मुख से आश्चर्य से निकला।

'भैया !' चीवरधारिणी ने गम्भीरता से उत्तर दिया।

'तुम यहाँ ?'

'क्यों ? तुम तो मुझे छोड़ आए थे न ?'

'युद्ध था। जानती हो। तुम क्या करतीं !'

'मोक्ष परिषद और मंगलोत्सव में जो साथ रहती है वह यहाँ साथ नहीं रह सकती ? तुम जानते हो, मैं कभी वीतराग नहीं हो सकी। तुम्हारे स्नेह ने मुझे कभी संसार से अलग नहीं होने दिया।'

सम्राट ने कुछ नहीं कहा। राज्यश्री कहती गई : 'तो राज्यश्री जहाँ नहीं ले जाई जाती, वह अवश्य अच्छा स्थान नहीं होता। मैं सम्राट को लौटा ले जाने आई हूँ।'

सम्राट ने सिर झुका लिया। राज्यश्री के नेत्रों में उल्का का आलोक दीपित होकर सम्राट को छू गया।

इसी समय संवाद आया, वलभी के राजा ध्रुवभट्ट ने फिर सिर उठा ही दिया। मन्त्रणा होने लगी।

महाबलाधिकृत भांडी, सेनापति सिंहनाद, सेनापति स्कन्दगुप्त और सामन्त अरुणाश्व अर्जुन–सब मिलकर परामर्श करने लगे। साम्राज्य में संकटकाल के-से लक्षण दिखाई दे रहे थे। सामने अखंड नर्मदा पड़ी थी। सेना ऊबने लगी थी। किन्तु राज्यश्री और ही चिन्ता में थी। उसने बाण को ढूँढ़ा।

राज्यश्री ने कहा : 'महाकवि !'

'देवी !' महाकवि चौंका।

'विराजो, महाकवि,' राज्यश्री ने हाथ से इंगित किया।

कवि बैठ गया।

'तुम कवि ही नहीं हो, बाणभट्ट ! यह मैं जानती हूँ।'

'ऐं !' कवि ने अचकचाकर कहा।

'ठीक कहती हूँ,' राज्यश्री ने मन्द स्मित से कहा : 'एक विश्वसनीय कार्य है। वह तुम्हारे अतिरिक्त और कोई नहीं कर सकता।'

महाकवि बाणभट्ट चला गया। उसने जाकर पहले अपने वस्त्र बदले। फिर अपना प्रिय तुरंग निकाला। कटि में खड्ग लगाया और श्वेत तुरंग पर वह श्वेत वस्त्र में जब चुपचाप निकल गया तो किसी को मालूम भी नहीं हो सका।

महाकवि नदी-तीर पर पहुँचकर रुक गया। फिर उसे ध्यान आया। वह किनारे-किनारे घोड़े पर चढ़कर उत्तर नदी की धारा के सहारे बढ़ने लगा।

काफी दूर चलने पर रुककर उसने देखा, एक छोटा-सा ग्राम था। एक माँझी नाव लिए रुका था। बाणभट्ट ने उसके हाथ पर दो दीनार रखकर कहा : 'घोड़े के साथ मुझे उधर पहुँचा दे।'

माँझी के नेत्र फैल गए। उसने आश्चर्य और भय से देखा और स्वीकार कर लिया। दूसरे तीर पर उतरकर बाणभट्ट फिर अश्वारूढ़ हुआ और सीधा पुलकेशिन की सेना की ओर चल पड़ा। एक दंडधर ने रोका। बाणभट्ट ने कहा : 'मैं महाकवि रविकीर्त्ति से मिलना चाहता हूँ।'

'तुम कौन हो ?' दंडधर के पास खड़े एक साँवले आदमी ने पूछा।

बाण ने उतरकर कहा : 'बाणभट्ट !'

उस व्यक्ति ने हाथ बढ़ाकर कहा : 'स्वागत ! स्वागत !'

बाणभट्ट चौंक गया। पूछा : 'तो क्या ?'

वह व्यक्ति हँसा। कहा : 'हाँ ! मैं ही रविकीर्त्ति हूँ।'

दोनों आतुर होकर गले मिले।

'कैसा आनन्द है !' बाण ने कहा : 'हम मिले भी तो रणभूमि में।'

'मैं तुमसे बहुत दिन से मिलने का इच्छुक था।'

'भाग्य बड़ा बलवान है,' बाण ने कहा।

'स्वागत, मित्र ! चलो शिविर में बैठेंगे।'

'कोई बुरा तो न मानेगा ?'

'सम्राट पुलकेशिन द्वितीय,' रविकीर्त्ति ने कहा : 'कवि का सम्मान करना जानते हैं। वे साधारण व्यक्ति नहीं हैं।'

'स्वयं कवि हैं ?'

'नहीं, कवि-हृदय हैं।'

बाण सोचता रहा।

'चलो, महाकवि !' रविकीर्त्ति ने कहा।

बाण ने कहा : 'एक बात पहले कह दूँ ?'

'निश्चय।'

'मैं एक दूत भी हूँ।'

'सम्राट ने भेजा है ?'

'नहीं।'

'फिर ?'

'देवी राज्यश्री ने।'

रविकीर्त्ति सोचता रहा।

बाण ने कहा : 'यह केवल कवि होने के नाते कवि से कह सका हूँ। किसी से इस बात को मैं स्वीकार नहीं कर सकूँगा।'

रविकीर्त्ति सोचता ही रहा। बाणभट्ट ने उसके कन्धे को पकड़कर धीरे से हिलाया, फिर कहा : 'सम्राट से मिल सकेंगे, महाकवि ?'

रविकीर्त्ति जागा। कहा : 'देवी राज्यश्री !'

'हाँ। क्यों ?'

'वह महान आत्मा हैं।'

'तुम जानते हो ?'

'उन्हें कौन नहीं जानता ? तपस्विनी !'

बाणभट्ट को प्रसन्नता हुई। कहा : 'सहृदया हैं।'

'सुना है यह भी,' फिर कहा : 'सम्राट पुलकेशिन भी देवी की यशगाथा से परिचित हैं। तुम्हारी भी यशगाथां से परिचित हैं। स्वागत, महाकवि !'

बाण साथ चला।

बीच के सुन्दर और सज्जित शिविर के बाहर अनेक दंडधर थे। रविकीर्त्ति के साथ महाकवि बाणभट्ट ने जाकर देखा, सम्राट पुलकेशिन द्वितीय बैठे हैं। स्वर्णपीठ पर उनके बाएँ हाथ के नीचे कुछ भूर्जपत्र हैं।

रविकीर्त्ति को देखकर सम्राट ने प्रणाम किया। उसने आशीर्वाद देकर कहा :

'सम्राट ! युद्धभूमि में उत्तरापथ का सरस्वती-पुत्र मिला।'

सम्राट ने आँखें उठाईं। गम्भीर पुरुष था। आँखों में मुस्कुराहट थी। सिर पर रत्नजटित किरीट था। रविकीर्त्ति कहता गया : 'कितना अद्भुत भाग्य है मनुष्य का सम्राट ! महाकवि बाणभट्ट आए हैं !'

पुलकेशिन ने प्रसन्नता से कहा : 'स्वागत ! महाकवि ! स्वागत !' और प्रणाम किया। बाणभट्ट ने ब्राह्मण की भाँति आशीर्वाद दिया।

'सम्राट !' बाणभट्ट ने कहा : 'शत्रुपक्ष का आशीर्वाद ग्रहण करें।'

सम्राट ने कहा : 'नहीं महाकवि ! कवि तो मेरा कभी शत्रु नहीं होता। विराजें।'

दोनों बैठ गए।

'कैसे कष्ट किया ?' सम्राट ने कहा : 'यहाँ क्या कोई महाश्वेता खींच लाई ?'

वे मुस्कुराए। रविकीर्त्ति भी। महाकवि बाण ने कहा : 'सम्राट ! यह हृदय अब उतना व्याकुल नहीं रहा। तभी 'उत्तर-कादम्बरी' लिखने की प्रेरणा ही नहीं होती।'

'कवि हृदय !' सम्राट ने कहा : 'सम्राट हर्षवर्धन तो स्वयं कवि हैं। क्यों, महाकवि ?'

बाण का साहस बढ़ा। कहा : 'सुन्दर कविता करते हैं।'

'युद्धभूमि में पहले खड्गों का संगीत सुनना पड़ता है, कविराज ! भाग्य !' सम्राट ने हाथ उठाकर आकाश की ओर इंगित किया। फिर पूछा : 'परमभट्टारिका देवी राज्यश्री तो सकुशल हैं ?'

'हाँ, देव उन्हीं की आज्ञा से आया हूँ। उन्होंने भेजा है।'

'देवी राज्यश्री ने ?' सम्राट चौंक उठा।

'हाँ, सम्राट,' बाण ने धैर्य से कहा।

सम्राट की जिज्ञासा नहीं मिटी। बाण ने फिर कहा : 'देवी ! संसार में शान्ति चाहती हैं।'

सम्राट चिन्तित हुए।

'युद्ध कौन चाहता है, महाकवि ? आर्यावर्त्त और दक्षिणापथ आज हर्ष और पुलकेशिन की भुजाओं के नीचे रक्षित है। क्या उन्हें लड़ना चाहिए ?'

बाण जब लौटा तो रविकीर्त्ति ने कहा : 'महाकवि ! देवी से मेरा प्रणाम कहना।'

'अवश्य कहूँगा।'

'कहना, युद्ध रोका जा सकता है।'

'कैसे ?'

'देवी बताएँगी। अहंकार को मिटाकर।'

'वह कहाँ नहीं है ?'

'जहाँ मनुष्यता है।'

'और यश ?'

'यह स्थायी तभी है जब कल्याणरत है।'

बाण ने कहा : 'साधु, महाकवि !'

तुरंग बढ़ गया। इस बार पुलकेशिन के नाविक दिन में बाण को लेकर दूर उस किनारे पर चुपचाप छोड़ आए।

राज्यश्री आतुरता से महाकवि की प्रतीक्षा कर रही थी। बाण को देखकर आशंका से देखा।

'महाकवि !' स्वर रुक गया।

'देवी !'

'हो आए ?'

'हाँ, देवी।'

'परिणाम ?'

'देवी ! कार्य सफल हुआ।'

'यह सत्य है ?'

'देवी ! बाण का भाग्य बहुत बली है।'

'जानती हूँ, तभी मैंने तुम्हें चुना था।'

'ठीक ही किया, देवी। मैं 'गीता' को मानता हूँ। ब्राह्मण हूँ। हम निमित्त हैं, और माध्यम के रूप में ही प्रयुक्त किए जाते हैं। सम्राट् पुलकेशिन भी युद्ध नहीं चाहते।'

राज्यश्री उसी समय सम्राट के शिविर में गई। महाबलाधिकृत भांडी, सेनापति सिंहनाद, सेनापति स्कन्दगुप्त और सामन्त अरुणाश्व अर्जुन खड़े थे। सम्राट बैठे थे। गम्भीर परामर्श और मन्त्रणा हो रही थी। राज्यश्री को देखकर सबने उसको सिर झुकाकर अभिवादन किया। सम्राट ने कहा : 'स्वागत, परमभट्टारिका।'

'मैंने व्याघात डाला ?' राज्यश्री ने बैठकर कहा।

'नहीं,' सम्राट ने कहकर सामन्त अर्जुन की ओर देखा जैसे कहें चलो।

सामन्त अर्जुन कहने लगा : 'सम्राट ! यह असम्भव है।'

'महाबलाधिकृत की सम्मति प्रकट हो,' सम्राट ने कहा।

'देव !' भांडी ने कहा : 'शुभ पग-पग पर सन्नद्ध है।'

'पुलकेशिन स्वयं महावीर हैं।'

सेनापति स्कन्द ने कहा : 'सम्राट ! वीर तो हमारे यहाँ भी हैं किन्तु उससे तो काम नहीं चलेगा।'

'सेना का प्रश्न है,' सामन्त अर्जुन ने टोका।

'नहीं,' राज्यश्री ने कहा : 'प्रश्न मन का है।'

सब चौंक उठे। अरुणाश्व अर्जुन ने कहा : 'देवी !'

'मैं फिर कहती हूँ,' राज्यश्री ने कहा : 'प्रश्न सेना का नहीं है। मन का है।'

सम्राट ने राज्यश्री को चौंककर देखा। भांडी पीछे हट गया। स्कन्द कुछ झुक गया।

'देवी !' सामन्त चौंक उठा।

'युद्ध हर्षवर्धन और पुलकेशिन का है,' राज्यश्री ने कहा : 'फिर ये दोनों परस्पर द्वन्द्व-युद्ध कर लें। व्यर्थ असंख्य प्राणियों का यह नाश क्यों किया जा रहा है ?'

सेनापति स्कन्दगुप्त ने आगे बढ़कर कहा : 'देवी ! यह शक्ति और राजनीति की बात है। साम्राज्य की मर्यादा का प्रश्न है। यह पुष्यभूति वंश के गौरव की कहानी है।'

राज्यश्री हँसी। कहा : 'नहीं सेनापति, यह सबकुछ नहीं है, यह एक प्रमाद है। पुरुष की बर्बरता है। लूट है, उत्पात है।'

बाकी सब विक्षुब्ध हुए।

सम्राट चिन्ता में पड़ गए। कहा : 'परमभट्टारिका !'

'सम्राट !'

'यह मन्त्रणा का समय है। मैं स्वयं आपके पास उपस्थित होऊँगा।'

राज्यश्री उठकर चली गई। सेनापतियों की तनी हुई भृकुटियाँ झुक गईं। सम्राट ने बात को सँभाल लिया।

रात हो गई। सम्राट व्याकुल थे। क्या राज्यश्री बुरा मान गई होगी ? आज तक तो उससे ऐसा व्यवहार कभी नहीं किया। किन्तु यदि वे ऐसा न करते तो विद्रोह उठ खड़ा होता। साम्राज्य के पुराने स्वामिभक्त वे सेनापति कभी ऐसा अपमान नहीं सहते। सम्राट ने पुकारा : 'भगिनी !'

राज्यश्री ने कहा : 'भैया !'

कोई भेदभाव नहीं। जैसे उसे कुछ भी याद नहीं। सम्राट अचकचा गए।

'क्या है, भगिनी ?'

'युद्ध रोक दो।'

'युद्ध ?'

'युद्ध का प्रसाद देखोगे ?'

'मैं जानता हूँ।'

'क्या ?'

'युद्ध में मृत्यु है।'

'मृत्यु ?' राज्यश्री हँसी।

'नहीं, मैं अशोक नहीं हूँ। नर्मदा मेरा कलिंग नहीं होगा।'

'मेरी प्रार्थना मानोगे ?'

'अवश्य।'

'मेरे साथ चलो।'

सम्राट को संग लेकर राज्यश्री अन्धकार में नदी तीर की ओर ले चली। वहाँ शवों को देखकर हर्षवर्धन न जाने क्यों काँप उठा। अनेक शव बह-बहकर एकत्र हो गए थे, उन्हें शृगाल फाड़-फाड़कर खा रहे थे।

'वह कौन है ?' राज्यश्री ने पूछा।

'मैं नहीं जानता,' सम्राट ने कहा।

‘वह किसी राज्यश्री का हर्ष है,’ राज्यश्री ने गम्भीरता से कहा।

‘राज्यश्री !’ सम्राट के मुख से निकला : ‘यह क्या कह रही हो ?’

‘सम्राट, यह भी सत्य है। किन्तु सेनापति और सामन्त व्याघ्रों की भाँति रक्त के प्यासे हैं। युद्ध रोक दीजिए। आज मैं भीख माँगती हूँ।’

हर्ष ने कहा : ‘तुम जो कहती हो मुझे स्वीकार है।’

राज्यश्री हर्ष से पागल हो गई। उसने हर्ष के पाँव पकड़ लिए। कहा : ‘तुम महान हो, भैया।’

‘महान नहीं हूँ,’ हर्ष ने कहा : ‘मैं अधीर हूँ।’

‘क्यों, भैया ?’

‘फिर सेनापतियों से क्या कहूँगा ?’

‘क्या वे विरोध करेंगे ?’

‘अकारण पराजय स्वीकार करना, सबसे बड़ा अपमान है। किन्तु मैं जानता हूँ, यह युद्ध हम कभी नहीं जीत सकेंगे। पुलकेशिन की सेना ने हमारी गहरी हानि की है।’

‘सम्राट पुलकेशिन युद्ध रोक देना चाहता है।’

सम्राट चौंके, कहा : ‘तुम कैसे जानती हो ?’

राज्यश्री ने सब सुनाया। हर्ष चौंक-चौंककर सुनता रहा।

राज्यश्री ने लौटकर बाणभट्ट से कहा : ‘महाकवि !’

‘देवी !’

‘एक बार फिर जाना होगा।’

‘क्यों, देवी ?’

‘ऐसा पथ खोजना होगा कि अपमान किसी का भी न हो।’

बाण चिन्ता में पड़ गया।

‘जाओगे न ?’ राज्यश्री ने पूछा।’

‘देवी ! यह तो कठिन लगता है।’

‘क्यों ?’

‘एक को तो झुकना पड़ेगा ही।’

‘क्यों ?’

‘देवी ! मैं कैसे कहूँ ?’

‘यही तो, महाकवि,’ राज्यश्री ने कहा : ‘उठते समय दोनों घुटनों को ऊपर की ओर सीधा होना पड़ता है। वह मनुष्य का उत्थान है।’

बाणभट्ट उसी समय रविकीर्त्ति के पास चला गया। राज्यश्री ने मन ही मन शास्ता का स्मरण किया।

40

आज दोनों ओर नर्मदा के तीर पर विराट् सेनाएँ खड़ी थीं। पंक्ति बाँधे जहाँ पदातिक समाप्त होते थे, उनके पीछे अश्वारोही प्रारम्भ हो जाते थे। दोनों ओर यही सज्जा थी। बीच में हाथी देकर फिर सेना के पदातिक दीखते थे। दोनों सेनाओं के अगल-बगल में धनुर्धर खड़े थे। सेनाएँ शान्त थीं।

सेनापति स्कन्दगुप्त हाथी पर चढ़ गया। उस समय पीछे से मर्दल बजा। नदी-तीरों पर श्वेत पताकाएँ फहराने लगीं। फिर दोनों ओर अपने-अपने सम्राट् का नाम लेकर सैनिकों ने जयध्वनि की !

एक हाथी पर हर्षवर्धन थे। उनके पीछे राज्यश्री थी। और तीसरे पर महाबलाधिकृत भांडी और सेनापति स्कन्दगुप्त। चौथे पर सामन्त अर्जुन और सिंहनाद। दूसरी ओर पर एक पुलकेशिन द्वितीय और बाकी तीन पर उनके उच्च पदाधिकारी। हाथी नदी की ओर बढ़ने लगे। जब हाथी तीर पर पहुँच गए, वे रुक गए और तब नौकाओं पर वे लोग चढ़ गए।

तूर्य-निनाद हुआ। नौकाओं की भीड़ दोनों ओर से बढ़ी और माँझियों के डाँड़ छपाक-छपाक करने लगे। इस समय सौ-सौ नौकाएँ बाँधकर जैसे एक कर दी गई थीं। दोनों ओर से लोगों ने इन दो दलों को समीप आते देखा।

सैनिक फिर जयध्वनि करने लगे। नौकाएँ एक-दूसरे के समीप पहुँच गईं। उस समय दो पताकाएँ उठीं और दोनों को सबने एक दूसरी के पास जाते हुए देखा। दोनों सम्राट अपने-अपने स्थान से बढ़े।

सम्राट हर्षवर्धन और सम्राट पुलकेशिन एक साथ बढ़े और फिर गले मिले। फिर दोनों चार-चार पग पीछे हट गए। सम्राट हर्षवर्धन ने अपना खड्ग निकाल लिया, सम्राट पुलकेशिन ने अपना। फिर एक बार दोनों के खड्ग टकराए और फिर दोनों ने अपने-अपने खड्ग एक-दूसरे को दे दिए और उस समय फिर मर्दल बजा।

दोनों ने अपने मित्र के खड्ग प्राप्त करके पीछे कर दिए जिसे पीछे खड़े महाबलाधिकृतियों ने लेकर अपने शिरस्त्राण से छुआ लिया और वे अभिवादन करके पीछे हटे।

भेरी-निनाद हुआ।

फिर दोनों सम्राटों ने हाथ मिलाए और इंगित किया दिन में उल्का जलाकर नौका पर लगा दी गई।

सैनिकों ने देखा, फिर जयनाद किया। अबकी बार सम्राट हर्षवर्धन की वाहिनी ने सम्राट पुलकेशिन का, सम्राट पुलकेशिन की वाहिनी ने सम्राट हर्षवर्धन का जय-निनाद किया।

नर्मदा काँप उठी। सैनिकों का जयनाद फिर माँझियों ने दुहराया और लहरें हिल उठीं।

सैनिकों के गर्जन ने उसे द्विगुणित किया और तब आकाश, पृथ्वी, जल में निनाद गूँजा, 'सम्राट पुलकेशिन की जय ! सम्राट हर्षवर्धन की जय !' इनके नाम मिट गए, फिर—'हर्ष-पुलकेशिन की जय' गूँजने लगी।

इस जय-जयकार में काफी समय व्यतीत हो गया। तब तक दोनों सम्राट बातें करने लगे थे। पुलकेशिन और हर्षवर्धन परस्पर संस्कृत में बातें कर रहे थे। इस समय दोनों ही प्रसन्न दिखाई देते थे।

उस समय चीवर पहने राज्यश्री आगे बढ़ी। उसे देखकर हर्षवर्धन ने सम्राट पुलकेशिन से परिचय कराया : 'परमभट्टारिका देवी राज्यश्री !'

राज्यश्री निकट पहुँच गई थी। पुलकेशिन ने उस भव्य मुख को देखा और मन ही मन प्रभावित हुआ। राज्यश्री के होंठों पर एक कोमल मुस्कान थी। पुलकेशिन ने प्रणाम किया।

भिक्षुणी राज्यश्री ने उसे आशीर्वाद दिया।

इस दृश्य को देखकर महाबलाधिकृत भांडी ने कहा : 'देवी, तुम अपराजित हो।'

सैनिकों ने जय-जयकार किया। जब जय-जयकार थम गया तब सूर्य की किरणों की तीक्ष्णता का कुछ अनुभव हुआ। छत्र लगे रहने के कारण सम्राट तो छाया में थे। इस समय सम्राट पुलकेशिन ने इंगित किया। उस इंगित की पूर्ति के पहले ही हर्षवर्धन के छत्रछायी ने सम्राट हर्षवर्धन का छत्र राज्यश्री पर लगा दिया। सम्राट चतुरता से हटकर उसके नीचे खड़े हो गए।

राज्यश्री ने कहा : 'सम्राट ! आज नर्मदा की लहरों पर जो इतिहास लिखा गया है वह उत्तरापथ और दक्षिणापथ कभी भी नहीं भूलेगा। आज युद्ध के स्थान पर शान्ति छा गई है। व्यर्थ की हत्या का अन्त हो गया है। सहस्रों नारियाँ आपको आज हृदय से आशीर्वाद देंगी। प्रजा का स्नेह और सुख से पालन करें। कभी भी हिंस्र भावों को हृदय में न लाएँ, क्योंकि उससे मन में विनाश होता है। वह विनाश भय की सृष्टि करता है। स्वार्थ इस विनाश का केन्द्र है, अपहरण उनकी प्रवृत्ति है।'

पुलकेशिन ने मुस्कुराकर कहा : 'देवी संसारत्यागिनी हैं। हम संसारी हैं। धर्म को उतना नहीं जानते, जितना राजनीति हमारे जीवन में है ?'

राज्यश्री ने कहा : 'क्या सम्राट ! युद्ध ही राजनीति है ?'

सम्राट हर्ष ने कहा : 'युद्ध दारुण तो है, पर क्या नितान्त आवश्यक है?'

राज्यश्री ने कहा : 'मैं स्वयं नहीं जानती। किन्तु शास्ता ने कहा था, मनुष्य की वासना युद्ध से बुझती नहीं।'

'देवी ठीक कहती हैं,' पुलकेशिन ने कहा। उसकी मुस्कुराहट में एक विजय की आभा थी। सम्राट हर्षवर्धन ने उसे देखा, पर उधर से दृष्टि हटा ली।

दोनों की नौकाएँ पीछे हटने लगीं और अपने-अपने तीरों की ओर खिंचने लगीं। दोनों सेनाओं से फिर अब जयध्वनि होने लगी थी।

दोनों सम्राट साथ-साथ पृथ्वी पर उतरे। फिर दोनों ओर की सेनाओं ने एक-दूसरी को सामूहिक अभिवादन किया। समाज विसर्जित हो गए।

राज्यश्री अपने शिविर में चली गई। आज मन जाने क्यों तृप्त-सा था। उसे लग रहा था, उसके जीवन में आज कोई एक महान घटना हो गई थी और वह अब उसकी शीतल छाया का प्रिय अनुभव कर रही थी।

सेनाओं में आमोद छा गया। फिर सैनिकों के टोल गाने लगे और मदिरा पान किए नर्तकियाँ नृत्य करती हुई थिरकने लगीं। उनके मीठे सुरीले राग और सैनिकों के मोटे स्वर साथ-साथ गूँजने लगे। उसके बाद सन्ध्या जगह-जगह खुलेआम भोजन पकने लगा। जगह-जगह से धुआँ उठने लगा।

आकाश में नक्षत्र निकल आए। राज्यश्री ने देखा, सामने हर्षवर्धन थे। दोनों ने कुछ कहा नहीं। पर दोनों न जाने क्यों रो उठे। वह आनन्द था।

सम्राट जब अपने राज्य में लौट आए, जीवन फिर पुरानी तरह से चलने लगा।

कई दिन व्यतीत हो गए। राज्यश्री के दान की गाथा अब धीरे-धीरे बढ़ चली।

महासेनापति भांडी ने गम्भीरता से प्रवेश किया। उसके पीछे-पीछे सामन्त अर्जुन, स्कन्दगुप्त और सेनापति सिंहनाद भी थे। दंडधर ने जाकर सम्राट हर्षवर्धन को सूचना दी। सम्राट ने उन्हें मन्त्रणागृह की ओर भेजकर स्वयं भी उधर ही प्रस्थान किया। सबके बैठ जाने पर सम्राट ने कहा : 'सेनापति ! विशेष संवाद ?'

'देव ! फिर बादल उठा है,' सामन्त अर्जुन ने कहा।

'काव्य नहीं, सामन्त !' सम्राट ने कहा : 'वास्तविकता का परिचय दो।'

सेनापति सिंहनाद अधीर था। लगा, वह बोल उठेगा। उसने सामन्त की ओर देखा।

सामन्त ने कहा : 'वलभी का राजा ध्रुवभट्ट सिर उठा रहा है, वह फिर विद्रोही हो गया है ?'

'सम्राट ! वह कितनी स्वामिभक्ति प्रदर्शित कर चुका है ?' भांडी ने व्यंग्य किया।

'अब वह स्वतन्त्र हो गया है,' सामन्त ने अन्त किया।

सम्राट सुनते रहे। फिर उठे।

कहा : 'और ?'

सामन्त चुप रहा। महाबलाधिकृत भांडी उठा। सम्राट को देखते हुए तब धीरे से भांडी ने पूछा : 'सम्राट ! दक्षिण की इस मूक पराजय ने भले ही प्रजा में धर्म का नाम उज्ज्वल किया हो किन्तु खड्गों का व्यापार करनेवाले इसकी वास्तविकता समझने में कोई भूल नहीं कर रहे हैं।'

'महाबलाधिकृत !' सम्राट ने भौं उठाकर कहा।

'मगध में फिर विद्रोहाग्नि भड़क उठी है, सम्राट !' भांडी ने कहा।

उसके भुजदंड फड़क उठे।

सम्राट ने फिर कहा : 'महाबलाधिकृत !'

'देव ! दास पुष्यभूतियों का पुराना सेवक है।'

'जानते हैं, महाबलाधिकृत ! किन्तु तुम देवी पर आक्षेप कर रहे हो ?'

'देव ! मैं केवल निवेदन कर रहा हूँ।'

'और कुछ कहना है ?'

'आनन्दपुर, कच और सौराष्ट्र में भी विद्रोह की ज्वाला फूट रही है ?'

सामन्त अर्जुन ने उठकर कहा : 'सम्राट ! सेवा में निवेदन करने की आज्ञा है ?'

'कहो, सामन्त।'

'देव ! जिन्होंने साम्राज्य की सेवा की है, जिन्होंने अपने प्राणों के बल पर साम्राज्य की रक्षा की है, सम्राट की छाया में जो पले हैं और जिन्हें इसका गौरव है, वे आज्ञाकारी ही हैं,' सम्राट टहलने लगे।

भांडी ने कहा : 'देव ! यदि मैंने अनुचित कहा है तो मुझे दंड दिया जाए। दास प्रस्तुत है।'

सम्राट ने देखा और फिर चुप हो गए।

स्कन्दगुप्त ने कहा : 'आज्ञा दें, सम्राट !'

'समय नहीं है, सम्राट।' सेनापति सिंहनाद ने कहा : 'शत्रु सिर पर है।'

'पल-पल बीत रहा है,' सामन्त ने कहा : 'साम्राज्य देख रहा है।'

सम्राट ने धीरे से कहा : 'दमन ! शत्रु का दमन !'

भांडी चिल्ला उठा : 'सम्राट की जय ! सम्राट सम्राट हैं, सैनिक हैं। पुरुष हैं।'

सेना फिर तत्पर होने लगी।

'युद्ध होगा ?' चयनिका ने पूछा।

तरला ने कहा : 'सेना के नायक तक असन्तुष्ट थे।'

'भिक्षु ?' चयनिका हँसी।

तरला मुस्कुराई और कहा : 'देवी राज्यश्री जी प्रयाग में हैं।'

'लौटने पर तो फिर बुद्धं शरणं होने लगेगी,' चयनिका ने व्यंग्य किया।

सैनिकों में बातें होने लगीं।

'अबकी बार युद्ध भयानक होगा ?' एक सैनिक ने कहा।

एक नर्त्तकी ने कहा : 'ध्रुवभट्ट क्या लड़ेगा ?'

'क्यों ?' दूसरे सैनिक ने कहा : 'अबकी बार वह एक नई सेना ला रहा है।'

'कैसी ?' पहले सैनिक ने पूछा।

'तू क्या जाने, अश्मक ?' दूसरे ने कहा : 'ऐसी कि सारी सेना एक प्रहार में ही मूर्च्छितों की भाँति झूमने लगे।'

'सच ?' नर्त्तकी ने आश्चर्य से पूछा।

'नहीं तो क्या?' सैनिकों ने कहा : 'सुन्दरियाँ लाएगा। वलभी की सुन्दरियाँ आगे होंगी, अगर उनके कटाक्ष होंगे, इधर सब...।'

और उसने मूर्च्छा की मुद्रा दिखाई। सब ठठाकर हँसे।

नर्त्तकी रूठ गई। फिर उसे भी उसकी चपलता पर हँसी आ गई। सेना में फिर हलचल व्याप्त हो गई। सम्राट युद्ध के लिए चले गए। सुना नायक प्रसन्न हुए।

राज्यश्री कान्यकुब्ज लौट आई।

चयनिका ने देखा और कहा : 'भिक्षुणी लौट आई ?'

'हाँ, भाभी !' राज्यश्री हँसी : 'अच्छी तो है ?'

'क्यों नहीं ?' चयनिका ने कहा : 'भाई-बहन तो अब संसार छोड़ रहे हैं, मैं तो तुम सबसे बड़ी हूँ, अब अच्छी क्या रहूँ ?'

राज्यश्री फिर हँसी।

सम्राट की विजय-पताका उठी और देखते ही देखते समस्त आर्यावर्त्त में फहराने लगी।

राज्यश्री ने कहा : 'भाभी ! सम्राट तो फिर लड़ने लगे ?'

'सम्राट क्या स्त्री हैं, राज्यश्री ?'

'नहीं, मैंने कब कहा ?'

'तो प्रजा की रक्षा उच्छृंखल राजाओं से कौन कर सकता है ?'

'फिर भी भाभी, सोचती हूँ, यह सब क्यों होता है ?'

'कौन नहीं जानता कि स्त्री कितना दुःख पाती है, फिर भी स्त्री जन्म लेती ही है और अपनी परतन्त्रता में ही हँसती है, गाती भी है। मर तो नहीं जाती। यही तो संसार है, राज्यश्री। कुछ उलझन है अवश्य, पर कोई इसे अब तक सुलझा नहीं पाया है ?'

राज्यश्री देखती रही। चयनिका की बात सुनकर उसे लगा, वह अकेली ही दुःखी नहीं थी, भाभी भी चिन्तित थी, विवश थी।

उपसंहार

बीस वर्ष व्यतीत हो गए। हर्षवर्धन ने मगध भी जीत लिया, किन्तु शशांक फिर भी रह गया। वह भाई का हत्यारा और बोधिद्रुम को काटनेवाला गुप्त साम्राज्य का अन्तिम राजा था। उसके हृदय में अदम्य ज्वाला जल रही थी। जब हर्ष उसका पीछा करता था, वह भाग जाता था, किन्तु उसके लौटने पर वह फिर लौट आता था। अब अपने को वह महाराजाधिराज कहता था। अभी भी सम्राट बने रहकर वह अपने लुप्त वैभव को याद कर लिया करता था। उसे कोई नहीं हरा सका।

राज्यश्री के मुख पर अब झुर्रियाँ अपना जाल तान चुकी थीं। उसकी तृष्णाएँ आयु ने धो दी थीं। वह अब सद्धर्म की सेवा में लग गई थी, यहाँ तक कि उसका अपना कुछ नहीं था। मन से भी वह अपने अहंकार का नाश कर चुकी थी। उसके नेत्रों में एक असाधारण ज्योति थी, जो करुणाभरी थी। जो उसके समीप जाता था उससे प्रभावित हुए बिना नहीं रहता। उसके सिर पर सिंघाड़े जैसे सफेद बाल थे और वह अब थेरी गाथाएँ गाती, तो स्वर जैसे हृदय से निकलते।

अब वह अलिन्दों में नहीं घूमती, बैठी रहती। उपदेश दिया करती। उसके स्वर में एक नम्रता थी। राज्यश्री अपने उस जीवनकाल में ही देवी के रूप में प्रसिद्ध हो गई। असंख्य प्रजा उसके दर्शन करने आती।

परमभट्टारिका चयनिका भी अब वृद्धा लगती थीं। उनके दाँत आगे से गिर गए थे। और वे कुछ झुक भी गई थीं, किन्तु फिर भी उनकी भ्रू-अराल वैसी ही थी जैसी यौवन में, जैसे अभिमान अभी भी जीवित था।

आज सम्राट बहुत दिन बाद राज्यश्री के प्रासाद में आए थे। भाई-बहन मिले। सम्राट के कानों के पास के दो बाल चाँदी की भाँति चमकते थे। मुख पर प्रगाढ़ गाम्भीर्य आ गया था। दोनों एक-दूसरे से मिलकर अत्यन्त प्रसन्न हुए।

विजया मर चुकी थी। उसके स्थान पर अब दो नई भिक्षुणियाँ आ गई थीं। वे दोनों भी वृद्धा थीं। उनकी देह की खाल झुर्रियों से भरकर सिकुड़ गई थी और वे अत्यन्त कृश थीं।

राज्यश्री उनसे अत्यन्त स्नेह रखती थी। कभी-कभी उसे विजया की याद आती। फिर वह वीतशोकिनी उसे भूल भी जाती, जैसे एक निरन्तर शून्य का प्रवाह चला आ

रहा था।

सम्राट को देखकर राज्यश्री ने कहा : 'सम्राट ! आज बहुत दिन के बाद आपको देखकर मुझे एक सान्त्वना मिली।'

'कैसे, देवी ?' सम्राट ने पूछा।

'अब युद्ध बन्द हो गए।'

'देवी ! जीवन एक संग्राम है।'

'है तो, सम्राट ! बाहर भी, भीतर भी।'

'मैं इस भीतर को नहीं पहचानता। जिस ओर भी देखता हूँ वहीं मुझे श्रद्धा होती है।'

'सम्राट ! मनुष्य की श्रद्धा उसकी शक्ति है अवश्य, किन्तु सम्यक् चिन्तन ही वास्तविक शक्ति है, अन्यथा भावना में बह जाने का भय बना रहता है।'

'देवी ! जिसे तुम चिन्तन कहती हो, उसका बहुत कुछ ऐसे आधारों पर है जो वास्तव में अत्यन्त असम है।'

'मैं जानती हूँ। राजा का कर्त्तव्य अत्यन्त कठोर है।'

सम्राट चुप रहे।

राज्यश्री ने फिर कहा : 'व्यक्ति जिस पद पर है, वह पद उस पर अपना प्रभाव डालता है। व्यक्ति उससे छूटना चाहता है किन्तु नहीं छूट पाता। तब वह विषमता उसको आगे नहीं बढ़ाती।'

सम्राट ने सिर हिलाया।

राज्यश्री ने फिर कहा : 'महाभारत युद्ध समाप्त होने पर यही तो युधिष्ठिर को भी चिन्ता थी।'

'तुमने महाभारत पढ़ा है ?' सम्राट ने आश्चर्य से पूछा।

'क्यों, सम्राट ?'

'महाकवि अश्वघोष तो आख्यानों को सुनना भी पाप समझते थे।'

'मैं ब्राह्मण धर्म नहीं मानती, किन्तु वे तो मानते थे।'

'ओह !' सम्राट गम्भीर हो गए।

'फिर भी क्या मन की तृप्ति श्रद्धा में ही है ? हो सकती है। जन साधारण में श्रद्धा ही आधार है।'

सम्राट ने स्वीकार किया। बात दूसरी ओर चल पड़ी। राज्यश्री प्रसन्न हुई।

दूसरे दिन कान्यकुब्ज में उत्सव होने लगा। फिर नगर में उन्माद-सा छा गया। देवी राज्यश्री ने सम्राट को जो मन्त्रणा दी थी, उसकी घर-घर में बात चल पड़ी ? देवी शान्ति के पक्ष में थीं। वे सम्राट अशोक प्रियदर्शी को संसार का सर्वश्रेष्ठ शासक मानती थीं, और उनको सम्राट पद का आदर्श समझती थीं। राज्यश्री के ही प्रभाव से, जनश्रुति फैली कि परमभट्टारक सम्राट ने शीलादित्य की उपाधि धारण की थी। शीलादित्य, विक्रमादित्य नहीं। जीवन केवल विक्रम नहीं है, शील भी है।

सामन्त अरुणाश्व अर्जुन ही इससे अप्रसन्न हुआ था। उसके साथ कई ब्राह्मण भी अत्यन्त असन्तुष्ट हो गए थे। चयनिका ने सुना तो कहा : 'चलो सम्राट तो बने रहे ?'

राज्यश्री ने अपनी भिक्षुणी से कहा : 'क्यों भिक्षुणी, सम्राट के शीलादित्य नाम से क्या सद्धर्म का प्राचीन गौरव फिर नहीं जाग उठा ?'

'क्यों नहीं, देवी ?' वृद्धा ने उत्तर दिया।

राज्यश्री अब उस आयुस्तर पर पहुँच चुकी थी जब व्यक्ति अपने विचारों को सुनने लगता है।

तरला अब अपनी पुत्री का विवाह करना चाहती थी। वह उसके लिए उपयुक्त वर खोज चुकी थी। प्रासाद का ही एक दास-पुत्र था। वह उसकी पुत्री से विवाह नहीं करना चाहता। तरला चिन्तित थी।

उसने चयनिका से कहा : 'देवी ! तारा का होनेवाला वर तो बड़ा हठीला है।'

'क्यों ?'

'कहता है, दासी-पुत्र का एक पति थोड़े ही होता है।'

'अच्छा, तो वह भी अब कुलीन हो गया !'

तरला हँस दी। कहा : 'देवी ! हम भी कभी यौवन में थे। पर हमारे यहाँ तो सनातन रीति चली आई, और हम निभाते गए। कुछ भी नहीं कहा था। परन्तु अब तो जैसे सारा संसार बदल रहा है, समझ में नहीं आता, न जाने क्या होनेवाला है ?'

तरला की पुत्री तारा सुन्दरी तो नहीं थी, किन्तु प्रासाद में रहकर चपल बहुत हो गई थी।

चयनिका ने कहा : 'तरला ! राज्यश्री से कह। इन नीचों को तो मुंडी बहका रहे हैं।'

'नहीं, देवी,' तरला ने कहा : 'भिक्षु संघ तो ऐसा नहीं करता। इधर ब्राह्मण हूणों को भी अपना पौरोहित्य प्रदान करने लगे हैं।'

'हैं !' चयनिका चौंकी।

'देवी ! पुराणकार रोहित कहता था, यह सब विश्वामित्र की कामधेनु की सन्तान हैं।'

'क्या कहती है ?'

'देवी, सच कह रही हूँ,' कहकर तरला राज्यश्री के पास गई।

राज्यश्री ने आँख उठाकर देखा और कहा : 'क्यों तरला, कुशल तो है ?'

तरला ने देखा और आदर से झुक गई। केवल कहा : 'बहुत दिन से देखा नहीं था। दर्शन करने उपस्थित हुई हूँ। देवी ! कृपाकांक्षिणी हूँ।'

'भगवान तेरी रक्षा करेंगे, तरला,' राज्यश्री ने शान्त स्वर से कहा। तरला ने झुककर प्रणाम किया और गद्गद होकर चली गई। प्रयाग की पाँचवें वर्ष की सभाओं के छठे अधिवेशन का समय आ गया। फिर गंगातीर पर प्रबन्ध होने लगा। बालू पर असंख्य शिविर खड़े हो गए। उनके ऊपर साम्राज्य की पताका फहराने लगी। सैनिक और दंडधरों

की भीड़ से वह स्थान आक्रान्त हो गया और एक उदासी की समाप्ति फिर कलकलाने लगी।

वृहदश्वार अपने अश्वारोहियों को लेकर सम्राट के शिविर के चारों ओर पहरा देने लगा। उसके बाद फिर दंडधरों का ही काम था। सेना एक ओर अपना पड़ाव डाले थी। गज-सेना एक किनारे ही ठहरा दी गई थी। नित्य प्रातःकाल हाथी निकलते और फिर वे नदी के जल में स्नान करते, तैरते, अपनी सूँड से पानी भर-भरकर अपने माथे पर डालते और मनोहर स्वर से चिंघाड़ते।

परमभट्टारिका चयनिका, परमभट्टारिका राज्यश्री के अनुरोध से इस बार पंचवर्षीय सभा में उपस्थित होने के लिए कान्यकुब्ज से प्रयाग आ गई थीं। राज्यश्री के प्रति उन्हें कितना स्नेह था, यह अभी प्रकट हुआ। पहले कहा : 'तुम जाओ, सम्राट को ले जाओ। मैं क्या करूँगी ?' पर राज्यश्री नहीं मानी। कहा : 'अब तो चलना ही होगा, भाभी।'

'भाभी,' शब्द में अटूट गरिमा थी। वही खींच लाया। सम्राट को भी इस पर कुछ विस्मय हुआ अवश्य।

सेना का जयगर्जन कभी-कभी गूँज उठता था। विशेष प्रबन्ध इस समय चाटों के ही हाथ में था। वे स्वच्छता के ऊपर ध्यान देते। प्रजा के लिए आयोजन करते। रेते में बहुत कुछ स्वच्छता तो उसे खोदकर पलट देने से ही हो जाती थी। घोड़ों को भी नदी में स्नान कराया जाता था।

एक भट तो नित्य ही प्रातः तूर्यनिनाद करने को था, दूसरा समय की जल-घड़ी देखकर घंटा बजाने पर नियुक्त था। तीसरा प्रातः, मध्याह्न, सन्ध्या के समय शंख-निनाद करता। इस प्रकार सबको काम बाँट दिया गया था।

आयुक्तक अत्यन्त कार्यरत थे। उन्हें कभी साम्राज्य के कुलीन उच्च-पदाधिकारियों के लिए प्रकट रूप से गंगा-जल भरवाकर भेजना पड़ता, तो कभी छिपे तरीके से उन्हें अनेक सेना के गौल्मिकों के द्वारा सुन्दरी स्त्रियाँ पहुँचानी पड़तीं।

हाथियों की सेना का प्रधान कटुक मामल्ल सन्ध्या समय समस्त हाथियों को श्वेत मिट्टी आदि से लेपित करके उन पर सुन्दर रेखाएँ बनवाता और उनकी नंगी पीठों पर कमल बनवाता और फिर बिना किसी प्रकार के बन्धन के उन्हें वन प्रान्तर की ओर घुमाने ले जाता। प्रजा इन सब खेलों को देखती।

नट आ गए थे। वे अपनी कला दिखाते। एक बहुप्रचलित और प्रिय मनोरंजन था—कठपुतली का तमाशा। इस कठपुतलियों के खेल में बहुत-सी प्राचीन कहानियाँ दुहराई जातीं। कभी पर्दे की छाया पर खेल होता, कभी कठपुतलियाँ सीधे ही नाचतीं।

इधर-उधर के ग्रामों से अनेक नर-नारी आने लगे। अपने बच्चों को लेकर वे डेढ़-दो मास का भोजन साथ में रखकर रथों, घोड़ों या खच्चरों पर लादकर ले आते। असंख्य भीड़ एकत्र हो गई। पुरुषों का वस्त्र मुख्यतया अधोवस्त्र तथा एक उत्तरीय और उष्णीष था, स्त्रियाँ नीचे एक हल्का लहँगा, अंचल और कंचुक पहनती थीं। बालकों और पुरुषों के हाथ में भी चाँदी के कड़े होते थे।

इनके अतिरिक्त असंख्य अपाहिज और भूखे भी थे।

दान के कोलाहल से दिशाएँ गूँजने लगीं। सम्राट की आज्ञा से इन भूखों के रहने का प्रबन्ध किया गया था।

राज्यश्री ने कहा : 'देवी !'

चयनिका ने देखा।

राज्यश्री ने फिर कहा : 'यह साम्राज्य का दूसरा गौरव है।'

चयनिका का मन कचोट उठा।

'क्यों है इतना दारिद्र्य ?' उसने पूछा।

'मैं नहीं जानती,' राज्यश्री ने उत्तर दिया।

अधिवेशन प्रारम्भ हुआ। प्रातः जयगान हुआ। फिर पंक्ति बनाकर भिक्षु उपस्थित होने लगे। असंख्य चीवरधारिणियाँ आकर एकत्र होने लगीं। फिर हाथी पर बुद्ध-प्रतिमा लाई गई और उसकी प्रतिष्ठा की गई। फिर उसके चारों ओर अगरुधूम की लहरियाँ डोलने लगीं।

वृद्ध भिक्षु ने घंटा बजाया। चीनी भिक्षुओं ने अपने अलग ढंग से मन्त्र-पाठ किया।

पहले दिन बुद्ध-प्रतिमा की पूजा की गई। बुद्ध की प्रतिमा सुवर्ण की थी। सम्राट हर्षवर्धन ने तन्मय होकर आराधना की। राज्यश्री ने भक्ति से भरकर देखा। सम्राट ने उस दिन बैठकर भिक्षुओं के साथ मध्याह्न तक त्रिपिटक-पाठ सुनने में व्यतीत कर दिया। राज्यश्री गम्भीर भाव से बैठी रही।

फिर सम्राट ने भिक्षुसंघ को प्रणाम किया। बुद्ध-प्रतिमा को साष्टांग दंडवत की।

राज्यश्री ने कहा : 'देव ! आज मेरे मन की इच्छा पूर्ण हुई।'

'तुम्हें सुख हुआ, राज्यश्री ?' राज्यश्री के नेत्रों में स्पन्दन देख सम्राट ने पूछा।

राज्यश्री ने कहा : 'हाँ, भैया। मुझे तुम इस समय अच्छे लगते हो। युद्धभूमि से मैं डरती हूँ।'

बौद्ध सम्राट को देखकर गद्‍गद हो गए। जयजयकार किया।

'सद्धर्म के रक्षक की जय !' दूर-दूर तक यह शब्द गूँज उठा।

संघस्थविर ने आशीर्वाद दिया। नालन्दा के विद्यार्थी सम्राट की महानता पर विवाद करने लगे।

त्रिवेणी पर जैसे फिर अशोक का समय लौट आया। यही तो संघस्थविर ने कहा। भिक्षुसंघ ने अपनी ओर से सम्राट का गौरवपूर्ण अभिवादन किया।

बौद्ध-बौद्ध की इस पुकार से सामन्त अरुणाश्व अर्जुन अब और भी अप्रसन्न हो गया। उसे यह सब अत्यन्त अप्रिय था। इधर-उधर धर्मावलम्बी शंकित हो चले थे।

ब्राह्मण उत्तेजित हो गए थे। प्रयाग के ब्राह्मण बड़े दम्भी थे। अपने को अनादि काल से वेद का उत्तराधिकारी समझते थे। उनमें विवाद छिड़ गया।

'तो क्या मुंडी ही रह गए हैं ?'

'यह राजा भी मुंडी क्यों नहीं हो जाता ?'

'मुंडी नहीं तो हैं ही क्या ?'

'इसने गुप्त साम्राज्य के बैर में ब्राह्मणों का भारी नाश कर दिया।'

'फिर ?'

यह प्रश्न टँगा रहा।

सामन्त अरुणाश्व अर्जुन के गुप्तचर ब्राह्मणों से मिले, फिर परस्पर कुछ तय हुआ। गुप्तचरों ने सामन्त से कहा।

कुटिल मन्त्रणा का फल निकला।

साँझ की धुँधली बेला में एक व्यक्ति किसी से गुपचुप बात करता हुआ पकड़ा गया। छद्मवेश में महाप्रतिहार घूम रहे थे। उन्होंने इतनी ही बात सुनी : 'सम्राट को भी ! वह क्या मुंडी से कम है ?'

दोनों को बाँध लिया गया। पूछने पर वे चुप हो गए। रात-भर उनके मुख से बात उगलवाने को उन्हें कोड़ों से मारा गया। किन्तु वे कुछ भी नहीं बोले।

महाप्रतिहार क्रोध से पागल-से हो गए। उनकी इच्छा हुई कि वहीं दोनों का वध करा दें। किन्तु इससे रहस्योद्घाटन कैसे होगा ? रात-भर जागकर भी वे कुछ नहीं कर सके। वे सम्राट के पास चले।

अन्नसत्र के सामने जब प्रातःकाल भीख लेने लूले-लँगड़े एकत्र हुए, सम्राट और राज्यश्री वहीं खड़े थे। महाप्रतिहार ने कहा : 'देव ! दो व्यक्ति आपके विरुद्ध षड्यन्त्र करते पकड़े गए हैं। उन्हें प्राणदंड दिया जाए।'

'क्यों ?' राज्यश्री ने सहज भाव से पूछा।

'देवी ! ने सम्राट के विरुद्ध हैं।'

'तो भी क्या ! वे इसी से बली हैं ?'

महाप्रतिहार निरुत्तर हो गए। सम्राट चल पड़े। महाप्रतिहार ने तुरन्त अपने अनुचरों को इंगित किया और ब्राह्मणों ने देखा कि अब सम्राट के चारों ओर गौल्मिक चल रहे थे। राज्यश्री साथ चली।

शिविर में बैठते ही सम्राट ने पूछा : 'कौन हैं वे लोग ?'

महाप्रतिहार ने कहा : 'यही तो ज्ञात नहीं हो सका।'

सम्राट सोचने लगे।

राज्यश्री ने कहा : 'कोई नहीं। वे सद्धर्म के शत्रु हैं।'

'फिर ?' सम्राट ने पूछा।

'उन्हें क्षमा कर दिया जाए,' राज्यश्री ने दृढ़ता से कहा।

'देवी ! वे सम्राट के ऊपर भी आक्रमण कर सकते हैं,' महाप्रतिहार ने टोका।

'उनमें इतना साहस नहीं है, महाप्रतिहार,' राज्यश्री ने कहा : 'सम्राट का कोई कुछ नहीं कर सकता।'

ब्राह्मणों की चाल असफल हो गई। महाप्रतिहार ने पहरा बढ़ा दिया। अब एक क्षण भी अवकाश नहीं था। सेना सदैव तत्पर थी। किन्तु उन दो बन्दियों को छोड़ दिया गया।

महाप्रतिहार ने भी अपनी ओर से इतना अवश्य किया कि उनके हाथ और पाँव तुड़वा दिए और वे अपाहिज हो गए।

आज हर्षवर्धन ने आदित्य की आराधना की। सूर्य की मूर्ति काष्ठ की थी। सूर्य ऊँची टोपी लगाए था, पाँवों में शकों के-से ऊँचे जूते थे।

सौरों में हर्ष छा गया। सौर अब वैदिक हो गए थे। उनमें कुछ तन्त्र-समावेश भी हो गया था।

पूजा निर्विघ्न समाप्त हुई।

तीसरे दिन शिव-पूजा हुई। शिवलिंग पर अजस्र बिन्दु गिरकर गंगा के समान सिंचन कर रहे थे। विशाल घंटे ठमठम करके बज रहे थे। कभी-कभी भस्म के त्रिपुंड लगाए ब्राह्मणों के दल त्र्यम्बक की स्तुति में गम्भीर स्वर से वेद मन्त्रों का उच्चारण करते, कभी नर्त्तकियाँ नृत्य करतीं।

वेद बाह्य पाशुपत भी इस आराधना के समय उपस्थित थे, क्योंकि वे भी शिवभक्त थे। किन्तु वे मन्दिर में भीतर प्रवेश नहीं पा रहे थे। जिस समय सम्राट हर्षवर्धन ने शिव-पूजा की, ब्राह्मण प्रसन्न हो गए, किन्तु फिर असन्तोष प्रारम्भ हो गया।

चौथे दिन बौद्ध भिक्षुओं को दान दिया गया। उस दान को देखकर लगा कि अब बाकी कुछ रहेगा ही नहीं। किन्तु एक बात थी। भिक्षु केवल उतना ही दान ले सकता था जितना उसके पात्र में समा जाए। धन का दान तो सीधे भिक्षु संघ को होता था।

भिक्षुओं के बाद भिक्षुणियाँ आईं।

राज्यश्री ने कहा : 'मैं स्वयं दान दूँगी।'

'आप थक जाएँगी, देवी !' अनुचरों ने कहा।

'नहीं,' वह खड़ी रही।

जब थक जाती तो अनुचर काम करते, वह दान-पात्र को छू भर देती और आशीष पाती।

इसके उपरान्त बीस दिन तक ब्राह्मणों को दान दिया गया।

राज्यश्री ने कहा : 'मैं ही रहूँगी।'

महाप्रतिहार को भय था। कहा : 'देवी ! वहाँ सैनिक रहेंगे।'

'क्यों ?'

'प्राणभय है।'

'होगा, महाप्रतिहार, मुझे तो इन प्राणों का भय नहीं है।'

महाप्रतिहार क्या कहता ? चुप हो गया। राज्यश्री जाकर खड़ी हो गई।

ब्राह्मण दान लेते, आशीर्वाद देते।

'चतुर है यह मुंडियों का उपासक,' अर्जुन अरुणाश्व ने कहा।

उसकी अर्द्धनग्ना दासी जो यहाँ पूर्ण सज्जा में रहने को बाध्य थी, हँसी।

'क्यों ?' अर्जुन ने कहा।

'तुम मूर्ख हो,' दासी ने कहा : 'मैं पुरुष होती तो अब तक सम्राट बन गई होती।'

अगले दस दिन जैन साधुओं की भीड़ रही।

अर्जुन अरुणाश्व को दासी की बात लग गई थी। वह उसकी दासी थी, प्रिया थी। अर्जुन उससे दबता भी था, क्योंकि वह बहुत सुन्दर थी, वह बहुत हृदयहीन थी, बहुत निडर थी। वह कोई अवसर नहीं खोज सका।

फिर दस दिन साधुओं को दान दिया गया। साधुओं की भीड़ में अर्जुन ने अपने गुप्तचरों को भेजा। किन्तु सम्राट के आगे वहाँ उन्हें राज्यश्री मिली। अर्जुन जानता था कि राज्यश्री की हत्या का अर्थ कितना भयानक है। सम्राट हर्षवर्धन क्रोध से पागल हो जाएगा।

युआन-च्वांग को अत्यन्त विस्मय हो रहा था, भारतवर्ष भी क्या अद्‌भुत देश है। यहाँ जो होता है वह अजीब काम होता है। दान ! और इस पराकाष्ठा का दान ! जब वह अपने हृदय की भावनाओं से परास्त हो गया और उसका हृदय प्रशंसा से इतना भर गया कि उसे लगा वह पागल हो जाएगा तब वह राज्यश्री के पास गया।

राज्यश्री उसी समय अन्नसत्र से लौटकर आई थी।

एक दासी ने कहा : 'अभी आई हैं परमभट्टारिका। तनिक विश्राम करेंगी।'

राज्यश्री ने सुन लिया। कहा : 'कौन हैं ?'

दासी ने अप्रतिभ होकर कहा : 'देवी ! चीनी पंडित हैं।'

'आने दे।'

दासी ने कहा : 'स्वागत !'

युआन-च्वांग आकर बैठ गया। राज्यश्री ने प्रणाम किया। चीनी भिक्षु ने आशीष दी। 'भन्ते ! आज्ञा दें,' राज्यश्री ने कहा।

'देवी ! तुम्हारा देश अद्‌भुत है,' चीनी पंडित ने इतना ही कहा। उसके स्वर में यह आश्चर्य था कि आखिर मैं कहूँ भी तो कैसे ?

'अद्‌भुत !' राज्यश्री हँसी : 'नहीं, पंडितप्रवर ! यह तो स्वयं शास्ता की उपदेश-भूमि है।'

'तभी-तभी,' पंडित ने कहा : 'यहाँ आप जैसे महान व्यक्ति...।'

राज्यश्री ने काट दिया। कहा : 'पंडित और विद्वान सदैव दूसरे को महान समझते हैं, क्योंकि ज्ञान के कारण उनकी वृत्तियाँ सत् की ओर प्रवृत्त हो जाती हैं।'

राज्यश्री के व्यवहार ने उसे विमुग्ध कर लिया। वह प्रसन्न हुआ।

उसने कहा : 'आप विश्राम करें।'

राज्यश्री ने कहा : 'फिर दर्शन देते रहें।'

'अवश्य ! अवश्य !' चीनी पंडित शिविर से बाहर आ गया। इसी प्रकार अधिवेशन चलता रहा, दान होता रहा और यों ही और भी एक मास हो चला था।

सामन्त अर्जुन की महत्त्वाकांक्षा बढ़ चली। दासी ने रात्रि के समय दीपक के मन्द प्रकाश में अपने उसी अर्द्धनग्न रूप में जब उसके चषक में मदिरा डाली, तो सामन्त ने कहा : 'स्वर्णाक्षी !'

'देव !'

'तू साम्राज्ञी बनना चाहती है न ? कल तू भी जाकर दान लेना। और दान में राज्यश्री और सम्राट से कुछ अटपटी वस्तु माँगना।'

स्वर्णाक्षी हँसी। कहा : 'फिर वही बात ! अलभ्य तो कुछ रहा नहीं, न कुछ अदेय ही रहा।'

'तो फिर ?'

'एक काम करना होगा।'

'क्या ?'

उसने झुककर कान में कुछ कहा। सामन्त थर्रा गया।

कहा : 'अभी असम्भव है।'

'क्यों ?'

'सम्राट सुरक्षित हैं।'

'सुयोग खोजना होगा।'

'तू कर सकती है ?'

'हाँ,' उसने स्वयं चषक की मदिरा गटगट पी डाली।

'यह कैसे हो सकता है ?' सामन्त ने पूछा।

'मैं पुरुष-वेश धारण कर सकती हूँ।'

'पर पकड़े जाने पर ?'

'मृत्यु,' वह हँसी।

'मैं फिर क्या करूँगा ? मैं किसके सहारे जिऊँगा ? नहीं स्वर्णाक्षी, जीवन में तू ही है,' सामन्त अर्जुन ने कहा : 'तेरा त्याग मैं नहीं कर सकता।'

'तो इतना बड़ा स्वप्न मत देखो। स्वप्न देखने के लिए भी पहले अपनी जागृति की चेतना खोनी पड़ती है।'

'भय लगता है।'

'तो मेरे अंक में छिप जाओ।'

सामन्त आहत हुआ। पूछा : 'तो ?'

'मैं मन की करूँगी।'

'फिर ?'

दासी की भुजा सामन्त की ग्रीवा में उलझ गई। उसने मदविह्वल स्वर में कहा : 'कल की कल देखूँगी। आज रात आनन्द करने दो।'

प्रातःकाल प्रयाग के उस तीर्थस्थान में विराट् भीड़ एकत्र हुई। आज सम्राट के दान का अन्तिम दिन था। आज अधिवेशन समाप्त होने का दिन था।

सम्राट एक ऊँचे मंच पर राज्यश्री, चयनिका तथा चीनी भिक्षु समेत अनेक उच्चकुलीन व्यक्तियों के साथ खड़े दान कर रहे थे। एक के बाद एक व्यक्ति आता था और सम्राट अपने हाथ से दान देते जा रहे थे। राज्यश्री चुपचाप खड़ी देख रही थी।

प्रसन्न थी। चयनिका भी अनमने भाव से प्रसन्नता प्रकट कर रही थी। इसी समय भीड़ में कुछ धक्कामुक्की हुई। कोई कुछ समझ नहीं सका। हठात् भीड़ में से किसी ने पीछे से भल्ल फेंका।

कोई हँसा, कोई जोर से चिल्ला उठा। और उस शब्द को सुनकर भी सम्राट अडिग खड़े रहे। उन पर जैसे कोई प्रभाव ही नहीं पड़ सका। सब पर आश्चर्य छा गया। एक दंडधर ने पुरुष-वेश में एक स्त्री को पकड़ लिया।

सेनापति स्कन्दगुप्त की ढाल से भल्ल टकराकर गिर गया और उससे एक बार झन्न-सी आवाज हुई।

स्कन्दगुप्त ने आज फिर सम्राट की प्राण-रक्षा की थी। सम्राट ने उसकी ओर कृतज्ञ दृष्टि से देखा।

महाप्रतिहार आगे आ गया। परमभट्टारिका चयनिका ने क्रोध से देखा। उस समय अत्यन्त आवेग से हाथ में खड्ग लिये हुए सम्राट उठ खड़े हुए।

स्कन्दगुप्त ने वह भल्ल सम्राट को लाकर दिखाया।

'देव ! गुप्त घातक यही है।'

सम्राट भल्ल देख रहे थे। तब स्त्री सामने लाई गई। वह डर से काँप रही थी। अनुचर को महाप्रतिहार ने कुछ ृंगित किया। स्त्री बाँध ली गई।

महाबलाधिकृत सिंहनाद ने गरजकर कहा : 'सम्राट पर जिसने प्रहार किया है, उसे जीवित पकड़कर जला दिया जाए।'

एक हहर मच गई। सब काँप उठे।

सेनापति सिंहनाद और स्कन्दगुप्त घोड़ों पर चढ़ गए और जब उन्होंने वेग से वल्गा को खींचा, घोड़े ज़ोर से हिनहिना उठे। सैनिकों ने सम्राट को घेर लिया। राज्यश्री ने कहा : 'सम्राट ! दान पूरा कीजिए।'

चयनिका चिढ़ी : 'दान ! तो क्या प्राणदान देना है ?'

'हाँ, भाभी ! आज दान है।'

'क्या कहती हो ?' सम्राट ने चौंककर पूछा।

राज्यश्री ने मुस्कुराकर कहा, 'सम्राट ! 'नागानन्द' क्या व्यर्थ ही रचा था ?'

एक वाक्य और एक इतिहास। आँखों के सामने से जाली-सी फटी। उजाला हुआ। नए रूप जाग उठे।

पराजय को ही तो मनुष्य को जीतना है। मनुष्य को तो आज विजयी होना है। शत्रु दंड से पराजित होंगे या स्नेह से ?

सम्राट के नेत्रों का क्रोध हट गया।

उन्होंने कहा : 'महाबलाधिकृत ! मेरे चारों ओर से यह रक्षा हटा दो। इस स्त्री को छोड़ दो।'

महाबलाधिकृत चौंका।

'मैं कहता हूँ, भांडी !' सम्राट ने कहा : 'जो मैंने कहा वह आज्ञा है।'

'जो आज्ञा,' कहकर महाबलाधिकृत ने इंगित किया। सम्राट के चारों ओर से सैनिक हट गए। स्त्री छोड़ दी गई। वह भागकर भीड़ में खो गई। चयनिका के नेत्र आश्चर्य से विस्फारित हो गए। वह कुछ भी समझ नहीं सकी।

उस समय परमभट्टारक सम्राट हर्षवर्धन सबके सामने वक्ष खोलकर खड़े हो गए। और उन्होंने उच्च स्वर से कहा : 'आओ ! तुम अपने हृदय की आग को मिटा लो। जिसकी ज्वाला हर्ष के रक्त से तृप्त हो सकती है, वह आगे बढ़े।'

चयनिका भय से चिल्ला उठी। राज्यश्री ने आश्वासन दिया : 'भयभीत न हो, भाभी। हर्षवर्धन शीलादित्य हैं।'

चयनिका चुप हो गई। फिर भी नेत्रों में शंका झाँक रही थी। सम्राट उसी प्रकार खड़े थे। उन्होंने फिर कहा : 'यदि कोई हर्ष की हत्या करना चाहता है तो आज हर्ष प्राणदान के लिए भी प्रस्तुत है।'

कोई नहीं आया। सुननेवालों के नेत्रों से जल बहने लगा। उन्होंने भर्राए स्वर से कहा : 'सम्राट ! क्षमा ! क्षमा !'

असंख्य भीड़ ने दंडवत की, जैसे समुद्र की प्रचंड लहरों ने सिर झुकाकर प्रणाम किया। सम्राट पीछे हट गए।

कोषाध्यक्ष का मुख काला पड़ गया था। वह अब चिन्ता में था कि आगे दान कैसे होगा ?

उसने फुसफुसाकर अपने अधीन आयुक्त से कहा : 'गीर्वाण ! कोष तो समाप्त हो गया।'

आश्चर्य से गीर्वाण का मुँह फट गया और वह बोला : 'अब क्या होगा ?'

'मैं क्या जानूँ ?' उसने कहा, और कलम धर दी। जिन भूर्जपात्रों पर वह लिख रहा था, वे उसके एक मसिपात्र के नीचे दबा दिए।

सम्राट इस समय कह उठे : 'यदि कोई शेष रह गया हो तो आए और मुझसे अपनी बात कहे।'

एक बालक लिये एक युवती आगे आ गई।

उसने कहा : 'देव ! मुझे भी कुछ दान दें।'

'तू अभी तक कहाँ थी ?' एक दंडधर ने कहा।

'देव ! मैं ज्वर-पीड़ित हूँ। आ न सकी।'

'तो जा अब,' दंडधर ने कर्कश स्वर से कहा।

हर्ष ने राज्यश्री को देखा जो गम्भीर आहत-सी खड़ी थी।

हर्ष ने कहा, 'दंडधर !'

'सम्राट !' दंडधर ने सिर झुकाकर कहा।

भांडी ने दंडधर को पीछे हट जाने का इंगित किया। वह हट गया।

'तुम्हें कुछ नहीं मिला ?' सम्राट ने फिर कहा।

'नहीं, देव !' याचना का स्वर पुकार उठा।

कि परमभट्टारिका चयनिका ने आनन्द से विह्वल होकर पुकारा : 'सम्राट हर्षवर्धन की जय। देवी राज्यश्री की जय !'

और जैसे बाँध टूट गया। त्रिवेणी के समान गम्भीर विराट जयघोष बार-बार दिगन्तों को कँपाने लगा। दर्शक जैसे इस अपूर्व दृश्य को देखकर जो कुछ समझ नहीं सके, जब उनको बोध हुआ, वे अपने-आपको सँभाल सकने में असमर्थ से बार-बार पुकार उठे और फिर शब्द उठा :

'भिक्षु सम्राट की जय ! भिक्षुणी राज्यश्री की जय !'

युआन-च्वांग ने देखा। विभोर होकर साष्टांग दंडवत किया और पुकार उठा : 'बुद्धंशरणं, सद्धर्मंशरणं, संघंशरणं गच्छामि...।'

●●●

'तो मैं तुम्हें निराश नहीं जाने दूँगा,' हर्ष ने कहा, 'कोषाध्यक्ष ?'

'देव ?' उसने हाथ जोड़कर पूछा।

'इसको कुछ ?' किन्तु कोषाध्यक्ष की निराश मुद्रा ने वाक्य रोक दिया।

तब हर्ष ने अपने आभूषण उतार दिए और : 'स्त्री ! दुर्भाग्य से इससे अधिक मेरे पास कुछ नहीं।'

युवती सहस्र आशीर्वाद देकर अभी पीछे हटकर भीड़ में मिल भी न सकी थी, उसी समय एक बहुत बूढ़ा व्यक्ति बढ़ा और बोला : 'सम्राट ! मुझे भी कुछ।' उसकी गिड़गिड़ाहट अत्यन्त द्रावक थी।

चयनिका ने पुकारा 'सम्राट ! यह श्रीकृष्ण का-सा दान देते समय यह न भूल जाएँ कि यह कलियुग है। अब सुदामा वैसे ही नहीं रह गए।'

सम्राट ने सिर उठाकर उन्हें देखा। फिर मुस्कुराए।

राज्यश्री ने कहा : 'आतुर न हो, भाभी। आज सम्राट वास्तविक विजय प्राप्त कर रहे हैं। जीवन में ऐसे क्षण कभी-कभी आते हैं जब मनुष्य अपनी महत्ता का त्याग करके अपनी लघुता के माध्यम से उच्चता की ओर अग्रसर होता है।'

राज्यश्री के शब्द चयनिका के हृदय पर गहरा प्रभाव कर गए। वह अडिग थी।

हर्ष ने हाथ बढ़ाकर कहा : 'भिक्षुणी !'

उस शब्द को सुनकर आसपास के लोग चौंक उठे। किन्तु राज्यश्री का मस्तक उठ गया। उसके होंठों पर एक नया उत्साह, एक नई स्फूर्ति फैल गई। 'परमभट्टारिका !' उसने गद्‌गद कंठ से कहा।

सम्राट हर्षवर्धन ने कहा : 'भिक्षुणी ! मेरे पास कुछ नहीं रहा। मेरे आभूषण चले गए। मेरे वस्त्र भी चले गए। यह धोती भी दान देनी है, मुझे चीवर दो जिसे ओढ़कर मैं अपने शरीर को ढक सकूँ।'

सब स्तम्भित रह गए। चयनिका के नेत्रों में आँसू आ गए। उसने कहा : 'धन्य हो, सम्राट ! तुम धन्य हो !'

'भाभी ! तुमने कहा यह ?' राज्यश्री ने कहा : 'मैं जानती थी, तुम्हारे अतिरिक्त और कोई इस सत्य को पहचानने में इतना शीघ्र समर्थ नहीं हो सकेगा।'

और राज्यश्री ने प्रसन्न मुख बढ़कर कहा : 'यह लो, भिक्षु ! यह चीवर है। ग्रहण करो। धारण करो।'

सम्राट आगे बढ़े।

युआन-च्वांग का मुँह आश्चर्य से खुल गया। बड़े-बड़े सामन्त स्तम्भित-से खड़े रहे। सम्राट ने आगे बढ़कर चीवर हाथ में ले लिया और सहर्ष धारण कर लिया। भाई और बहन ने एक-दूसरे की ओर देखा और विजय से मुस्कुराए। अधोवस्त्र वृद्ध को दे दिया जो भूरि-भूरि आशीर्वाद देने लगा।

दोनों खड़े रहे। लक्ष-लक्ष प्रजा, महासामन्त, महापुरोहित, सेना और भिक्षु तथा साधुओं में एक बार एक लहर-सी छा गई और फिर न जाने कि क्या जादू-सा छाया